Als Heinrich Mann zum kulturellen Repräsentanten der Weimarer Republik aufgestiegen war, er selbst war eine Figur des öffentlichen Lebens geworden, galten sein linker Liberalismus und seine radikaldemokratische Gesinnung nicht mehr viel. Sein letzter vor der Emigration in Deutschland veröffentlichter Essayband *Das öffentliche Leben* legt Zeugnis ab für einen parteiübergreifenden Intellektuellen, der einer ungeliebten, weil dem demokratischen Ideal immer unähnlicher werdenden Republik gegen ihre Verächter von links und rechts symbolische Autorität verleihen möchte. Dieser Band enthält neben bedeutenden literatur- und kulturkritischen Aufsätzen *(Die geistige, Lage, Die Wege des Geschlechts)* die wichtigsten öffentlichen Interventionen während der Jahre 1929–1932. Es handelt sich um Plädoyers für die deutsch-französische Verständigung *(Rede im Admiralspalast)*, Rundfunkansprachen, Proteste *(Die Zensur)*, Festansprachen *(Goethe)*, feuilletonistische Skizzen aus Paris und Berlin, Antworten auf Rundfragen und andere Texte zu Themen von öffentlichem Interesse. Auch das distanzierte Resümee seiner Bemühungen als Präsident der Sektion für Dichtkunst der Preußischen Akademie *(Die Akademie)* und die eindeutigen Absagen an die Hitler-Partei *(Das deutsche Rätsel, Die deutsche Entscheidung)* sind unverzichtbare Quellen zur Analyse der politisch-kulturellen Gemengelage vor der sogenannten Machtergreifung. Allein, er warnte vergebens. Im Juli 1932 prophezeite er (in dem Beitrag *Wir wählen*) die »Vergasung von Massen«. Er wurde verhöhnt und attackiert und ging, um sein Leben zu retten, im Februar 1933 ins Exil. Siegfried Kracauer erkannte an Inhalt und Stil dieser Essay-Sammlung »einen Typus, der gerade heute vorbildlich sein müßte«: »Ein Freund der Aufklärung, ein Anhänger der Vernunft«, und zog das Fazit: »Hätte die Demokratie mehr solcher Menschen besessen, so wäre uns einiges erspart geblieben.«

Heinrich Mann, geboren 1871 in Lübeck, begann nach dem Abgang vom Gymnasium eine Buchhandelslehre, 1891 bis 1892 volontierte er im S. Fischer Verlag, Berlin, gleichzeitig Gasthörer an der Universität; freier Schriftsteller; 1893 Paris-Aufenthalt, bis 1914 längere Italien-Aufenthalte, später München, ab 1928 Berlin; 1931 wurde er zum Präsidenten der Sektion für Dichtkunst der Preußischen Akademie der Künste zu Berlin gewählt. Die Verfilmung seines Romans *Professor Unrat* (unter dem Titel ›Der blaue Engel‹ mit Marlene Dietrich) machte ihn weltberühmt. Februar 1933 erzwungener Ausschluß aus der Akademie; Emigration über Frankreich (Paris, Nizza), Spanien und Portugal 1940 nach Kalifornien. 1949 nahm er die Berufung zum Präsidenten der neu zu gründenden Deutschen Akademie der Künste zu Berlin/DDR an. Heinrich Mann starb 1950 in Santa Monica/Kalifornien. Seine Urne ist auf dem Dorotheenstädtischen Friedhof in Berlin beigesetzt.

Die wissenschaftlichen Mitarbeiter an diesem Band
Michael Stark, Jahrgang 1947, Dr. phil., Lehrbeauftragter für Neuere deutsche Literaturwissenschaft an der Otto-Friedrich-Universität Bamberg; Publikationen zur Klassischen Moderne und zur Geschichte der Intellektuellen; Forschungsschwerpunkte: Kollektivsymbolik und Holocaust-Diskurs. Zuletzt erschien: *Der ›Kondor-Krieg‹* (1996).
Peter-Paul Schneider, Jahrgang 1949, Dr. phil., bis Anfang 1999 Abteilungsleiter am Deutschen Literaturarchiv/Schiller-Nationalmuseum, Marbach am Neckar; zuvor Wiss. Assistent für Neuere deutsche Literaturwissenschaft an der Universität Bamberg (1977–1983). Veröffentlichungen zum 18. Jahrhundert (Mitherausgeber der *Friedrich Heinrich Jacobi-Briefgesamtausgabe*) und – im 20. Jahrhundert – hauptsächlich zu Heinrich Mann (Herausgeber des seit 1983 erscheinenden ›Heinrich Mann-Jahrbuchs‹ [zusammen mit Helmut Koopmann]); Präsident der 1996 gegründeten ›Heinrich Mann-Gesellschaft‹ mit Sitz in Lübeck. Seit Mai 1999 leitet er den Berliner Standort des Deutschen Rundfunkarchivs.

Heinrich Mann
Studienausgabe in Einzelbänden

Herausgegeben von Peter-Paul Schneider

Textgrundlage:
Heinrich Mann: *Das öffentliche Leben*
Berlin–Wien–Leipzig: Paul Zsolnay Verlag 1932

Heinrich Mann

Das öffentliche Leben

Essays

Mit einem Nachwort von
Michael Stark
und einem Materialienanhang,
zusammengestellt von
Peter-Paul Schneider

Fischer Taschenbuch Verlag

Veröffentlicht im Fischer Taschenbuch Verlag GmbH,
Frankfurt am Main, März 2001

Lizenzausgabe mit freundlicher Genehmigung
des S. Fischer Verlages GmbH, Frankfurt am Main

Gesamtherstellung: Clausen & Bosse, Leck
Printed in Germany
ISBN 3-596-13669-5

Inhalt

Große Tote

Lessing

Gesprochen im Berliner Rundfunk
am 15. Februar 1931

Lessing starb am 15. Februar 1781, er ist heute hundertfünfzig Jahre tot. Er hat nur zweiundfünfzig Jahre gelebt, fühlte sich aber schon alt und schrieb als letztes seiner Dramen ein Stück der Altersweisheit und abgeklärten Gerechtigkeit, seinen *Nathan*. Was er vorher geschrieben und getan hatte, war fast alles Kampf gewesen, es war außerordentlich mannhaft, daher noch nicht auf die vollkommene Gerechtigkeit bedacht.

Er lebte im Kampf, erstritt seine Erfolge kämpfend, wurde durch seinen kämpferischen Geist erst zu seinen Dichtungen angeregt, und im Kampf verbrauchte er sich auch früh. Das heiterste seiner Werke, *Minna von Barnhelm*, war doch auch eine kühne Eroberung. Nie vorher war ein Lustspiel so ganz aus der Zeit selbst entstanden. Das Erlebnis der Zeitgenossen, der siebenjährige Krieg, war verkörpert in den Menschen des Lustspiels. Sie erkannten sich selbst und was wirklich mit ihnen und unter ihnen vorgegangen war. Die Anekdote von gestern stand plötzlich auf der Bühne – nicht als Anekdote, sondern als bestaunenswertes Kunstwerk. Das war bis dahin nicht vorgekommen.

Das achtzehnte Jahrhundert in Deutschland unterschied bis zu Lessing zwischen Kunstwerken, die nicht wahr und nicht volkstümlich waren, und den Rüpelspielen der Jahrmärkte, die dies in ihrer Art wohl waren, aber dafür waren sie kunstlos und gemein. Friedrich der Große hielt von 1740 bis 1756 eine französische Truppe, die alle Mittwoch-Abende auf einer im Schloß eingerichteten

Bühne spielte – sehr gut spielte; aber von der hohen Geisteskultur seines Kreises ging auf die Berliner Öffentlichkeit natürlich nichts über. Andererseits war der König niemals zu bewegen, eine deutsche Schauspielertruppe anzusehen, nicht einmal die vorzügliche, in der Schönemann und Ekhof mitwirkten. Sie brachte übrigens keine Stücke, die sich mit den französischen vergleichen ließen; es war dieselbe Schule, kam aber aus zweiter Hand. Friedrich hatte wirklich keine künstlerischen, vor allem keine literarischen Gründe, hinzugehen.

Lessing schrieb sein zugleich volkstümliches und hochstehendes Lustspiel aus der Fredericianischen Welt heraus. Er hatte alle Ursache, den König zu bewundern. Es liegt auch nicht derart, daß er von Anfang an die literarische Richtung Friedrichs abgelehnt hätte. Lessing, der schon mit zwanzig Jahren zu veröffentlichen begann – er mußte früh anfangen, wie wenig Zeit blieb ihm für alle seine Kämpfe und Arbeiten –, er nahm noch lange die Gesetze der klassischen französischen Tragödie gläubig hin, wie jeder seiner Zeitgenossen. Die Mittelmäßigkeit der deutschen Nachahmer muß ihn zunächst gereizt haben, bevor er sich dann gegen die überkommenen Regeln überhaupt auflehnte; er bekämpfte ursprünglich mehr Gottsched als Corneille.

Was konnte er dem herrschenden Geschmack entgegenstellen? Shakespeare. Vergegenwärtigen wir uns aber, daß Shakespeare für die Gebildeten und für Lessing selbst zunächst nur ein englischer Dramatiker neben anderen war. Als Lessing den großen Namen das erste Mal in den Streit der Meinungen warf, kannte er das Werk Shakespeares in Wirklichkeit sehr wenig. Er mußte daher ungeheuer viel lernen, erkennen, unermeßlich viel in sich selbst besiegen und neu aufbauen, bevor er Shakespeare durchsetzte, zuerst bei sich selbst, dann beim deutschen Theater – dies durch seine *Hamburgische Dramaturgie*. Andererseits war das klassische französische Theater eine große geistige und sittliche Macht, der man einfach angehörte damals; ohne schwerste innere Nöte entzog sich ihr bestimmt niemand. Was Lessing später gegen Corneille vorbrachte, um ihn verdächtig zu machen und zu entwerten, das läßt sich in einer Hinsicht vergleichen mit dem Kampf Nietzsches gegen Wagner. Es sind die intim eingeweihten Feinde, die am meisten gegen einen Mann und sein Werk ausrichten. Die aber haben es wieder mit sich selbst nicht leicht.

Diese Überlegungen zeigen uns, daß schon ein ästhetischer Kampf, der Kampf um eine literarische Form, viel voraussetzt. Man muß menschlich gewappnet und bereit sein, allein zu stehen. Man muß die Wahrheit dem augenblicklichen Nutzen vorziehen, denn mit der herrschenden Richtung, die nicht mehr lebendige Wahrheit ist, waren doch immer noch die leichtesten Geschäfte zu machen. Auch ist man genötigt, die eingenommene Stellung rastlos zu verteidigen. Der Neuerer braucht die vielfache Anstrengung. Wollen wir so weit gehen, zu sagen, daß Lessing niemals Stücke geschrieben hätte – daß er sie erst schrieb, als er sich überzeugt hatte, neue Erkenntnisse müßten durch die Tat bewiesen werden? Er behauptete die Erkenntnisse nicht nur, er bewies sie gleich durch die Tat, das waren die Stücke, die er auf die Bühne stellte.

Es war der größte Fall des geistigen Neuerers, dem die Leidenschaft seines Geistes auch die Kraft verlieh, zu dichten. Er hatte gewiß den Willen, zu gestalten, von Natur. Fruchtbar wurde er als Dichter aber doch nur, weil er den Sieg neuer Wahrheiten erkämpfen und in der bestehenden Welt etwas bewegen, etwas verändern wollte – ästhetisch, kulturell und sozial, ja, auch sozial, was – wie er wohl sah – das schwerste war. Dichten ist viel. Wissen und Handeln gehörten wenigstens für Lessing mit demselben Recht dazu. Er schrieb:

»Es freuet mich, mein Herr, daß Ihr ein Dichter seid.

Doch seid Ihr sonst nichts mehr, mein Herr? Das tut mir leid.«

Nehmen wir ein anderes seiner berühmten Epigramme hinzu:

»Wer wird nicht einen Klopstock loben?
Doch wird ihn jeder lesen? – Nein.
Wir wollen weniger erhoben
Und fleißiger gelesen sein.«

Das ist das klare Geständnis, daß Handeln und Wirken ihm noch wichtiger waren, als der höchste Ruhm. Er hat wahrhaftig vieles erreicht – nicht nur, daß er unsere klassische Dichtung eroberte, bevor Goethe und Schiller sie zur Höhe führten. Er hat in der Folge auch die Sitten verändert, da er die Denkart veränderte – auf jedem Wege, durch Streit- und Lehrschriften ebenso wie durch seine Zeitstücke.

Gleich *Minna von Barnhelm* verdient jedes Drama von Lessing den Namen Zeitstück. Jedes will in die vorhandene Welt eingreifen, will sie den Zeitgenossen hinstellen, wie diese sie von selbst nicht leicht sehen: ohne Vorurteile, ohne Nachgiebigkeit, einfach wahr. Mehrere Stücke, darunter *Emilia Galotti*, wollen aufreizen, sogar empören, und würden so gern, so gern bessern.

Emilia Galotti wird von ihrem Vater getötet, damit sie nicht die Geliebte des regierenden Fürsten wird. Das war im 18. Jahrhundert für die Familien ein Damoklesschwert, aber es war auch eine Chance. Die meisten jungen Damen waren samt ihren Eltern nur geehrt, wenn der kleine Tyrann sie sich aussuchte. Bei Lessing wird der Zwischenfall ganz ernst genommen, was sonst nicht üblich gewesen war. Er bekommt seine volle soziale und menschliche Bedeutung; er bekommt etwas Entscheidendes. Der Mißbrauch der Macht, damit ein Machthaber sein Vergnügen hat, die Entwürdigung und Aufopferung von Menschen, vollberechtigten Menschen, deren Recht auf Selbstachtung genau so groß ist, wie das des Fürsten: das mußte man nur einmal nicht auf die leichte Achsel nehmen, man mußte es zu Ende denken, den sozialen Sinn, die sittlichen Folgen. Sofort wurde etwas vollkommen Neues daraus, keine galante Komödie, kein unbeanstandeter Vorgang des täglichen Lebens, was es solange gewesen war, sondern ein bürgerliches Trauerspiel.

Die Gattung des bürgerlichen Trauerspiels war ein Zeichen dafür, daß man damals anfing, die Gesellschaft mit anderen Augen zu sehen, ja, daß man innerlich und mit dem Gefühl eine gesellschaftliche Umwälzung vornahm. Die bürgerliche Umwälzung hatte innerlich begonnen, sobald bürgerliche Trauerspiele eine Menge Zuschauer fanden. Infolge dessen konnte sie auch im öffentlichen Leben eintreten, wenn auch noch nicht für Deutschland. Wir müssen festhalten, daß die politische Revolution in Deutschland 1789 noch nicht ausbrach. Die Denkenden gingen Wege, die von denen der französischen Geister nicht sehr verschieden waren, nur konnte hier nicht danach gehandelt werden. Die Hofdichtung konnte auch hier abgeschafft werden, der feudale Heroismus zog nicht länger, und die erkünstelten Gefühle der Vornehmen ergaben kein erfolgreiches Schauspiel mehr. Das Theater rührte fortan sein Publikum mit bürgerlichen Schicksalen, es mochte die Zeitgenossen sogar aufreizen, wie durch das Stück Lessings. In Wirklichkeit blieb aber alles beim Alten, und diese Tatsache der Wirklichkeit bestimmte mit vollem Recht auch die Schlußwendung des Stückes und seine Moral.

Denn in *Emilia Galotti* wird die Schuld nicht bestraft, und die Unschuld stirbt ungesühnt. Das ist dem Trauerspiel immer vorgeworfen worden, – aber verlief denn die Wirklichkeit anders? Wurde vielleicht in der Wirklichkeit ein unanständiger Fürst von seinen Untertanen zum Teufel geschickt? Das Höchste war schon, wenn er sich auf einen schuftigen Untergebenen ausredete und den Kammerherrn Marinelli eine Zeitlang vom Hofe verbannte. Mehr war nicht zu machen – im wirklichen Leben nicht, und daher auch nicht in dem Werk eines wahrheitsliebenden Mannes. Lessing ging in seiner Wahrheitsliebe noch weiter; er zog mit in Betracht, daß die Werbungen des Fürsten das Mädchen auf die Dauer nicht kalt lassen konnten. Sie liebte ihn nicht, aber natürlich meldete sich ihr Blut. Die Sache spielte im warmen Italien, in Deutschland hätte sie, nicht nur wegen der Kälte, nicht spielen dürfen. Die arme Emilia war doppelt bedroht, von fremder Gewalt und von ihren eigenen Sinnen. Das machte den Verlauf noch trauriger für die bürgerliche Ehre. Ihr Tod von der Hand ihres Vaters war eine Tat der Verzweiflung, mit tragischer Schuld und tragischer Sühne hatte er wenig zu tun. Dafür war er wahr. So sahen die bürgerlichen Trauerspiele im Leben aus.

Dies wurde auch bewiesen durch die Aufnahme des Stückes. In Braunschweig, wo es entstanden war, suchte der Klatsch nach den Vorbildern; in Gotha wurde es verboten; in Berlin ging die Kritik kühl darüber hinweg. Es muß ein gewaltig unbequemes Stück gewesen sein: wirksam, lebensecht, hochkultiviert und bei all dem revolutionär! Da half nur größte Vorsicht, sooft man damit zu tun bekam. Nach einiger Zeit mußte Lessing schmerzlich bekennen, er bemühe sich, sein Stück zu vergessen. Die Besten damals vergaßen es keinen Augenblick – Schiller nicht, als er *Kabale und Liebe* schrieb, Goethe ebensowenig. Goethe nannte die *Emilia Galotti* einen entscheidenden Schritt zur sittlich erregten Opposition gegen tyrannische Willkürherrschaft. Als Goethe schon alt war und gegen die Willkürherrschaft, die noch immer bestand, keine *Emilia Galotti* mehr geschrieben wurde, gestand er, sie sei von ungeheurer Kultur gewesen, jetzt sei man schon wieder barbarisch.

Lessing ließ sieben Jahre vergehen, bevor er sein letztes großes Werk schuf, das dramatische Gedicht *Nathan der Weise*. Den *Nathan* betreffend, muß eine vorherrschende Meinung dahin berichtigt werden, daß er nicht in erster Linie und nicht mit besonderer Absicht philosemitisch ist. Er ist einfach vorurteilslos. Er ist nur vernünftig und gütig. Überdies geschieht hier eine Verklärung der Religionen. Denn, wie Platon gesagt hat:

»Hier ist alles, Charakter und Geist und der edelsten Menschheit
Bild, und die Götter vergehn vor dem alleinigen Gott.«

Nichts von geoffenbarter Religion. Es ist das Zeitalter der Vernunft, und Lessing war nicht der Mann, von den, wie er glaubte, endgültig eroberten Wahrheiten irgend etwas nachzulassen. Aber er ist sich durchaus bewußt, daß religiöse Gesinnung die Menschen verbinden, Liebe verbreiten und die Welt erträglicher machen kann, genau so, wie er es von der Vernunft erhoffte. Ja, Religion und Vernunft sind ihm ein und dasselbe. Daher bekommen im *Nathan* alle recht, Jude, Sarazen und Christ; jede Religion ist die echte, wie jeder der drei Ringe der echte ist.

»So glaube jeder sicher seinen Ring
Den echten! – – Wohlan!
Es eifre jeder seiner unbestochnen,
Von Vorurteilen freien Liebe nach!«

Dies der Sinn des *Nathan* und das letzte Wort Lessings – der im Leben wahrhaftig mehr Kampf als Liebe gekannt hatte.

Er hat ein schweres Leben gehabt – umso schwerer, da die tiefinnere, schwer zerstörbare Heiterkeit des nur schöpferischen Menschen ihm nicht gegeben war. Der nur Schöpferische hat die tiefe Freude des Spiels und der Gesichte, in besonders hohen Fällen genießt er das Glück der

Vollendung, gesetzt, irgend jemand schüfe Vollendetes. Der männlichste Geist Lessings zog Wahrheiten den Kunstwerken vor, so gern er beide in eins verwandelt hätte. Der Vollendung hat er sich begreiflicher Weise am meisten genähert, als er ein Lustspiel schrieb, und dann nochmals ganz zuletzt. Denn der *Nathan* ist das Werk dessen, der selbst schon vollendet ist und aus dem Kampf zu scheiden sich vorbereitet. Bis dahin war in ihm und um ihn immer Kampfgewühl der Geister. Jede seiner Dichtungen ist wie alles, was er sonst schrieb, Geisteskampf. Die Denkart vieler Zeitgenossen veränderte er auch wirklich. Da aber die sozialen Wirkungen nicht sofort sichtbar wurden, war es zu seiner Zeit ein unbelohnter Geisteskampf.

Vergleichen wir ihn mit anderen Kämpfern seines Jahrhunderts, dann hat Voltaire neben Lessing ein vom Glück getragenes, ein geradezu lustiges Leben gehabt. Er verstand es, reich zu werden, er errang über seine geistigen Gegner einen Sieg nach dem anderen. Sein Name war zuletzt nicht nur für die guten Köpfe, sondern für ganze Volksmengen das erwartete Zeichen, daß große Veränderungen kämen, größere als er selbst wollte; und auf sein triumphales Begräbnis folgte dann auch alsbald die Revolution. Selbst der besitzlose und kranke Rousseau hatte noch Glück. Vornehme Leute liebten ihn, der sie doch untergrub. Er wurde gepflegt, von Sorgen befreit und durfte sich gut aufgehoben fühlen im Zug der Zeit. Lessing konnte sich weniger an diesen beiden messen, als an Diderot – auch ein besonders männlicher Charakter und einer der ersten unabhängigen Schriftsteller. Aber auch diesem waren die Umstände seines Landes günstiger. Lessing mußte ein ungleich bewegteres Leben führen. Schulden erdrückten ihn fortwährend, er unterlag Verfolgungen und Verboten; und nach allen schlecht vergoltenen Anstrengungen, frei und stolz zu bleiben, mußte er sich dennoch in den Dienst eines der verhaßten kleinen Tyrannen bequemen. Als Bibliothekar des Herzogs von Braunschweig schrieb er gerade sein revolutionäres Stück, *Emilia Galotti.*

Gleichwohl ist er noch mehr ein großes Beispiel durch seinen Kampf, als durch sein Werk. Es ist auch nicht vor allem das Werk, das uns, der Nachwelt, vor Augen steht: es ist der Mann. Werke haben nach hundertfünfzig Jahren ihren ursprünglichen Sinn verloren oder sie haben ihn verändert. Jedes Werk bietet den neuen Geschlechtern neue Ansichten. Eigentlich ist es nicht mehr dasselbe Werk, das so lange fortlebt. Die Gestalt Lessing hingegen ist unwandelbar. Die Gestalt des alleinstehenden Kämpfers wirkt sozial, mehr als jede vorsätzliche Gemeinschaft, denn sie verbindet Geschlechter und Jahrhunderte. Wir blicken auf ihn, wie alle Früheren auf ihn geblickt haben, sofern wir noch Sinn haben für einen freien Geist und einen tapferen Mann, sofern wir noch wissen, daß Kultur kein beruhigtes Dahinblühen, sondern die Leidenschaft für das Rechte im Denken und im Leben ist.

Goethe-Feier
22. März 1932

Wir dürfen ihn feiern. Wir mißverstehen ihn nicht noch mehr und sind von ihm keineswegs weiter entfernt als alle die Geschlechter seit hundert Jahren. Fremd und unzugänglich ist uns nicht er selbst, nicht der lebende Goethe, sondern nur das Standbild, das ihn vorstellen soll, der Olympier, der harmonisch Beruhigte, der klassische Geheimrat, den allerdings Dämonie umwittert, – wie die E. T. A. Hoffmannschen Räte plötzlich zaubern können.

Das ist bloßes neunzehntes Jahrhundert und hat mit ihm nicht viel zu tun. Das auf ihn folgende Zeitalter hatte einen Begriff des Genialen, der jetzt in voller Auflösung ist. Über das bürgerliche Einerlei erhob sich, ungeheuer und einschüchternd, der Einzelfall, dem nicht beizukommen ist, weil er eigene Gesetze hat. Nur die großen Männer selbst verstehen einander über die Zeiträume hinweg, und ihnen ist vieles erlaubt. Sie dürfen der herrschenden Richtung widersprechen, zum Beispiel der Nationalen Demokratie, und dürfen andere Sitten haben, zum Beispiel mehr lieben. Das neunzehnte Jahrhundert wurde mit Recht dauernd beunruhigt von dieser völlig und unfaßbar schön ausgebildeten Persönlichkeit, während alle Lebenden sich immer enger spezialisierten. Aber entscheidend für die Persönlichkeit bleibt bis zuletzt die Zeit ihrer Herkunft.

Die ganze Grundlage Goethes ist achtzehntes Jahrhundert. Weil er so alt wurde, trug er noch den bürgerlichen Rock, das täuschte über ihn. Das achtzehnte Jahrhundert schließt ab, was schon das fünfzehnte begonnen hatte, die

Befreiung, Pflege und Herrlichkeit des einzelnen Menschen. Das achtzehnte Jahrhundert, das noch immer späte Renaissance war, hat in Deutschland länger gedauert als in Frankreich. Die kennzeichnendsten Persönlichkeiten erscheinen hier etwas später, Goethe etwas später als Voltaire. Dennoch befand Goethe sich vielfach in der gleichen Lage wie der andere, dies sowohl geistig wie sozial.

Er war der Bürgersohn, der als homme de génie, wie das achtzehnte Jahrhundert sachlich sagte, Aufnahme fand in die gute Gesellschaft und ein Herr vom Stande wurde. Das hieß unvergleichlich mehr, als wenn man heute reich wird. Es gewährte die Freiheit, zu leben und öffentlich Freundinnen zu haben. Es verlieh das Recht, sich über geheiligte Vorurteile hinwegzusetzen.

Goethe soll konservativ sein – gewiß; aber dann ist er es in demselben Maß wie Voltaire, denn auch der hielt an der Monarchie fest, er wußte warum. Eine noch wichtigere Macht, die Kirche, die ihm keine besseren, nur schlechtere Lebensbedingungen versprach, wurde von ihm weniger geschont. Und von Goethe? »Jüdische Sekten« – darunter faßte er die christlichen Konfessionen zusammen. Er schrieb: »Wer Wissenschaft und Kunst besitzt, der hat auch Religion. Wer diese beiden nicht besitzt, der habe Religion.« Das heißt: Es ist nützlich, wenn das Volk gesittigt und auch unschädlich gemacht wird durch Märchen. Das ist im Grunde kein anderer Vorgang, als wenn Voltaire während eines atheistischen Tischgespräches die Lakaien hinausschickte.

Warum immer »der große Heide«? Warum nicht »Encyclopädist und Revolutionär«? Weil er in der Hauptsache Dichter ist, und der andere war es nur nebenbei. Das Dichten war durch seine Vorgänger und durch ihn auf eine solche Höhe der Geltung gebracht, daß die ganze Gestalt das Feierliche erst bekam, weil sie dichtete. Was dann an Gaben und Künsten hinzukam, wirkte um so mehr wie

Wunder. Auch noch Naturforscher! Aber das achtzehnte Jahrhundert hatte die wissenschaftliche Neugier schon vorher bei den literarischen Geistern eingeführt. Voltaire trieb Physik an den kleinen Adelshöfen, die mit dem von Weimar vergleichbar sind. Er selbst war nur nicht zu vergleichen mit Goethe, was Anschauung und Vorwegnahme von Erkenntnissen betrifft.

Der kleine Hof war ausgezeichnet als gegebener Grund und Boden für Weltmänner, die ungebundene Geister waren. Auch Voltaire stützte sich nicht auf Versailles. Weimar war grade richtig, um von dort aus Europa geistig zu beherrschen, wie ein jüngerer Zeitgenosse, Napoleon, es militärisch eroberte. Dies sind wirklich die beiden Gleichberechtigten. Goethe hat dem Kaiser eine Vertraulichkeit gewährt wie sonst keinem Sterblichen, er hat ihm einen Fehler im *Werther* lächelnd zugegeben. Er muß sich zu den Siegen des ihm gewachsenen Menschen innerlich verhalten haben wie Voltaire zu denen Friedrichs. Sie waren scheinbar zum Nachteil seines Landes, es war nicht sicher, daß sie es auf Dauer blieben. Keineswegs waren sie zum Schaden seines Geistes und Gewissens. Der Erste der Deutschen wurde bestätigt und wuchs noch, als jener Erste des anderen Volkes neben ihn trat und durch die Tat bewies, was er selbst im Wesen war: Humanismus, Grenzenlosigkeit und Europa.

Der ganze Saft Deutschlands kreiste in Goethe. Dennoch vermochte er die Deutschen zu sehen wie von außen – er, der ihre volkstümlichsten Stoffe dichtete. *Faust* und *Götz* sind von einem, der sein Volk zu beurteilen, sich sogar von ihm zu entfernen verstand. Errang er nicht vielleicht grade so die weltweite Dichtung, die sein Volk unermeßlich größer gemacht hat?

Er wollte weder patriotische Beschränkung noch die nationale Demokratie; denn er sah voraus, daß sie die Möglichkeit, die ihm selbst noch gegeben worden war, sich völlig auszuleben, vorläufig verringern werde für alle und jeden. Das ist auch geschehen. Wir können einen Goethe nicht einmal mehr erträumen, und damit hängt zusammen, daß kein Napoleon sich wieder zeigt. Die Abhängigkeit und Gebundenheit jedes Einzelnen haben unter uns zugenommen, bis sie Angst und Schrecken geworden sind. Wo an blinde Gesetze der Wirtschaft geglaubt wird, verschwindet die Persönlichkeit, und die Masse, die sie nicht entbehren kann, erfindet sich ihre sogenannten Führer. Das sind aber frühe, ganz unfertige Zustände der Demokratie, die solange auch noch Abfallprodukte hervorbringt wie den Fascismus. Es ist erlaubt, heute vorauszusehen, daß am Ende ihrer schweren Lehrzeit doch wieder die geistige Persönlichkeit auftreten wird – der gesammelte Geist des Zeitalters in starken Gestalten.

Wir feiern Goethe aus Wirrnissen des Gemütes, die auch ihm verständlich wären, denn er konnte sehr wohl hassen, er mußte immer kämpfen. Wir feiern ihn auch, weil es notwendig ist, zu hoffen, daß er einstmals wiederkehrt.

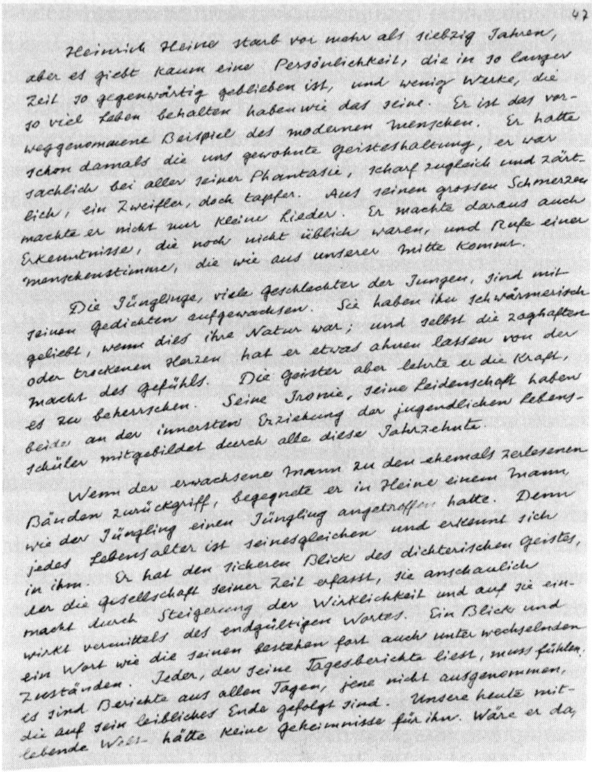
47

Heinrich Heine starb vor mehr als siebzig Jahren, aber es giebt kaum eine Persönlichkeit, die in so langer Zeit so gegenwärtig geblieben ist, und wenig Werke, die so viel Leben behalten haben wie das seine. Er ist das vorweggenommene Beispiel des modernen Menschen. Er hatte schon damals die uns gewohnte Geisteshaltung, er war sachlich bei aller seiner Phantasie, scharf zugleich und zärtlich, ein Zweifler, doch tapfer. Aus seinen grossen Schmerzen machte er nicht nur kleine Lieder. Er machte daraus auch Erkenntnisse, die noch nicht üblich waren, und Rufe einer Menschenstimme, die wie aus unserer Mitte kommt.

Die Jünglinge, viele Geschlechter der Jungen, sind mit seinen Gedichten aufgewachsen. Sie haben ihn schwärmerisch geliebt, wenn dies ihre Natur war; und selbst die zaghaften oder trockenen Herzen hat er etwas ahnen lassen von der Macht des Gefühls. Die Geister aber lehrte er die Kraft, es zu beherrschen. Seine Ironie, seine Leidenschaft haben beides an der innersten Erziehung der jugendlichen Lebensschüler mitgebildet durch alle diese Jahrzehnte.

Wenn der erwachsene Mann zu den ehemals zerlesenen Bänden zurückgriff, begegnete er in Heine einem Mann, wie der Jüngling einen Jüngling angetroffen hatte. Denn jedes Lebensalter ist seinesgleichen und erkennt sich in ihm. Er hat den sicheren Blick des dichterischen Geistes, der die Gesellschaft seiner Zeit erfasst, sie anschaulich macht durch Steigerung der Wirklichkeit und auf sie einwirkt vermittels des endgültigen Wortes. Ein Blick und ein Wort wie die seinen bestehen fort auch unter wechselnden Zuständen. Jeder, der seine Tagesberichte liest, muss fühlen, es sind Berichte aus allen Tagen, jene nicht ausgenommen, die auf sein leibliches Ende gefolgt sind. Unsere heute mitlebende Welt hätte keine Geheimnisse für ihn. Wäre er da,

Erste Seite von
Heinrich Heine.
Aufruf für sein Denkmal in Düsseldorf
in der Handschrift Heinrich Manns

Heinrich Heine
Aufruf für sein Denkmal in Düsseldorf

Heinrich Heine starb vor mehr als siebzig Jahren, aber es gibt kaum eine Persönlichkeit, die in so langer Zeit so gegenwärtig geblieben ist, und wenig Werke, die so viel Leben behalten haben wie das seine. Er ist das vorweggenommene Beispiel des modernen Menschen. Er hatte schon damals die uns gewohnte Geisteshaltung, er war sachlich bei aller seiner Phantasie, scharf zugleich und zärtlich, ein Zweifler, doch tapfer. Aus seinen großen Schmerzen machte er nicht nur kleine Lieder. Er machte daraus auch Erkenntnisse, die noch nicht üblich waren, und Rufe einer Menschenstimme, die wie aus unserer Mitte kommt.

Die Jünglinge, viele Geschlechter der Jungen, sind mit seinen Gedichten aufgewachsen. Sie haben ihn schwärmerisch geliebt, wenn dies ihre Natur war; und selbst die zaghaften oder trockenen Herzen hat er etwas ahnen lassen von der Macht des Gefühls. Die Geister aber lehrte er die Kraft, es zu beherrschen. Seine Ironie, seine Leidenschaft haben beide an der innersten Erziehung der jugendlichen Lebensschüler mitgebildet durch alle diese Jahrzehnte.

Wenn der erwachsene Mann zu den ehemals zerlesenen Bänden zurückgriff, begegnete er in Heine einem Mann, wie der Jüngling einen Jüngling angetroffen hatte. Denn jedes Lebensalter ist seinesgleichen und erkennt sich in ihm. Er hat den sicheren Blick des dichterischen Geistes, der die Gesellschaft seiner Zeit erfaßt, sie anschaulich macht durch Steigerung der Wirklichkeit und auf sie einwirkt mittels des endgültigen Wortes. Ein Blick und ein

Wort wie die seinen bestehen fort auch unter wechselnden Zuständen. Jeder, der seine Tagesberichte liest, muß fühlen: es sind Berichte aus allen Tagen, jene nicht ausgenommen, die auf sein leibliches Ende gefolgt sind. Unsere heute mitlebende Welt hätte keine Geheimnisse für ihn. Wäre er da, er würde dieselben Kämpfe führen wie wir. Ungerechtigkeit und Entwürdigung des Menschen müßten ihn bewegen wie je. Sein Ziel wäre immer noch Vermenschlichung der Welt, Vergeistigung des Lebens. Er hat um uns und unsere Not gewußt. Er war unter den Ersten, die soziale Gedichte schrieben. Er hat dabei das Land, das ihm die Sprache schenkte, männlich und ohne Redensart geliebt. Ihm bezeugte er Dauer, ja, ewigen Bestand.

Als er in langer Krankheit gealtert war, fand er die bewundernswerteste Haltung vor dem Tode und die zugleich festesten und hingebendsten Worte angesichts der Ewigkeit. Seine Trauer ist kraftvoll, und kein Abschied vom Dasein wurde jemals weder ergreifender noch stolzer genommen, als in seinen unvergänglichen *Letzten Gedichten*. Er bietet seitdem eins der höchsten Beispiele den Sterbenden, wie er es den Lebenden bietet.

Das wäre genug für einen Verewigten, der doch weiterlebt. Beispielhaft dastehn als Sänger der Jugend, kämpfender Mann und schön noch beim Sterben! Seinen Platz haben im Gedächtnis eines Volkes und einer Welt! Mag er kein äußeres Denkmal brauchen: wir schulden sein Denkmal uns selbst. Andere, die nicht allen Gestalten seines Wesens, höchsten einer von ihnen nahekommen, haben das Denkmal, das ihm zu lange versagt wurde. Ein Zeitgenosse, Musset, in einigem ihm ähnlich, obwohl um sein Frankreich unvergleichlich weniger verdient als Heine um uns, wurde bedankt mit einem der sichtbarsten Monumente von Paris. Hat Deutschland das Recht, weniger dankbar zu sein? Darf es die Vaterstadt Heines?

Der Dichter Heine hat alles, um im behauenen Stein vor

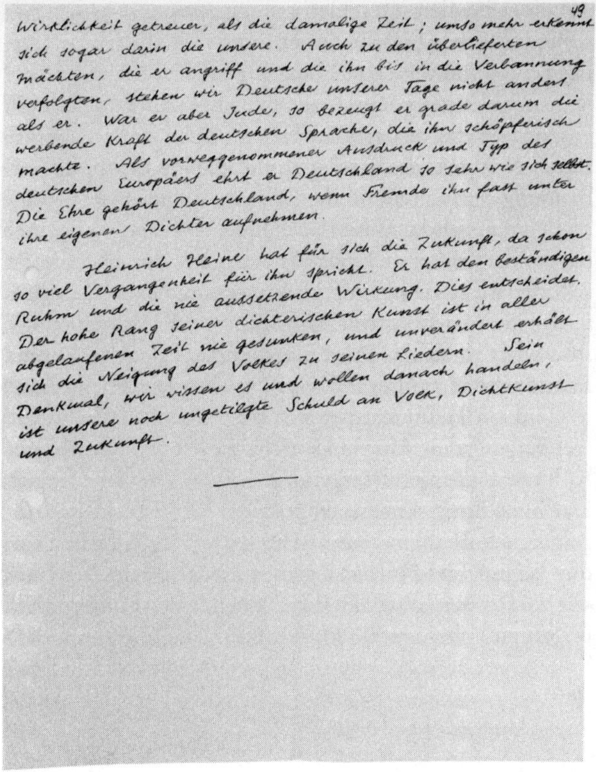

49

Wirklichkeit getreuer, als die damalige Zeit; umso mehr erkennt sich sogar darin die unsere. Auch zu den überlieferten Mächten, die er angriff und die ihn bis in die Verbannung verfolgten, stehen wir Deutsche unserer Tage nicht anders als er. War er aber Jude, so bezeugt er grade darum die werbende Kraft der deutschen Sprache, die ihn schöpferisch machte. Als vorweggenommener Ausdruck und Typ des deutschen Europäers ehrt er Deutschland so sehr wie sich selbst. Die Ehre gehört Deutschland, wenn Fremde ihn fast unter ihre eigenen Dichter aufnehmen.

Heinrich Heine hat für sich die Zukunft, da schon so viel Vergangenheit für ihn spricht. Er hat den beständigen Ruhm und die nie aussetzende Wirkung. Dies entscheidet. Der hohe Rang seiner dichterischen Kunst ist in aller abgelaufenen Zeit nie gesunken, und unverändert erhält sich die Neigung des Volkes zu seinen Liedern. Sein Denkmal, wir wissen es und wollen danach handeln, ist unsere noch ungetilgte Schuld an Volk, Dichtkunst und Zukunft.

Letzte Seite von
Heinrich Heine.
Aufruf für sein Denkmal in Düsseldorf
in der Handschrift Heinrich Manns

die kommenden Geschlechter hinzutreten. Oder was sollte ihm daran fehlen? Er bekannte wohl die Unruhe seines Blutes und was seine Sinne begehrten, offener und der Wirklichkeit getreuer, als die damalige Zeit; umso mehr erkennt sich sogar darin die unsere. Auch zu den überlieferten Mächten, die er angriff und die ihn bis in die Verbannung verfolgten, stehen wir Deutsche unserer Tage nicht anders als er. War er aber Jude, so bezeugt er gerade darum die werbende Kraft der deutschen Sprache, die ihn schöpferisch machte. Als vorweggenommener Ausdruck und Typ des deutschen Europäers ehrt er Deutschland so sehr wie sich selbst. Die Ehre gehört Deutschland, wenn Fremde ihn fast unter ihre eigenen Dichter aufnehmen.

Heinrich Heine hat für sich die Zukunft, da schon so viel Vergangenheit für ihn spricht. Er hat den beständigen Ruhm und die nie aussetzende Wirkung. Dies entscheidet. Der hohe Rang seiner dichterischen Kunst ist in aller abgelaufenen Zeit nie gesunken, und unverändert erhält sich die Neigung des Volkes zu seinen Liedern. Sein Denkmal, wir wissen es und wollen danach handeln, ist unsere noch ungetilgte Schuld an Volk, Dichtkunst und Zukunft.

Erinnerungen an Albert Steinrück

Er war einer der vollständigsten Menschen. Er hatte beides, die Kraft und die Feinheit. Sein Geist war so leicht ergriffen wie seine Sinne. Seine Natur verlangte nach gedrängtem Erleben, ungemessenen Aufgaben, aber auf ihrem Grunde war Ruhe. Er schlief, wann er wollte. Noch zuletzt konnte er fünfzehn Stunden lang ohne Unterbrechung lernen und dann schlafen.

Warum liebte ich ihn so sehr? Seine Gesellschaft erwärmte. Sie belastete nie, und man war sicher, kein unerfreuliches Wort zu hören. Er konnte Abneigungen stark ausdrücken; aber dann galten sie denen, die einen geistigen Wert mißachtet hatten. Gerade das lag ihm am fernsten. Er zeigte die zarteste Rücksicht für jeden, der ihn geistig bereichert hatte. Er bekannte Bewunderung für die veredelten Charaktere unter seinen Kollegen und Achtung für jede neue Begabung. Sich selbst sah er, wenn ich nicht irre, als Mitwirkenden an einer umfassenden menschlichen Angelegenheit, die Geist heißt, und der viele dienen. Das Theater war ihm nicht Selbstzweck, es stand nicht für sich allein. Er aber diente den höheren Zwecken mit seinen Mitteln, einer schauspielerischen Sinnenfälligkeit, die taktvoll blieb, noch wenn sie brutal sein mußte. Alle Intensität seines körperlichen Spieles ließ nie vergessen, daß ein Geist sich offenbarte. Der schönste menschliche Takt blieb sein eigen, auf der Bühne wie auch im Leben.

Er hat nie mit Erfolgen geprahlt. Er war erfreut, aber leicht erstaunt, als ich ihm einst in München die Glanzrollen aufzählte, die er nacheinander während einer Steinrück-Woche hätte spielen können. Aber als er dann Direktor wurde und es ihm erlaubt gewesen wäre, tat er es nicht. Er hörte das Lob mit hingeneigtem Ohr und bedachte wohl, was alles dazwischentreten kann, wenn einer zum Ruhm aufsteigt. Da er spielte, betrachtete er auch das Schicksal als ein großes, ernstes Spiel, gegen das wir Kinder sind. Wir müssen damit rechnen, eingeholt zu werden und zu verlieren. Er hatte kindliches Vertrauen zu seiner eigenen Richtigkeit, aber doch die Ahnung, als müßte sie immer wieder nachgeprüft und bestätigt werden. Nach der Zeit der gesellschaftlichen Umwälzungen sind mehrere der besten Schauspieler zurückgeblieben. Steinrück wuchs in die veränderte Welt hinein, er wandelte sich und sah eine neue Blüte.

Auch hatte er zu altern verstanden. Zur Kraft kam Milde. Früher konnte er erschrecken oder aufwühlen, jetzt ergriff er. Im *Verlorenen Sohn von London* schien er das Menschliche wirklich zu empfinden wie ein gutherziger Reisender nach später Heimkehr. Kurzer Zorn und lange Liebe. Er hat viel geliebt.

Er liebte sein Heim, das in einem Garten lag, Frau und Kinder. Er liebte Wein und Sonne, das Meer. Er malte die Landschaften, in denen er glücklich war. Seine Sinne und sein Ausdrucksvermögen waren nicht damit zufrieden, daß sie als Mittel seinen mächtigen Körper und dieses breite, in allen Affekten grabende Gesicht hatten. Er brauchte auch noch den kleinen Pinsel und die eigene helle Kinderfreude an einem hingestrichenen Baum. Oft liebte er seine Bilder noch mehr als seine Rollen. Jene waren weniger verantwortungsvoll, mehr Spielzeug als diese, und sie kamen ihm geradeswegs aus der Natur. Denn diesem verfeinerten Menschen war alles andere, Ausdrucksvermögen und geistiger Ehrgeiz, doch nur mitgegeben wie ein fremder Auftrag. Wenn er hätte wählen dürfen: das

Leben in der Natur. Steinrück beim Baden im Starnberger See, Steinrück rudernd, fischend, die Sonne genießend! Braunrot zu werden, das war Erfolg. Kein feierlicher; aber auch die anderen Erfolge seines Lebens nahm er nie feierlich. Er nahm sie nur ernst und mit Takt, das Ohr leicht hingeneigt. Es kann immer anders kommen. Besonders kann der Tod kommen.

»Ich bin aus dem Tannenwald«, sagte er früher, um zu rechtfertigen, daß er sich rücksichtslos ausgab. Vor einigen Jahren in einer großen Krankheit erhielt ihn noch sein ganzer Lebenswille; zwischen dieser und der letzten schon nicht mehr. Er wunderte sich vor kurzem über die Vitalität eines Altersgenossen und stieß mit ihm an. Er war gütig. Aber er war im Innern vorbereitet. Dann starb er den Tod der starken Menschen, die es verachtet haben, ihn aufzuhalten.

Nicht alle, die ihm ihren Dank darbringen würden, sind noch zur Stelle. Frank Wedekind ist nicht da. Sonst könnte gerade er bezeugen, welch ein Glück für ihn die Bekanntschaft mit Albert Steinrück gewesen ist. Denn Steinrück spielte als erster Schauspieler die Rollen Wedekinds. Er beglückte diesen, und wie viele andere nach ihm! Er hat uns beglückt mit seiner Kunst und mit seiner Freundschaft.

Auch hier befähigte Liebe eine große Natur erst zu der höchsten Kunst, und einen Menschen macht sie unvergeßlich, solange wir atmen, die wir ihn kannten.

Gustav Stresemann

Ansprache im Reichstag zugunsten seines Ehrenmals

Der verstorbene Stresemann ist gefeiert worden als Befreier des Rheinlandes – mit vollem Recht, denn ohne diesen Mann wäre es so bald nicht frei geworden; seiner unermüdlichen, selbst durch schwere Krankheit nicht zu entmutigenden Arbeit hat es bedurft.

Wir müssen uns fragen: warum war er nicht zu entmutigen, nicht zu ermüden? Die Antwort heißt: weil er einen Entschluß gefaßt hatte und eine Idee besaß. Das fehlt den meisten, es fehlt heute fast allen. Wer Entschlußkraft hat und von einer Idee getragen wird, zeichnet sich schon dadurch aus. Seine Persönlichkeit wirkt sofort beschwingter, freier als die der anderen. Sein Werk hat eine Seele, anstatt daß es nur stofflichen Erfolg bezeichnete.

Das Werk Stresemanns ist beseelt, das fühlt jeder; es ist nicht von einem kalten Verstand allein vollbracht. Wodurch wird es beseelt? Natürlich durch die Liebe zu Deutschland. Alles, was jeder tut, muß davon mit bedingt sein, wenn es irgendeinen Wert über das Persönliche hinaus haben soll. Die Liebe zu Deutschland ist das Selbstverständliche, jeder Deutsche bringt sie von seiner Geburt her mit, er kann gar nicht anders, und denen, die ihr Deutschtum wie einen Vorzug vor anderen betonen, muß gesagt werden, daß sie damit noch nichts Besonderes sind, und daß eine enge und ausschließliche Vaterlandsliebe auch gar nicht mehr genügt, um Nennenswertes zu leisten, viel weniger, um Großes anzubahnen.

Wir lieben heute, wenn wir wirklich Herz und wenn wir Voraussicht haben, Deutschland im Zusammenhang der Welt, vor allem Europas. Die meisten wissen es selbst kaum. Er ist bei ihnen Stimmung, manchmal flüchtige Erkenntnis, oft nur Vorliebe für eine unfruchtbare Abart des Internationalismus – auch dies nur bei günstiger Konjunktur. Kommt dann die andere Welle, wird sofort aus dem geschmeidigen Weltbürger der ebenso geschmeidige Mitläufer des überlebtesten Nationalismus.

Die Stimmung, die zur Zeit Stresemanns für Locarno und für Europa war, in diesem Augenblick ist sie zu einem großen Teil dagegen. Das kommt und geht, und es zählt nicht. Was allein Wert hat, ist die persönlich erkämpfte Überzeugung, daß Europa sich einigen muß, weil jeder seiner Teile, vor allem Deutschland, es braucht, und weil der Kontinent selbst es braucht: Europa, dies Ganze, aus dem die einzelnen Teile nicht einmal in Gedanken herauszunehmen wären, und dessen Schicksal auch das ihre ist. Das hat allein Wert: die fest begründete Überzeugung und der Entschluß, zu verwirklichen, was man erkannt hat.

Hierbei wählt jeder seine Aufgabe. Im vollen Bewußtsein der Verantwortung wählte Stresemann die Verständigung Deutschlands mit Frankreich – von den europäischen Problemen das wichtigste. Wenn die beiden Hauptländer des Kontinents angenähert, versöhnt, verbündet, geeint sein werden, folgen zweifellos auch die andern, und Europa ist gerettet, es hat seine Zukunft wieder, die vorläufig so ungewiß ist. Stresemann wußte und wollte dies, er hat daran keinen Zweifel gelassen. Die Befreiung des Rheinlandes war ein großes, aber nicht sein einziges Ziel. Darüber hinaus erstrebte er mehr, darüber hinweg hatte ihn ergriffen und erhielt ihn der Gedanke unserer Freundschaft mit Frankreich.

Die Zustimmung, die ihn begleitete, hat vielfach etwas Zweideutiges gehabt. Das zeigte sich, als er tot und das Rheinland geräumt war. Jetzt konnte von Unverantwortlichen plötzlich so getan werden, als sei dies alles; die Verbesserung unserer Beziehungen zu Frankreich habe damit ihren Zweck erfüllt, jetzt brauche sie nicht anzuhalten, wir könnten zu etwas anderem übergehen, es komme eine andere Zeit. Nein. Man kann zwar falsche, schädliche Pausen einlegen, aber zum Schluß wird immer wieder dort angeknüpft werden müssen, wo Stresemann aufgehört hat.

Er erntet Dank. In diesen Tagen haben einhundertsechsundachtzig französische Schriftsteller und Künstler, die Auslese des französischen Denkens, sich in öffentlicher Kundgebung bekannt zu dem Gedanken, der ihm teuer war, der deutsch-französischen Freundschaft. An dieser Stelle wollen wir ihre Handlungsweise rühmen und ihren Wunsch erwidern. Auch wir wünschen diese Freundschaft, und wir danken Stresemann, der sie vorbereitete.

Wir haben Grund, Ehrenmale zu errichten denen, die Kraft genug hatten, in ihrem guten Willen beständig und ihrer Erkenntnis treu zu sein. Eines Tages wird der Weg, den Stresemann als einer der Ersten beschritt, zu Ende gegangen sein trotz allen Irrungen, die verschuldet, allen Fallen, die gelegt wurden, und trotz aller Müdigkeit, die oft eintritt. Deutschland und Frankreich werden endgültig Freunde geworden sein. Dann wird seiner mit Freuden und hellen Mutes gedacht werden.

Anna Pawlowa

Rede bei der Gedenkfeier in der Staatsoper

Als Anna Pawlowa das erstemal in Stockholm tanzte, war sie die anhaltende Begeisterung einer Volksmenge noch nicht gewöhnt. Leute jeder Art und Klasse folgten nach der Vorstellung ihrem Wagen schweigend, warteten vor dem Hotel, und erst als sie den Balkon betrat, brachen alle in einen Sturm von Hurras aus. Später erinnerte sie sich noch, wie sie erschrocken war über diesen Ausbruch. Sie hatte ihr Mädchen gefragt, womit sie allen diesen Leuten wohl die Köpfe verdreht habe. Das einfache Mädchen antwortete: »Madame, Sie machten sie eine Stunde lang die Trübsal des Lebens vergessen.«

Wie empfinden die meisten wohl eine Tänzerin? Wahrscheinlich als Geschöpf ohne Erdenschwere, das an seltenen Abenden sich zu ihnen herniederläßt, um mit einigen Schritten und einer Anzahl sonst nicht vorkommender Bewegungen ihnen vorzuführen, wie leicht, wie schön, wie glücklich wir wären, wenn wir höhere Wesen wären. Die Tanzkunst führt nicht über unsere Natur hinaus, aber sie befreit unsere Natur, und aus dem Gefühl der Befreiung erhebt sich die Freude – jene Freude, die Anna Pawlowa über einen großen Teil der Erde getragen und sehr vielen Menschen gespendet hat.

Dies war der Eindruck, den sie wahrscheinlich bei den meisten hervorrief. Welchen machte sie dagegen auf sich selbst? Sie hielt sich für eine Frau, die es nicht leicht hatte. Zuerst hatte sie viel lernen, die Kunst handwerksmäßig erlernen müssen, und damals war sie ein Kind. In der kaiserlichen Ballettschule zu Sankt Petersburg herrschte eine klösterliche Strenge und Nüchternheit. Die aber verlor ihr späteres Leben keineswegs. Die Arbeit hat darin mehr Raum eingenommen als der Lohn der Arbeit. Kurz waren die Befriedigungen, aber immerwährend der Kampf.

Sie trug in sich erstens den zehrenden Drang nach Erfolg. Das Atmen eines Publikums zu ihren Füßen und seine Atemlosigkeit, der Lärm des Beifalls und, wenn es hell geworden war, die glänzenden Blicke, die Tränen – dafür glaubte sie manchmal, daß sie lebe. Sie war ehrgeizig. Sie war stolz darauf, eine von ihrer Regierung ernannte Erste Tänzerin zu sein. Sie war stolz auf alles, Rang, Namen, den selbsterworbenen Wohlstand. Die Verehrung, die ihr scheinbar zuflog, als hätte es nie anders sein können, in Wirklichkeit rang sie darum. Enttäuschungen schmetterten sie nieder, ihre Rivalinnen konnten sie erbittern. Sie hörte Verleumdungen. Das Leben wurde ihr für eine schwere Nacht gallbitter, aber ihr war nie erlaubt, es sich milder und leichter zu machen. Dann wird man sie vergessen, und sie hatte doch ihre ganze Jugend, ja, ihr Familienleben und die meisten Genugtuungen der gewöhnlichen Frauen geopfert, damit man sie kennen sollte. Das ist eine große, nie ganz zu befriedigende Leidenschaft. Eine alte Schauspielerin, Sarah Bernhardt, sagte einst zu Anna Pawlowa: »So viel Erfolg gibt es gar nicht, wie diese dunklen Augen suchen.«

Trotz allem war dies weder ihre stärkste Leidenschaft noch ihr härtester Kampf. Die begannen erst bei der Kunst selbst. Es ist schwer für einen Künstler, zu werden, was er zu sein bestimmt ist; aber nur mit Verzweiflung denkt er an das Vollkommene, falls es ihm einmal von fern vor der Seele erscheint. Diese Tänzerin ahnte die Vollkommenheit. Sie hat gewußt, worin sie bestände, in der restlosen Vergeistigung ihres Körpers, in seiner inneren Vergöttlichung, so daß er von selbst und leichthin nur noch auftritt wie ein Klang und dahingeht wie ein Sonnenstrahl. Das hätte sie sich für ein zweites Leben vorgenommen. In diesem ersten blieb es unerreichlich, wie ihr bekannt war.

Den weiten Weg zur Vollkommenheit verkürzt besonders der nicht, der Schwärmerei und Gefühlstrunkenheit in seine Kunst einführt. Niemandem war dies klarer, als dem früheren Zögling jener klösterlichen Ballettschule, in der so viel gearbeitet worden war. Sie hat klar und bewußt, wie jeder, der sehr weit gelangt, das Erlebnis in sich gesteigert und geformt, bis es für sie selbst etwas körperlich Sichtbares und geradezu eine Plastik wurde. Nicht umsonst hat sie das, was sie meinte, nicht nur getanzt; sie war auch befähigt, es als Bildhauerin mit ihren Händen darzustellen. So wirklich war die Herkunft des Zaubers, den sie für die andern um sich breitete.

Etwas anderes ist die Wirkung, etwas anderes ihre Herkunft. Anna Pawlowa liebte Tiere, in ihrem englischen Park fütterte und pflegte sie besonders ihre schönen Schwäne. Sie hat wohl einen von ihnen sterben gesehen – diesen einen, der grade starb, als sie eine ihrer empfänglichsten Stunden hatte. Es war ein Naturerlebnis, sie hat es ganz in sich aufgenommen, es völlig verarbeitet, hat es in Bewegung umgesetzt, – und aufmerksam hingegeben an die Bewegung des Vorgangs, schuf sie, ohne daran zu denken, auch seine geheime Melodie mit. Was sie dann tanzte, war der sterbende Schwan, wie sie ihn erblickt und nacherlebt hatte. Die Zuschauer weinten und begriffen nicht, woher die Verzauberung ihrer eigenen Seelen.

Sie hat alles beherrscht, alle Stilarten, alle Bereiche des Gefühls und keineswegs nur das Rührende. Sie ging bis zum Dämonischen und zur Ekstase der Sinne. Dasselbe findet sich einige Male und vielleicht öfter, als wir meinen, am Grunde Mozarts, mit dem sie verglichen wurde. Beide haben die Heiterkeit, die Leichtigkeit, die auf der Hand liegen, die jeder sieht; aber sie trugen auch die geheime Last, ohne die keiner groß wird.

Anna Pawlowa war die typische Hochtänzerin, was so viel heißen könnte, wie die Erde unter sich lassen, die Wirklichkeit verlieren. Nein, sie hörte niemals auf, sterbliche Geschöpfe und unser gebundenes Dasein auszudrücken – nur daß die Blume all ihren Duft hergab, wenn sie die Blume tanzte, und daß auch ihre getanzte Libelle noch mehr Libelle war als die echten über den Sommerwiesen. Eine andere Hochtänzerin vor ihr war die Taglioni gewesen, eine Figur der romantischen Zeit, fast eine Hoffmannsche Figur – häßlich, verwachsen, dabei aber begabt mit einem Fluidum derart, daß alle damals nicht nur sie, sondern das ganze Leben verherrlicht sahen, solange sie tanzte. Anna Pawlowa war eine schöne und reizende Frau, dennoch hatte sie an der Taglioni ihr Vorbild, wahrscheinlich mehr noch, die Meisterin und strenge Beurteilerin, mit der sie insgeheim sich unterredete. »War es gut? Kann ich bestehen?«

Wir müssen solche Meister haben, die in ihrer vergänglichen Gestalt schon längst nicht mehr da sind; aber alles kommt darauf an, daß ihr Geist uns gutheißt. So hat Anna Pawlowa denn auf einen Beifall gehorcht, der aus keinem Parkett herrührte. Sie hatte den Richter in ihrer Brust. Sie war eine Tänzerin, und Mittel ihrer Sehnsucht, ihrer leidenschaftlichsten Ansprüche an sich selbst war ihr Körper. Durch ihn hat sie Höherem gedient, als ein Körper sein kann. Sie hat widerstanden, wenn Versuchungen sie abhalten wollten, ihn in den höchsten Dienst zu stellen. Ihr Körper sollte als Zeichen unvergänglicher Kräfte im Gedächtnis einer Welt nach ihr erhalten bleiben.

Als der Tod nahte, sagte sie zu ihrem Mädchen: »Bereiten Sie mir das Kostüm des *Sterbenden Schwans* vor!« So lebt sie jetzt, eine von sich selbst Erträumte, der eine Nachwelt weiter nachträumen kann. Der russische Bischof aber, der ihr in Berlin die Trauerrede hielt, nannte sie mit vollem Recht: die Ballerina, die Dienerin Gottes, Anna.

Arthur Schnitzler

Gedächtnisrede, gehalten im Staatlichen Schauspielhaus am 22. November 1931

Andere Tote hinterlassen den noch Lebenden den Eindruck des Verehrungswürdigen, der Größe, zuweilen des Furchtbaren. Was Arthur Schnitzler zurückläßt, ist Liebe. Sein Werk kann nur geliebt werden. Sein Andenken kann nur geliebt werden. Er hat zwei großen Mächten des Lebens seine Erkenntnis und seine Kunst dargebracht. Die großen Mächte sind die Liebe und der Tod, und sie sind verbündet. Davon war ihr Dichter durchdrungen. Die Liebe ist nur, weil der Tod ist, und er wäre nicht ohne sie.

Niemand in der Welt und im Jahrhundert hat die Gebrechlichkeit und die Kostbarkeit unserer wahrhaft erlebten Stunden fühlbar gemacht wie Schnitzler. Bei keinem anderen ist das Glück so sehr Glück, das heißt vergänglich und unschätzbar. Während es am höchsten strahlt, rückt immer schon der Schatten heran. Die langen, langen Zeiten der Leere, der Einsamkeit, der Todesgedanken vor und nach dem Augenblick des Glücks, sie umstehen diesen Augenblick, sie spähen hinein, und gerade darum erglänzt der Augenblick so zauberhaft, darum ist das Glück ein so einziger, gefährlich schöner Aufschwung. Bezahlt wird mit dem Tod – oder mit dem Altern, das ein verzögertes Sterben ist.

Das grausame Wissen um die Vergänglichkeit war für Schnitzler verschärft durch die Erfahrungen des Arztes. Um wie viel bewundernswerter wird noch hierdurch seine Freude am Spiel – Spiel im Grauen. Er überwand die Allgegenwart des Todes und gab sich mit seiner ganzen Kraft dem Spiel des Lebens hin. Auf der Bühne und im Buch ließ er Gestalten alles nachahmen, was ihn beglückt hatte, was er fürchtete. So vervielfachte er sein eigenes Leben. Auch diesen Wert hatte für ihn die Dichtung. Sie erweiterte den Abstand vom Tode. Sie vermehrte unendlich die Lust und die Qual, zu empfinden.

Die Kunst ist lebenfördernd, lebenvermehrend – daher ihr Ernst. Sie scheint nur zu spielen, manche aber hielten sie für die wahre Wirklichkeit. »Im Nichts aller Dinge ist es noch die am wenigsten unnütze Beschäftigung, zu schreiben.« Was Flaubert gesagt hat, dachte auch Schnitzler. Er war werkgläubig, und so war er verantwortungsbewußt. Sein Sinn für die Nichtigkeit der äußeren Dinge hielt ihn nicht ab, zu handeln, vor die Welt zu treten und etwas in ihr auszurichten. Trotz allem, was die Seele beschweren kann, blieb der reife Mann noch immer heiter und leicht, wie einst der glänzende Jüngling gewesen sein soll. Seine geheime Trauer drang wohl durch, auch wenn er Komödien schrieb. Aber er stand fest im Leben.

Schnitzler auf der Lebenshöhe, in Wien vor dem Kriege! Wer hinkam, fand Glanz, Gleichmaß, Erfolg. Die Straßen waren bewegt von denselben leichten, maßvollen Rhythmen wie die Prosa Schnitzlers. Seine Personen gingen zwischen hindurch und grüßten einander. Sie grüßten auch ihn, seine Stadt kannte ihn. Durch die Mariahilfer Straße fuhr der alte Kaiser im offenen Zweispänner und ohne sich anzulehnen. Die wehenden Federn, die schmale Rükkenlinie im hellblauen Tuche, dem Volk waren sie vertraut, es winkte ihnen nach. Aber auch den Dichter der Stadt kannte jedes Blatt im Prater. Dorthin führte er eines Abends den Fremden, dem er kaum erst begegnet war, und dem er so wohl wollte. Ein Zweispänner fuhr durch die Sommernacht. Der Gast saß dem Dichter Wiens gegenüber und hatte vor sich eins der seltensten menschlichen Erzeugnisse. Alles, was damals lebte und da war, wirkte zusammen, um diesen emporzutragen. Der Friede, das mächtige Reich und die geliebte Stadt, diese sichere Grundlage seiner Echtheit und Volkstümlichkeit; dazu der noch herrschende Sinn für das Menschliche, Neugier und Freude vieler angesichts des Geistigen; besonders aber die übliche Achtung, die Achtung der Zeitgenossen vor dem Schaffen der Künstler: alles zusammen verlieh dem Ausgezeichneten, Begünstigtsten eine Lebensfülle ohnegleichen.

Er liebte den Ruhm und genoß ihn. Man muß ihn gesehen haben, wie er aus seiner Loge auf die Bühne stürzte, um den Beifall in Empfang zu nehmen. Sein Blick war entrückt. »Ein sehr bekannter Autor –« sagte er einst in seinem Garten und wendete dabei die Stirn nach oben, die Sonne beschien sein ganzes schönes Künstlergesicht. Er sprach aber auch, auf den Balkon seines Hauses gelehnt: »Dies Haus ist spät gekommen. Genug, es ist gekommen« – und darin meldete sich wieder das Dunkel. Denn es naht doch immer, und erst recht, wenn so viel erreicht ist. Was tut man, um es aufzuhalten? Arbeiten, unersättlich gestalten und fortzeugen, die große Zahl der Stücke, der Novellen und Romane geduldig und täglich vermehren im Glauben an ihre Dauer: sonst bliebe nichts. Sogar der Ruhm wäre eitel, aber er ist ein Vorzeichen der eigenen Dauer.

Frank Wedekind nannte den *Leutnant Gustl* das beste Werk Schnitzlers. *Leutnant Gustl* ist ein Monolog, genau in der Mitte zwischen Novelle und Drama, und gesprochen wird er lautlos im verschwiegenen Innern des Helden. Denn der Held wäre nach dem, was ihm hier zufällig zustößt, eigentlich verpflichtet, sich umzubringen oder den Dienst zu quittieren, und nur ein neuer, der unvorhergesehenste Zufall rettet ihn diesmal. Darauf ist indes nicht immer zu bauen, und einmal wird das Glück doch jedes heiteren, lange verwöhnten Leutnants Gustl gründlich müde. Sein noch junger Dichter wußte es schon damals voraus. Wir werden nur fallweise gerettet. Die Gefahr bleibt, sie nimmt zu, denn wir altern. Das Altern ist das Unglück selbst; so empfand er.

Kaum irgend etwas erschüttert in der Geistesgeschichte der letzten Zeit, wie das Altern Schnitzlers. Was zeitgebunden ist vom Glück, verließ ihn mit dem glänzenden Frieden und der Macht seiner Stadt. Die Überfälle des Unglücks, oft von ihm erfunden und dargestellt, jetzt trafen sie wörtlich ein. Endlich blieb er ganz allein in seinem Haus, vergangen war das kleine Getümmel der Liebe, des Erfolgs, und Stille senkte sich. Leer und unwürdig schien ihm die ganze neue Wirklichkeit. Was er noch schrieb, verlegte er zurück in seine gute Zeit. Das jetzt Geschehende haßte er, denn es war nur politisch, nur von der Macht bestimmt. Nirgends gab es mehr die früher übliche Achtung vor dem sittlichen Erleben und seiner literarischen Formung. Er aber hielt dies noch immer im Nichts aller Dinge für das einzige, das lohnt. Er hat standgehalten in all seiner Trauer, er war ein tapferer Mann. Er konnte sich wohl plötzlich auf sein Alter besinnen. »Der alte X – mein Gott, ich nenne ihn den alten X, und er ist zwei Jahre jünger als ich! Schrecklich!« In Salzburg sagte er einst: »Wer tot ist, der ist sehr tot.« Dann aber kehrte der tapfere Mann zurück an seine Arbeit, unseren einzigen, schmalen und ungewissen Ausweg aus der Vergänglichkeit.

Am Tisch unter Bekannten bekam er einmal harte Züge; es wurde von Illusionen gesprochen. »Ich kenne keine Illusionen. Ich mache mir keine.« Man hätte erwidern wollen, daß das Leben sich geradezu messen lasse an den Illusionen, und daß es aufhöre mit ihnen. Vor diesem verstummte man. Er war mit dem Tode vertraut schon seit seiner heitersten Jugend, schon in dem Stück, das er besonders geschätzt hat: *Liebelei.* Zuletzt hatte der Tod keinen Wortführer wie ihn. Er hat Abschied genommen mit jener unheimlichen und bezwingenden *Flucht in die*

Finsternis, einer Dichtung, die ein klinisches Bild ist, einer Beobachtungsreihe, die ansteigt bis zur großen Vision. Dann starb er – fiel an seinem Schreibtisch hin als einer, der sein Werk getan hat, bis zum Ende im Dienste zweier großer Mächte: Liebe und Tod.

Wir Übriggebliebenen wissen von ungezählten Freuden, schmerzlichen oder leichten, tiefen oder süßen, aber alle einst von ihm angestiftet, wenn wir ihn lasen, wenn wir ihn aufgeführt sahen. Das Lachen, von ihm in einem Theatersaal erregt, war übermütig, aber es war auch zärtlich, wie das Lachen nicht oft ist. Er hatte Anmut, und er hatte Kraft. Die Schicksale der Menschen standen auf und sprachen, so oft er es wollte. Er beschwor unsere Teilnahme an ihnen, der Atem des Menschentums strömte zwischen uns und ihm. Er war ein großer Lebender, bevor er ein großer Toter wurde. Wir danken ihm.

Ich habe darzubringen den Dank ganzer Geschlechter, die sein Werk lieben, die sein Andenken lieben. Ihm danken durch mich seine Genossen, die Schriftsteller, und ihre Vertretung in der Preußischen Akademie der Künste, deren Ehre größer wurde durch ein solches Mitglied. Zuletzt empfange Arthur Schnitzler den Dank eines Freundes. Auch ich begleitete ihn in einigen Stunden seines wunderbaren Lebens.

Die geistige Lage
Vortrag

Zuweilen hört man klagen, es werde nur wenig gelesen. Ich wundere mich immer, wenn ich das höre. In Wirklichkeit wird doch viel mehr gelesen – nicht vom Einzelnen, aber von der Masse. Die Bücher sind in viel tiefere Volksschichten gedrungen, als früher. Gute Romane und Lebensbeschreibungen werden heute auch in Kreisen gelesen, die früher nur Zehn-Pfennig-Hefte kannten. Die jetzt verzeichneten Massenauflagen wertvoller Werke waren in jeder anderen Zeit unbekannt. Wenn *Im Westen nichts Neues* und *Buddenbrooks* kürzlich allein in ihrer deutschen Ausgabe je eine Million Auflage haben konnten, liegt das erstens an der verbesserten Propaganda; vor allem aber nehmen in einer modernen Gesellschaft alle, ohne Unterschied der Klasse, am öffentlichen Leben teil. Die Literatur gehört zweifellos in das öffentliche Leben. Wer mitreden, mitwählen, seine Meinung mit durchsetzen will, muß auch lesen, – sonst wäre er nur ein benachteiligtes Mitglied der Gesellschaft.

Andererseits wissen die Autoren dies sehr wohl. Sie sind sich bewußt, daß sie heute zu einer wirklichen Öffentlichkeit sprechen, und nicht nur zu einer mehr oder weniger großen Menge von Privatpersonen. Sie behandeln daher vielfach keine Gegenstände, die für privat gelten können, sondern Fragen, die das allgemeine Interesse des Tages erregen oder vielleicht erregen könnten. Dies erklärt alle die Kriegsromane und weiter die Biographien von Persönlichkeiten, die vorbildlich gehandelt haben und aus deren Leben wir in unserer etwas verwirrten Lage gewisse Lehren schöpfen könnten.

Die Voraussetzung, wenn wir Schriftsteller auf andere wirken wollen, ist natürlich unser literarisches Können. Die wohlgemeintesten Beiträge zu den Fragen, die viele beschäftigen, bleiben entweder erfolglos, oder aber der Verfasser hat die Sache wirklich durchlebt, hat sie in sich neu erschaffen und Ihnen mit den Mitteln seiner besonderen Kunst vor Augen gestellt. Wollte der Verfasser hingegen nicht nur mit den gleichzeitigen Damen und Herren, sondern sogar mit späteren Lesern und der Nachwelt rechnen, – oh, dann muß seine Kunst ungemein und besonders mächtig sein. Wir wollen nicht vergessen, daß es bei Büchern zuletzt doch immer auf die Kunst ankommt. Aktualität vergeht, Kunst besteht. In dreißig Jahren haben sich sogar die vorherrschenden Menschentypen verändert, und kein Mensch weiß mehr, wie es heute wirklich war. Es ist dann eben so, wie der Stärkste von uns es dargestellt hat.

Wir haben die verschiedensten Methoden, um ein Bild dieser miterlebten Zeit zu geben, den Sinn der Ereignisse fühlbar zu machen, wie wir selbst ihn fühlen, und zu zeigen, was für Menschen jetzt da sind: wer ihr seid, wer wir sind. Denn das ist doch der Zweck aller Romane, aller Lebensbeschreibungen: wir wollen erfahren, wer wir sind. Die Literatur bekommt ihre besondere Stellung nur dadurch, daß sie nichts Einzelnes, keine Einzelheiten der Natur und Menschenwelt erklären oder erfinden will, sondern den Menschen selbst immer wieder neu entdeckt.

Überaus wirksam ist ein gelungener Bericht. Ein Roman dieser Art macht Anspruch sowohl auf Vollständigkeit wie auf Richtigkeit. Die Ereignisse, die wirklich stattgefunden haben, sind grundsätzlich nicht übertrieben und auch nicht abgeschwächt, die Personen weder verschönt noch verhäßlicht. Wenn sie es trotzdem sind, weiß der Verfasser es nicht. Dabei sind es nicht ganz dieselben Personen und Ereignisse, die in den Tagesberichten verzeichnet standen, sondern sie sind übertragen. Das ist jedenfalls eine bewundernswerte Leistung. Statt der geschichtlichen Vorgänge ist eine Parallelhandlung erfunden, die aber genau so gut unterschiedlich sein könnte – immer vorausgesetzt, daß man die Auffassung und die Gesinnung des Verfassers teilt. Es ist bloßer Zufall, wenn nicht dies, sondern etwas anderes die historische Wirklichkeit ist. Wahr bleibt es in seiner Weise trotzdem. Es entspricht vollkommen dem, was nicht von allen, aber von einem Teil der Betrachter miterlebt worden ist, ohne daß indessen grade dies Beispiel erlebt wäre. Die Menschen ihrerseits sind von der tatsächlich vorhandenen Art, ohne daß es dieselben Individuen wären, die wirklich aufgetreten sind und gehandelt haben. Man würde ihnen auf der Straße nachsehen: den kenne ich doch? Nein, eine Verwechslung, aber er könnte es sein.

Die Methode selbst hat, wie mir scheint, Vorteile und Nachteile. Der Romancier kann, wie hier, sein Gebäude menschlichen Schicksals und Verschuldens errichten mit demselben Material und in den gleichen Maßen, die er aus der Wirklichkeit schon kennt, und die jeder sofort wiedererkennt. Der Aufbau ist von vornherein gesichert, und der wird dann nachher auch von Kennern besonders gerühmt. Dasselbe sehen wir auf einem anderen Gebiet. Es ist wirksam, in einer Ausstellung das Markttor des alten Milet genau so zu errichten, wie es einst gewesen ist, aber auch das Berliner Ullsteinhaus mit seinem ganzen inneren Betrieb würde noch in einer gelungenen Nachbildung jeden interessieren. Überaus wirksam ist ein gelungener Bericht; die Kunst liegt hier vor allem in der Echtheit. Es gibt nichts Sensationelleres, als das Leben, – sobald ein Roman uns mit Glück daran erinnert, daß wir diese ungeheuerlichen Dinge selbst erlebt haben. Der Berichterstatter braucht wahrhaftig nichts hinzuzufügen, um seiner Wirkung sicher zu sein – auf die Zeitgenossen, die ihn kontrollieren können, die alles selbst mitgemacht haben und es nur nicht so übersichtlich beisammen halten.

Andererseits erwecken Berichte doch immer nur den Eindruck des beiläufigen Einzelfalles und Zwischenspiels, – nie aber beschwören sie den Sinn des Lebens selbst. Der Sinn des Lebens verhält sich bei weitem nicht so wirklichkeitsgetreu, er ist überrealistisch. In einem noch so gewissenhaften Gerichtsbericht zum Beispiel liegt er nicht, so aufregend der Gerichtsbericht im Augenblick wirkt; und auch die vollkommen richtige und gut aufgebaute Geschichte verschiedener Zustände und Menschen in ihrem Lande und ihrer Zeit fängt den Sinn des Lebens, unseres Lebens in allen Zeiten, nicht ein. So einfach ist das nicht, und die bloße Richtigkeit sagt noch nichts. Die großen Romane sind immer und ausnahmslos übersteigert gewesen – weit hinausgetrieben über die Maße und Gesetze der Wirklichkeit. Das Denken und Fühlen der Menschen war in ihnen heftiger und entschlossener, das Schicksal gewaltiger, und die Dinge und Vorgänge erstanden stärker in einer Luft, die zugleich leichter war und erregender glänzte. Die großen Romane haben Stil – keine Berichterstattersprache, sondern die gespannte und zum äußersten entschlossene Haltung dessen, der aufs Ganze geht. Ich lasse dich nicht, du segnest mich denn, das ist die Lage.

Die Verfasser der großen Romane haben alle empfunden: Wahrscheinlichkeit und Echtheit hin und her! Wichtig ist allein, daß eure Lebensangst, eure vergeblichen großen Anläufe und die Sehnsucht, die euch bei aller äußeren Kälte und Gewalttätigkeit im Grunde verzehrt, – daß die Seele der Menschen und ihrer Gesellschaft in meinem Roman nackt und bloß handelt und dasteht. Die großen Romandichter haben gedacht: Ich werde mir Gewagtheiten zuschulden kommen lassen, und vielleicht wird in meinem Fall nicht nur von gutem Aufbau, sondern ebenso oft von Konstruiertheit gesprochen werden. Ich werde Fehler begehen, aber es werden äußere Fehler sein, und in dreißig Jahren erkennt kein Mensch sie mehr, weil die äußeren Tatsachen von heute dann vergessen sind. Sogar schon heute wird mancher beim Lesen meines Buches sie vergessen, weil er das Innere seiner Welt und seines Lebens erfaßt sieht und in ein ungeahntes Licht erhoben findet. Im Zustand der Ergriffenheit bleibt kein genauer Tatsachenbericht mehr aufrecht und niemand vermißt ihn mehr, aber der Sinn des Lebens kann auftauchen aus der Vergessenheit. Jeder wahrhaft große Roman ist überwirklich, abgesehen davon, daß er wirklich ist und daß seine Handlung ungefähr so vorgefallen sein könnte. Der berühmteste der realistischen Romane, die *Madame Bovery* des großen Flaubert, ist das nicht, was er scheint, und sein Dichter hat es gewußt. Die Sprache, sie erhebt dies Buch über seine Mitwelt und in eine geistige Gemeinschaft, zu der Homer gehört, aber nicht der gute Beobachter von nebenan, der damals übrigens Champfleury hieß. Die Sprache, ein gewisser willensstarker Fall der Sätze und der unzugängliche Glanz, den sie ausstrahlen, dies entrückt ein Buch aus der Wirklichkeit und nähert es dem Sinn des Lebens. Die Sprache ist in einem Buch das unverkennbare Zeichen einer Gesinnung, eines Ranges – und auch der Dauer, die es haben wird.

Sollen wir Schriftsteller selbst urteilen? Wir urteilen natürlich vom Standpunkt des Handwerks. Unsere eigene Vorstellung von Menschen und Welt ist schon in unseren Büchern ausgeprägt und festgelegt; die aber bringen wir mit, wenn wir fremde Bücher beurteilen. Wir können Interessantes sagen, insofern wir selbst interessant sind. Wir können wohl auch Beweise für oder gegen ein Buch beibringen. Nur darf nicht vergessen werden, daß andere schlagendere Beweise haben – einfach, weil sie das Publikum und die Menge sind. Ich habe über ein besonders bekannt gewordenes Buch dieser letzten Jahre die Meinung vieler nicht zur Literatur gehörender Personen erfahren. Ich will nicht sagen, daß diese immer klüger oder geschmackvoller als meinesgleichen sind. Sie haben dagegen den Vorteil, daß sie für ihre Eindrücke durchaus nicht verantwortlich sind. Sie können mal so und mal so reden, Gesinnung, Folgerichtigkeit, tiefere Einsicht können da sein, werden aber nicht verlangt. Vorurteile künstlerischer oder weltanschaulicher Art sind entweder gar nicht zu befürchten, oder der Mann aus dem Publikum rechnet sie sich als Gewinn an. Vor allem steht keins der urteilenden Individuen für sich allein, sondern es sind Typen, Berufsklassen oder Menschentypen; und wie der eine urteilen gleich zehntausend.

Über *Im Westen nichts Neues*, das so volkstümlich gewordene Werk von Remarque, sagt ein kleiner selbständiger Unternehmer ohne Angestellte auf berlinisch: »Ick ha det Buch nur halb jelesen. Für een', der mitten im Leben steht, ist't nischt. Mir kommt det alles vaschönt vor. Wat kann denn eener schon groß vom Krieg erzählen, wenn er det Leben nicht kennt.« (Er denkt hierbei an die Studenten und Schüler, die Hauptpersonen des Buches.) »Wat soll ick weita dazu sagen, ich ha uff det Ende vazichtet.«

Die Frage, welche Art Bücher er am liebsten lese, beantwortete derselbe Mensch gar nicht dumm: »Ein Buch, das meinen Eigenschaften entgegenkommt.« Und wenn es sich in einem Buch zum Beispiel um Kameradschaft handelt, dann – kennt er keine, weiß von keiner Kameradschaft, nur von seinem eigenen Existenzkampf, und hört auf zu lesen. – Wie viele Erscheinungen der Zeit versteht man, wenn man das erfährt!

Die Frau eines Zollbeamten äußerte über *Im Westen nichts Neues*, das Buch gäbe allen, die den Krieg nicht mitgemacht haben, einen Anhalt über die Wirklichkeit des Krieges. Sie änderte aber schnell ihre Ansicht, als einer einwendete, daß Remarque den Krieg nicht mitgemacht habe. Diese vierunddreißigjährige, berufstätige Frau hat demnach nur ganz unverbindliche Eindrücke. Man kann auch sagen: sie ist dem Autor nicht besonders dankbar und läßt ihn fallen, sobald jemand etwas gegen ihn vorbringt, was nicht wahr sein muß. Dabei hatte er sie doch bewegt und aufgeklärt!

Die Gattin eines Polizeisekretärs urteilte: »Schaurig – und manches scheint mir unglaublich.« (Damit meinte sie die Szene zwischen Mann und Frau im Lazarett.)

Der Polizeisekretär, ihr Mann, hat noch andere Kriegsbücher gelesen, aber an die Wirkung von *Im Westen nichts Neues* reicht für ihn keines heran.

Eine dreißigjährige Frau, die viel durchgemacht hat, erklärte: »Ein Buch, das von Anfang bis Ende in Spannung hält, trotzdem einige Szenen darin unwahr und übertrieben scheinen. Es ist aber nicht nur grausig; das Schöne ist, daß es auch Humor hat.«

Jetzt kommt ein größerer Unternehmer, früher Sozialdemokrat, als er noch hinter der russischen Front mit verbotenen Medikamenten handelte, jetzt fünfundfünfzigjährig und national. Dem beweist der Erfolg alles – auch die Güte eines Buches. Er sagt zwar, *Im Westen nichts Neues* sei im »Endzweck unklar«. Aber »der Umsatz beweist. Der Geschmack der Masse ist getroffen.« Damit ist er befriedigt.

Wichtig sind die Urteile eines Lehrers. Er ist ungefähr fünfundvierzig Jahre alt, im Krieg war er Leutnant der Reserve und bekam das Eiserne Kreuz erster und zweiter Klasse. Er war beliebt, seine Untergebenen schützten ihn beim Ausbruch der Revolution. Er bezeichnet *Im Westen nichts Neues* als das umstrittenste Buch des Jahres. Es scheint ihm ein Buch zu sein, das den Krieg ganz rücksichtslos schildert. In der menschlichen Seele werden solche Falten geöffnet, daß sie uns nachträglich, länger als ein

Jahrzehnt nach dem Krieg, erschreckt, weil sie solcher Dinge fähig war. Das sind keine bloßen Worte. Solche Urteile von Lehrern bleiben nicht ohne Folgen. Der Verein dieses Lehrers, »Die Pädagogische Woche« genannt, hielt denn auch eine Sitzung über Kriegsliteratur. Außer Volksschullehrern gehörten zu dieser Gemeinschaft von Erziehern auch Studienräte. Die Meinungen über *Im Westen nichts Neues* waren verschieden, und zwar trennten sie sich nach dem Alter der Mitglieder. Die älteren Pädagogen sprachen Remarque das Recht ab, ein solches Buch zu schreiben. Die jüngeren dagegen, meistens Kriegsteilnehmer und von den Alten um wenigstens eine Generation getrennt, traten für Remarque ein. Die älteren Pädagogen, darunter besonders die Akademiker, behaupteten den Standpunkt, daß der Krieg etwas Großes und Erhabenes sei, und daß er nur edle und schöne Züge im Menschen bloßlege. Aus diesem Grunde wären Kriegsbücher verderblich, wenn sie nicht als Hauptgegenstand die edlen Züge haben. Dies war nicht die Meinung der jüngeren, die den Krieg mitgemacht hatten. Sie waren für Wirklichkeitssinn und für Sachlichkeit. Remarque war ihnen der Vertreter der sachlichen Lebensauffassung, mit der sie übereinstimmten, und sie begriffen sein Buch vor allem als Wirklichkeitsschilderung. Auch der Krieg, wie alles übrige, ist für diese Zeitgenossen nur eine Tatsache der Wirklichkeit.

Dies war nun ein Buch, das fast alle gelesen, über das die meisten gesprochen haben: wie verschieden! Man braucht sich nur in wenigen der vielen Volkskreise umzuhören, schon ist dasselbe Buch bald eine Sensation und eine Art Schauerroman, bald eine wertvolle Lehre. Einmal werden tausend Schönheiten darin entdeckt, anderswo aber liest man es nicht einmal zu Ende.

Wie erkläre ich mir das? In der Hauptsache damit, daß die Leser zu wenig vergleichen können. Ein gutes Buch wird allzu oft erst dann allgemein gelesen, wenn es schon das Modebuch des Jahres geworden ist. Man sollte aber auch die anderen Bücher kennen, soweit sie für Vergleiche brauchbar sind. Dadurch bekommt dann jedes erst seinen richtigen Platz. Jener Polizeisekretär, für den kein anderes Kriegsbuch an *Im Westen nichts Neues* heranreicht, weiß wenigstens, was er sagt, denn er kennt auch noch andere.

Gewöhnlich gibt es keine alleinstehenden Werke, sondern Gruppen von Büchern, von denen jedes das andere ergänzt und erklärt. Das Wünschenswerte ist, manches zu lesen, überall Stichproben zu machen, aus jedem Gebiet, jeder Richtung, und sich nicht zu sehr auf das einzelne Buch zu verlassen, nur weil es die höchste Auflage erreicht hat. Es gibt so viel Talent in der Welt, das einzelne braucht man nicht als Offenbarung zu nehmen. Eine Zeit und die in ihr gerade verbreitete Geistesart treiben so viele Äußerungen hervor. Meines Erachtens muß man sie zusammenfassen, dann versteht man erst, was sie als Ausdruck der Mitwelt und aller Mitlebenden bedeuten. Eine kunstvoll gemachte Sache ist für sich allein schon etwas Gutes. Noch besser ist es, den Sinn dessen, was wir in unserer Zeit miterleben, und den Weg unserer Gesellschaft begreifen zu lernen. Dann sieht man die Menge der Bücher sich ordnen, und jede Gruppe erklärt einen Gedanken dieses Zeitalters, alle zusammen aber die jetzt herrschende Lebensstimmung. Ich will hier über einige einzelne Bücher oder Autoren sprechen und in ihnen ganze Gruppen kennzeichnen. Dabei ist es weniger wichtig, ob die Bücher viel gelesen sind oder besonders hervorragen. Auf gewisse tiefmenschliche Neigungen gehen doch schließlich sogar die flüchtigsten Erscheinungen der Literatur zurück, wie z. B. die Kriminalromane. Betrachten wir diese so beliebte Gruppe!

Die Gattung der Detektiv-Romane zeigt immer einen erfolgreichen Vertreter, zur Zeit ist es Edgar Wallace. Seine deutschen Ausgaben überschreiten eine Auflage von insgesamt einer Million. Die mitgeteilten Äußerungen von Lesern sind nicht nur anerkennend, jeder Schriftsteller verzeichnet Anerkennung, Verehrung, Hingabe. Nein, mehrere Zuschriften bekennen schlechthin das Glück – eine restlose Beglückung, weil es auf Erden einen Wallace gibt. »Die Welt scheint mir manchmal nur deswegen vollkommen«, gesteht einer.

Mithin steht fest, daß diese Romane ein ungewöhnlich heftiges Vergnügen gewähren – ja, ein Vergnügen, das wohltätig nachwirkt und dankbar stimmt. Welcher Art ist das Vergnügen? Wo greift es ein beim Leser, und wohin lenkt es ihn? Eine Unterhaltung, die so stark wirkt wie diese, ist nicht leicht zu nehmen. Sie bedient sich bestimmter menschlicher Werte und bleibt nicht ohne soziale Bedeutung.

Das Leben erscheint den meisten nicht tief. Sie finden es mühselig, aber gewöhnlich, obwohl selbst die unmöglichsten Dinge im Lauf ihres eigenen Daseins zur Tatsache werden. Sie waren über den Krieg nicht sehr erstaunt und haben ihn schon vergessen. Aber es ist ganz etwas anderes, wenn eine Erbin von Verbrechern in ein Verlies gesperrt wird. Solche Schauer erregt nur die Phantasie, und keine Wirklichkeit kann der Leserin so leicht das Glück versprechen, aus einem Opfer plötzlich eine Erbin zu werden – auch nicht als Belohnung für den Aufenthalt im Verlies. Das Verlies bedeutet tiefes Geheimnis, die große Erbschaft ist der Inbegriff der zauberhaften Überraschung. Beides ist den Lesern sehr erwünscht. Überraschung und Geheimnis. Das Vergnügen des Detektiv-Romans beruht auf diesen beiden Forderungen unserer Natur. Wir lieben es nicht immer, das uns Angehende klar zu sehen. Wir sind neugierig, aber manchmal mehr auf Enthüllungen als auf die einfache Wahrheit; und einmal auf diesem Wege, wollen wir nicht mehr überzeugt, sondern überrascht werden.

Unsere unüberlegten Neigungen, die neben den vernünftigeren einherlaufen, gelten oft auch einem Beherrscher der Geheimnisse und Gefahren, einem Retter aus der Not. Das öffentliche Leben ganzer Völker bildet sich zeitweilig diesen Helden ein, warum sollte er dann nicht auch in Romanen vorkommen. Hier heißt er Detektiv. Das von ihm errettete Opferlamm, die Erbin, ist fast immer eine Stenotypistin. Dies bestätigt die Allgemeingültigkeit eines Wunschtraumes; mindestens fünfhunderttausend weibliche Angestellte der verschiedensten Betriebe haben sich als gerettete Erbin geträumt. Sie sind für ihre eigene erhöhte Vorstellung klassisch-romantische Gestalten geworden, solange sie Wallace lasen. Sie werden dann unversehens die weiße, völlig passive Beute in einem *Raub der Sabinerinnen*. Die raubenden Kerle sind tiefbraun und restlos aktiv. So beim Lesen. Im Leben dagegen verhalten sich Abhängigkeit und Unternehmungsgeist ziemlich gleich bei männlichen wie bei weiblichen Angestellten, keine Rede von retten und gerettet werden in der Mühsal des täglichen Lebens.

Das Bedürfnis nach Außerordentlichem nimmt gerade zu, je mühseliger wir leben. So wird der anhaltende Erfolg der Detektiv-Romane erst verständlich. Wenn man liest, soll die miterlebte Erfindung abenteuerlich sein, im Gegensatz zur täglichen Plattheit. Wer kann denn sehen, daß er selbst mit seiner eigenen Person in einem viel größeren Abenteuer-Roman drinsteht, in den Abenteuern des Erwerbes, des Klassenkampfes, des geheimen, wenn nicht schon offenen Krieges innerhalb der gesamten Menschheit zwischen den beiden äußerst feindlichen Mächten, die um uns streiten?

Statt dessen fühlt der schlichte Leser sich hingezogen zu

unterminierten Häusern mit unzähligen Tricks, Fallen, geheimen Ausgängen. Gut, das Haus kann auch das Leben bedeuten, und unbewußt läßt er sich gerade darum anziehen. Er fühlt dunkel, daß er in einem ungewöhnlich gefährdeten Leben steht, daher wohl seine Teilnahme für alle die unsäglich gefährdeten Personen bei Wallace. Der gefährlichste Verbrecher im ganzen Buch ist zuletzt jener harmlose, gutmütige Mensch mit Brille und Bart, an den niemand gedacht hatte. Das mag alles gehen. Einige Romane von Balzac spannen mit ähnlichen Mitteln. Auch sie überliefern der Nachwelt den unruhigen, abenteuerlichen Sinn einer bedrückten Nachkriegszeit.

Bei Balzac indessen, um einen solchen Ausblick zu wagen, werden wir nicht länger als nötig in Geheimnissen erhalten; und was sich uns vermöge seiner Handlung eröffnet, sind weniger die äußeren technischen Gefahren, mit denen ein Detektiv kämpft, als die tief inneren Gefahren der Menschen selbst. Wir erkennen bei Balzac oder bei Dostojewski den Menschen an seiner Schuld, den Menschen an seinem Verbrechen. Es gibt dort keine sogenannten Verbrecher, die keine Menschen mehr sind, und niemand nimmt durchaus Partei gegen Individuen, die von vornherein und von Grund auf nichts anderes sein sollen als Verbrecher. Die soziale Kenntnis geht natürlich weiter bei Balzac als bei anderen, das ist nicht anders zu erwarten. Auch von der Menschengestaltung reden wir nicht. Wie steht es aber, wenn Wallace und Balzac schon einmal verglichen werden, mit der einfachen Menschlichkeit? Wie empfinden der heute viel Gelesene und sein Publikum gegenüber dem Unglück? Denn Verbrechen zu begehen ist doch Unglück? Und der Galgen beweist doch nichts?

Leider beweist in diesen Büchern, die alle Welt liest, der Galgen alles. Er ist das sittliche Argument, das Ziel des Geschehens und der Kämpfe, ja, er ist nicht viel weniger als die höchste Freude der Sieger. Einen Verbrecher »vor dem Kreidestrich« oder »auf der Falltür« zu wissen, ist der Gipfel des Erfolges. Die wahren Helden des Verfassers sind drei Liebhaber-Polizisten, seine »drei Gerechten«, die mit dem biedersten Gewissen noch größere Grausamkeiten begehen, als die von ihnen so furchtbar gehaßten Verbrecher. Sie haben für sich die Gerechtigkeit – nun gut, die Gerechtigkeit. Manches andere haben sie gegen sich, ihren Sadismus, ihre soziale Einsichtslosigkeit und menschliche Stumpfheit. Aber mit diesen Burschen gehen Millionen Gläubige mit – dieselbe große Klasse gläubig empfangender Leser, die früher einmal humanitäre Verbrechergeschichten las. Was hat sich verändert? Was alles hat sich verändert!

Bei Balzac bewegt sich leise und fast immer unsichtbar (durch Paris) ein Chef der Geheimpolizei unter der letzten bourbonischen Herrschaft, er kennzeichnet das Regime und seine unheimliche Macht. Statt dieser Dämonie hat der moderne Roman-Detektiv nur die der schnellen Beförderungsmittel, fällt übrigens den Verbrechern auf jeden Trick herein und siegt schließlich durch Zufall, denn der gehört den Gerechten. Auf der anderen Seite war auch der Verbrecher bei Balzac aus der Gesellschaft erwachsen. Vautrin ergab sich durch den wilden und abenteuerlichen Übergang des Feudalstaates in den bürgerlichen. Aus der Dämonie der Geschichte bezieht er seine persönliche. Welche Art Größe verfolgen die Verbrecher von 1931 bei Wallace? Die geschäftliche; darin sind sie normal und zeitgemäß. Eine dämonische Abweichung ist vielleicht, daß sie so ungeheuer viel Geld machen müssen oder gleich ganz pleite sind. Außerdem aber sind sie wahnsinnig.

Der Wahnsinn so vieler Wallacescher Verbrecher ist ein Zugeständnis an die medizinische Wissenschaft. Der soziologischen werden keine gemacht. Der Wahnsinn dient überdies auch wieder, um die Verbrecher abscheulicher und hassenswerter, die an sie gebundenen Effekte grausiger zu machen. Der Wahnsinn liegt hier auf derselben Ebene wie die Technik, beide fügen sich den Interessen des Erzählers. Man glaubt nicht, wie das technische Gehirn, das sich des Romans bemächtigt, aus einer der menschlichsten Angelegenheiten einen vollkommenen Automaten machen kann! Das ist, wenn man achtzig Jahre zurückdenkt, erreicht worden. Keine Menschen, aber täuschend ausgestattete Apparate. Keine Gesellschaft, aber etwas, das sich wild bewegt. Humor inmitten der schrecklichsten Spannung, Entrüstung über Schändlichkeiten, – und das läßt den Leser nicht erst zur Besinnung kommen, als sei sein Vergnügen verdächtig. Es ist auch nicht verdächtig, weil kein Vergnügen so leicht das ist. Man muß dankbar sein, wenn irgend jemand, ganz gleich wie, uns Vergnügen macht in der nicht gerade dafür organisierten Welt.

Hoffentlich erinnern die Leser eines Wallace, wenn ihre Erregungen beigelegt sind, sich dennoch, daß die ihnen vorgeführte Gesellschaft falsch ist. Eine Gesellschaft – diese gradlinig und entgültig getrennten Bereiche derer, die ihre sittliche Kraft gut verwenden, und der ganz anderen, die sie in schlechte Dienste stellen? Jenen Lesern ist doch wohl schon mal aufgefallen, daß sogenannte Verbrecher fast immer schlecht gekleidet sind, und daß man gut Angezogene selten Verbrecher nennt. Sie haben vielleicht eine Ahnung, daß es, mehr als von der unbedingten Gerechtigkeit, von der Macht des Handelnden abhängt, was Verbrechen sein soll. Detektiv-Romane sind etwas Nützliches, weil sie Vergnügen machen. Aber sie sollten von einem tieferen Wissen und von gütigen Absichten bestimmt sein. Ihnen fehlt noch zu oft der göttliche Zweifel, der das Bestehende nicht zu ernst nimmt, und der göttliche Glaube, daß wir es bessern können.

Dies ist nun eigentlich die Voraussetzung der sozialen Romane. Hier haben wir wieder eine Gruppe, die sich von allen anderen unterscheidet. Ein sozialer Romancier liebt seine Menschen nicht nur einzeln und um ihrer selbst willen. Noch mehr bewegt ihn ihre soziale Bedingtheit – die Gesellschaft, die sie hervorbringt, der allen aufgezwungene Kampf, der Erwerb und seine Gesetze. Sein Held wird kein Liebhaber, aber auch nicht in erster Linie Berufsmensch sein. Er ist vor allem ein moderner Zeitgenosse.

So Otto Puppe, der Held des jungen Hans H. Hinzelmann. Ich wähle dies Beispiel eines sozialen Romans europäischer und deutscher Prägung. Der Held gefällt seinem Autor. Diesen begeistert das Schwindelhafte und Brutale des zeitgenössischen Betriebes, die Herkunft eines wirtschaftlichen Machthabers nicht nur aus der Welt der Armut, auch aus der des Verbrechens. Alte Reiche, die bekannten ehrbaren Kaufleute, erliegen dem neuen Typ, der seinerseits mit Anstrengung ihre Tricks erlernen muß. Er aber durchdringt das ehemalige Bürgertum mit proletarischer Moral, die noch etwas handfester ist, als die bürgerliche. »Wir haben wohl alle schon gemerkt«, ruft der junge Hinzelmann, »daß die ganze Soziologie der Gegenwart mit ihren verschiedenen Menschschichtungen in böses Rutschen gekommen ist.« Er ruft auch: »Oh Zeitgenossen, das Gärende, Brodelnde, Ätzende dringt mit zersetzender Blasentriebkraft aus unteren Schichtungen. Was oben gewesen ist, ist längst vergiftet.« Und grade dies regt ihn an.

Für den sozialen Romancier werden die schlimmsten Dinge zu Anlässen der Begeisterung. Er besingt die Verbrechen der Gesellschaft, denn was erlaubt sie ihm sonst viel zu besingen. Er fühlt, daß die Verbrechen nicht nur Verbrechen sind; sie sind vor allem Bewegung. Sie führen, er weiß nicht wohin. Aber als Bewegung zeugen sie fort im Künstler; ein Otto Puppe zeugt in ihm wie ein Napoleon. Das Wohltätige der Erscheinungen ist, daß sie uns bewegen. Eine Gesellschaft, in der noch große Verbrechen begangen werden, kann nie ganz übel sein. Sie bewegt noch, erhält noch begierig, und vielleicht steigt aus ihr einst ein Stern auf.

In sozialen Romanen erscheint die fortwirkende Kraft des Verbrechens unvergleichlich großartiger als in Kriminalromanen. Der Gestalter einer Gesellschaft wird gedrängt, ihre getrennten Welten zusammenzubringen. Die Gier nach Erwerb verbindet die Klassen von selbst, ob sie wollen oder nicht. So kann der väterliche Freund des Emporkömmlings ein alter Hehler sein, und zu diesem gelangen über jenen hinweg die Schuldscheine und die Geheimnisse der vornehmsten Leute. Zuletzt hängt das Geschick einer ersten Familie an der kleinen Prostituierten, die der Hehler geheiratet hat. Der Wille des Mädchens beugt hier sogar den furchtbaren Erfolgsmenschen, der sie einst ins Wasser getrieben hatte. Phantastische Fabel! Wer hätte sie erwartet von einem heutigen jungen Mann, der wie Hinzelmann noch dazu aus Lübeck und über den kaufmännischen Erwerb genügend belehrt ist. Aber die sozial verbindende Macht der Erwerbsgier schafft Fabeln wie diese. Sie hat sie immer geschaffen, ob bei Balzac und bei Zola, oder bei Hackländer.

Um eher ein Balzac als ein Hackländer zu werden, muß man fähig sein, bis ans Ende der sozialen Charaktere zu gehen, unabgelenkt von eigenen Neigungen. Entscheidend ist der Sinn für das gelungene Gewächs des Bodens, für den Boden und sein überlebensgroßes menschliches Gewächs. Die großen Gestalten Balzacs kommen aus seiner reinen Freude an der Triebkraft der Gesellschaft. Seine katholische Überzeugung hätte ihn vielmehr der Verzweiflung an einer solchen Welt nähern müssen. Aber große Verbrecher sind ihm lieber als kleine Heilige, und erst eine große Heilige macht ihn wieder fromm. In Europa ist jeder soziale Romancier an seinem Ursprung ein

Romantiker. Er erlebt die soziale Wirklichkeit gesteigert, wie eine Geliebte. Sie darf abscheulich sein, es ist die Geliebte. Darauf kommt es an. Die Begeisterung für das Leben in seinem sozialen Ausdruck, darauf kommt es an.

Weder Begeisterung für das Leben noch das starke Gefühl für die niederträchtige Geliebte, die Gesellschaft heißt, finden sich bei Upton Sinclair, wenigstens nicht in *Boston*. Dies ist das amerikanische Beispiel, das ich wähle. Der so viel geringere Erstling des Lübecker Jungen bereichert die Vorstellung um eine Gestalt – noch roh und keineswegs überall neu. Aber sie hat Antrieb, sie ist bewegt. Dank ihrer Bewegtheit gewinnt sie den Anschein der Kraft, – oder als wäre sie wenigstens geschaffen von einer Vorahnung der Kraft. Übrigens haben sie und ihr ganzes Getriebe auch Leichtigkeit. Das ist wieder etwas, das in *Boston* fehlt. Dafür gehört dem amerikanischen Roman, was europäische kaum noch aufbringen: Geduld, gute Nerven, der ungebrochene Wille zur Vollständigkeit; und etwas Selbstverständliches, das selten wird, Gewissen.

Der Fall Sacco–Vanzetti genügt dem amerikanischen Romancier nicht. Ein Justizverbrechen für sich allein bleibt Bruchstück und ist noch nicht erklärt, trotz Empörung, Mitgefühl, trotz genauer Sichtbarkeit der Handelnden und der Leidenden. Hinzukommen muß die Umwelt, die das Verbrechen begünstigt hat: eine Schicht, eine Stadt, ein System. In Frage steht sogleich die ganze Gesellschaftsordnung. Zwei Anarchisten waren unschuldig an räuberischen Überfällen, dafür aber hatten die Banken Raubzüge begangen, und die Justiz war korrupt. Je korrupter und räuberischer das System war, umso weniger durften seine Feinde die Unschuld behalten. Alles geschah, um sie ihnen zu nehmen. Sie konnten in den Augen der Menge zu Feinden des Landes gemacht werden; sind doch die Herrschenden das Land. Die patriotische Leidenschaft begegnete daraufhin der humanitären. Endlich lag ganz

Amerika im Kampf nicht nur mit den wenigen einheimischen Verteidigern der beiden Opfer, sondern mit allen in der Welt, die nach Gerechtigkeit riefen.

Am Ursprung der erdumspannenden Affäre stehen einige persönlich Beteiligte. So fängt *Boston* an wie ein Familienroman. Die ehrbarsten Häuser der Stadt werden geöffnet, und der soziale Romancier Amerikas zeigt nichts anderes, als was auch der Dichter des Zeitgenossen Otto Puppe zu bekunden hat: bürgerliche Ehrbarkeit und Hochstapelei unterscheiden sich nicht mehr. Dann verbindet er die Klassen, wie jeder soziale Romancier. Er verbindet sie nicht vermittels der gemeinsamen Erwerbsgier, sondern ausnahmsweise durch den Verzicht. Eine alte Frau aus reichem Hause verläßt es, wird Arbeiterin und erlernt das Denken der Armen. So gerüstet, kämpft sie für die Armen bei den Reichen – umsonst, wie sich versteht.

Die Reichen sind nicht alle historische Personen, sie haben ihrem Darsteller einigen Spielraum gelassen. Sacco und Vanzetti ließen ihm keinen, oder er fand ihn nicht. Über sie gibt er Berichte – innerlich bewegt, aber doch nur Berichte. Auf der Gegenseite sind belebtere Gestalten und Szenen, wenn auch keine Szene und keine Gestalt, die über das bürgerliche Maß ginge. Dafür Lebensgröße, die natürliche Ausdehnung des Geschehens auf achthundert Seiten. Nie Abkürzungen, kein Versuch, durch starke Bewegung mehr zu sagen, als lange Berichte können, und für Erkenntnisreihen eine Geste zu setzen – wie im geringsten der europäischen Romane. Dieser Amerikaner darf nichts fortlassen, denn er hat die tief gefühlte Sendung, eine Gesellschaft zu kontrollieren, die vor ihm noch ohne Aufsicht war.

Er ist der Erste oder einer der Ersten; die Gesellschaft seines Landes fühlte sich bis dahin gar zu rechtmäßig. Er hatte sie erst bedenklich zu machen, da war viel zu sagen. Alles war zu sagen, nichts vorauszusetzen. Ihm fehlen Erfahrungen, die für jeden europäischen Darsteller einer

Gesellschaft schon seine Vorgänger gemacht haben. Balzac war noch ausführlich in Schilderungen der Umwelt, er bereitete seine Handlung umständlich vor. Dann freilich folgte jener Ausbruch, den er jedesmal »le drame« nennt. Bei Upton Sinclair bricht das größte Verbrechen nicht aus; alles geht vor sich, wie am Alltag oder wie in der Wissenschaft. Der Amerikaner ist uns fremd durch seine umfassende Bemühung; niemand in Europa bemüht sich in dieser Art. Fremd bleibt ihm einiges, das hier schon der Jüngste und grade der Jüngste hat.

Wir erkennen, wenn wir den sozialen Roman Amerikas lesen, unser wahres Alter und begreifen, daß, was wir Tempo nennen, nicht amerikanisch und bestimmt keine Wirkung großer Jugend ist. Man weiß vieles sowieso und will es nicht mehr wissen: dann hat man das Tempo, das schnell darüber hinwegfährt. Der soziale Romancier Amerikas spricht zu ahnungslosen Leuten, er eifert mit ihnen, er schont weder sie noch sich. Er hat Gewissen, das ist selbstverständlich und doch ein Ruhm. Aber er läßt sich auch nicht begeistern durch das Leben, ausgedrückt in sozialen Erscheinungen, sie seien übrigens was immer. Die Gesellschaft in all ihrer Niedertracht ist nicht seine Geliebte; er zeugt mit ihr noch nicht Gestalten, größer als sie. Dieser Mut kommt später.

Man kann die Gesellschaft gestalten wollen. Andererseits geschieht es jetzt häufig, daß nur ein bestimmtes Lebensalter, die Jugend, dargestellt und vertreten wird in Romanen. Nicht die Gesellschaft soll gezeigt werden, sondern nur das Verhältnis einer jungen Generation zu ihr. Hieraus ergibt sich eine weitere Gruppe von Büchern, ja, eine Gattung, die neu und grade dieser Zeit eigentümlich ist.

Was bedeutet diese berühmte, bei uns jetzt heimische Lebensangst? Zuerst heißt sie Existenzangst und erfaßt sogar die Reichen. Die Angst um die Existenz kann größer sein, als die um das Leben; wie sehr erkennen wir Mitlebenden es! Es sieht aus, als wäre das übliche sogenannte Tempo, wie auch eine gezwungen wirkende Sachlichkeit samt der nun schon gewohnten Selbstüberhebung der Jugend – als wäre das alles nur Begleiterscheinung der ungesicherten Existenz. Indessen schwankt nicht sie allein: der Wert des Lebens selbst wird bezweifelt. Unser Dasein laufe leer, sagt man. In einem Roman, der geradezu *Leerlauf Mensch* heißt, sagt es der junge Karl Nils Nicolaus.

Sein Roman kennzeichnet sich schon äußerlich durch eine Ungebärdigkeit, die leicht für links- oder rechtsradikal gehalten wird. Heute verfällt alles gleich der Parteidisziplin. Gleichwohl zählt Nicolaus sich offenbar zu keiner anderen Vereinigung als der Jugend, – die allerdings verdammt zusammenhält gegen die anderen Altersklassen. Er hat »den Glauben der Jugend im Blut« und sagt über ihn das Folgende aus. Die Jungen verstehen erstens viel von Maschinen, einem alten Bankier zum Beispiel nehmen sie schon dadurch die Chance weg. Sie gehen von der Maschine bis zur Anbetung – einer sachlichen Anbetung; aber Gott, geradezu Gott wird erlebt durch die Maschine. Nun geschieht, was Nicolaus nicht so ohne weiteres eingesteht, daß die Überentwicklung des Maschinellen in dem inneren Haushalt der Jungen andere Leistungen zurückdrängt, die seelischen sozusagen. Sie selbst werden pünktlich und gehorsam wie ihre Maschinen. Sie halten nichts vom Unvorhergesehenen. »Wir wollen Befehle bekommen. Die Kreatur will eingesetzt sein, das macht ihr Glück aus.« Das Leben soll technisch festgelegt sein, und auf Befehl »kurbelt man es an«. »Freiheit« dagegen ist für diese Jugend nichts weiter als ein technisches Versagen. Bei Nicolaus wird ein ganzer Eisenbahnunfall veranstaltet, um zu zeigen, wie Freiheit aussieht – nämlich wie Entgleisung. Seinesgleichen will durch Freiheit nicht korrumpiert werden. Korrumpieren! Etwas anderes soll die Freiheit jetzt wieder einmal nicht können, aber an wem liegt das? Die Freiheit, für die doch viele große und fruchtbare Geschlechter lebten und gestorben sind! Wer sie fürchtet und nicht verträgt, ist weder tapfer noch stark. Man versteht schon: aus der Lebensangst wird Freiheitshaß.

Der Freiheit, die in Europa seit mehreren hundert Jahren sich durchgesetzt und endlich geherrscht hat, verdankt der Erdteil manche Unordnung, aber auch große Taten und Menschen – Menschen, die ein Gesicht hatten. Das neue Ideal des Gehorsams hat der Welt natürlich bisher nichts geben können. Es ist noch nicht allgemein anerkannt, und vorerst sehen wir mehr die Propaganda des Gehorsams, als ihn selbst. Auch den jungen Nicolaus darf man nicht beim Wort nehmen. Sicher ist nur: er haßt die Überzeugungslosigkeit und die sittliche Schlaffheit, die beide allerdings vorkommen, wo die Menschen frei sind. Aber die ersten Kämpfer und Verkünder der Freiheit hatten doch gerade den Glauben an eine hohe Sendung des Menschengeschlechts und hatten Strenge. Die ganze Frage ist, ob in Zukunft vermittels Befehlens und Gehorchens eine höhere Art Mensch heranwächst. Noch unlängst hatten wir zwar gerade in Deutschland vor Augen, daß beides die Menschen eher verkümmern läßt. Aber vielleicht muß die Methode von Zeit zu Zeit geändert werden, schon damit mißachtete Errungenschaften wieder ihren wirklichen Wert bekommen. Begeisterung wenigstens ist den jungen Verehrern der Maschine und des Gehorsams nicht abzusprechen. Sie fühlen sich als ein »unsichtbares Heer«, das »einen Führer und eine Fahne sucht«. Nachher der Aufbruch und Siegeszug. »Jugend muß Macht werden«, sagt auch dieser Roman, von dem wir sprechen.

Der Roman von Nicolaus, ob er nun beachtet wird oder nicht, faßt doch eine gewisse »Einstellung« so vollständig zusammen, wie nicht leicht ein anderes Buch. Vor allem sind alle Älteren hier erpresserische Lustgreise, und jede junge Frau, jeder junge Mann muß vor ihnen gerettet werden. Andererseits haben die Greise, wie es dort heißt, »die Grenzen des Geldes nicht erkannt«, daran werden sie und ihr Reich zugrunde gehen. Unleugbar folgen auf Seiten der Jugend sogar die Mädchen machmal Gedankengängen, die man früher roh genannt hätte. Die Männer aber sind nach Belieben auswechselbar – bei den Frauen wie auch sonst; die maschinelle Gleichartigkeit bringt es so mit sich. Das ist das eine. So wenig Bedeutung aber das Individuum hat, die sittliche Verantwortung treibt es allerdings weit, das wollen die Art und die Rasse, die hoch über den Einzelnen stehen. Ein Gatte kommt zu dem Liebhaber seiner Frau und fordert, seine Frau solle von diesem ein Kind haben. Der Liebhaber lehnt ab – nur, weil er in Sachen der Eugenik noch gewissenhafter denkt als jener. Die Homosexuellen schneiden aus Gründen der öffentlichen Gesundheit schlecht ab, gegen sie werden sogar Maschinengewehre empfohlen. Gewalt ist überhaupt das erste und das letzte.

Wie stimmt das eigentlich? Die Auffassung des Lebens als peinlich vorgeschriebener Ablauf einer technisch gebundenen Kraft – und daneben in einem fort Prügel, denen doch immer etwas Willkür anhaftet? Das kommt aber, weil das erste die Lebensangst ist. Sie war noch vor der Liebe zur Maschine da, und die Gewalt, die uns durchaus der Maschine unterwerfen will, ist ihre Doktrin, die Doktrin der Lebensangst und der Furcht vor der Freiheit. Das brauchbarste Werkzeug, um Gewalt auszuüben, ist übrigens gewiß die Jugend. Nachsichtslosigkeit und Unverständnis sind ein altes Erbe, wir alle haben es einst mitbekommen, um es später zu verlieren. Wir haben zwar früher auch in Deutschland Augenblicke gekannt, da schon die Jugend der Milde und des Begreifens fähig war. Aber das war wohl nicht in der Ordnung und konnte nicht dauern. Gleich darauf mußte ein großer Krieg kommen und alles wieder ins Gleiche bringen. Man ist nicht so besonders, wie man meint. Andere Geschlechter, andere Völker leisten sich dasselbe unter verschiedenen Zeichen.

Trotz allem sind auch heute sogar junge Schriftsteller der beruhigten, ja, lächelnden Betrachtung fähig. Es wäre möglich, daß ihnen nicht durchaus wohl dabei ist und daß nur strenge Selbstzucht sie dazu befähigt. Sie sehen die gegebene Welt nicht schöner als die gleichaltrigen Befürworter der Gewalt. Nur wissen sie mit der Gewalt nichts anzufangen. Was kann sie gegen sittliche Tatsachen helfen. Die Jungen dieser Art sind vor allem überzeugt von der Vorherrschaft des Sittlichen, was für ihre Geistigkeit spricht und ihre beginnende Reife voraussetzt. Sie erwerben vieles, was Gefahr lief, verloren zu werden. Daher bilden sie von den hier gekennzeichneten Gruppen die interessanteste. Einer daraus ist Hermann Kesten.

Er haßt und liebt die Gesellschaft. Er leidet und arbeitet an einer Illusion, die er Gesellschaft nennt, und um die außer dem Romancier keine Seele sich kümmert. Wenn der Politiker gerade von einer Osthilfe in Anspruch genommen wird, hat der Westen für ihn aufgehört zu existieren. Politiker und Geschäftsmann setzen jedesmal nur bestimmte Menschenarten und Interessen ein; die anderen gelten für bekämpfenswert. Solange ein Zeitalter dauert, macht niemand sich wirklich klar, daß seine Gestalten sämtlich einander wert sind, alle mehr oder weniger gleich geboren, in gleicher Richtung abgelebt, und daß sie sich ihre sogenannten Kämpfe ruhig ersparen könnten, es kommt sowieso anders. In Wahrheit hat es noch niemals Sieger gegeben. Bevor sie das Ziel erreichen, haben sie alles vergessen, wofür sie siegen wollten; ihre Gegner ebenso. Beide waren auch schon soundso oft verzweifelt, soundso oft neigte ihr Inneres dem Feind zu, sie begingen Verrat an sich selbst. Haß, Hilfsbereitschaft und Mangel an Selbstvertrauen bestimmten sie alle abwechselnd, bevor endlich eine Art Entscheidung fällt. Diese ist durchaus nur das Eingreifen unberechenbarer Kräfte in das Treiben von unzuverlässigen Schwächlingen, die sonst unbegrenzt weitermurksen könnten.

Richtig oder falsch, es ist übrigens richtig, so gesehen wird die Gesellschaft doch eine Einheit. Der Romancier macht sie dazu, weil die Gegner, die im Leben einander wenig zu Gesicht bekommen, hier alle durch sein Herz und seine Sinne gehen. Dort lernen sie, daß sie alle dieselben Menschen ihrer erlebenswerten Zeit sind, und auch wir lernen es. Aus dem Roman von Hermann Kesten *Glückliche Menschen* erfährt man etwas, bevor man ihn kritisiert. Er heißt *Glückliche Menschen*, obwohl alle in dem Roman hauptsächlich unglücklich, mehrere sogar mit Wonne unglücklich sind, genau entsprechend der heutigen Wirklichkeit. Das Bemerkenswerte nun ist, daß so einer zum Schluß glücklich werden kann, ohne daß er sich darum eigentlich verändert hätte. Lange Zeit waren solche Wesen aus Schwäche unglücklich gewesen. Wieder aus Schwäche lassen sie eines Tages das Glück herankommen. Ihr Glück kostet anderen das Leben; aber auch ihr Unglück fordert Opfer. Im Glück bekommen sie Meinungen, mit denen sie eben ihr Glück erklären wollen. Vorher hatten sie Anschauungen, die ihrem Unglück entsprachen. Keine ihrer Philosophien beweist natürlich das Geringste. Ihre Eigenschaften bleiben in jeder Lage die gleichen, nur daß sie selbst ihnen eine günstige Auslegung geben, sobald die Lage es erlaubt.

Sie sind als Geschöpfe dieser Zeit in keinem Fall das Werk ihrer eigenen Kraft. Eine maschinenhaft arbeitende Gesamtheit macht aus dem einen zuletzt einen Millionär und stößt die andere, die doch seine einzige Freundin war, schon frühzeitig unter einen Zug der Untergrundbahn.

Deshalb war der eine noch nicht stärker; im Gegenteil, seine Nachgiebigkeit hat ihm geholfen, am Leben zu bleiben und, wie er meint, glücklich zu werden. Sie sind aber nicht wirklich glücklich, so wenig wie sie sich ganz mit Recht unglücklich fühlen. Beides ist, streng genommen, nur Persönlichkeiten erlaubt. Man hat kein Schicksal, man hätte es sich denn erkämpft. Dagegen werden jetzt nur Konjunkturen benutzt, das ist etwas anderes. Oder man versäumt den Anschluß, aber auch ohne den Zurückgebliebenen fahren genug mit. Der spätere Millionär hat vorher oft das Gefühl gehabt, daß es auch ohne ihn weiterginge. Er hat an seiner Existenzberechtigung gezweifelt. Wer in diese Welt absichtlich oder mit einer an Absicht erinnernden Begründbarkeit entsendet war, hat sich selbst noch nie in Frage gezogen, aber tatsächlich neigt jeder ausnahmslos heute dazu. Sie sind nur zufällig hier.

Das herrschende Grundübel ist die Unentschiedenheit, die Aufteilung einer ganzen Zeitgenossenschaft in zwei feindliche Hälften, die einander aufwiegen, und die tiefe Unüberzeugtheit jedes Einzelnen. Wenn er den Ausschlag geben sollte, er täte es nicht. Genau wie die Parteien der Öffentlichkeit benehmen sich die Kestenschen Personen in ihrem privaten Dasein; schon daran erweisen sie sich als richtig. Der junge Blattner und Else Pfleiderer lieben einander wie Verlorene und wollen weit lieber zusammen sterben als verzichten. Er glaubt es – beinahe. Sie glaubt es, weil sie es sich zur Religion gemacht hat. Ihre Liebe ist der Gedanke, der sie an das Leben bindet. Der Gedanke reißt, sie fällt vor den Zug der Untergrundbahn. Wenn statt der Liebe zu Blattner ein anderer eingefleischter Gedanke sie zurückgehalten hätte, weilte Else Pfleiderer noch unter uns. Es mußte nicht durchaus die Liebe sein. Das bleibt als Ergebnis dieses Lebens, während von der Jugend Max Blattners nachher nicht einmal das Andenken übrig ist; denn er verleugnet sie. Nie würde der hemmungslose, aber furchtsame Gegenspieler der Herren Pfleiderer und Krummholz gewesen sein wollen. Für Pfleiderer, der einen Betrug verübt hatte, mußte Max um der Tochter willen das Geld beschaffen und verfiel auf nichts anderes, als es aus einer fremden Kasse zu nehmen. Von Krummholz dabei überrascht, befand er sich in der Hand dieses Immobilienhändlers, und derselbe Krummholz hatte nur das eine im Sinn, Else zu heiraten.

Furchtbare Macht eines Menschen, er konnte seinen Mitbewerber Max einfach einsperren lassen! Indessen tat er es nicht, wer tut hier je, was er will; nach dem Tode Elses nahm er ihn infolge Ergriffenheit in sein Geschäft auf. Der Tod macht vertraulich; Krummholz belehrte Blattner darüber, daß es auf die Branche mehr ankomme, als die jungen Leute zu wissen schienen. Indessen büßte Vater Pfleiderer seinen dummen Fehltritt mit dem Verlust seiner Freiheit, und die Mutter war im Wirbel der Katastrophe verlorengegangen, noch bevor die arme Else sich für zwanzig Pfennig den Einlaß zum Selbstmord erkaufte. Dies die übersichtliche Handlung.

Sie enthält genug Höhepunkte. Es wird ausgiebig gekämpft um die berühmten viertausend Mark, an denen zuletzt alles scheitert, eine Liebe, eine Jugend, ein Leben, ganz abgesehen von den Personen zweiten Ranges und vom Geschäftlichen. Gekämpft ist schon wieder zuviel gesagt, scheitern auch. Denn wer Millionär wird, ist auf keinen Fall gescheitert, und kämpfen – was nennen diese Menschen kämpfen? Reizen nachgeben und einander bedrohen, das heißt bekanntlich kämpfen. Szenen durchführen, bei denen man als Feinde anfängt, im Verlauf der Sache einen Bogen macht und mit Gefühlen endet, die nicht vorauszusehen waren. Nachgeben, besonders nachgeben heißt kämpfen für die Klügeren unter uns. Eben darum sind in einem Roman jetzt die Selbstgespräche so wichtig. In ihnen begibt es sich, daß der Zeitgenosse umschwenkt und Selbstverräter wird. Jedes äußere, zur Not mit Würde geführte Gespräch ist begleitet von einem inneren, durchaus ehrlosen, darin beginnt der Monologsprecher mit Haß, gerät über Furcht und Verachtung bis an die Grenze der Hilfsbereitschaft, um dann wieder abzuirren ins Uferlose. Die Gedankenflucht sämtlicher Mitwirkenden, sie ist etwas Kennzeichnendes an dem Roman von Kesten. So viel innere Schwäche ist früher bei Lebenden nicht bemerkt worden. Als sie nicht mehr zu verkennen war, veranlaßte sie geradezu neue literarische Formen.

Der Roman *Glückliche Menschen* hat viel, sehr viel für sich. Er ist modern, erkenntnisreich, und die Erkenntnisse sind durch die innere, einheitliche Anschauung der Mitwelt erworben, was eine glänzende Seltenheit ist. Er hat eine gute Handlung. Die Personen handeln, gleichviel, wohin sie schließlich fallen. Die sozialen Mächte handeln aus ihnen, die Zeit scheint selbst zu handeln, und darum wird bald kraß, bald schwächlich gehandelt und übrigens auch gedacht. Der Autor hat von jeder seiner Gestalten mehr als genug Stoff in Händen; er behält noch etwas übrig, wie man merkt, nachdem die Figur fertig gemacht ist. Der Roman ist nicht mehr mager wie Jugendromane. Er nähert sich dem Überfluß, der eine Vorbedingung der Vollkommenheit ist. Auch kündet die Reife des Darstellenden sich dadurch an, daß er abzurechnen versteht. Nein, er läßt ihnen nicht mehr alles hingehen, wie vielleicht ein Junger in der ersten Freude über die erste Scharfsichtigkeit. Er gibt seinem Helden, wenn auch nur einen einzigen Augenblick, ernstgemeinte Selbstbesinnung. Hier eröffnet sich – nicht die Zukunft jenes Blattners, der den Anfall von Aufrichtigkeit sofort wieder vergißt; aber möglichenfalls ein Ausblick auf das weitere Wirken des Romanciers Hermann Kesten.

Unter seiner Ironie verrät sich eine erwachende Strenge, und seine Sachlichkeit bedeutet schon Kraft. Er wird später die umlebenden Menschen und sich selbst nicht nur darstellen wollen, er wird den Anspruch erheben, an ihnen zu arbeiten und die Gesellschaft umzugestalten, indes er sie gestaltet. Wenigstens war dies immer der Ehrgeiz derer, die eine Gesellschaft in ein Romanwerk brachten. Er wird Moralist und dafür reichlich gehaßt sein. Noch, wenn er schon alt ist, werden sie außer sich durcheinander laufen und seine durchaus lauteren Bemühungen für schändlich ausgeben. Das kennen wir. Wenn er seine Weichheit und einen gewissen Leidenszug behält, wird der Haß mit sich reden lassen. Er begreift die Menschen. Möge er sie eines Tages auch lieben können, weil sie inzwischen ohne verschlagenen Doppelsinn einfach und wirklich »glückliche Menschen« geworden sind.

Die etwas in Vergessenheit geratene Menschenliebe, der Glaube an den Menschen und an seine Bestimmung, glücklich zu sein, ich wünschte, daß die Späteren sie wieder kennen mögen, und daß die Literatur ihr Verbreiter sei.

Die Wege des Geschlechts

I

Die Geschichte von Manon Lescaut und ihrem Chevalier Desgrieux rührt und bewegt, weil sie so lange her und doch jederzeit möglich ist. Die beiden begegnen einander als sehr junge Leute. Wenige Blicke, nur die gewöhnlichen Worte der jugendlichen Begierde, und über zwei Schicksale ist entschieden. Denn der Ritter, der Geistlicher werden sollte, gehört zum Geschlecht der unbeirrbaren Liebhaber, die nie zur Besinnung kommen. Das Gesicht einer Frau begegnete seinen Augen, als er kaum zwanzig war, und das wird bleiben, wenn alles dahingeht, Familie, Heimat, Sicherheit und Ehre. Eine Berührung seiner »geliebten Freundin«, und er erträgt, daß sie ihn betrogen hat, daß er falschspielen muß, daß sie beide einen schimpflichen Weg in die Strafkolonie antreten. Er bemerkt nicht, daß er älter wird und daß er alles verloren hat, denn er hat Manon, und sie kann für ihren Freund nicht altern.

Sie ist schlechthin unsterblich, denn sie ist die Frau in ihrer Höchstwirkung auf den Mann. Was will Manon, warum erniedrigt sie den, der sie so sehr liebt? Das hat sie nicht gewollt, ursprünglich gewiß nicht. Zuerst als unschuldig Liebende, später als Frau, die Lust für Geld gewährte, ist sie ihren durchaus einfachen Bedürfnissen gefolgt, schöne Kleider, die Sänfte, das weiche Bett. Die alten Beschützer waren nötig, um dies alles anzuschaffen; um sich aber daran zu freuen, brauchte sie ihren Desgrieux. Zweifellos liebte sie ihn, nur ihn. Er war mit ihr zugleich aufgebrochen in das Leben, zusammen und durch einander hatten sie seine Freuden und seine Abgründe erfahren. Die Sinne Manons vergaßen niemals, daß sie durch ihn zuerst genossen hatten. Außerdem aber war es ihr zum Genuß geworden, wie sehr er an ihr hing und wie völlig unabwendbar sie für ihn war. Sie hat ihn nicht absichtlich unglücklich gemacht, auch sie hatte davon viel Leiden und zuletzt ein schlimmes Ende. Dennoch hat es sie im Ärgsten noch getröstet, diesen Mann zu haben, aus dem sie dies gemacht hatte. Als er ihr freiwillig sogar in die Strafkolonie gefolgt war und mit ihr den Fluchtversuch gemacht hatte, mußte sie im Sand und in der Einöde elend sterben, er hatte um sie den Arm geschlungen. Da hat sie noch einmal die zufallenden Lider geöffnet und ihn angesehen; und wenn der Blick der munteren und süßen Manon niemals grausam gewesen war, hier hat er sicher angefangen, von etwas anderem zu sprechen, als je vorher. Er wurde damit nur nicht fertig, ihr Auge brach, bevor es alles gestanden hatte. Die seinen sahen vor Tränen nicht, und der Träumer, der am Weibe hing, erfuhr die Wahrheit nie.

Sie finden ihre tiefe Genugtuung in der Höchstwirkung auf den Mann. Der Mann war bisher immer der einzige Gegenstand ihres Daseins. Der einzige Gegenstand des seinen sind sie keineswegs, der Fall Desgrieux ist die Ausnahme. Was er aus ihr gemacht hat, ist dem Mann gewöhnlich gleichgültig. Wenn sie für ihn ins Gefängnis kam, hat sich das wahrscheinlich noch keiner zum Ruhm gerechnet – abgesehen von ganz krankhaften Zuständen der Gesellschaft. Dagegen war der Frau die längste Zeit nur das einzige Selbstgefühl erlaubt, ihn anzutreiben, seine Schwäche für sie zu benutzen, damit er stieg oder sank. Sie hat diese Regel befolgt in allen Verhältnissen und Stufen, auf farblose und bescheidene Weise oder großartig. Sie war seine Dienerin, Gehilfin, Herrin – immer zu dem einen Zweck. Die lange Herrschaft des Mannes hat ihren Instinkt nicht schwächen können. Seine historische Herrschaft war es grade, die ihren Instinkt ausbildete und erhielt. Bei gleichen Rechten und Pflichten der Geschlechter muß sich alles ändern. Die Frau, die selbst erwirbt, selbst kämpft und Macht ausübt, kann für ihren männlichen Gefährten nicht dieselbe lebenswichtige Aufmerksamkeit behalten. Sie hängt nicht davon ab, was aus ihm wird, ihr Selbstgefühl nicht mehr nur von dem, was sie aus ihm macht. Sie kann ihn nicht entbehren, wird ihn auf immer noch viel weniger entbehren können, als er sie. Aber sozial genommen ist er nicht mehr ihr Werkzeug, er ist ihr Gegner, außer, wenn sie Vertrag machen und Partner sind. Das hat Folgen auch für das Erotische. Soziale Tatsachen sind niemals stärker als der Naturtrieb. Dennoch bewirken sie auch erotische Tatsachen.

Manon, ihre Geschichte und ihr Ritter sind nach wie vor verständlich, ihre Überlieferung hat sich zu lange fortgesetzt unter den Geschlechtern. Erkennbar wird aber, daß Beziehungen wie diese äußersten schon verklärten, allmählich ein entferntes Bild geworden sind; niemand rechnet darauf, sie zu erleben. Dennoch waren sie einst, wenn auch das Äußerste, so doch nur die letzte Zucht des Üblichen. So wurde geliebt, wenn man liebte. Was ist seither aus Manon geworden, nach welcher Richtung hat ihr Typ sich festgelegt? Sie selbst war so schwankend und unbestimmbar. Sie war in ihrer Wirkung dämonisch, aber sie wollte es gar nicht sein. Sie ließ sich auch kaufen, aber ohne zu berechnen. Alles kam im Gefolge der Liebe. Bei ihren Nachfolgerinnen im bürgerlichen Zeitalter könnte man vergessen, daß auch sie doch gewöhnlich mit der Liebe angefangen hatten. Die Laune, das Unvorhergesehene, die Romantik ihrer Haltung geht allmählich verloren. Sie werden einseitig und verhältnismäßig grob, trotz ihrer Gerissenheit. Wenn sie in der Gesellschaft natürliche

Freunde hätten, wären es Geschäftsleute, nicht Ritter. Was sie auch getan haben mag, niemals würden wir die kleine Manon zeichnen mit dem Namen einer bestimmten Klasse von Frauen; sie bleibt die ganze Frau. Für Madame Marneffe, die bürgerliche Männerverzehrerin Balzacs, und dann für Nana ergibt sich der Name von selbst.

Die Dämonie des Geschlechts ist populärer und allgemein verständlich geworden, im Lauf des bürgerlichen Zeitalters häuften sich ihre billigen Quellen. Die Höchstwirkung auf den Mann wurde Schritt für Schritt zum Gewerbe. Zuletzt entstand eine Industrie, die dem nicht einmal mehr bürgerlichen Menschen fertig lieferte, was seine Natur von den Furchtbarkeiten des Sinnengenusses noch begriff. Gleichviel, ein Hauch von Manon überlebt die Jahrhunderte nach ihr – allenfalls in den Huren.

II

Woran sollte genau zu erkennen sein, wie eine vorbürgerliche Gesellschaft zu dem siegreichen Geschlecht stand? Die Frau, die nur durch ihre Wirkung siegte und hoch stieg, wie sah man sie an? Wer damals lebte, hat nichts darüber geäußert, es war ihnen allen zu natürlich. Sie haben auf die Pompadour natürlich Spottverse gemacht, aber sie war doch zugleich die größte Dame, und ihre Macht, die mit dem Geschlecht begonnen hatte, nahm immer mehr Bestandteile auf, die geistig waren. Sophie Arnoult war eine Schauspielerin, nicht besonders hübsch, aber mit angenehmer Stimme, und es scheint, daß sie in Versailles ihre Eroberungen machte, vor allem, weil sie witzig war. Übrigens hielt sie streng auf ihren erreichten Rang, was damals alle taten. Wer aus eigener Kraft und Leistung in jene alte Gesellschaft hinaufgelangt war, hatte einen größeren Abstand hinter sich gebracht, als den, der zwischen Arm und

Reich liegt. Er gehörte fortan zu den Glücklichen. Er hatte das Recht, Freigeist zu sein, aber von der Gebundenheit der Menge den Vorteil mitzunehmen. Ihm waren keine erotischen Schranken gesetzt. Die ganze Gesellschaft bildete den Spielplatz seines Talentes, zu leben. Es lag nur an ihm, die Leichtigkeit eines Gottes zu haben. Das Jahr 1775 wird das glücklichste der gesamten europäischen Geschichte gewesen sein – für die Auserwählten. Auch wir noch Lebenden haben, unter breiteren und abgeschwächten Verhältnissen, dies alles einst gekannt, und können heute wohl wieder verstehen, was vor mehr als hundert Jahren jemand sagte: »Wer vor der Revolution noch nicht da war, kennt nicht das Glück, zu leben.«

Hierauf folgte die Bürgerzeit, und man hatte nach Überzeugungen zu handeln; das ist der gründliche Unterschied. Zu Ende die Tage des gewagten Spiels, die Forderung ist Anstand und Greifbarkeit. Da werden Geist und Witz, die vorher allmächtig waren, zum entbehrlichen Schaum. Das Geschlecht sogar würde in den Grenzen des Nützlichen gehalten worden sein, wenn das ausführbar wäre. In Wirklichkeit machte es sich selbständig und ging Wege, die nicht die des bürgerlichen Menschen, sondern seines zweiten Ich waren. Das erste Ich durfte davon so wenig wissen, wie der wohlgeordnete Kreis, in dem es zu Hause war. Das zweite, ausschweifende, stellte sich zeitweilig an, als gäbe es weder Sitte noch guten Ruf, so lange, bis es selbst wieder dienstlich abberufen wurde. Zuweilen indes gelang es nicht mehr, das zweite, dämonische Ich des bürgerlichen Menschen noch zurückzupfeifen. Es wütete, bis alles dahin war, das Geld und die soziale Stellung. Wieder einmal hatte ein von allen Schranken der bürgerlichen Ordnung umstelltes Dasein eine Lücke zum Ausbrechen gefunden und war verdorben in den furchtbaren Händen einer Marneffe, einer Nana.

Die ehemaligen bürgerlichen Familien haben vor den

käuflichen Frauen eine beträchtliche Angst gehabt; ähnliches ist vor und nach ihnen unbekannt. Mit seiner grundsätzlichen Verbannung der sinnlichen Liebe aus der geordneten Welt schuf das Zeitalter sich seine Gefahren selbst. Seine Dirnen sind bürgerliche Erzeugnisse; schwerlich hatten sie vorher in dieser Vollkommenheit bestanden, und heute gehen sie zurück, sie könnten sogar aussterben. Der Vollbürger unterschied die Liebe als Sentimentalität und die Liebe als Vorwand für die Vereinigung zweier Handelshäuser. Seltene und zufällige Ausnahmen gewährten der Liebe selbst, der ganzen Liebe, den Zutritt in ein Bürgerheim. Sonst blieb sie außerhalb, wild schweifend, gefährlich und gefährdet. Sie wurde gefürchtet und gehaßt wie das Verderben, aber zehrend begehrt wie das stärkere Leben. Dies alles setzt erst ein mit der Bürgerzeit. Die Dämonie des Geschlechts war in dieser Zeit vielleicht verstärkt, erhöht wurde sie nicht. Der bürgerliche Mensch verachtete sich wegen seiner unbeaufsichtigten Triebe. Erst recht verachtete er die Frauen, die er in ihren Dienst stellte. Er suchte sie zu erniedrigen und entfesselte sie erst dadurch. Der bürgerliche Mensch und seine Hure waren Feinde, die einander brauchen. Sie waren aus verschiedenen Klassen, und unter keinen Umständen kamen sie einander nahe. Die Dämonie des Geschlechts bereicherte sich damals um die Grausamkeit des Klassenhasses. Die käuflichen Frauen waren das Zügel- und Grenzenlose, während sie zugleich das sozial Untere waren. Wenn der Mann sich zurücksehnte in das Element, dann stieg er zugleich, wie er selbst sich ausdrückte, in die Gosse. Die Gosse aber lag nahe, es war nur ein Schritt aus dem Bürgerhaus.

Der bürgerliche Mensch kaufte von jenen Frauen, was seine Ordnung ihm am bestimmtesten verbot, die Wildnis, die Verführung, den Aufstand des Unterdrückten, die Anarchie. Natürlich waren die Frauen sich nicht durchaus klar über den Handel, kaum die Marneffe und noch weniger die nachgeborene Nana. Der Vorgang verflachte sich mit den Jahren. Tragisch war er in den ersten Jahrzehnten der Bürgerzeit, so lange die Klasse sich völlig ernst nahm. Eine Klasse leidet mit der Zeit weniger an sich, weil sie weniger an sich glaubt. Die großen Zusammenbrüche des bürgerlichen Menschen, die unvergänglichen Niederlagen, die seine Feindinnen ihm beibrachten, fallen in sein Heldenzeitalter. Als Balzac aufhörte zu schreiben, war die käufliche Frau für den Mann schon nicht mehr ganz der Rückfall in das Element. Der Bürger versuchte sich allmählich sogar im Leichtnehmen, im Durchsonnen, in der Vorurteilslosigkeit. Dennoch blieb es dabei, daß er sie haßte und sich unaufhörlich rächte an den Trägerinnen seiner Dämonie.

III

Die Rache ist vor allem in dem ersten, stärksten Zeitalter des Bürgers literarisch beglaubigt. Er hat damals die käuflichen Frauen in die Unterwelt versetzt. Die Welt der Kurtisanen hat bei Balzac etwas Rohes und Nichtswürdiges, das sie sonst nicht hatte und später nicht behalten hat. Sie kommen von außerhalb der Gesellschaft, wie sein großer Verbrecher Vautrin, und sind, gleich ihm, gesandt, um sie zu gefährden. Sie werden hier überlebensgroß gesehen; aber alle Mächte, besonders die gefährlichen, erhalten mehr als menschliche Maße in einer Welt, die noch um die Abgründe unterhalb der Ordnung weiß und mit ihnen bisher nicht scherzt. Die deutsche Romantik empfand das Leben nicht weniger tragisch. Hoffmann, der sich von allen Dämonen gehetzt wußte, hat die des Geschlechts nicht mißverstanden. Er hat sein Wissen nur angewendet, wie es in seinem Lande üblich war, auf übertragende und gestellte Formen des Erlebens. Einfach die bürgerliche Gesellschaft, einfach die Großstadt, das schien ihm unausführbar – mußte ihm so scheinen, weil die Wirklichkeit bei ihm zu Lande nicht unzweideutig geklärt war und gesellschaftliche Tatsachen damals nirgends klar zu Tage und beisammen lagen, wie in Paris. Das Urbild der europäischen Sitten wie auch ihre faßliche Darstellung sind dort zu suchen bis 1870.

Die Rache des bürgerlichen Zeitalters an den käuflichen Frauen war in der Wirklichkeit vor allem ihre Absonderung. Die ärmsten von ihnen waren kaserniert, aber das bildete nur das äußerlichste Verfahren. Die Reichen blieben nicht weniger ausgeschlossen und für sich. Man sah sie in ihren Wagen oder an der Brüstung ihrer Logen, und die anderen Frauen glaubten einen Blick in unvergleichbare Zustände zu tun. Sogar die Männer, denen es erlaubt war, öffentlich an den Wagenschlag der Kurtisanen zu treten, waren nur stolz, die Geheimnisse eines abgeschlossenen Bereiches zu teilen. Der Gedanke ist im neunzehnten Jahrhundert keinem gekommen, daß die Grenzen eingebildet waren, sonst hätte ihre Gesellschaft nicht einmal so lange gehalten, wie sie gedauert hat. Ideen und Konventionen müssen vor der Wirklichkeit wachen, damit eine Ordnung aufrecht bleibt. Die Wirklichkeit entdecken, heißt schon, sie verändern. Um eine gewisse Art, das Leben zum Vorteil einer Minderheit ins Gleiche zu bringen, war es geschehen, als erst der Verdacht aufkam, die käuflichen Frauen seien nicht käuflicher als andere Leute, und ihr Geschäft immer noch eins der anständigeren.

Die bürgerliche Rache wird klar darin, daß jenes Zeitalter keine Pompadour gehabt hat, nicht eine Frau, die, hoch gestiegen durch das Geschlecht, dann auch geistig geherrscht hätte. Man hatte allenfalls Schauspielerinnen, die außerhalb des Theaters viele Brillanten verdienten und in einem schon angefaulten Teil der Gesellschaft zugelassen wurden, weil sie Geld hatten. Aber gerade nur diese Herkunft durfte das Geld nicht haben, solange die Bürgerlichkeit sich noch behaupten wollte. Das Bürgertum ist zweifellos von der sogenannten Prostitution allmählich durchdrungen worden. Aber das ist langsam gegangen, wenn man bedenkt, wie das ganze bürgerliche Leben, auf der Straße und an allen Orten öffentlicher Zusammenkünfte sich in einem fort gerieben hat an der Prostitution, wie es unaufhörlich auf sie stieß, sie überall roch und ihre Blicke auffing. Es waren ganz andere Blicke als alle sonst, und auch der Duft war unverkennbar. Die Prostituierten des bürgerlichen Zeitalters durchfluteten breit die Straßen inmitten des bürgerlichen Treibens; aber sie blieben für sich, jeder sah sofort ihren Beruf. Sie waren die einzigen, die sich schminkten und die Haare färbten. Nur sie hatten das Recht, den Männern grade und herausfordernd in das Gesicht zu sehen. Sogar ihr Parfum gehörte ihnen allein. Nein, sie waren auf den Straßen nicht weniger für sich, als in ihren Cafés, die auch niemand betrat, außer ihnen und ihren Besuchern.

Es hat einen einzigen Zwischenfall gegeben. Das zweite französische Kaiserreich versuchte, die Trennung zu durchbrechen. Da es das Reich der glücklichen Abenteurer war, wurde es das Freiland der käuflichen Frauen – und auch die Literatur erlangte Hoffähigkeit damals. Wenn die Vorurteile fallen, kommt es beiden zugut, dem Geist und dem Geschlecht. Die Prinzessin Mathilde Bonaparte verkehrte fast nur mit den Schriftstellern, und im Grunde verdachte sie es ihnen, daß sie daneben bei der Païva verkehrten. Aber die Sitte zwang sie, es zu dulden. Die Païva gab Diners für alle die großen Namen, die noch heute fortleben. Sie war eine Ostjüdin. Eine andere Jüdin, die Schauspielerin Rachel, hatte einst einen silbernen Tafelaufsatz so lange angestarrt, bis der Hausherr nicht mehr anders konnte, als ihn ihr nach Hause zu schicken. Das war noch Ungehemmtheit. Die Païva dagegen verhielt sich damenhaft, fast brachte sie den Unterschied in Vergessenheit. Darum gelang es ihr zum Schluß auch, einen deutschen Magnaten zu heiraten. Dennoch blieb im Grunde richtig, daß sogar sie verachtet wurde von ihren geistvollen Freunden, den Leuchten des heiteren Reiches. Sie baute sich ein Palais; einer ihrer häufigsten Gäste wurde gefragt, wie weit es damit sei. »Das Trottoir ist schon gelegt«, sagte er. Das war nun einer, der am Tisch dieser Frau die feinsten, manchmal vielleicht die höchsten Gespräche des Zeitalters führte oder mitanhörte. Fiel aber unvermutet ihr Name, dann war sein erste Einfall der »Strich«. Er rächte sich, ohne mehr genau zu wissen, wofür.

Auch der Zwischenfall, das zweite Kaiserreich, blieb bürgerlich gebunden. Es hatte gewagt, schwere Tatsachen der Gesellschaft leicht zu nehmen. Es hatte sich erlaubt, die Ungeheuer zu necken. Darum behält es wohl den Ruhm, seit der Revolution der einzige kurze Zeitabschnitt gewesen zu sein, da die Luft der bürgerlichen Welt auf eine geistige Art verklärt und für Geister leichter zu atmen war. Grade dieser Nachgiebigkeit wurde später, als das Kaiserreich gestürzt war, die Schuld an seinem Unglück gegeben. Flaubert erwähnt zwei Ursachen für Sedan: Offenbach – und die Art, wie der Schriftsteller Saint-Victor der Païva die Hand geküßt hatte. Wie heißt die Ursache bei Zola? Nana. Sie gilt für das eiternde Gift, das eine ganze Oberschicht ansteckt und umbringt. Die Herrschenden leben vom Elend der Unterdrückten, dafür sterben sie an einer Tochter der Armen. Die hat nichts mehr von der gebildeten Gastgeberin der Literaten, Nana ist der nackte Triumph der Unzucht, ihre Ausbreitung, Demokratisierung; sie verkörpert die offenen Anstalten, die eine Gesellschaft trifft, um aus dem Kampf der Geschlechter einen Klassenkampf zu machen.

IV

Nicht, daß ein Mann von bürgerlichen Sitten seitdem durchaus der Feind und das Opfer seiner anders eingeordneten Freundinnen wäre. Sie stehen oft in friedlichen Beziehungen, die Frau wünscht ihren Erhalter nicht umzubringen, sondern sein Leben zu verlängern – nicht anders, als wäre sie die Gattin. Sie ist nicht geneigt, Raubbau an Männern zu treiben, und fühlt sich keineswegs berufen, die Gesellschaft zu untergraben, wie Nana. Sie ist ihr nützliches Glied, und alles kann jahrelang höchst friedlich zwischen den beiden verlaufen, besonders, wenn er sie in Berlin wohnen läßt, ihn aber führen seine Geschäfte monatlich einmal von Mannheim dorthin. Sie haben Lokale, in denen sie nur zusammen verkehren. Wenn er nicht dabei ist, geht sie in andere; aber von ihrem zweiten Leben erfährt er so wenig, wie sie von seinem ersten. Jeder hat seine begrenzte Zuständigkeit, an der sie sich weise genügen lassen.

Eher führt die Freundschaft der käuflichen Frauen zu Verwicklungen, wenn der Bursche sehr jung ist. Er sollte in Berlin studieren, ist aber in eine Pension geraten, wo nur Damen wohnen, und alle diese Damen empfangen Besuche. Die Inhaberin benutzt seine Unerfahrenheit nicht allein, um ihm das Zimmer zu vermieten, sie fesselt ihn auch durch ihre Persönlichkeit, und wäre sie nicht mehr hübsch genug, dann sind es der Umkreis und Betrieb, die sich mit Erfolg an seinen Leichtsinn wenden. Den ganzen Tag sieht er wenig bekleidete Frauen sich über den Flur bewegen. Er nimmt teil an den gemeinsamen Mahlzeiten, die sehr lange dauern und in viel Kognak übergehen. Hier darf der junge Doktor die Damen beraten hinsichtlich des Gerichtsvollziehers und der Prozesse, die bei ihnen nie aufhören. Sooft kein Geld mehr im Hause ist, wird seins als das nächstliegende betrachtet. Alles dies schmeichelt beiden Teilen; die Mädchen haben ihren gebildeten Akademiker, er selbst fühlt sich aufgenommen in eine Welt, deren Dasein die fernen Eltern nicht einmal vermuten. Wenn sie endlich darauf kommen, wird vielleicht grade noch Zeit sein, den Jungen herauszureißen und für die bürgerliche Gesellschaft zu retten. Für die Mädchen war er ein Gewinn in menschlicher Hinsicht. Andere Freundschaften wären ihnen fast nur erlaubt mit Männern, von denen sie geschäftlich ausgebeutet werden. Vielen von ihnen liegt das nicht mehr. Warum ein Zuhälter? Als Beschützer ist er überflüssig geworden, schon weil die Polizei jetzt sehr viel milder und gerechter den Frauen begegnet. Eher dient er in gewissen Schichten der Prostitution noch als Organisator. Er »läßt vier laufen«, sitzt indessen im Bierkeller und wartet, bis sie kommen, um mit ihm abzurechnen. Das erzieht sie zur Ordnung. Der Freund, der seine Frau zugrunde richtet, hat seinen Beruf verfehlt, die anderen Frauen zeigen einander das abschreckende Beispiel. Vor kaum zwei Jahren verdiente sie noch groß, und jetzt? Verarmt durch einen Mann, das hätte nicht vorkommen dürfen! Sie fühlen, daß es ein Fehltritt und etwas Unzeitgemäßes ist – berufliche Untüchtigkeit verschärft durch menschliches Versagen. Dann fehlte doch nur noch ein »Süßer«, der auf den Kunden mit gezogenem Messer losgeht, als ob das aufbauend wirken könnte. Die Sitten haben sich verschoben, die Sitten dieser Welt und der bürgerlichen sind angenähert. Der bürgerliche Mensch prostituiert sich öfter, die käuflichen Frauen halten mehr auf Gediegenheit. Nichts schiene ihren friedlichen Beziehungen im Wege zu stehen.

Im Wege steht nur, daß sie auch in diesem vorgeschrittenen Zustand der Gesellschaft die Interessen verschiedener Klassen vertreten, und daß, noch viel tiefer und furchtbarer, der Geschlechtshaß sich weiden will, wie je. Was geht eigentlich vor, wenn zwei Mädchen aus einem

Betrunkenen im Laufe einer Nacht tausend Mark herausgeholt haben, und bei künftigen Begegnungen weicht er ihnen aus? Sie haben ihn zum Narren gehabt und knock out geschlagen, noch dazu auf wirtschaftlichem Gebiet, wo er zu Hause sein sollte. Sein Zustand, bestimmt durch den Andrang männlicher Kraft und durch Alkohol, hatte ihn die beiden Mädchen als seine natürlichen Opfer ansehen lassen. Statt dessen ist er das ihre geworden und schämt sich. Er ängstigt sich auch, wenn er ihnen begegnet. Ihr Anblick erinnert ihn daran, daß es Ausflüge ins Uferlose gibt. Er ist noch davongekommen, aber wer will sagen, daß die Rückkehr immer gesichert ist.

Ein »Syndikus« begleitete ein Mädchen. Sie haben bei den Mädchen immer herrliche Titel, nur Titel, keine Namen. Die Freude, sich nach Herzenslust zu betiteln, gehört zu den Freiheiten, die sie sich nur dort herausnehmen. Der Syndikus mußte am nächsten Morgen eingestehen, daß er nicht mehr genug Geld habe. Er war bereit, seinen schönen Kamelhaarmantel als Pfand zurückzulassen. Er unterschrieb, daß er ihn mit zwanzig Mark auslösen wolle. Den Text der Urkunde mußte das Mädchen zu Papier bringen, was ihr hätte auffallen sollen. Um sechs Uhr verließ er sie, um neun Uhr kam die Polizei; er hatte sie angezeigt wegen Erpressung. Er behauptete, er habe ihr nur seine Adresse aufgeschrieben, das übrige habe sie nachträglich hinzugefügt. Er war indessen der Polizei zu schlau und zu zahlungsunwillig, sie glaubte nicht ihm, sondern dem Mädchen. Die Polizei soll es sogar übernommen haben, das Geld für das Mädchen aus ihm herauszuholen. Allerdings bekam sie nur fünfzehn, und auch die erst nach Tagen.

Zwei Mädchen gingen nach Hause, sie hatten nichts verdient, aber zu Hause war noch Kaffee. Ein Mann wollte mit ihnen Kaffee trinken. Sie waren einverstanden, aber er sollte ihnen ihre Auslagen mit vier Mark ersetzen.

Hiervon gaben sie nur zwei Mark wirklich aus, und er bemerkte es. Er machte ihnen Anträge, denen sie widerstanden. Er glaubte aber, durch eine Mehrleistung von zwei Mark gewisse Rechte erworben zu haben. Was lag näher als die Polizei zu verständigen; er tat es. Die beiden Mädchen erwarteten ihn und den Sipomann in Ruhe, sie konnten sich das übrige denken. Der Mann wurde ausgelacht und fortgeschickt. Aber das war früher nicht so. Die Männer hatten früher wirklich Vorrechte und wundern sich zuweilen noch, daß es jetzt auch für ihre vorübergehenden Gefährtinnen den Schutz gibt, der nur zu ihren Gunsten in Übung sein sollte. Denn erstens sind sie anständige Männer, die ihre Steuern zahlen. Von Prostituierten nimmt der Staat keine Steuern; er ist der Meinung der Männer, daß ihr Geld schändlich erworben ist. Wieso gebührt ihnen dann Schutz? Außerdem befindet sich grade der anständige Mann bei solchen Frauen in einem wehrloseren Zustand als sonst. Er hat das Gefühl, daß über ihn gewacht werden muß – und nicht nur dies. Er ist überzeugt, daß die öffentliche Gewalt für ihn einzutreten hat, selbst wenn er bei solchen Frauen Schwindeleien begeht, Roheiten verübt und ganz offen das Gesetz verletzt. Hat er sich nicht grade deshalb in eine soziale Sphäre eingelassen, wo man endlich sein darf, wie man ist? Das braucht der Mensch, er verlangt zuweilen ein Opfer. Man kann nicht ununterbrochen unter Geboten und Abhängigkeiten stehen. Hier sollte aber auch alles erlaubt sein, die Bosheit im Geschlechtsgenuß, die Verachtung dessen, was man so sehr begehrt, das gemeine Benehmen und womöglich sogar, daß man nicht bezahlt!

Jemand gab dem Mädchen einen ungedeckten Scheck. Noch dazu hatte sie ihm eigene fünfzig Mark geliehen. Sie rief ihn an. Antwort: sie solle ihn in Ruhe lassen, sonst Anzeige. Hierauf verband sie sich mit seinem Vater, einem Geschäftsmann. Diesmal nannte sie sich Kassiererin bei

Herpich, die von dem jungen Mann geschädigt sei; so bekam sie ihr Geld. Sie hatte sich zu helfen gewußt; was tut indessen ein Kunde, dem das Mädchen, während er noch schläft, etwas Geld stiehlt? Das ist genau der umgekehrte Fall. Der Kunde indessen muß sich nicht erst lange einen Trick ausdenken, um sein Geld wiederzukriegen. Der Diebstahl, den eine Frau auf diese Art begeht, wird besonders hart bestraft. Grade dies könnte er ihr vorhalten, um sie zur Rückgabe zu bewegen. Wenn seine Mittel es erlauben, könnte er großzügig sein; aber ist es nicht einfacher, sie ins Gefängnis zu bringen?

Vielleicht nicht grade einfacher; aber sie tun es trotzdem gern. Es gibt eine märchenhafte Geschichte von einem Kunden, dem der Gedanke an das Gefängnis wohl nahe lag, denn er selbst hatte früher oder später mit seiner Verhaftung zu rechnen. Er war einer der ganz großen Geschäftemacher, dessen Riesenprozesse das Land jahrelang erregt und seine Einrichtungen mit untergraben haben. Ein Mädchen entnahm, während er schlief, seiner Brieftasche mehrere hundert Mark, und er brachte sie dafür ins Gefängnis. Schnell vertrat er noch einmal die strenge Rechtlichkeit, bevor diese sich gegen ihn selbst wandte. Er lud einen Teil seiner geheimen Ängste und seines schlechten Gewissens bei einem Mädchen ab und hat hierauf eine Zeitlang seine eigene Achtung genossen. Nun geht das Märchen weiter.

Der große Geschäftemacher stand vor seinen Richtern. Sogar Millionäre können sich zu verantworten haben, aber dann sind sie es schon nicht mehr, und keiner hat mit ihnen zu tun gehabt. Sein Verteidiger griff nach jedem Mittel, er suchte Leumundzeugen, ganz gleich wer. Da meldete sich das Mädchen, das inzwischen aus dem Gefängnis entlassen worden war. Sie hätte ruhig zu Hause bleiben können, aber vielleicht schmeichelte es ihr, in dem Prozeß des großen Mannes, den sie gekannt hatte, sich herauszustellen. Es könnte schließlich auch sein, daß sie Böses mit Gutem vergelten wollte. Das Wahrscheinlichste ist allerdings, daß sie glaubte, das Gefängnis sei nur für die Armen da, und daß sie daher aus sozialem Pflichtgefühl zu Gericht ging. Sie sagte aus, einst habe sie den Angeklagten bestohlen, er aber habe ihr verziehen und nicht den Grünen gerufen. Bei diesen falschen Angaben verließ sie sich darauf, daß ihr unbedeutender Fall schon längst vergessen war. Man erinnerte sich aber, daß sie grade wegen dieses Diebstahls bestraft worden war, und ihr gut gemeinter Rettungsversuch hatte nur den Erfolg, daß sie auch ihn wieder büßen mußte.

V

Alles dies sind mehr oder weniger ernste Angelegenheiten, in denen Menschen gehandelt haben – nicht nach klaren Regeln, wie es zum Beispiel Geldinteressen wären, sondern nach tiefen, unbeaufsichtigten, ja, unauffindbaren Gesetzen des Geschlechts, der Klasse, des persönlichen Schicksals. Wofür rächen sich gewisse Männer an den Frauen, die sie kaufen? Wohin zieht es sie eigentlich, wenn sie sich dorthin aufmachen, und was wird aus ihnen, sobald sie die Stätten ihrer bürgerlichen Geltung vertauschen mit dem Joch des Geschlechts. Sie leisten hier Dienste, zu denen sie im Bereich ihrer heimischen Gesittung für viel Geld vielleicht nicht bereit wären – daher ihre Auflehnung. Bei ihren eigenen Frauen würden sie nie erfahren, daß es ungeordnete Triebe gibt. Sie hassen jene anderen, durch die sie sich selbst erst kennen lernen, und hängen doch an ihnen. Zum Chaos zieht es sie – aber es ist damit zu rechnen, daß sie nicht immer ernst bleiben. Sie erlauben sich, besonders neuerdings, mit dem Chaos nur zu spielen. Ein viel verdienender Arzt operierte in seiner

Klinik manche Frauen der Lebewelt. Er nahm von ihnen kein Geld, was schon der Anfang seiner inneren Vernachlässigung und Abwegigkeit war. Er hätte sie im Gegenteil hochnehmen sollen. Eines Tages war es so weit, daß er einer von ihnen einen Luxuswagen kaufte. Er machte sie zu einer »großen Frau« – warum gerade sie? Diese verfügte über Eigenschaften, die er brauchen konnte, und sie hatte ihn verstanden. Er mußte vor ihrem Hause warten, während sie ihn von droben im Auge behielt. Er mußte im Lokal abseits sitzen, während sie andere an ihren Tisch rief. Sie befahl dies alles, weil sie begriffen hatte, wodurch sie und der Mann zusammenhingen. Er liebte und haßte sie durcheinander – noch verwirrender, weil er der geistig Überlegene war. Mit Gefühlen, die nicht einheitlich sein konnten, hielt er zu ihr, wenn sie mit ihren Prahlereien die anderen Frauen gegen sich aufgebracht hatte. Die Ringe, die von ihm kamen, zog sie auf der Toilette einzeln und auffällig ab und wieder an, die Ärmeren sollten in Wut geraten. Als sie einstmals ihrem teuren Hund Bewegung machte, absichtlich vor dem Café, wo ihre Freundinnen ein- und ausgingen, wurde sie endlich verhauen. Der Mann sah es mit an, er konnte sich nicht einmischen zwischen prügelnde Frauen, er war entschuldigt. Aber er muß außerordentlich genossen haben – nur beunruhigt in seiner Freude durch den Zweifel, ob nicht er selbst den Anspruch auf die Schläge gehabt hätte.

Solche Männer verfügen über eine ungewöhnliche Phantasie, man könnte damit auch etwas Ergiebigeres beginnen. Ihre eigenen Ausnahmezustände verbinden sich ihnen mit der Vorstellung von Wesen, die ohne Norm und fremd dem Gesetz wären. Da die Wesen, an die man sich wendet, in Wirklichkeit nicht ganz so sind, wie es erwartet wird, müssen sie das Fehlende durch Kunst ergänzen. Auch der Mann wird in seinen Verirrungen meistens nicht ganz absichtslos sein. Wie kann es innerhalb einer wirtschaftlich bestimmten Gesellschaft, die ihn täglich zur Unterordnung erzieht, mit seinen Urinstinkten stehen? Genug, er hilft ihnen nach. Es ist Neugier, und es ist grade die seelische Unzulänglichkeit seines amtlich bekannten Daseins: das zwingt den wirtschaftlich bestimmten Menschen, es manchmal toll zu treiben. Indessen bleibt bestehen, daß die Geschlechter, auch diese leidlich gezähmten, noch immer wirklich Rache aneinander nehmen. Der Mann drängt noch immer nach dem Chaos, und die Frau verkauft es ihm. Das haben sie sich erhalten trotz Verflachung und Unechtheit. Sie sind weit entfernt, etwas Komisches zu beabsichtigen. Gegen ihren Willen wird leider aus dem tragischen Geschlecht in den meisten Fällen eine Groteske. Sie können nichts dafür, es geschieht einfach, weil zu viele ihresgleichen da sind. Jeder für sich allein wäre vielleicht noch ernst zu nehmen; Hunderte und Tausende dieser Art sind es nicht. Die Anhäufung alles Menschlichen in einer Stadt der Massen verbilligt zwar sonst keine einzige Ware, aber sie verbilligt das Menschliche. Allen, die dafür Bedarf haben, wird genau dasselbe geboten, Marke erotische Verirrung, Marke Chaos – lauter Markenartikel für starke Nachfrage.

In Berlin, das hierin jetzt wohl die Führung hat, gibt es eine beträchtliche Anzahl von Häusern, in denen Unbekannte sich zusammenfinden, um gemeinsam und in vorsätzlicher Weise bis zum Äußersten zu gehen, wenn auch mit der gebotenen Vorsicht. Ganz auf Hemmungen verzichten kann kein wirtschaftlich Abhängiger. Ach, die Teilnehmer der Orgie müssen wenigstens Masken tragen, wenn sie sonst nichts anhaben. Die Rücksicht auf das amtlich bekannte Dasein ist nicht ganz zu entbehren. An einer solchen Orgie, bei der niemand mehr den Syndikus oder Direktor, jeder nur noch eine entfesselte Naturkraft vorstellte, nahm einst ein leibhaftiger Polizeikommissar teil. Er hatte das Opfer gebracht, sich zu entkleiden und hinter der Larve mitanzusehen, wie gedroschen, in Ketten geschlossen und gehängt wurde. Ein Abonnent hatte sich hinten mit bunten Federn geschmückt, er übte eine Art Parademarsch und fragte von Zeit zu Zeit: »Bin ich nicht ein schöner Hahn?« Gehängt wurde natürlich auch nur bis zu einem gewissen, unschädlichen Grade. So eifrig jeder sich seiner besonderen Besessenheit hingab, keiner war im Grunde von ihr überzeugt, so wenig wie der Hahn ein richtiger Hahn zu sein glaubte. Sie machten Anstrengungen, um nicht mehr zu bleiben, was sie die übrigen dreiundzwanzig Stunden des Tages mit Mißbehagen gewesen waren. Sie hatten von den Vorgängen hier gehört, daher waren sie gekommen und hatten bezahlt. Nie hätten sie in sich selbst dämonische Anlagen entdeckt, wenn diese gute Gelegenheit sich nicht herumgesprochen hätte.

Der Polizeikommissar in seinem Inkognito durchschaute sie, er kannte doch seine Meldepflichtigen. Hier hofften sie ausgerutscht und nicht mehr unter Aufsicht zu sein, worin sie aber irrten. Wenn sie zu weit gingen, wurde behördlicherseits eingegriffen. Der Beamte ließ sich um der Sache willen mitnehmen zu einem wilden Tanz um ein gefesseltes Mädchen, das geopfert werden sollte. Ihre in Sprüngen sie umkreisenden Schlächter öffneten schon die Nüstern, in ihrer Einbildung roch es wie früher in den Dörfern Innerafrikas, nach Haufen geschlachteten Menschenfleisches. Dem Kommissar kam Übelkeit – weniger bei dem Gedanken an die echten alten Menschenfresser, sondern weil das, was er mit ansah, ein so trauriger Ersatz war. Lange hielt er es bestimmt nicht mehr aus. Auch schien das Mädchen ihm ausgebeutet zu werden. Dafür, daß sie nicht besser entlohnt wurde als die Angestellten eines Warenhauses, verlangte der Betrieb zu viel. Jetzt ließen einige der Meldepflichtigen sich hinreißen, sie derartig zu vermöbeln, daß sie blutete und laut weinte. Das war genug, um endlich einzuschreiten. Der Polizeikommissar bemächtigte sich seiner Hose, nahm die Maske ab und rief amtlich: »Genug von dem Unsinn! Alle kommen mit aufs Präsidium!«

VI

Der Verfall der geschlechtlichen Dämonie wird nicht nur durch ihr Massenangebot bedingt, er ist nicht allein abhängig von den Schleuderpreisen, für die sie jetzt zu haben ist. Er hat seine Gründe in der kaum noch bürgerlichen Welt, die sich allmählich bildet. Die Erotik hat in letzter Zeit ihre gesellschaftliche Befreiung erlebt. Sie unterliegt nicht mehr dem strengen Druck, den das bürgerliche Zeitalter für notwendig hielt. Sie kann sich beliebig ergehen in freien Ehen, die erstens schon halben Kindern erlaubt sind, und in denen zweitens der Mann für die Frau nicht mehr zahlt. Beides ist entscheidend, denn es schafft frühzeitig Beruhigung und ergibt klare Verhältnisse. Die erotischen Fragen und Gefahren sind augenblicklich zurückgedrängt, so sehr, daß sie nicht vorhanden scheinen. Das ist wohl ein falscher Eindruck, denn sie werden erst mit dem Menschengeschlecht enden. Aber im Gegensatz zu dem vorhergegangenen Abschnitt, der grade mit seinem Zwang den Geschlechtern noch die Ahnung ihrer Tiefe ließ, erscheint der heutige fremd allen unbequemen Abgründen.

Die Befreiung der Erotik schadet natürlich der Prostitution. Die Konjunktur drängt die Mädchen, die noch nicht zu lange von der Geschlechtsindustrie leben, in andere Berufe. Eine von ihnen war Schneiderin geworden, obwohl es ihr schwer gemacht war durch ihren Mangel an Betriebskapital. Unmöglich konnte sie von den Kundinnen die Vorausbezahlung der Stoffe verlangen. Wenn sie daher welche kaufen mußte, ging sie entschlossen nochmals wieder auf die Straße. Sie brachte ihrer neuen Tätigkeit das kleine Opfer. Sie fühlte, wie alle Frauen dieser Tage, daß nur die Arbeit sie unabhängig machen könne – so unabhängig wie den Mann, was näher besehen nicht viel heißt. Aber es ist schön, darum zu kämpfen, und sie tun es. Jene arme Schneiderin ist nur das niederste, bescheidenste Beispiel.

Da die Mehrheit der Frauen arbeitet, haben sie das Recht, zu leben wie der Mann; und auch dieser Zustand ist geeignet, ihm die besonderen Ansprüche abzugewöhnen. Darauf verfiel er, solange er das Geld gab. Im ganzen ist die Welt käuflicher geworden, vielleicht ist nur die Liebe es etwas weniger, was eine erfreuliche Überraschung wäre.

Es treten mehr Hochstaplerinnen auf; das hängt gleichfalls damit zusammen, daß die Frauen zur ehrlichen Arbeit übergegangen sind; nur so können einige sich auf den Schwindel verlegen. Auch sie haben den Ehrgeiz, zu verdienen ohne den Umweg über das Geschlecht. Daher reden sie albernen Ladenbesitzern ein, sie seien Gräfinnen oder Prinzessinnen, und ziehen mit dem Diadem ab. Früher wurden sie für den Mann, den sie bezauberten, von selbst Prinzessinnen und trugen ein unsichtbares Diadem. Auch das war eine Art von Betrug, aber der heutige, in dem Juweliergeschäft, ist sowohl offener als ergiebiger. Dafür sieht auch jeder die Frauen an als das, was sie wirklich sind: wirtschaftliche Existenzen. Niemand wird mehr sagen können, was ein Mann von einst, Flaubert, sich noch eingestand: »Die Dirnen haben für mich die ganze, unvermindert furchtbare Anziehung der barbarischen Gefühle. Sooft ich an einer dunklen Straßenecke eine warten sehe, klopft mir das Herz.«

Kultur

Die Akademie

I

Unter der Republik bekam die Preußische Akademie der Künste eine Abteilung für Dichtung. Mehrere von uns haben sagen wollen: Abteilung für Literatur. Je mehr praktische Erfolge wir haben werden, umso deutlicher wird sich, für uns wie für die Welt, herausstellen, daß wir ein Vollzugsorgan der gesamten geistigen Kultur, nicht nur die Vertretung gewisser Teile des Schaffens sind. Einige Dichter, deren jeder seinen Roman oder sein Stück schreibt, können zur akademischen Sektion erst werden durch ein gemeinsames Wirken im Staat und in der Öffentlichkeit. Man empfände sonst ihr Zusammensitzen mit Recht als eine Privatangelegenheit.

Wie können wir versuchen, zu wirken? Wir haben uns darüber jetzt zweifelsfrei entschieden. Wir wollen die Geistesfreiheit verteidigen, was einigermaßen notwendig geworden ist und es immer mehr zu werden verspricht. Weiter wollen wir die geistige Formung des heranwachsenden Geschlechts beeinflussen durch Mitwirkung an den in Frage kommenden Lehrbüchern. Auch beanspruchen wir, gehört zu werden bei gesetzgeberischen Maßnahmen, wenn sie die Litertur und das Theater betreffen; und wir bestehen darauf, amtliche Sachverständige zu sein in Prozessen, die eben um diese Gegenstände gehen. Das ist einstweilen unser Programm.

Bemerkenswert ist, daß wir es nicht früher beschlossen haben und es früher auch gar nicht beschließen konnten.

In Hinsicht der Geistesfreiheit haben wir früher in einzelnen Fällen wohl versucht, geschlossen gegen gewisse Verbote oder Verfolgungen literarischer Werke aufzutreten. Es gelang uns nicht immer, wir waren nicht einig. Unsere neuen grundsätzlichen Beschlüsse erlauben die bestimmte Hoffung, daß wir es künftig sein werden. Vor allem aber verbieten sie uns, untätig zu bleiben. Wir haben das verfolgte Werk zu prüfen und uns zu entscheiden.

Es kommt auf Entschlußkraft an in einer Zeit, die alles andere eher hat. Wenn unsere Abteilung ein Beispiel festen Willens gäbe, hätte sie allein dadurch die Berechtigung ihres Daseins erwiesen.

Unsere Entschlußkraft könnte eines Tages so weit gehen, daß wir die Schulbücher von allem reinigen, was der Jugend schadet: veraltete Geschichtsauffassung, Irrtümer über andere Völker und über die Erlebnisse des unseren. Wohlverstanden, so weit sind wir noch nicht. Keine deutsche Versammlung, auch die unsere nicht, wird heute über diese Dinge zu einer einmütigen Meinung gelangen. Der Beschluß liegt dennoch vor, einzugreifen – es wird sich finden, wie. Von einer Gemeinschaft, die einzig und allein intellektuell begründet ist, wird niemals ernstlich zu befürchten sein, sie könnte stärkere Beweggründe kennen als die Gerechtigkeit und als die Wahrheit.

Bis hierher waren wir mit uns selbst allein. Aber unsere Handlungsfreiheit reicht in fast allem, was wir vorhaben, nur bis zum Beschluß. Um irgend etwas durchzuführen, brauchen wir das Zusammenwirken mit dem Preußischen Unterrichtsministerium. Ohne das Einverständnis dieses Ministeriums für Wissenschaft, Kunst und Volksbildung werden wir kein Lesebuch überprüfen, und ohne seine Vermittlung werden wir erst recht nicht als gerichtliche Sachverständige berufen werden oder an Gesetzen mitarbeiten. Unser Glück ist, daß grade das Preußische Unterrichtsministerium unsere Abteilung ins Leben gerufen hat. Offenbar ist es daher an ihrer erfolgreichen Tätigkeit mit seinem eigenen Nutzen beteiligt. Dem Ministerium muß es lieber sein, daß wir etwas leisten, als wenn wir nur dasäßen und allenfalls Protest erließen. Es wird die Abteilung, mit der es schon durch den Akt ihrer Gründung verbunden ist, nicht gern der Unfruchtbarkeit verfallen sehen.

Andererseits nimmt der eine oder andere unter uns Anstoß an der Abhängigkeit der Abteilung vom Ministerium. Unleugbar besteht sie auch. Die Statuten der Akademie werden unter Mitwirkung unserer Vertreter im Ministerium beschlossen, und wir können keine Geschäftsordnung einführen, die nicht übereinstimmt mit den Statuten. Zu erwidern wäre nur, daß es genau so für die beiden anderen Abteilungen liegt, und doch haben sie sich bewähren können in der langen Zeit seit Gründung der Akademie. Warum sollte es, unter denselben Bedingungen, nicht auch uns gelingen? Auch wir sind eine staatliche Gründung: nicht die alleinstehende »Dichterakademie«, wie noch immer geschrieben wird, sondern die dritte und jüngste Abteilung der Preußischen Akademie der Künste. Der Staat, der den bildenden Künsten und der Musik schon längst ihre amtliche Vertretung eingerichtet hat, erinnert sich eines Tages der Kunst des Wortes, und daß auch sie seiner Geltung etwas hinzufügen kann, wenn er die ihre vermehrt.

Dies tat der preußische Staat dankenswerter Weise zu einer Zeit, da das Ansehen der geistigen Leistung nicht grade im Steigen begriffen ist. Der Gewinn für uns beginnt damit, daß wir am Pariser Platz in das Haus einer alten Überlieferung einziehen. Er wird sehr namhaft werden, wenn es uns gelingen sollte, auf Grund unserer amtlichen Bindung dem Wort einen Zuwachs von weltlicher Macht zu verschaffen.

Allein auf uns selbst gestellt, haben wir Schriftsteller

dies früher nicht vermocht, und es ist nicht einzusehen, wie wir es später hätten anfangen sollen. Private Verbände geistiger Arbeiter haben gewiß ihren Wert für die Ordnung innerer beruflicher Angelegenheiten; in die des Staates werden sie nur schwer übergreifen können. Nicht anders erginge es einer »Dichterakademie«, die nicht unter staatlichem Dach tagt, wäre es selbst die von einigen erstrebte »Deutsche Akademie«. Es ist nie recht klar geworden, wie ihre Befürworter sie sich gedacht hatten. Da grade diese Herren jetzt die Preußische Akademie verlassen haben, wird es wohl auch nicht mehr zu klären sein. Sollte nach ihrer Absicht die »Deutsche Akademie« eine Einrichtung des Reiches werden? Dagegen ist einfach festzustellen, daß das Reich kein Unterrichtsministerium hat. Dies allein schon würde jede Reichsakademie heute zur Unwirksamkeit verurteilen. Sie hätte keine wirkliche Grundlage, sie könnte sie erst in einem deutschen Einheitsstaat finden.

Der Zweifel ist von einigen unserer Mitglieder lange genährt worden, als sei unsere Zugehörigkeit zu Preußen etwas Vorläufiges. Unsere Freudigkeit ist dadurch nicht bestärkt worden, denn man konnte des Glaubens werden, daß es nicht recht lohnte, an die Arbeit zu gehen. Wir dürfen hoffen, daß dieser Zustand des Schwankens jetzt zu Ende ist. Wir haben uns entschlossen, eine Abteilung der Preußischen Akademie zu bleiben. Sonst hätten wir natürlich nicht unsere neuen, grundsätzlichen Beschlüsse gefaßt, denn diese haben zur Voraussetzung die dauernde, vertrauensvolle Zusammenarbeit mit dem Preußischen Kultusministerium.

In diesem und in keinem anderen Sinne fasse ich die jetzt von der Abteilung vollzogene Wahl ihres neuen Vorsitzenden auf. Ich verdanke die Ehre offenbar dem Eindruck der anderen Mitglieder, daß ich versuchen werde, die Abteilung so aktiv zu machen, als es während der mir zugemessenen acht Monate möglich ist. Vor mir haben andere Vorsitzende getan, was irgend zu erwarten war, und manches sogar darüber hinaus. Unsere grundsätzlichen Beschlüsse haben inzwischen bessere Vorbedingungen geschaffen, und diese verpflichten mich.

Auf keinen Fall ist die Wahl des Vorsitzenden so zu verstehen, als habe die Abteilung sich für eine bestimmte geistige Richtung entschieden. Zeitungen, die mich mißbilligen, irren dennoch, wenn sie meinen, das Ausscheiden jener drei Mitglieder und meine Wahl seien ein Sieg der »Asphaltliteratur«. Das war nicht die Absicht der Abteilung – oder sie verstände unter »Asphaltliteratur« das, was jene Blätter eigentlich auch sagen wollten: Schriftsteller, die nur sich selbst und der europäischen Geistigkeit verantwortlich sind. Diesen Vorzug aber nehmen alle Mitglieder der Abteilung mit Recht für sich in Anspruch.

II

Die Abteilung für Dichtung der Preußischen Akademie der Künste behält auffallend lange für die Öffentlichkeit ihren Aktualitätswert – wenn auch unter dem ungenauen Namen Dichterakademie. Dabei ist seit Errichtung der Abteilung durch den Kultusminister Becker schon geraume Zeit vergangen, und viel Gutes hat man ihr inzwischen nicht nachgesagt. Die öffentlichen Stimmen ergingen sich in allen Tönen von der gereizten Forderung an die Abteilung, sich endlich zu betätigen, bis zum Ausdruck der Mißbilligung, weil sie sich erlaubte, da zu sein. Wenn ich es recht verstehe, rechnet man die akademische Vertretung der Literatur zu den Kuriositäten unserer Zeit. Sie ist aber eines ihrer Ergebnisse, die man sich nur nicht hatte träumen lassen.

Wie nahe lag es, daß der heutige Staat eine organische

Verbindung aufnahm mit denen, die das Wort haben, um damit die Welt sowohl darzustellen wie zu ändern. Dieser Staat selbst behauptet sich nicht mehr allein durch Autorität; er will überzeugen. Wenigstens ist dies sein Grundsatz, ob er ihn befolgen kann oder nicht. Jeder Minister, in dem der Geist der Verfassung wohnte, mußte auf denselben Gedanken kommen, die geistigste der Künste den beiden anderen anzuschließen. Die Gründe liegen tiefer als nur in der Sorge um die formale Gerechtigkeit, damit endlich neben den bildenen Künsten und der Musik in der Akademie auch die Dichtung vertreten sei. Es hat sich schließlich darum gehandelt, aus dem Geisteskampf, den jedes hohe literarische Werk darstellt, ein Beispiel für die Nation und den Geist selbst im Staat wirksam zu machen.

Hieraus folgt schon die Haltung der Öffentlichkeit. Die einen wissen sofort: das sind viel zu hohe Forderungen, dahinter steckt eine unbrauchbare Ideologie, eine Dichterakademie wird niemals Erwartungen erfüllen, übrigens hegen wir keine, wo bleibt die Tat? Die anderen sind ohne weiteres gegen die Dichterakademie, weil sie auch gegen den Staat sind und hier Zusammenhänge ahnen. Zu den anderen haben, wie Austritte erwiesen, auch einige Mitglieder der Abteilung selbst gehört. Diese hatten den unverkennbaren Vorsatz, aus der Abteilung ein Instrument gegen den Staat zu machen. Sie betonten gern eine akademische Autonomie, die es in Wirklichkeit nicht gibt; die Akademie ist durch Statuten und vermittels eines Senates an das Ministerium gebunden. Um von einem nicht genehmen Staat loszukommen, erstrebten sie statt der Preußischen eine Deutsche Akademie, niemand hat erfahren, was sie damit meinten.

Aber jener Öffentlichkeit, die unsere Untätigkeit anklagte, könnte inzwischen klar geworden sein, welchen Grund sie hatte. Es lag gewiß auch daran, daß geistige Arbeiter nicht gleich im ersten Augenblick zu Männern der

Tat werden können. Überdies freilich wurden wir fortwährend künstlich aufgehalten, wurden zu zwecklosen Auseinandersetzungen genötigt und sogar in unserem Vertrauen auf den Bestand der Abteilung erschüttert. Es waren ungünstige Arbeitsbedingungen. Die meisten von uns saßen mit kameradschaftlicher Gesinnung um den langen Tisch in einem hellen Zimmer des Hauses Pariser Platz 4, sie waren herzlich bereit, zu tun, was der Geltung der Literatur nützen konnte, und als Grundlage der Bestrebungen betrachteten sie unter anderem ihre eigene, lebenslange, verantwortliche Arbeit. Da fing jedesmal einer an, uns vorzuhalten, mit dem deutschen Volkstum hätten wir nichts zu tun. Er dagegen, ja. Es war nicht mehr zu machen.

Wir dürfen hoffen, daß es künftig besser gehen wird. Nicht, daß wir uns auf eine bestimmte Geistesrichtung geeinigt hätten. Das ist von keiner deutschen Versammlung, in der selbständige Persönlichkeiten einander begegnen, heute zu erwarten. Aber die Abteilung hat den Sinn des Austrittes jener Herren durchaus begriffen. Jetzt muß sie aktiv werden. Die Hauptversammlung hat daher kürzlich die ersten grundsätzlichen Beschlüsse gefaßt, was sie früher nicht konnte. Sie hat fortan die Geistesfreiheit zu verteidigen, gleichgültig, welche geistige Richtung verfolgt wird. Wir wollen dies auch als Sachverständige vor Gericht und in den Fällen gesetzgeberischer Maßnahmen tun dürfen. Wir beanspruchen ferner Einfluß auf die Gestaltung der kulturell wichtigen Lehrbücher – auch hier ohne feste Richtung. Aber welche Richtung kann eine Vertretung derer, die der Vergeistigung leben, schließlich nur haben?

Ganz ungewiß bleibt, wieviel wir wirklich tun können. Das hängt nicht einzig von uns ab, zeitweilig gegebene Umstände sprechen mit, und die Ämter unterliegen noch anderen Wünschen als nur den unseren. Ich selbst bin damit beauftragt worden, die grundsätzlichen Beschlüsse der Abteilung, so weit möglich, durchzuführen oder wenigstens den Anfang damit zu machen in den acht Monaten, die ich Vorsitzender bin. Dies Amt ist zeitlich wie sachlich streng begrenzt. Die Abteilung denkt nicht daran, ihrem Vorsitzenden die geistige Führung zu überlassen. Handeln kann er nur in ihrem Auftrag, und auch die Repräsentation, falls wir im Hause der Akademie unsere Gäste empfangen, wäre Sache der Abteilung, der Vorsitzende verschwindet in ihr. Ein einziger ist wirklich aus uns allen herausgehoben, der Präsident der Gesamtakademie, der verehrte Max Liebermann.

So wenig das empfangene Amt an meiner Stellung verändert, es hat doch manchen den Anlaß gegeben, sich mit meiner Person zu beschäftigen; darunter sind ebenso oft Kritiker wie Freunde dieser Person. Der geistige Haß rüstet nicht ab, nach Jahrzehnten noch nicht. Wenn der Hasser ihn so lange unermüdlich verfolgt hat, ist das Werk des Gehaßten inzwischen gewachsen und fordert um so mehr heraus. Man kann es nicht zerstören, bevor es von selbst zerfällt. Es hat Wirkungen geübt, die nicht mehr rückgängig zu machen sind; es hat Menschen verändert und durch sie immer auch ein Stück Welt. Der Gehaßte ist hinter seinem Werk in Sicherheit – nicht vor der Zeit und nicht vor Schmerzen, aber bestimmt vor dem Hasser. Der fühlt es und ereifert sich um so greulicher. War der Gehaßte für ihn sonst nur ein schlechter Schriftsteller, jetzt ist er gar keiner mehr. Ihm wird die Ehre abgesprochen, er wird Tollhäusler genannt. Wenn das den Hasser noch glücklich machte! Aber er zeigt der Welt ein armes, verbittertes Gesicht.

Es ist wenig aussichtsreich und dem geistigen Wohlsein abträglich, uns Schriftsteller zu hassen. Hinter dem Wüten gegen einzelne verbirgt sich schließlich ein Minderwertigkeitsgefühl vor der geistigen Leistung überhaupt.

Ein gewisser Ton, in dem von vornherein und ohne nähere Prüfung von der »Dichterakademie« selbst gesprochen worden ist, verriet eben dies. Um offen zu sein, man achtet bei den älteren der Feinde nicht mehr sehr darauf; peinlich, ja verhängnisvoll erscheint eine solche Gesinnung bei ganz Jungen. Diese Abart von Jugend, angenommen, daß es nicht doch maskierte reifere Leute sind, erhebt sich in ihren mehr oder weniger »volksbewußten« Zeitschriften hoch über die armen Akademiker. Sie gibt sich für besonders beseelt aus; das tut man scheinbar dann, wenn man besonders gehässig ist. Im Gegensatz zu der Freiheit des Geistes schlechthin reden sie von einer »wahren« Freiheit, die nur in Begleitung der Ehrfurcht anzutreffen sein soll. Wovor aber haben sie selbst denn Ehrfurcht?

Sie haben augenscheinlich Ehrfurcht vor dem Geld und doppelte Ehrfurcht vor der brutalen Macht, der Rest ist Gerede. Die »vornehme Handlung« und das »reine Wort«? So sehen sie aus, und so sehen die Führer dieser »volksbewußten« Jugend aus. Übrigens sind sie zum Mißerfolg verurteilt, und zwar gerade durch das, worauf sie stolz sind, gerade durch ihre krampfhafte Verachtung jeder Anstrengung, die der Geist der Älteren insgesamt vollbracht hat. Sie verraten damit, daß sie selbst sich nicht anzustrengen gedenken. Die Zukunft soll ihnen von selbst zufallen, weil sie »deutsch« sind. Die »jungen Ideale« dieser Abart mögen sein welche immer: eins ist nicht dabei, die Arbeit. Denn sie achten die Arbeit selbst dann nicht, wenn sie fruchtbar gemachte Idee ist.

Die Akademie und ihre Abteilung für Dichtung vereinigen eine ungewöhnliche Menge solcher Arbeit. Wenige Geschlechter hinterlassen so viele und starke Spuren ihres Geistes und ihres Herzens, das steht jetzt schon fest. Der einzelne von uns aber mag seinen Anteil beigetragen haben, er überschätzt ihn nicht, er überhebt sich nicht. Das ist unser Merkmal. Einer sagte während einer unserer Sitzungen: »Niemand kann wissen, wessen Arbeiten in zwanzig Jahren noch da sein werden« – und ich bin sicher, daß keiner der andern ihm unrecht gab. Sich hingeben an nicht gewöhnliche Arbeiten und bescheiden bleiben: – selbst wenn die Abteilung ihre grundsätzlichen Forderungen an den Staat nicht alle durchsetzen sollte, zu lernen bliebe immer noch etwas von ihr.

Der Nobel-Preis

Gesprochen im Berliner Rundfunk
am 12. November 1929

Thomas Mann erhielt heute den Nobel-Preis für Literatur.

Sie wissen alle, daß Thomas Mann den Roman *Buddenbrooks* geschrieben hat. Das Buch erschien am Beginn des Jahrhunderts, hatte sofort viele Auflagen und wurde weitergelesen in fast dreißig Jahren von allen einander folgenden Geschlechtern. Vor wenigen Tagen veranstaltete der alte Verlag des Buches eine neue Volksausgabe des alten Buches, und schon im voraus wurden von Buchhandlungen und Warenhäusern eine Viertel Million Exemplare bestellt. Ermessen Sie daran die Volkstümlichkeit des Romans!

Als aber Thomas Mann *Buddenbrooks* schrieb, war er ein alleinstehender, innerlich noch nicht gefestigter junger Mensch. Er kannte damals Zweifel an seiner Kraft; die Kraft sollte er gerade durch die Arbeit an seinem Roman erst erwerben, er sollte an die Nützlichkeit öffentlichen Wirkens erst glauben lernen. Er kannte damals Scheu vor der Menge; die Menge sollte er gerade durch seine Arbeit erst gewinnen für sich; und die tiefsten Beziehungen zu seinem Volk kamen ihm dadurch, daß er für es arbeitete und seinen Beifall fand.

Der heranwachsende Schriftsteller arbeitete an sich und seiner Vervollkommnung; aber sein ehrgeiziges Ideal wurde es, eben hiermit auch an seinem Volk zu arbeiten. Er erforschte für seinen Teil die Ursprünge einer seelischen Gemeinschaft, die Deutschland heißt, er wünschte den Neigungen und Zielen dieser seelischen Gemeinschaft zu entsprechen – wenn noch nicht sogleich von Natur aus, dann auf die Dauer durch Hingabe und treue Arbeit. Er hat besonders deutsche, diesem Volk besonders dienliche und erwünschte Werke vollbringen wollen, und fand in sich sowohl die Liebe als den kritischen Sinn.

Um irgend jemandem zu dienen, einem Menschen, einem Volk, ist es nötig, daß wir ihn lieben und ihn kennen. Liebe ohne Kenntnis entartet bald, aber die Kenntnis allein bleibt kalt und kann nicht helfen.

Das Beispiel Thomas Manns zeigt, wie Liebe und Kenntnis zusammenwirken. Hier wird jemand aus einem Menschen, der vorwiegend als Erkennender begann, ein teilnehmender Mensch, ein im Geiste hilfreicher und für sein ganzes Volk wissentlich werbender Schriftsteller.

Er ist sich bewußt, er wird immer gewisser, daß er nicht nur für sich steht, nicht einsam lebt und schreibt, sondern nach dem Sinn einer sehr großen Zahl, die ihrerseits ein Volk in allen seinen Teilen darstellt. Wenn sein Werk in der Welt gerühmt wird, trifft der Ruhm wirklich zugleich ein Volk mit und soll es treffen. Darum muß jedes seiner neuen Werke sowohl das Wesen dieses Volkes als auch das Schicksal einer der Stunden dieses Volkes wiedergeben. *Buddenbrooks* zeigten erst das heimatliche Bürgerhaus, sein Glück, seine Gefahren. *Die Betrachtungen eines Unpolitischen* entstanden schon aus den mitgefühlten Gefahren und dem miterlebten Glück der ganzen Nation in ihren schwersten Tagen. Ein deutsches Lehrbuch der persönlichen Entwicklung aber ist der Roman *Der Zauberberg*. Er vor allem kennzeichnet einen langen, verantwortungsvollen Weg, den Weg Thomas Manns vom Bürgersohn, der Erinnerungen an ein Haus in Lübeck schrieb, bis zum Meister, der für sein Volk spricht.

Treue Arbeit und das dauernde Gefühl der Verantwortung sind notwendig, damit ein Schriftsteller sehr hoch steigt. Beide zusammen, Verantwortung und Fleiß, bilden das eigentliche Wesen dessen, der mit seinen natürlichen Gaben, der Gestaltungskraft und der Fähigkeit zu schreiben, die höchstmöglichen Werte erzielt.

Aber man muß wissen, daß diese reinen, geistigen Tugenden noch nicht ohne weiteres belohnt werden von der Welt. Das läge nicht im Zuge der Wirklichkeit. Die Welt will jede Wahrheit zu ihrer Zeit hören, keine zu spät, aber auch keine zu früh. Die Welt duldet beim Schriftsteller weder Überhebung noch harte Zurechtweisung. Man muß den richtigen Augenblick erfassen, um sie auf den Weg des Besseren zu geleiten. Sogar ihre Fehler muß man zeitweilig mitmachen und verklären. Das alles wird verlangt, damit die Welt geistige Geschenke empfängt, ohne sich zu widersetzen. Sie verlangt Mäßigung, die eine kluge Tugend ist.

Der Franzose Anatole France war einer der ersten Schriftsteller des Jahrhunderts. Er empfing, wie Thomas Mann, alle Ehren und zuletzt auch den Nobel-Preis. Da war er achtzig Jahre alt. Früher konnte er ihn nicht bekommen, weil er die kluge Tugend der Mäßigung nicht beachtet hatte. Er empfing den Preis endlich dennoch, weil er neben den reinen, geistigen Tugenden doch auch eine weltliche von höchster Wichtigkeit aufzuweisen hatte: den Erfolg.

Nicht ein gemeiner Erfolg. Davon ist nicht die Rede bei Anatole France oder Thomas Mann. Das ist es nicht, daß einer den Leuten gefällt, daß er beliebt ist, sie lustig macht oder rührt; daß er irgendeiner ihrer Leidenschaften schmeichelt und überhaupt nur ein Blender und Verführer ist. Solche Erfolge füllen das tägliche Leben der Öffentlichkeit; das vergeht, und darauf senkt sich noch nicht die Krone.

Der hohe Erfolg ist gemeint. Ein hoher Erfolg ist es, wenn jemand sehr vielen eine Ahnung vermittelt von geistigen Erkenntnissen, sittlicher Verantwortung und Feinheit des Geschmacks, was alles sonst nur ganz wenigen gehören würde. Ein hoher Erfolg ist die allgemeine Teilnahme an einem Werk, das eigentlich wählerisch und im Grunde doch einsam wäre. Die erstaunliche Popularität des Geistigsten: das ist der hohe Erfolg.

Dieser hohe Erfolg wird belohnt, wenn Thomas Mann im richtigen Alter einen Preis erhält, der ihn auch wirklich bereit zum Empfang und mitten im Leben findet. Was soll er abgelebten Greisen! Der Nobel-Preis für Literatur beträgt dieses Jahr zweihunderttausend Mark. In den meisten Ländern Europas ist dies ein mittleres Vermögen. Einen ohnedies erfolgreichen Schriftsteller versetzt es unter die Reichen. So soll es auch sein. Der Nobel-Preis soll erweisen, daß man Geld sogar heute nicht einzig und allein mit Technik oder Wirtschaft erwirbt. Die Literatur bleibt, wie je, eine Macht; und da die Macht sich allgemein faßlich in Geld ausdrückt, so fällt ihr Geld zu.

Es wird immer wieder Schriftsteller geben, die der Welt, die sie bezwingen, beides darbieten, das ihr Fernste und das ihr Nächste: den Traum, der verzaubert; und doch den Sinn für die täglichen Forderungen.

Thomas Mann erhielt heute den Nobel-Preis für Literatur.

Die Zensur

I
Gesprochen bei einer Kundgebung im Reichstag

Das ganze ist eine Machtfrage. Wer Macht will auf Grund von geistiger Unfreiheit, läßt es sich durch Gründe nicht ausreden, und er besteht auf der Zensur. Wer dagegen gerade in der geistigen Freiheit seinen Anteil an der Macht hat, darf sie sich nicht nehmen lassen. Er darf darüber gar nicht erst verhandeln. Der Fehler der Verbände, die jetzt zusammengehen, war, daß sie dies nicht schon beim Schmutz- und Schundgesetz getan haben.

Nachdem die Kulturreaktion die Jugend geschützt hat gegen die Verderbnis durch die Literatur, will man folgerichtig jetzt auch die Alten bewahren. Weder Alter noch Jugend haben darum gebeten. Viel lieber wäre ihnen, wenn es keine zweieinhalb Millionen Arbeitslose gäbe. Aber das ist es. Die Bekämpfung der Arbeitslosigkeit, der Wohnungsnot und des entsittlichenden Elends würde die Herren Opfer kosten. Kostenlos für sie selbst können sie Bücher und Theaterstücke verbieten. Das ist erstens eine Ausrede und Ablenkung von dem, was wirklich stinkt. Und dann sichert es die Macht derer, die bei voller geistiger Freiheit für ihre Macht fürchten müssen. Bezeichnend ist die große Anfrage im Landtag über die Angriffe gegen die Fürsorgeerziehung. Da fehlt sogar der beliebte Vorwand der ach so bedauerlichen Erotik. Da wird offen zugegeben, daß bestehende Zustände nicht durch Theaterstücke bekannt werden sollen. Es ist die Höhe. Die Verbände der Geistesarbeiter können entdecken, wohin sie es haben kommen lassen. Endlich darf es keine Bedenken mehr geben, und der Kampf um die Macht muß klar geführt werden.

Ein Theater, dem drei Stücke verboten worden sind, soll künftig geschlossen werden. Das ist geplant. Da begreift man, daß den Direktoren die Vorzensur immer noch lieber wäre. Von einem Vertreter der Antragsteller, Geheimrat Fassbender heißt er, wird bestritten, daß die Vorzensur beabsichtigt ist. Wozu auch; ohne sie kommt es noch schlimmer. Man wird auch noch einen ganzen Verlag schließen, wenn drei Druckschriften mißliebig waren!

Gründe gegen den Unfug der Zensuranträge? Es gibt so viele, daß man sich besser bei ihnen nicht aufhält. Der Gegner hört ohnedies auf keine Gründe, nur auf seinen Machtwillen. Das allgemeine Landrecht verhindert natürlich schon jetzt Störungen der öffentlichen Ordnung und Verletzungen des sittlichen Empfindens, ob sie nun wirklich drohen oder nicht. Zum Beispiel sah ein Stück namens *Häuser der Liebe* in der Premiere ganz anders aus als später. Die Theaterabteilung des Polizeipräsidiums, die durchaus keine Zensurgesetze wünscht, weil sie keine braucht, hatte vier Szenen des Stückes gestrichen. Seitdem ging das Stück nicht mehr in der Komischen Oper, und die Folge ist Piscator. So heute. Künftig würden zwar *Häuser der Liebe* ganz verboten werden, aber zweifellos auch Piscator und was sonst noch irgend die Mühe lohnt.

Heute steht es ferner so, daß die dummen Sachen sich von selbst abnützen. Dieselben Parteien, die jetzt Zensuranträge stellen, wollten schon früher die Revuen verbieten. Mit den Revuen ist es seither von selbst aus. Denn die ganze vorgebliche Sittenverderbnis macht auf die Dauer keinen Spaß, wenn sie zu dumm ist. Statt dessen ist das, was an den Revuen hübsch war, in sehr anständige Stücke, Komödien und Operetten, übernommen worden. Die Selbstregelung der Dinge – ohne Zensur.

Heute erscheinen Kriegsromane von ergreifender Sachlichkeit. Gleich nach dem Kriege gaben solche Romane sich wilder. Aber die letzten folgen aus den ersten. Hätte damals eine Zensur die Ausschweifungen gequälter Seelen verbieten können, würden heute auch die inzwischen geklärten Erinnerungen nicht hervortreten. Die geplante Zensur greift in die Entwicklung ein. Geistige Freiheit ist vor allem ungestörte Entwicklung.

Das ist klar. Es ist manchem leider zu klar und als Gedanke nicht ungewöhnlich genug. Auf dieser Seite hier wird gedacht. Das setzt diese Seite in Nachteil gegen die andere drüben, wo man stur und entschlossen auf das machtpolitische Ziel losgeht. Auf dieser Seite hat zum Beispiel einer, Professor Heller sein Name, den Fascismus studiert und findet seitdem, daß an der Zensur doch etwas dran ist. Es ist aber nichts dran. Auf dieser Seite schreibt ein anderer in sein Blatt, beim künstlerischen Schaffen sei gar nichts geheimnisvolles, und die Kunst könne genau so gut unter Vorschriften und Verboten stehen, wie jede andere Verrichtung im Erwerbsleben.

Das ist Skepsis, und das sind Paradoxe. Rühmlich sind sie nicht. Schwer sind sie auch nicht. Skepsis bläst man aus den Backen wie Zigarettenrauch, und Paradoxe sind billig, wie früher mal die Brombeeren. Es kommt darauf an, zu wollen. Die Geistesfreiheit, oder was von ihr noch übrig ist, muß verteidigt werden. Und um sie zu verteidigen, muß angegriffen werden. Der Gegner muß gezwungen werden, auch das wieder herauszugeben, was er schon errafft hat, besonders das Schmutz- und Schundgesetz. Die jetzt endlich geeinigten Verbände müssen dauernd wach bleiben, und Einwände in ihren eigenen Reihen müssen unterdrückt werden. Für jene Presse aber, der Geistesfreiheit etwas bedeutet, muß sie es jeden Tag bedeuten. Geistesfreiheit ist keine vorübergehende Aktualität, und sie wird nicht langweilig, wenn man schon so oder so viel über sie gebracht hat. Geistesfreiheit steht jenseits der wechselnden Ereignisse. Der Kampf um Geistesfreiheit ist ewig wie der Kampf um das tägliche Brot.

II

Die Zensuranträge im Preußischen Landtag folgen zwanglos aus allen bisherigen Angriffen auf die Geistesfreiheit. Zuerst schützt man die Jugend mit Gewalt gegen Schmutz und Schund, womöglich aber gegen die ganze Literatur. Dann verbietet man den Erwachsenen die lehrreichen Theaterstücke. Sie sollen nicht aus Stücken wie *Die Verbrecher* lernen dürfen, daß Gesetz und Gesellschaft falsch urteilen, die wirklichen Probleme noch gar nicht kennen, und daß Begriffe wie *Verbrecher* konventionell und rückständig angewendet werden. Die Leute sollen rückständig bleiben. Das nennen die Macher des Zensurgesetzes dann Sittlichkeit. Wo in der Politik das Wort Sittlichkeit fällt, ist es immer Rückständigkeit, die gemeint ist und gewünscht wird.

Die schönste Dreistigkeit begehen die Feinde der Geistesfreiheit, wenn sie sich für die Vorgeschrittenen ausgeben. Der Preußischen Akademie der Künste, deren Abteilung für Dichtung pflichtgemäß gegen die Zensuranträge aufgetreten ist, wurde in der Presse vorgeworfen, sie sei nicht auf der Höhe und verstehe den Zug der Zeit nicht. Gegenrevolutionäre nennen sich heute revolutionär, das ist ihr neuer Trick. In diesem Sinn ist die Aufhebung der Geistesfreiheit ein Fortschritt, obwohl seinerzeit Metternich sich das nicht hätte träumen lassen. Auf der andern Seite aber besteht die Weimarer Verfassung, die jede Zensur ausdrücklich verbietet. Die Einführung der Zensur wäre Verfassungsbruch. Macht das nichts? Liegt Verfassungsbruch im Zug der Zeit? Dann aber bitte gleich richtig! Nicht nur Bücher und Stücke verbieten, was verschlägt das schon. Vor allem Zeitungen unterdrücken, und vor allem jene, die täglich die Verfassung geändert haben wollen, und die nach Zensurgesetzen schreien!

III

Gesprochen bei einer Kundgebung der Deutschen Liga für Menschenrechte

Der Film *Im Westen nichts Neues* ist dem deutschen Publikum vorenthalten worden. Die übrige Welt hat ihn gesehen und sieht ihn weiter. Sie findet, daß der Film den deutschen Soldaten nicht etwa zur Unehre, sondern im Gegenteil zum Ruhme gereicht. Davon können aber die Deutschen selbst sich nicht überzeugen. Alle andern können es, sie selbst nicht. Sie haben ihre Kriegstaten nur vollbringen dürfen. Ihre Taten von der Bewunderung des Auslandes, in einem von Fremden gespielten Film bestätigt sehen, das durften die Deutschen nicht. Ihnen war erlaubt gewesen, vieles zu erleiden, die Schrecken der Schlachten, den täglichen Verkehr mit dem Tode, Entbehrungen, Verzweiflung, die wahnsinnigste Überanstrengung der Menschennatur, die jemals gefordert worden ist. Aber der späte Trost, dies alles wiederzusehen in wahren Bildern, verklärt von der Erinnerung an überstandene Schmerzen und von der Versöhnlichkeit früherer Feinde – nein, der Trost war den deutschen Soldaten nicht erlaubt. Das mußte verboten werden. In den Tagen des Verbotes wurde immer von Entehrung und Würdelosigkeit gesprochen, als wäre das frühere deutsche Heer davon betroffen worden, weil ein Film gezeigt wurde. Ach nein!

Aber die ganze Welt hat uns bezeugt, wer es war, der seine Ehre und Würde in Gefahr brachte durch das Verbot: Ministerien und eine Regierung, die von den sittlichen Qualitäten des Films vollauf unterrichtet waren, sich aber trotzdem in schamloser Weise hingaben an die Forderungen frecher Politiker. Was für Politiker! Die zugleich unfähigsten und frechsten unter allen schlechten Politikern, die Deutschland hat!

Sie, geehrte Zuhörer, kennen vielleicht nicht alle die Bilder des Films, aber Sie kennen seinen Geist, da Sie alle das Buch von Remarque gelesen haben. Derselbe menschliche und wahre Geist des Buches, der uns Deutschen in der Welt so viel Ehre gemacht hat, er beseelt auch den Film. Der Film ist gerecht; er unterscheidet nicht Freund und Feind, für ihn gibt es nur Menschen, die grade so gut hätten Freunde sein können. Warum mußten sie Feinde werden? Die armen Soldaten verstehen es nicht: sie kämpfen; und wenn Deutsche und Franzosen einander ungeheures Unrecht tun, sie tun es doch nur, weil es sein muß; den tödlichen Streich, den der eine nicht führt, der andere führt ihn notgedrungen, und man kann allenfalls dem Tod noch ausweichen, dem Unrecht aber nicht.

Alle diese fruchtbaren und unüberwindlichen Tatsachen sind in einer Szene zusammengefaßt, sie ist für mich die Kardinalszene, darin liegt ganz offen das Herz, das, ein seltenes Vorkommen, in diesem Film wirklich schlägt. Die Szene, die ich meine, spielt mitten in der Schlacht und doch abseits, in einem fast leeren Graben. Droben tobt der Höllenlärm des technisierten Krieges – abgeschwächt natürlich durch den Tonfilm. Wir würden uns wohl verbitten, ihn in der Stärke mitzumachen, wie er in der Wirklichkeit tobte. Droben stürmen sie über das Feld der Trümmer und der Sterbenden, durch eine Luft, schwarz von sausenden Eisenstücken und aufspritzenden Erdmassen. In dem verlassenen Grabenstück lebt einer, es ist ein deutscher Soldat, er klammert sich an eine letzte, zweifelhafte Zuflucht. Unter dem nur wenig vorspringenden Rand des Loches drückt er sich so fest wie möglich in den Lehm. Am liebsten würde er eins mit der Lehmwand, denn Lehm darf hier weiterbestehen, der Mensch nicht. Er ist allein mit dem Entsetzen – da springt jemand zu ihm hinab, ein Zweiter, ein Gefährte. Gemeinsam müßten sie sich gegen die Vernichtung verteidigen. Was wäre natürlicher! Wir erwarten es. Nein. Der Zweite ist ein Franzose, ein Feind, und das ganze große Leben hat nicht Raum für beide zugleich, viel weniger dieses enge Loch. Sie werfen sich aufeinander, der Deutsche ersticht den Franzosen. Dann verbringt er die lange Nacht mit dem Toten. Lebend hatte er ihm keine Minute lang ins Gesicht blicken dürfen. Das tote Gesicht betrachtet er die ganze Nacht. Ein Mensch wie du, ein friedlicher Mensch, ein liebender Mensch, hier auf der Photographie sein Kind und seine Frau! Der deutsche Soldat bricht zusammen vor Schmerz um sein Opfer: so viel innere Güte, so viel Fähigkeit zu empfinden hat er. Droben fallen Tausende, und niemand denkt noch etwas dabei. Hier unten in der Nacht der Erde wird es klar: zwei Menschen, einer mußte sterben, aber ihr wahrer Beruf war nicht, zu töten, sondern Freundschaft zu schließen.

Das ist ganz gewiß die Wirklichkeit. Wie in dieser Filmszene, so haben ungezählte Frontkämpfer, die gut geartete Menschen waren, im Krieg wirklich gefühlt, falls einmal ihr Gefühl Zeit hatte, zu sprechen. Die Wirklichkeit der Szene ist aber auch durch ihre Wirkung erwiesen worden; das geschah, als der Film in Paris lief. Der deutsche Soldat hat die schreckliche Nacht bei seinem toten Franzosen endlich hingebracht, die Sonne scheint wieder, ein Schmetterling flattert, der arme, nach dem Leben verlangende Mensch hascht ihn. Er hängt aus dem Grabenloch und merkt nicht, daß gegenüber einer auf ihn zielt. Der wird schießen. Das unschuldige Treiben des Deutschen, der die Hand nach einem Falter ausstreckt, wird ihn nicht abhalten, er muß losdrücken. In diesem Augenblick hat bei der Pariser Vorführung eine Kinobesucherin laut gerufen: »Schieß nicht!«

Ne tirez pas! Schieß nicht! Das ist der Schrei des Herzens. Ihrem eigenen Landsmann rief die Frau es zu, und er war doch im Begriff, einen der ihren zu rächen. Sie will nicht, daß getötet, will nicht, daß gehaßt wird, und die Wirklichkeit und die Wahrheit des Films *Im Westen nichts Neues*, wodurch wird sie bewiesen? Wir alle ausnahmslos – sobald wir auf unsere besten Regungen hören, stimmen wir ein in den Schrei.

Richterliche Verantwortung

Um was handelt es sich in einem Gesetzentwurf, der fahrlässige Richter bestrafen möchte? Niemandem soll ungestraft erlaubt sein, einen Menschen, der es nicht verdient hat, zu schädigen oder zu vernichten. Diese Forderung besteht schon jetzt für jeden anderen, außer dem Richter. Die Forderung wird nicht immer erfüllt. Der einzelne kann sie wohl verletzen, er kann eine zufällige Macht mißbrauchen, um mit Nichtachtung, wenn nicht bösen Willens, über das Dasein eines anderen hinzugehen. Er bleibt oft ungestraft. Aber kein Recht stützt ihn.

Nur einen einzigen stützt hierbei das Recht. Der Richter darf einen Schuldlosen sogar töten, und keine Gesetzesbestimmung verbietet ihm, auch dann noch zu urteilen und zu richten. Er muß nur »gutgläubig« gewesen sein bei seiner Tat, er darf sie nicht mit Absicht begangen haben. Wo aber der gute Glaube endet und die böse Absicht beginnt, sagt kein Gesetz. Wer wollte es auch wissen. Diese Dinge sind unsichtbar.

Ein Auto, der Mann am Steuer und ein überfahrenes Kind sind im Gegenteil deutlich sichtbar, die Schnelligkeit, mit der gefahren wurde, kann durch Apparate gemessen werden. Die Verantwortung trägt der Führer des Wagens. Aber auch der Mann, der mit Worten, falsch gelenktem Steuer der Verhandlung, ohne Umsicht, Befähigung und Urteilskraft zu gefährlichen Unglücksfällen gelangt, soll nicht länger unverantwortlich bleiben, nur weil sein Wagen unsichtbar ist und sein Gesicht vom Geschehenen nichts zahlenmäßig anzeigt.

Denn sein Opfer wenigstens ist genau so sichtbar wie jenes andere.

Er soll moralische Vorgänge verantworten, dies ist die Absicht des Gesetzentwurfes. Er soll für Geistiges einstehen – was freilich noch wenig üblich ist. Alle Tage wird von gewissenlosen, dummen Beurteilern eine Arbeit und ein Dasein geschädigt oder vernichtet, so ist unser Leben. Wer aber urteilen und richten will, ausgestattet mit der höchsten Macht und unter Berufung auf Staat, Volk und Sittlichkeit einer ganzen Gesellschaft, soll nicht seine eigenen Gebrechen decken dürfen mit der Größe seines Auftrages. Gerade die Größe seines Auftrages ist der Hauptgrund, weshalb er als Erster verantworten soll, was er gedacht und gesprochen hat.

Für das Theater

Gesprochen bei einer Kundgebung im Theater im Admiralspalast

Ich spreche zu Ihnen, um Sie an so viele Jahre zu erinnern, in denen wir vom Theater die stärksten Eindrücke des öffentlichen Lebens empfingen. Man spielte Stücke von Ibsen, Hauptmann und Wedekind, Strindberg, Rostand. Wir saßen zu den Füßen der Schauspieler Zacconi und Duse. Sarah Bernhardt glänzte vor uns. Kainz, Bassermann, Höflich, Durieux verzauberten manchen unserer Abende. Alle diese machten auf der Bühne die Erlebnisse bedeutender, die menschliche Gestalt höher und sieghafter, als sonst das meiste erscheint. Sie waren oder sind Persönlichkeiten – aber die gibt es immer, die sind immer bereit, sich zu formen, sobald auf der Bühne oder sonst im Leben ein Geist umgeht, der Persönlichkeiten günstig ist.

Denken Sie an ein Gesicht wie unseren unvergessenen Albert Steinrück! Er hatte die äußerste, brutalste Ausdrucksfähigkeit des Mimen; aber was er auch noch hatte, selbst ohne es zu wollen, war Zartheit, war Vergeistigung. Diese waren in ihm gepflegt und unterhalten worden, weil er so viele schöne Rollen in so vielen guten Stücken gespielt hatte. Stücke mit Geist machen etwas anderes aus dem Darsteller, als dumme Stücke. Den Zuschauern ergeht es ebenso.

Als Zuschauer denken wir natürlich in Bildern und Gestalten, da wir sie ja sehen. Jetzt kommt aber etwas hinzu, ein merkwürdiger und ergreifender Vorgang. Die bunte und spielerische Welt dort oben sagt uns, scheinbar ohne es selbst zu wissen, eine Wahrheit, und die spielt fortan mit. Wir lachten noch soeben oder waren gerührt, wir erkannten einen trefflich gespielten Charakter aus der Wirklichkeit wieder. Da geschah es, daß wir in eine Gedankenwelt hinübergezogen wurden – aus einer Welt des Spiels in die des Gedankens. Wir horchten minutenlang auf – und während wir uns darauf wieder ganz dem Spiel zu überlassen glauben, ist doch ein Keim auf geschickte Art in unsere Brust gesenkt worden. Die Idee, das Gewissensbedenken, das uns beigebracht werden sollte, sie sind jetzt wirklich in der Welt, dies war der Vorgang. Mit ihnen verlassen wir das Theater.

So erfuhren es doch wohl die ersten Zuschauer Ibsens. Als aber nach so langer Zeit in diesem Winter wieder einmal *Nora* gegeben wurde? Das Auffallendste ist, daß man gleichzeitig in Berlin und in Paris daran gedacht hatte, *Nora* zu geben. Das beweist doch wohl, daß die Zeit der Ideenstücke zurückgekehrt ist – und tatsächlich, geistige Stücke tragen heute den Erfolg davon.

Jetzt ist die Idee der *Nora* alt; auch die jüngsten Zuschauer kann sie nicht mehr überraschen. Geblieben aber ist, daß die Personen dort in dem bürgerlichen Zimmer und in dem vollkommen richtigen Theaterstück noch immer mit etwas anderem beschäftigt sind als einzig und allein mit Essen, Liebe und witzig herbeigeführten aufregenden Szenen. Sie haben Sorgen um ihre Seele. Sie werden genötigt zu sittlicher Erkenntnis, und sie nehmen Kämpfe ernst, die nicht nur um Geld und Gut und nicht nur auf Sportplätzen vorgehen.

In der so sichtbaren Kunst des Theaters ist das Höchste gerade das, was durch das Sichtbare nur vermittelt wird. Gerade dies ist es auch, was dem Theater nicht nachgemacht werden kann, und darum brauchen wir das Theater wie je. Nichts hat sich geändert seit Äschylos und nichts seit 1880. Menschen werden immer am tiefsten berührt werden vom eigentlich Menschlichen, den Fragen ihrer Seele. Sie fangen schon an, sich dessen wieder bewußt zu werden, nachdem sie eine Zeitlang abgelenkt worden waren. Wenn wir aber uns selbst vollständig erblicken wollen, den körperlichen Menschen, den sittlichen Menschen und in der Welt des Spiels auch die des Gedankens: wo – wo können wir es? Nur im Theater.

Der Schutzverband

Rede, gehalten auf dem Bankett
am 27. März 1931

Ich empfinde es als besondere Ehre, vom Schutzverband Deutscher Schriftsteller heute begrüßt und beglückwünscht zu werden. Der Schutzverband ist ein wichtiges Organ, um das Ansehen der Schriftsteller zu heben und ihre wirtschaftliche Stellung, zugleich mit ihrer sozialen, zu verbessern. Ich weiß nicht, ob ich und meine Arbeit den hohen Zwecken des Schutzverbandes direkt oder indirekt gedient haben. In jedem Falle möchte ich die Ehre, die er mir zuteil werden läßt, verdoppelt ihm selbst geben.

Es ist schwer, sich die Zeiten noch vorzustellen, als der Schriftsteller ganz allein stand gegenüber Mächten, die ihm weit überlegen waren und niemals einzeln auftraten wie er. Es hat natürlich eine schöne, stolze Lebensstimmung ergeben, die anderen nicht nötig zu haben und nur durch eigene Kraft durchzukommen – genau die Lebensstimmung des Ibsenschen Volksfeindes. Nur, es geht nicht mehr. Heute müssen wir uns verbinden unter Schriftstellern, um nur halb so stark zu sein, wie damals der einzelne Volksfeind. Wer von uns Glück hat und einigermaßen ansehnlich dasteht, wessen Geschäfte sogar jetzt noch erträglich weiterlaufen, der mag versucht sein, zu denken, das liege nur an ihm, er habe es allein geschafft. Falsch! Die Macht seiner Berufsorganisation, mag er sie auch gar nicht viel in Anspruch nehmen, ist doch höchstwahrscheinlich zur Hälfte beteiligt an seinem Erfolg. Uns ist nur erlaubt, einzeln und allein allerdings arbeiten und uns auszeichnen zu können; aber der Kampf des Lebens ist nicht mehr die Sache von Alleinstehenden. – Am Strand von Heringsdorf sah ich zwei Jungen aufeinander losgehen. Das heißt, eigentlich entfernten sie sich voneinander, nur daß sie einander flammende Herausforderungen zuriefen, während sie Abstand zwischen sich brachten. »Dir zerschlag ich die Knochen!« rief der eine. Der andere antwortete: »Willstes alleene machen oder dein Verein?« – Der Verein macht es – überall, und auch bei uns.

Heute genügt ein Brief des Schutzverbandes, um einen säumigen Schuldner eines Schriftstellers zum Zahlen zu bringen. Ich sage aus Höflichkeit nicht, welcher Schuldner – aber früher, am Anfang, vor zwanzig Jahren, als der SDS gegründet worden war, erfolgte auf seine Mahnungen noch längst keine Zahlung. Der SDS hat sich herausgemacht.

Der SDS hat mit dem Verlegerverein und dem Börsenverein zwölf Vertragspunkte vereinbart. Wer die nicht hineinsetzt, bekommt von dem Schiedsgericht von vornherein Unrecht.

Die traurigste Pflicht des SDS ist die Arbeitslosenunterstützung. Er kommt ihr nach Kräften nach. Vor allem hat er den Einfluß und das Recht erlangt, Berufsqualifikationen der Behörde gegenüber zu erteilen.

Eine der schönsten Errungenschaften ist die Notgemeinschaft, die schon so vielen Schriftstellern durch Unterstützung vorwärtshalf. Was unsere französischen Kollegen erstreben unter dem Namen »Caisse nationale«, wir haben es schon. Hier sind wir einmal voraus. Der SDS ist an dieser Errungenschaft beteiligt.

Darf ich noch erwähnen den Rechtsschutz, den der SDS gewährt? Nicht weniger wichtig ist die Darlehensgenossenschaft, d. h. die Anerkennung der abgelieferten Schriftstellerarbeit als dinglich gesichertes Gut, auf das eine Bank Vorauszahlungen leistet. Zuletzt aber nenne ich als eine Sache, die mich in helles Erstaunen versetzt hat, als ich von ihr erfuhr: die Häuserkolonie, die der SDS beim

Breitenbachplatz baut. Der dritte Block, worin Berufsgenossen wohnen und arbeiten werden, soll bis zum 1. Oktober fertig sein, und nächstes Jahr wird wieder einer errichtet. Das Unternehmen ist so geschickt eingeleitet, daß die ganzen Anlagen den SDS nichts kosten.

Man soll sich beim Erreichten nie lange aufhalten, und die Werke, die vor uns liegen, müssen wichtiger und größer sein als die schon vollbrachten – solange dieser Anspruch an uns selbst irgend aufrecht zu erhalten ist. Sonst nehmen auch die vorigen an Bedeutung ab.

Die Zusammenfassung des gesamten Schrifttums, das ist einer der Pläne, die im SDS reifen, und wir wollen hoffen, auch in den anderen Verbänden der Schriftsteller. In Gemeinschaft mit den anderen Vertretungen will der SDS die Rechtsprechung und das geltende Recht zugunsten unseres Berufes verbessern helfen. Dasselbe hat er mit dem Urheber- und Verlagsrecht vor.

Der SDS plant und arbeitet. Wenn er außerdem auch noch zaubern könnte, würde ich ihm sagen: Die Schriftsteller müssen unbedingt und bald eine politische Macht werden, nicht in der Weise, daß immer einer gegen den anderen schreibt, wie es üblich ist. Das können sie weiter tun. Daneben, vielmehr darüber aber gibt es allen gemeinsame Interessen, denen sich zu verschließen widersinnig, beinahe krankhaft wäre. Die Geistesfreiheit geht jeden Schriftsteller jeder Richtung an. Es gibt gar keine Ausrede, die ihn entlastet, wenn er die Geistesfreiheit abschaffen will oder ihrer Abschaffung zustimmt. Heute wird das wieder einmal versucht, da heißt es ehrlich sein. Da ziehen keine schönen Worte wie »Ehrfurcht« und keine häßlichen wie »Kulturbolschewismus«. Es gibt keine Ehrfurcht vor was für Autoritäten und Strömungen immer, die einen von uns berechtigen würde, für Verbote und Verfolgungen und gegen den freien Gedanken und das freie Wort zu entscheiden. Was den »Kulturbolschewismus«

betrifft, gibt es ihn allerdings; aber er besteht hier in Deutschland 1931 gerade in dem unbegründeten, gedanken- und zuchtlosen Wüten gegen Werke des Geistes – und in sonst gar nichts.

Die Versuche, in die Zeit Metternichs kulturell, ausgerechnet kulturell, zurückzukehren, sind albern. Sie sind schlecht vorbereitet, überhastet und auf die Dauer aussichtslos. Die Geistesfreiheit ist noch jedes Mal, wenn sie abgeschafft war, zurückerobert worden. Sie wird auch diesmal keinesfall auf lange entwendet werden. Aber jede ihrer Verfinsterungen bewirkt eine Menge Schaden, materiellen Schaden, der zu der schon bestehenden Notlage der geistigen Berufe hinzukommt, und dazu einen durchaus überflüssigen Kampf: die unausbleibliche Erbitterung, die Auflehnung gegen einen Staat, der diese zwecklosen Torheiten zuläßt. Das alles nun wäre zu vermeiden gewesen, die Filmgesellschaften, Verlage, Theater wären nicht erst eingeschüchtert worden durch die Bedrohung mit einengenden Maßnahmen, durch den Terror – wenn die Schriftsteller hinsichtlich ihrer eigensten allgemeinen Interessen politisch zusammengingen. Ein politisches Komitee, gebildet aus Vertretern aller unserer Organisationen – und ich möchte wissen, ob die Zensur, die legale wie die illegale, die sich einschleicht, den folgenden Tag noch überleben würde! Heute sind doch alle Personen und Einrichtungen nur gerade so stark, wie wir sie werden lassen.

Wir sind verpflichtet, politisch aktiv zu werden, zuerst im Namen der Geistesfreiheit, dann aber auch wegen ganz einfacher, ganz grober Vorteile, die nur der erreicht, der genug politischen Einfluß hat. Blicken wir auf die Wirtschaftsführer, wie sie aus Rußland zurückkehren, beladen mit dreihundert Millionen oder wenigstens den Lieferungsverträgen, die sie ihnen sichern. Und sollten die Sowjets nicht zahlen, dann muß das Deutsche Reich es! Das nenne ich Tüchtigkeit! Die Jungen haben die Sache richtig aufgezogen, die liegen vorn. Dagegen wir? In Rußland werden Millionen-Auflagen deutscher Bücher gedruckt und abgesetzt, aber kein Pfennig muß uns gezahlt werden. Es wäre ein recht hübscher Betrag, es ist nicht sicher, daß er hinter dem Wert, den die Geschäfte der Wirtschaftsführer darstellen, verhältnismäßig weit zurückbliebe. Manchmal bekommt einer von uns Autoren aus Rußland ein wenig Geld, er erfährt nicht einmal, wofür. Abrechnung erfolgt nicht, wir haben keine Rechte. Verschärft wird der Zustand dadurch, daß die russischen Autoren in Deutschland geschützt sind. Woher dies Übermaß von Unrecht? Als der deutsch-russische Handelsvertrag beraten wurde, waren wir nicht vertreten. Daher wurde in dem Vertrag alles vorgesehen, nur die geistige Arbeit nicht. Ganz zuletzt war sie erwähnt; über die Werke der Literatur werde ein besonderes Abkommen getroffen werden – das aber natürlich niemals getroffen worden ist. Die einzigen die es anging, wir, sind bisher politisch nicht stark genug, um es zu erzwingen. Wir müssen so stark werden. Sie sehen doch wohl, daß es anders nicht geht.

Ich bemerke, daß ich in Tönen spreche, die heute abend vielleicht nicht erwartet worden sind. Aber ich habe sie mir nicht ausgesucht. Was kann man tun? Man möchte freundlich feiern. Sechzig Jahre erinnerten früher an den nahen Feierabend. Ach! Nicht wahr, was wäre schön, wenn es einen staatlich gewährleisteten Feierabend gäbe, auch für den Schriftsteller. Die Einrichtung, oder doch die erste Andeutung der Einrichtung, besteht in der Tschechoslowakei und in der Schweiz. Dadurch ist fast schon bewiesen, daß es eine lebensfähige Einrichtung und kein Traum ist, wofür wir es halten könnten. Die genannten Staaten haben die Mittel aufgebracht, um viele, die sich mit Recht Schriftsteller nennen, den Sorgen des Alters zu entheben. Wäre das für Deutschland zu schwer? Oder wäre es unberechtigt?

Wir sehen doch, daß z. B. die Politiker es recht wohl verstehen, sich selbst zu sichern. Ein kleinstaatlicher Minister, irgendein Gastspielminister, der nach fünfzehn Monaten verschwindet, hat sich ein lebenslängliches Ruhegehalt ausbedungen, damit zieht er ab. Ich glaube und wage zu behaupten, daß ein durchschnittlicher Schriftsteller gewiß nicht mehr als ein Reichskanzler oder Außenminister – aber daß er nach dreißig- oder fünfunddreißigjähriger Arbeit für die Allgemeinheit doch ungefähr soviel geleistet hat, wie ein kleiner Gastspielminister nach einigen Monaten. Vergleichen wir uns aber gar nicht erst mit den Politikern! Eher steht es uns zu, uns mit den Lehrern zu vergleichen. Diese haben dem Volk, wenn sie gut und richtig waren, mehr gegeben als Brot. Ihnen wird gegen Ende ihres Lebens die verdiente Ruhe bereitet. Auch die Schriftsteller, die diesen Namen verdienen, haben nicht nur für ihr eigenes kleines Dasein gearbeitet, sondern am geistigen Wohl und an der seelischen Haltung einer großen Zahl und ganzer Geschlechter. Es wäre gerecht, sie zu belohnen. Von seiten des Staates wäre es eine gute Anlage seines Wohlwollens und Dankes. Für die Verbände der Schriftsteller wäre ein solches Pensionsgesetz die Krönung ihrer bisherigen Tätigkeit. Ich wünsche diesen großen sittlichen Erfolg vor allem unserem Schutzverband!

Rede im PEN-Club

Warum fühlen gerade Schriftsteller sich berufen, eine gesellschaftliche und sogar menschliche Verbindung herzustellen mit ihren Berufsgenossen in den anderen Ländern?

Glücklicherweise sind wir nicht mehr der einzige Beruf, der es versucht. Studenten und Schüler gehen und kommen zwischen uns und den anderen Ländern. Neulich waren französische Fleischer zu Besuch bei ihren Berliner Kollegen. Die Sportleute und die Filmleute arbeiten ohnehin international zusammen. Ich darf auch die wissenschaftlichen Kongresse nicht unerwähnt lassen. Wir Schriftsteller aber waren die ersten, die durch die Gründung des PEN-Clubs – Poeten, Essayisten, Novellisten – einen Verkehr mit den uns zeitweilig entfremdeten Berufsfreunden jenseits der Grenzen wieder aufgenommen haben. Wir zeichnen uns darin durch besondere Ausdauer aus. Der PEN-Club hat sich jetzt schon lange und ohne ein Nachlassen betätigt und bewährt. Ferner ist zu bemerken, daß wir persönlich eigentlich ziemlich uninteressiert sind – im Gegensatz zu Film und Sport, die ihre internationalen Verbindungen wohl kaum entbehren könnten.

Bei uns, das dürfte im allgemeinen richtig sein, ist es einfach guter Wille, wenn wir den Frieden suchen und der Freundschaft dienen. Es hängt damit zusammen, daß das Schreiben eine hervorragend friedliche und besonders menschliche Tätigkeit ist. Wir Schriftsteller nehmen uns der Mitlebenden freundlich an, ob wir sie nur darstellen, wie sie sind, oder die Gesellschaft veranlassen wollen, sich richtig zu verhalten, damit der Mensch es in ihr aushält.

Eine solche Tätigkeit bringt manche Erkenntnisse mit sich. Sie beseitigt manche Vorurteile. Wenn es einem Schriftsteller nicht durch die Ereignisse und Personen vorübergehend unmöglich gemacht wird, neigt er daher gewiß eher zur Milde und zum Verständnis, als zur Feindschaft. Vor allem werden wir uns meistens hingezogen fühlen zu jenen, die denselben Bemühungen nachgehen wie wir – wäre es auch in anderer Sprache und sogar in einem Land, wo nicht alle uns wohlwollen.

Eins ist sicher: wir haben die Erfahrung machen können, daß die ausländischen Schriftsteller uns als einer verwandten Gesamtheit und Gemeinschaft mehr Wohlwollen entgegenbringen, als es bis jetzt unter Nicht-Landsleuten leider üblich ist. Wir haben dies Verhalten erwidert. So sind viele, die von draußen kamen und hier sonst vielleicht noch wenig Freunde gehabt hätten, im PEN-Club empfangen worden, wie auf heimatlicher Erde. Ich hoffe, daß sie dies Gefühl, eine Heimat zu betreten, hier unter Ihnen wirklich gehabt haben. Ich selbst hatte es, als ich in dem PEN-Club Paris von meinen Kollegen begrüßt wurde.

Ich wurde im PEN-Club Paris aufgenommen, wie ein zwar seltener, aber doch zugehöriger Besucher. Der Vorsitzende sagte mir in seiner Tischrede, daß er immer meine Arbeit gebilligt habe und mein Freund gewesen sei. Mir war es eine große Genugtuung; denn ich selbst tat gerade damals alles mögliche, um eine geistige und menschliche Verbindung mit den verschiedensten französischen Kreisen herzustellen. Es ging auch gut damals, 1927, ein günstiger Wind wehte, die Anstrengungen des Ministers, der unser bester gewesen ist, Stresemanns, halfen uns, und wir halfen vielleicht ihm.

Ich erwähne dies nicht ohne Wehmut, weil jeder von uns, der heute im PEN-Club Paris empfangen würde, daran denken müßte, daß die Beziehungen der beiden Länder leider noch immer schwanken – ohne berechtigten

Grund, aber doch schwanken nach dem Belieben der Diplomaten, man könnte auch sagen: nach ihrem Talent. Wir Schriftsteller sind doch gewohnt, das Talent jedes einzelnen in Betracht zu ziehen. Sollte nicht auch eine Sache, deren entscheidende Wichtigkeit von aller Welt endgültig begriffen und anerkannt ist, sollten nicht auch die deutsch-französischen Beziehungen abhängen vom Talent derer, die sich mit ihnen befassen?

Wenn dies nirgends ausgesprochen wird, muß es doch grade hier gesagt werden. Denn von hier, von manchen unserer Berufsgenossen und von dieser Vereinigung, sind Bemühungen für Frieden und Freundschaft ausgegangen; und die werden bei ungeschickten Zwischenfällen schmerzlich enttäuscht und entwertet – wenn auch nur für eine Zeitlang. Wir hoffen und sind versichert, daß Frieden und Freundschaft, denen auch der PEN-Club dient, schließlich siegen werden.

Wir sind uns andererseits, glaube ich, bewußt, daß im großen Zug der europäischen Zusammenhänge auch die Literaten Europas mehr als je eine Einheit bilden. Auf der Gemeinsamkeit des europäischen Geistes beruhen gerade die Chancen, die dieser Erdteil noch hat. Jedes Land behält deshalb doch sein Genie, jeder einzelne seine Gaben. Sagen wir aber einem der unseren, daß er einiges gut gemacht hat – dann meinen wir im Grunde die große Gemeinschaft aller Schriftsteller in allen uns nahestehenden Ländern. Das Beispiel einzelner ist notwendig, aber das Zusammengehörigkeitsgefühl aller ist die Voraussetzung, daß es etwas hilft. Der PEN-Club belebt unser Zusammengehörigkeitsgefühl. Ich grüße ihn verständnisvoll.

Morgen

I

Was war an der Jugend das Beste? Das Spannende des beginnenden Lebens: was wird aus mir und meinem verborgenen Können, das ich doch schon vorausfühle. Jugend ist Vorfreude. Sie kennt daher leichter als die anderen Lebensalter sowohl den Übermut als die Verzweiflung. Entweder man steckt alle in die Tasche, oder man sieht keinen Weg vor sich: diese beiden Stimmungen überwiegen. Mit der Mittelmäßigkeit findet sich der Heranreifende ab. Sie ist dann das Endgültige.

Das Bild einer Zeit, die nichts Sicheres vor sich sieht, wird jugendliche Züge tragen, und die Jugend wird sich in ihr freier bewegen dürfen, als sonst üblich. Die Jungen von heute gebrauchen einfach ein Recht, das in den Umständen liegt. Sie finden keine Autorität vor, sind noch niemals einer begegnet und ergehen sich daher in unwidersprochenen Herausforderungen. Das ist begreiflich und gewöhnlich; es verleiht noch keinen Rang. Wahrscheinlich ist, daß dieselben jungen Leute, die nichts bestehendes gelten lassen, später einmal ihre jetzt noch ungeborenen Söhne in strenger Zucht halten werden. Es wäre der Ausgleich dafür, daß ihre eigenen Väter entweder auf den Schlachtfeldern geblieben oder durch Krieg und Nachkrieg gebrochen und erschlafft worden waren.

Sie haben eine Vorliebe für die Autorität, die sie nicht kennen. Wenn sie erst da wäre, würde sie ihnen mißfallen; sie sind im geringsten nicht auf sie vorbereitet. Wer nicht einmal die milden Gesetze der Republik achtet, wie wird er sich unter einer Parteidiktatur fühlen – es sei denn, er gehörte gerade zu der Partei, und selbst dies ließe ihm noch nicht so viel Spielraum, wie er jetzt hat. Andererseits entspricht der Einschlag von Anarchie, den die gegenwärtige Ordnung zeigt, ihrem jugendlichen Gehaben und dem Einfluß derselben Jugend, die sich beschwert, es herrsche Unordnung. Die Älteren begehen nur den einen schweren Fehler, daß sie es gehen und geschehen lassen, sich selbst aber zurückziehen auf ihre Gesetzlichkeit. Was wollen sie mit einer Gesetzlichkeit, der die Autorität fehlt?

Ein Vater, einst, zwischen 1880 und 1890, mußte eines Tages einem kleinen, ach, nur schüchternen Aufruhr seines Sohnes begegnen. Er legte ihm wohlwollend die Hand um den Hinterkopf und sagte: »Denke mal nach. Wir brauchen einander.« Es war die zarteste, taktvollste Art, dem Jungen vorzuhalten, daß er allein nichts machen konnte. Der Vater wäre allenfalls ohne ihn ausgekommen. Hat sich das Verhältnis im Grunde verändert? Man tut nur so, um auf der Höhe zu sein. Die kräftigsten Männer, Otto Braun sogar, enthalten sich nicht, zu äußern: »Wir müssen die Jugend verstehen.« Aber sie uns auch! Das wird immer weggelassen. Von dieser Jugend wird keine geistige Bemühung verlangt; damit geschieht ihr schweres Unrecht. Viele wären geneigt, sich für den Gebrauch ihrer Vernunft beanspruchen zu lassen. Nein, man bestärkt sie von allen Seiten in der Meinung, mit ihr fange die Welt an, und kein Mittel sei zu roh, damit sie sich durchsetzt gegen ihre hassenswerten Vorgänger. Von diesen bedienen sich die einen der Jungen für ihre Zwecke, die Gewalt verlangen. Die anderen sind nur schwach und bewundern die »feurige Jugend«.

Auf jeden Fall befinden sich die Jungen in den Händen Älterer. Wenn einer die ganze Weisheit eines Gereiften damit erledigt glaubt, daß er in den Saal schreit: »Unsere Argumente schießen besser!« – dann sprechen aus ihm zuerst seine Führer, die aus anderen Altersklassen sind als er, und weiter zurück auch Denker, von denen jene es erst bezogen haben, ganz zuletzt aber der Franzose Sorel. Der Junge weiß das nur alles nicht, daher sein Selbstbewußtsein. Eine Stunde der Klarheit darüber, daß eigentlich nur höchst indirekt und zufällig seine eigene Sprache gemeint ist, und er wäre instand gesetzt, noch viel mehr zu lernen.

Das Tüchtige und Hoffnungsvolle ist, daß sich das junge Geschlecht zuletzt doch keineswegs dumm machen läßt. Es wäre falsch, von der Jugend als einer Einheit zu sprechen, und auch ihre Gliederung in Parteien sagt über die einzelnen nichts, das immer gelten würde. Jeder mag tagelang ein unbeirrbares Mitglied seiner Partei sein, und eines Nachts befallen ihn dennoch Zweifel. Wie könnte man jung sein und sich schon ein für allemal entschieden haben! Die Frage bleibt noch lange: was wird aus mir? Sie gibt dem Zustand der Jugend erst seinen Reiz. Lebhafter erhebt sich die Frage, sobald der Junge begabt ist. Nun wird der Einfluß der Begabten nach wie vor stiller, aber tiefer wirken, als die nur Aktiven mit ihrem beherzten Kampfgeschrei. Dürfen wir glauben, daß sogar diese Unentwegten, jeder für sich genommen, manchmal ihrer Sache nicht sicher sind, die Begabten aber dem Drang nach Erkenntnis zugänglich? Das heißt nach den Begriffen anderer Zeitabschnitte noch nichts Großes, jetzt aber setzt es viel gute Veranlagung voraus.

Die meisten Tatsachen von heute verleiten so sehr zur unvernünftigen Leidenschaft, daß man nicht jung sein muß, um ihr nachzugeben. Schon die Anfänger des Lebens werden wirtschaftlich gequält, sie werden geistig hin und her gerissen und werden überzeugt von der Unanwendbarkeit der sittlichen Idee. Sie werden aufgehetzt zur Gewalt, nicht anders, als wären sie umstellt von Lautsprechern, die nach Blut schreien. Sie werden an die vollständigste Ungerechtigkeit gewöhnt durch die meisten öffentlichen Vorgänge, die Gewalthandlungen der bewaffneten Banden und die Gerichtsurteile, die ihnen folgen, durch die Räubereien der wirtschaftlich Starken, das Elend so vieler Hilflosen, die Schwäche und die Parteilichkeit des Staates. Wenn sie nicht alle verzweifeln, ist es ihr eigenes Verdienst. Alles, was eine Jugend wie diese falsch macht, verantworten die gegebenen äußeren Tatsachen samt der körperlichen und seelischen Erbschaft, die sie selbst dem Kriege verdankt. Soweit sie um mehr Vernunft und um die Besserung, die bei uns selbst beginnt, je bemüht ist, bezieht sie die Kraft einzig und allein aus sich selbst.

Das geistige Gewissen hat aber auch eine zu lange Überlieferung, als daß selbst die mörderischsten Umstände es einfach auslöschen könnten. Immer werden junge Wesen auf die wahren Ursachen ihrer Lage und des Weltzustandes zurückgehen wollen, und niemals wird aus ihrer inneren Verfassung der Sinn für Gerechtigkeit ganz vertrieben werden. Während viele sich mit Hochgefühlen der Lehre von der Gewalt ergeben, ist es bewundernswert und rührend, wie andere kämpfen um ihr geistiges Gewissen – und darunter gerade das sittliche mit verstehen. Diese sind intellektuell und menschlich gesinnt und wissen: man kann nicht eins ohne das andere sein. Daher wirkt der nicht in die Weite fort, der niemals gedacht hat; sie erraten dies. Wer keine anderen Argumente kennt als solche, die »schießen«, der – wird nicht mal gut schießen. Bestehen bleibt, was jederzeit galt: die geistigen Bemühungen innerhalb einer Jugend entscheiden. An ihnen, mehr als an allem heute Sichtbaren, liegt es, wie in zwanzig Jahren das Land und das Leben aussehen werden.

Bevor die Politik ihren Weg erkennt, sucht ihn die Literatur. Eine junge Literatur, die in der Wirklichkeit fast nur auf beschämende Tatsachen stieß, konnte zunächst nicht mehr tun, als von ihnen Kenntnis zu nehmen. Sie mußte eine Zeitlang rein sachlich sein, falls eine ganz unbewegte Sachlichkeit überhaupt erwartet werden kann von dem, der denkt und erfindet. Literarische Berichte über Unglücksfälle des Lebens, die zynisch sein wollen, schließen in ihren Zynismus sehr wohl ein Urteil ein. Sie beurteilen ebensogut das Leben, das die Unglücksfälle zuläßt, wie die Menschen, die sie verschulden. Die Literatur der neuen Sachlichkeit stimmte entweder zu und war unbarmherzig wie die Wirklichkeit, oder sie zeigte diese um der Abschreckung willen. Wahrscheinlich tat sie beides zugleich. Es gibt einen Zustand der sachlichen Verzweiflung; dann macht man mit, was unvermeidbar ist, erinnert sich wohl noch, daß es nicht sein sollte, findet es aber angesichts der Lage ganz einfach.

Vor kurzem holte in Berlin ein junger Mann, den es fror, von einem Neubau zwei Ziegelsteine, zerschlug damit das Schaufenster eines Kleidergeschäftes, nahm einer der Puppen eine warme Lederjacke ab, zog sie sich an und ging weiter, von niemand aufgehalten, obwohl die Straße belebt war. Er fühlte sich im Recht, und alle gaben ihm recht – beides natürlich mit Vorbehalt. Aber so, empfanden sie, sieht es nun einmal aus. Das war im einfachen Leben ein Bild der neuen Sachlichkeit.

Literarisch fängt sie an, überholt zu werden. Einige Junge sagen schon: es ist zwar so, wir wollen es aber anders haben. Sie lachen nicht über das Ethos und setzen sich über die literarische Erziehung nicht hinweg. Es sind Leute im glücklichsten Alter von 25 bis 35.

II

Verschiedene Meinungen ergeben sich, in Deutschland wie überall, aus der Tatsache, daß verschiedene Menschenarten leben. Es gibt kein Land, in dem sie nicht alle vertreten wären: der Wahrheitsliebende, der Anpassungsfähige, der Lügner; oder der Gewalttätige, der Vorsichtige, der Gerechte. Dies sind angeborene Neigungen, bevor politische Gesinnungen daraus werden. Vielmehr, es ist nicht mehr sicher, als was wir geboren wurden; denn erst das Leben und eine von ihm gebotene Selbsterziehung gaben uns die endgültige Richtung.

Manche dieser Abarten können, je nach Gelegenheit, jeder politischen Partei angehören; Anpassungsfähige und Vorsichtige sind überall. Dagegen wird das Gebiet des Gewalttätigen durch die Umstände begrenzt. Was den Wahrheitsliebenden und den Gerechten angeht, wo ist er? Von den Parteien wie von der Lebensordnung im allgemeinen, wird er nur ausnahmsweise gebraucht und vorgeschickt. Übrigens ist er selbst in den seltensten Fällen uneingeschränkt derselbe, als den er sich sehen möchte – oder als den er sich in seiner Jünglingszeit gern sah. Diese ist lange her, er hat gelernt nachzugeben und zu verzichten. Vor allem gab er sich selbst immer wieder nach, seinen Interessen, die im Widerspruch stehen mit seinen Ideen. Es ist schon ungewöhnlich, wenn er diese nicht ganz verlernt und aufgibt.

Die Interessen gelten jetzt für den einzigen Beweggrund politischen Handelns, ja, der Meinungen. Früher erklärte man alles aus den Ideen. Die Wahrheit ist aber doch wohl, daß verschiedene Menschenarten leben. Sie erst erzeugen die Ideen und die Interessen, gleichen in sich beide aus oder verschärfen nach außen den vorhandenen Widerspruch. Die Interessen als Tatsachen der Gegenwart, und die Ideen, die in die Zukunft zielen, müssen einander widersprechen. Die Frage ist nur, ob wir den notwendigen Gegensatz verschärfen, uns bedingungslos zu einem der Gegner schlagen und die Gründe des anderen grundsätzlich überhören.

Wir sollten es nicht tun. Jedes Studium ist, ob mittel- oder unmittelbar, Studium des Menschen. Wer irgend etwas wirklich erkennt, wird dabei Fortschritte in der Erkenntnis des Menschen machen. Es kann weltfremde Gelehrte geben, aber keinen Wissenden, dem der Mensch ganz unbekannt ist. Daher sollte kein geistig Beflissener sich blindlings in Kämpfe der Weltanschauungen und der Politik stürzen – nur etwa aus Kameradschaft, oder weil ein gewisser Standpunkt zeitgemäß scheint. Das ist des geistig Beflissenen vollkommen unwürdig. So wahllos und unselbständig darf er nicht sein. Was seine Partei auch gewinnt, er selbst verliert jedenfalls. Er verliert das Recht auf jene auszeichnende Stellung in der Gesellschaft, die sie ihm nur auf Grund seiner besonderen Urteilskraft zubilligt.

Studenten und wir alle, die ihr ganzes Leben lang wissen und erkennen wollen, tun gut, zu handeln wie jeder andere, denn man muß handeln – dennoch aber die Handelnden nicht ganz ernst zu nehmen, wenigstens nicht, soweit sie Interessen und Meinungen ausdrücken. Als menschliche Gegebenheiten dagegen sind sie immer ernst zu nehmen. Nur müssen wir, während wir sie handeln sehen und während wir selbst handeln, uns ständig bewußt bleiben, daß alles, was die verschiedenen Menschenarten zu tun und zu meinen gedrängt sind, doch immer genau denselben bedingten Wert haben wird, wie sie selbst. Unbedingten und sogar übernatürlichen Wert hat keine Meinung und keine Tat. Damit sie überhaupt irgend Wert hat, muß es das ihr Entgegengesetzte geben, und dies Entgegengesetzte muß zu Zeiten wirksam sein.

Das sind alte Erfahrungen, in der Erregung vergißt man

sie nur. Mag jeder sie zeitweilig vergessen; einzig gerade die Lernenden und die geistig Beflissenen haben nicht das Recht, zu übersehen, daß die verschiedenen Menschenarten da sind und daß sie alle sich äußern müssen, damit das Leben vollständig bleibt. Eine bestimmte Geistesrichtung und einen Interessenkreis in einem Lande vorherrschen zu lassen auf Kosten aller anderen und alle Parteien zu unterdrücken bis auf eine einzige, die dann die Stelle des Staates selbst einnimmt, dies verringert das Leben. Es ist zwar außerdem einsichtslos und ungerecht; aber Ungerechtigkeit und Nichtverstehenwollen sind es gerade, die das Leben verringern. Wessen eigenes Leben auf Erkennen gestellt ist, den verpflichtet seine Erkenntnis, dem allgemeinen Leben zu helfen und seine Schädiger abzuwehren.

Im übrigen weiß jeder, welche Mängel notwendig verbunden sind mit einem gesellschaftlichen System, in dem jeder sich äußern und nach Macht streben darf, und das die gleiche Verteilung der Kräfte fordert. Diese läßt sich nicht erreichen, es gibt immer Stärkere, und was Demokratie wäre, bleibt immer ideale Forderung, der so benannten Wirklichkeit entspricht es nicht. Sehr wohl aber entspricht die ideale Forderung der Demokratie der richtig verstandenen Menschennatur – mit ihrem Wettbewerb der Arten, ihrem Drang nach Vervollkommnung und auch ihrer Neigung, zu zweifeln. Es ist ausgezeichnet, zu zweifeln. Der Zweifel macht menschlich; er erlaubt jede Wendung, jeden Glücksfall. Er führt, gering gerechnet, zur Achtung des Gegners, in höheren Fällen zur Menschenliebe. Zweifel, der die Entschlußkraft nicht lähmt, ist die richtige Verfassung, um gelegentlich einmal dahinterzukommen, daß ein Zeitalter schließlich in allen seinen Teilen dasselbe Ziel hat. Die einzelnen Teile mögen noch so verschieden geartet und gesinnt, die Kämpfe erbitterter als jemals sein, zum Schluß ist das Zeitalter an seinem Ziel.

Alle wurden ihm kämpfend entgegengeführt, und die Nachkommen unterscheiden sie nur wenig.

Ein Zeitalter ist eine Einheit. Zweifel sind gesund. Zweifel hinsichtlich des Kampfes der Parteien und der Menschenarten hängen eng zusammen mit dem Glauben, daß aus dem Menschen, im ganzen genommen, noch etwas werden kann. Denn auf dem entgegengesetzten Standpunkt gilt die schwarzblütige Annahme, als brauchte der Mensch ewig Herren, die ihn nicht fragen, und als könnte er nur mit Gewalt hinbefohlen werden zu Zwekken, die er nicht gewählt hat. Wer eine einzige Partei und eine einzige Befehlsgewalt aufstellt, hält den Menschen für hoffnungslos und merkwürdigerweise nur sich selbst nicht.

Zweifel und die ihm entsprießende Milde sollten die Haltung dessen werden, der im geistigen Sinne ein Herr ist. Bei allen Gebrauchsgegenständen des täglichen Lebens hat »der Herr« seine Marke. Die Marke des geistig Anspruchsvollen sind Zweifel und Milde; ja, noch sein kräftigstes Eingreifen in den Kampf wird als tiefsten Grund Zweifel und Milde haben. Die Marke des Herrn.

Blindlings darauf losschlagen, das tun alle nicht Anspruchsvollen. Jeden Andersgesinnten verachten und verwerfen, ihm für den Fall des eigenen Sieges das Zuchthaus und die Hinrichtung versprechen: das geht glatt vonstatten – wenn man nichts gelernt hat. Die ungehemmte Feindschaft der deutschen Parteien steht im richtigen Verhältnis zu der jetzt im Lande herrschenden Unbildung. Außerdem holen die Deutschen hinsichtlich der politischen Leidenschaften alles in beschleunigtem Tempo nach, was sie einst versäumt haben, als sie das Volk der Dichter und Denker waren.

Ein Volk kann nicht wünschen, nur Dichter und Denker zu haben. Einzig vom Parteigeist erfüllt, macht es aber einen noch sehr viel unfertigeren Eindruck. Endlich muß doch die Beziehung gefunden werden vom Wissen zum Wollen, und Wissende dürfen nur wollen, was sie verantworten können. Aus Kameradschaft oder weil irgend eine Stellungnahme zeitgemäß scheint, geht man nicht in das öffentliche Leben. Man betätigt Erkenntnisse und persönliche Verantwortung. Nur so verdient man sich Auszeichnung. Nur so bekommt man den sicheren Blick für den Irrsinn jener Auftritte des öffentlichen Lebens, die triebhaft zustandekommen.

Aus einem Kinotheater Berlins wälzt sich eine Menge, die ihrem persönlich anwesenden Liebling huldigt. Die Huldigung der Begeisterten besteht hauptsächlich darin, daß sie einander stoßen und niederwerfen. Hiermit nicht genug, schreien andere, die auf Lastautos in die Menge der Kinobesucher hineinfahren, etwas dazwischen: keine Huldigungen, sondern Weckrufe. Sie ihrerseits meinen keinen Liebling, sondern Deutschland, das sie wecken wollen. Ihre Parteifarben, da es ja in Deutschland nur Parteifarben gibt, wehen von ihren Lastautos; sie huldigen nicht, sondern wecken, fahren übrigens in die anderen einfach hinein. Aber eine ebenso heftige wie anfechtbare Überzeugung haben diese wie jene, und es ist im Grunde der gleiche Irrsinn.

Zu wünschen ist ein Deutschland der Vernunft – das zweifelt, Milde kennt und deshalb um nichts weniger handelt.

Der begnadete Dichter

Er siegte sofort. In dem kleinen alten Theater, wo er zuerst herauskam, wurde gekämpft, protestiert, gejubelt, aber die Erregung war zuversichtlich, und niemand, weder Gegner noch Freunde, sahen das Ereignis als etwas schnell Abgetanes an. Es ist schön und merkwürdig, wenn ein gegebener Augenblick mit der Zukunft als mit etwas Wirklichem rechnet und vor dem großen Wort Ewigkeit nicht zurückschreckt. So war 1890, und gerade der gehobene Sinn seiner Zeitgenossen trug den jungen Gerhart Hauptmann hinan, zu den Bereichen des höchsten Ehrgeizes und der größten Leichtigkeit.

Dies war die Stunde, Volkstümliches zu machen, zugleich aber der vorgeschrittenste Dichter zu sein. Genau in der Stunde erschien er. Von Anfang an war seine ganze Aufgabe da, und er erfüllte sie wie mit einem Schlage, scheinbar ohne Zweifel oder Not, einfach begnadet wie der Busch, dem alle Rosen auf einmal erblühn. In Wirklichkeit quälen Ehrgeiz und Gewissen den Glücklichsten, und wenn die Welt ihn schon verwöhnen wollte, in ihm selbst ist Strenge genug.

Ein einziger bildete nacheinander und fast gleichzeitig Gestalten aus dem Volk und Geistesmenschen, erschuf die stärkste Satire neben dem unschuldigsten Märchen, beherrschte das Fürstliche wie das Proletarische. Denn Hauptmann hatte von seinen Webern keinen bürgerlichen Abstand, noch mußte er den Blick anders einstellen für den Armen Heinrich. Er war ohne Klasse, die Wesen gehörten ihm alle, und er hätte nicht sagen können, wievielen er verwandt und wie sehr er allein war. Das war sehr lange nicht dagewesen, und es ist nicht wiedergekommen.

Wo er überzeugt, wirkt er auch schon groß. Es scheint daran zu liegen, daß wir den Eindruck haben: Natur, einfach Natur wird geistige Form. Eine Persönlichkeit siegt in den Dingen, nimmt ihnen nichts, gibt ihnen nichts, und dennoch wären sie sonst gar nicht. Keine Persönlichkeit siegt so unauffällig wie diese. Hauptmann ist mit dem Alter dahin gelangt, die Schärfe des Wortes und Willens, ja wohl auch die Empörung als »gnadenlos« zu empfinden. Seine Welt war begnadet, sie bekam ihre Sonne, ihren Regen, alles begab sich gemäß den Jahreszeiten. Nicht mehr wollen als dies! Wenn jeder immer strebend sich bemüht, erübrigen sich die verlustreichen Kämpfe.

So denkt der alte Mann. So denkt vor allem der große deutsche Mann im Alter. Goethe glaubte nicht einmal, daß die Deutschen sich einigen würden, außer in Nebensachen, und bis jetzt hat er auch recht behalten. Dabei fuhr er selbst fort, zu ernten, was ihm gegeben war. In den alten Eichbaum stieg der Saft wie je, er liebte, er brachte hervor. Der lange wirkenden Persönlichkeit darf die Welt zeitlos erscheinen, und sie selbst wird zeitlos. Die Ähnlichkeiten in den Schicksalen Goethes und Hauptmanns sind ernst.

Das Leichte und das Gleichzeitige – beides gewiß nur scheinbar; aber zu sehen ist einfach der glückliche Mensch, der liebt und hervorbringt, und immer zur jeweiligen Stunde das Rechte. Als erster Eindruck das Geistig-Gestaltete, Literatur schlechthin; überdenkt man aber alles, sind es volkstümliche Stoffe – bei Goethe und bei Hauptmann eine Fülle volkstümlicher Anlässe, und auch das Ziel und das Ende entschwinden wieder in den Mengen Volkes, die das ansehen und lesen durch unbegrenzte Zeiträume.

Ein Unterschied ergibt sich, wenn der alte Dichter neue Zeitgenossen bekommt, die geistig verzichtet haben. Die hatte Goethe nie. Dem Sinn der Zeit entsprach ein ehrfurchtsvolles Bemühen, auch seinen späten Gaben gerecht zu werden. Dennoch klagte gerade Goethe, als Autor habe er sich jederzeit isoliert gefunden, weil nur sein Vergangenes wirksam war und er zu seinem Gegenwärtigen keine Teilnehmer finden konnte. Möge Gerhart Hauptmann in ungünstigerer Zeit sie bis zuletzt finden!

Sein Werk ist dort angelangt, wo es reine Erscheinung wird. Man hat das Herz und die Sinne zu öffnen, wie bei einem Naturschauspiel, dem Abschied eines Tages, der zurückblickt auf heiter strahlenden Himmel und prachtvolle Entladungen. Man hat einen alten Mann zu bewundern anstatt des üblichen Pochens auf Heutiges, das noch vor Ablauf des Heute gestrig ist. Das Phänomen ist: in eine Zeit, die den Begriff Volk nur mißbraucht zur Bildung gehässiger Schlagworte, ragt der hinein, der noch Legenden des Volkes schuf, und diese leben. Seine geistigen Siege warten darauf, über vieles Vergängliche hinweg angeschlossen zu werden an die Siege der Späteren.

Das Phänomen ist: er kann auf Dörfern gespielt werden so gut wie vor Intellektuellen, die das eine Mal sich ruhig beugen dürfen. Im Preußischen Unterrichtsministerium aber haben manche ein umfangreiches Buch eingesehen, darin ist verzeichnet, was die Schulen lesen. Von allen, die neben ihm geschrieben hatten, entweder das Nötigste oder nicht einmal das, aber in allen Schulklassen des ganzen Landes – Hauptmann.

Berlin

Berliner Siedlungen

In Zehlendorf rund um den U-Bahnhof liegt von Nadelwald und Birken durchsetzt eine bunt gefärbte Stadt. Sie hat vor allem flache Dächer, was exotisch oder theatralisch wirkt. Ferner hat sie anziehende Perspektiven, die sonst kaum die Eigenart neuerer Berliner Gegenden sind. Die Straßen der Zehlendorfer Siedlung führen entweder in Wald und Luft hinaus; oder sie bieten als Abschluß ein grellblaues Haus, wenn nicht den Blick in zwei andere, schön gerundete Häuserreihen. Von den gegen einander gerichteten Fronten hat die eine durchweg weite Torbauten auf lichtblauen Hintergründen, die andere gegenüber aber ist in ihrer ganzen Länge zartgelb. Manchmal sieht die gelbgetönte Zeile auf eine gleiche, aber lilafarbene. Es ist sehr hübsch. Flach und nicht hoch, herausfordernd neu in der Form, die sachlich und zierlich ist, dazu Tönungen, die Vergnügen wecken: wo sahen wir das schon? Ähnliches erschien doch wohl in modernen Bühnenbildern. Auf die Wirklichkeit hielten die meisten es kaum für anwendbar. Hier steht jetzt die ganze Dekoration, eine Art Stadt der Träume, mit Wald dazwischen, einem kleinen See, und die Straßen tragen Namen wie »Auerhahnbalz«. Man fragt hier: wo ist Armut, sogar nur Verlegenheit? Wo ist Schmutz, wo sind Feinde? Alles wird da sein wie gewöhnlich. Aber eine solche Siedlung scheint eigens angelegt, um diese Schrecken zu beschränken und nach Möglichkeit in Vergessen zu bringen. Es ist ein hervorragend menschenfreundliches Unternehmen. Sollte in dieser oder jener Hälfte eines bunten Häuschens dennoch die Sorge wohnen, sie sieht doch besser aus als anderswo. Auch der Gequälte selbst hat vor dem Auge, das sie in sein Inneres weiterleitet, noch immer Versprechungen des Glücks.

Das war früher vielleicht nicht so notwendig wie jetzt, und jedenfalls wurde es weder verlangt noch angeboten. Wie ist es damit zum Beispiel in Meiers Hof in der Ackerstraße? Vergleiche mit älteren Gemeinschafts-Siedlungen zeigen erst, was die heutigen wollen. Auch Meiers Hof war seinerzeit gewiß ein Segen für kleine Leute. Fünf Höfe bilden dort eine Welt für sich. Jeder führt in den nächsten, die Mauern ragen und erinnern an Fabrik und Festung. Manchmal scheint doch die Sonne auf die Blümchen in den Fenstern, und die Wohnungen sind gewiß billiger, als in den übrigen Miethäusern jenes nördlichen Viertels. Übrigens wird Meiers Hof in der Ackerstraße bevölkert von Kleingewerbetreibenden und Angestellten, ein tausendköpfiges Publikum, sozial nicht viel anders geschichtet als die Bewohner der modernen Siedlung in Zehlendorf. Aber er liegt inmitten der arbeitenden Stadt, auf etwas anderes verfiel man damals nicht. Er selbst und seine fünf Höfe sind erfüllt von allen Gewerben, ihren Geräuschen, Gerüchen und Ablagerungen. Nichts fehlt in Meiers Hof, vorhanden sind Rind- und Schweineschlächterei, Pumpernickelfabrik und auch das Apostelamt Johannes.

Wer in Meiers Hof seine Existenz hat, braucht draußen nichts mehr und könnte immer drinnen bleiben. Gerade diese Vorstellung aber ist das Niederdrückende. Dagegen wird in der Phantasiestadt Zehlendorf kein Gewerbe getrieben, sondern die Siedler sollen, obwohl sie nicht reich sind, nach getaner Arbeit dorthin heimkehren wie in den Frieden. Dieser Gedanke ist die Hauptsache, er ist die neue Errungenschaft. Wahrscheinlich muß es erst sehr schlimm gekommen sein mit den Daseinsbedingungen und Gewohnheiten der meisten, bevor man sich so liebevoll lockend um ihr Wohl bemüht.

Man tut es sogar im Wettstreit. Angesichts der Zehlendorfer Gerhard-Straßen erheben sich die der Gagfa, in leichtem Grau gehalten und nicht flach, sondern mit Giebeln versehen. Die fachmännischen Unterhaltungen darüber, was schöner und zweckvoller sei, haben Zeitschriften und Bände gefüllt. Sicher ist, daß hier überall die Kinder im Freien und auf Waldboden spielen; daß die Müllkästen außerhalb der Häuser untergebracht, und daß Höfe, die Luftschächten gleichen, hier unbekannt sind. Daher werden hoffentlich auch Szenen hier nicht vorkommen, wie neulich jene in der Warschauerstraße. Eine Arbeiterfrau erschien vom Wahnsinn befallen am Fenster der Mietkaserne, sie stellte dort lange und eindrucksvoll einer erstarrten Menge das verhungerte, gehetzte Weib dar. Das möge nie vorkommen, wo die Häuser heiter getönt sind.

Wer sind dort die Segenbringer? Neben der Gewerkschaft, die alles errichtet hat, der Fiskus und eine Baufirma. Diese wird wissen, was sie tut, wenn sie die U-Bahn auf ihre Kosten weiterbaut und sie der Stadt überläßt. Es muß wohl für alle Beteiligten das richtigste sein, einer Menge, die es zu nötig hat, nicht nur schlechthin Unterkunft, vielmehr Gelegenheiten des Glückes zu geben. Auch alle anderen Siedlungen Berlins wollen, daß ihr gesunder lebt, und dies, obwohl die euch meistens keine Einzelheime mehr anbieten. Einzelheime waren noch vor zwei Jahren das Ziel, zu dem sich besonders die Siedlungs-A.G. Heimat ausdrücklich bekannte. Auch sie baut heute Miethäuser in ansehnlichen Reihen.

Dieselbe Richtung herrscht bei der städtischen Siedlung, Alsenstraße im alten Zehlendorf. Die städtische Baugesellschaft hat ferner in der Schöneberger Rubensstraße einen besonderen Versuch unternommen, große, schon das Prächtige streifende Schöpfungen des Professors Lassen. Ein breites Tor eröffnet festlich diese Straße; aber die Festlichkeit weicht nur der Nüchternheit aus und bleibt sachlich. Um mehr zu sagen, alle Siedlungen dieser Zeit sprechen vom unmittelbaren Bedürfnis, ein Zuviel ist ausgeschlossen. Sie sollen dienen, nicht prunken, und sie zu bewohnen, darf nicht teuer sein. Sie sind errichtet gegen die Not und für eine erschwingliche Lebensfreude vieler. Daher erscheinen sie gleich in ganzen Zügen, ohne eingehende Individualisierung, und sind zugeschnitten auf Menschen aus ähnlichen Berufsklassen.

In den Cäciliengärten zu Schöneberg wohnen nur Straßenbahner. Die Einheit des Berufes ist Grundsatz. Der ungeheure Wohnungsbau ist Eigentum der Straßenbahn-A.G. Für fünfzig Mark im Monat gehören ihren Angestellten die Zweieinhalb-Zimmerwohnungen, die mancher bürgerlich Verwöhnte mit Freuden beziehen würde. Sie wären ihm nur zu zahlreich und zu einförmig. Jede hat ihre Loggia nach der Straße, die hier ein Rasen ist mit zwei großen Plastiken von Kolbe darauf. Wenn nicht der Fahrdamm darum herliefe, wäre es der Beginn eines Palais Royal. So wohnen die Wagenführer und die Schaffner. Wer nicht nach vorn hinaus auf die Kolbeschen Kunstwerke blickt, hat unter seinem Fenster eine Art Burghof, die breite und freie Mitte des weiträumigen Gebäudes. Von hier führen die anständigsten Aufgänge in jenes abgegrenzte Reich einer auserwählten Berufsklasse. Sie bildet für sich eine Stadt. In Meiers Hof, dem Beispiel älterer Zeiten, ging alles durcheinander und war ungepflegt. Jetzt ordnen sich die Klassen der Erwerbenden und Vermögenslosen, um aus ihren Daseinsbedingungen das Höchstmögliche herauszuholen. Das erlaubt ihnen einzig ihr Gemeinschaftsgeist.

In den Siedlungen, ob Gewerkschaften, Aktiengesellschaften oder die Stadt sie unternahmen, drückt sich aus, was an sozialistischem Denken aufgenommen worden ist in die Geister, auch in den Geist der Unternehmer, und schon dem täglichen Leben gehört. So sind nun die Menschen selbst, das ist nicht mehr nur Forderung oder Idee. Ihr riesengroßer Hof böte den Straßenbahnern noch Raum für das Kino, das nur sie allein unterhielte, und für das Schwimmbad, wo sie sich alle voreinander auszögen. Das verlangt der Gemeinschaftsgeist. Man muß immer unter genau gleichen sein, schlafend, wachend und als privates Wesen ebenso wie im Betrieb. Es ist nicht erlaubt, einer des anderen überdrüssig zu werden. Man darf sich nicht schämen, man muß aber auch Takt erlernen. Hinter den Siedlungen, die nur so hingesetzt wurden infolge der Wohnungsnot, stehen ungerufen eine Weltanschauung und ein Erziehungssystem. Diese Siedlungen verwirklichen innerhalb der Gesellschaft wie sie ist, schon manches aus einer künftigen.

Daneben erhält sich der Individualismus in allen seinen Formen, auch den baulichen. Die Siedlung Eichkamp bei dem neuen Stadtbahnhof Ausstellung ist gedacht für reservierte Existenzen, Geistesarbeiter und was man früher »einame Menschen« nannte. Jeder hat sein kleines Haus und sein Stückchen Garten. Indes auch hier gebietet der nüchterne Nutzen, die Villen sind maßvoll aufgereiht, kein Winkel geht verloren. Übrigens gleichen sie einander und frönen so wenig der Laune wie der Verschwendung. Neben den letzten beginnt der Dauerwald, dort sind die Einzelrechte schon wieder zu Ende. Nur Allerreichste hausen in der Welt wie sie ist, noch so weitläufig, daß sie von Nachbarn und mitlebender Menschheit nichts zu bemerken brauchen. Aber es gibt auch das. Die vielfältigste Gesellschaft, die je nach mehreren Richtungen strebte, vereinigt alles.

Varieté im Norden

Ein Maharadscha, ausgestattet mit Turban und Lieblingsfrau, trifft Anstalten, sich auf ein nägelstarrendes Brett zu legen. Er tut es nicht, ohne auch noch von sechs lebenden Personen belastet zu sein. Diese sollen aus dem Publikum auf die Bühne kommen. Der Maharadscha lockt sie in gebrochenem Deutsch. »Meine Erren, woll Sie kommen?« Als es nichts hilft, vergißt er sich und ruft berlinisch: »Na nu komm' Se schon ruff!« Dann liefert er sich den Nägeln aus. Es ist ein wunderbarer und gewagter Vorgang. Das tausendköpfige Publikum folgt ihm mit tiefem Ernst.

Der Alltag kehrt auf heitere Weise zurück, wenn der Gesangskomiker eine kleinbürgerliche Kaffeegesellschaft schildert. Der Kaffee ist aus Hafermehl und kann mit dem Messer geschnitten werden. Dafür ist der Kuchen trinkbar. Das ist keine Komik für den Westen. Sie wäre dort unverständlich. Hier in dem großen Keller am Weinbergsweg denkt jeder, daß es dem andern passieren könnte, und lacht dröhnend. Der große, als Theater ausgebaute Keller enthält die Blüte der umwohnenden Jungmannschaft, Liebespaare, die Familien, und für die selbständigen Kaufleute ist eine Weinterrasse da. Alle konsumieren kräftig. Dies muß auch sein, denn der Eintritt kostet nur sechzig Pfennig. Dafür hat man eine nicht ganz frische Luft, aber ein Programm, das von siebeneinhalb bis ein Uhr währt. Es ist auch sonst nicht zu verachten.

Nach dem Chanson *Krumme Lanke* würde sich mancher Prominente die Finger lecken. Der Gesangskomiker hat es selbst gemacht. *Krumme Lanke* reimt in jeder Strophe mit »Banke«. Auf den verschiedenen Bänken sitzt dasselbe Paar in der Zeit der Verliebtheit, der Heirat, der Scheidung. Der Sinn ist, wie fragwürdig doch die Beziehungen der Geschlechter und das menschliche Glück sind. Das wäre nicht weiter zum Lachen, wenn jeder es einzeln für sich bemerkt. Aber tausend Personen, die einem Komiker zuhören, sind imstande, es unendlich lächerlich zu finden, und das tröstet sie. *Krumme Lanke* wird alle Abende aus dem Publikum verlangt. Der Sänger tut so, als verstände er die Beliebtheit des Liedes nicht. Aber er versteht sie.

Vor der Pause empfiehlt der Ansager, der als schwarz und silberner Pierrot geht, in hochgestimmten Versen die heißen Würste und das kühle Bier. Dann steigt eine große Sache, *Madame Olala*, mit Frau Direktor persönlich. Ihre Mitspieler sind Max Hansen, Max Adalbert, Max Pallenberg sowie Paul Nikolaus und Otto Gebühr. Sie treten nicht gerade in eigener Person auf, es ginge nicht für sechzig Pfennig. Aber jeder Schauspieler dieser »Lachbühne« ist ein Sammeltyp, jeder zeigt Anspielungen an mehrere Lieblinge, woraus zu ersehen ist, wie echte Lieblinge Berlin hat. Hier denkt man bei jedem: es hätte sein können, wenn es auch nicht geworden ist. Dagegen haben sie auch eigene komische Talente. Zum Beispiel ist einer ein beliebter Riese und die Frau neben ihm nicht einmal halb so groß. Der Tenor aber bekennt den Ehrgeiz, so übertrieben auszusehen wie das Bild auf einer Seifenschachtel.

Das Bühnenbild des Liederspieles *Madame Olala* ist von Charell, oder vielmehr, es könnte ihn noch etwas lehren, was Sinnenreiz betrifft. Süße Farben der Stoffe, zauberhafte Beleuchtung, tiefe Kissen – in all dem bewegt sich die verführerischste Dame. Solche Formen haben die Generation von 1890 berückt, und hier am Weinbergsweg vermögen sie es noch jetzt. Hat das öffentliche Schönheitsideal sich seit 1890 nur in den Stadtvierteln der Reichen verändert? Tausend Bewunderer folgen unverwandt dem Tanz der Frau und ihren Liedern. Sie singt mit den Herren, die ihre Anbeter spielen, ein Quodlibet aus allem, was gut und der Wirkung sicher ist, *Eine kleine, weiße Chrysantheme* und das übrige. Ein komischer Diener sorgt dafür, daß Gelächter sich in den Rausch von Schönheit mischt. Es ist mit der zu großen Schönheit dieses Lebens wie mit seinen zu großen Traurigkeiten. Beide werden erträglicher, wenn Lachen sie unterbricht.

Die Szene der Frau Direktor erhält endlosen Beifall. Der Schluß wird so lange wiederholt, bis nur noch die tanzenden Beine unterhalb des Vorhangs sichtbar bleiben.

Sehen wir für diesmal ab von der Hundemadam unserer Jugend, die hier aufersteht mit ihrem immer gleichen Dressurakt, und von der musikalischen Familie. Diese umfaßt freilich die Salome des Nordens samt ihrer Mutter Herodias, einen träumerischen Sohn und einen Vater, der rein aus dem Häuschen ist. Verlassen wir auch gleich wieder den »Meisterhumoristen«, wie reizvoll immer er den Mechanismus des Erfolges handhabt. Er ist vom Typus Tielscher, verzieht aber keine Miene und behandelt sein Publikum wie einfache Irre, nur dazu vorhanden, »ffst« und »hui« zu machen, wenn er behauptet, es regne oder wehe. Nein, nichts darf uns länger verhindern, zu der letzten Darbietung zu gelangen. Sie folgt auf die zweite Pause, dauert allein eine volle Stunde und behandelt eine Artistenprobe im Vorstadt-Varieté. Nie gab es im Ernst eine bessere Nummer.

Das »Amerikanische Varieté«, das früher durch Europa reiste, hier hat es seine einzige Nachfolge. Am Weinbergsweg verbirgt sich eine Groteske, die, wenn sie wollte, die Welt erschüttern könnte vor Lachen. Sie kann aber nicht fort von hier. Der Hauptdarsteller ist hier der Direktor. Man muß seinen Namen erfahren: Erich Carow. Als er auftritt, geht durch den großen Keller ein Raunen, das sein

Name ist. Er spielt eine arme, aber unbeirrbare Figur, einen Künstler, der zum Faktotum erniedrigt wird, dreimal wegläuft mitten ins Publikum, bis er die Stellung annimmt; der dann die Leute hinauswerfen und endlich sogar boxen muß. Er hat bei allem genau so viel Angst und genau so viel verzweifelten Mut wie der mittlere Mensch, den die Ereignisse treffen, und meistens denkt er an die täglichen fünfzig Pfennig, für die er bestehen muß, was über ihn kommt. Die Welt bietet bei weitem mehr Bluff als Können, er sieht es, und dazu ist sie noch übelwollend. Was bleibt dem Armen übrig, als sich ihr anzupassen und höchstens an ihr Rache zu nehmen durch die Ausnutzung ihrer Komik. Wenn ein Mann recht furchtbar ist, trägt er doch so eitle lange Schuhe, daß man ihm unbemerkt mit dem größten Hammer auf die Spitzen schlagen kann. Tritt aber eine Diva besonders anspruchsvoll auf, dann bekommt sie den verlangten Vorschuß erst nebenan und in Natur. Zuerst den Fußtritt, dann das andere.

Carow nennt seinen Vorgesetzten, den »Generaldirektor«, einfach Herrmann. Soll er für fünfzig Pfennig auch noch Respekt haben? Er zeigt, wie man durch Erniedrigung zum vollendeten Skeptiker wird. In seiner meisterhaften Rolle steht er über den sozialen Abhängigkeiten, auch über denen seines wirklichen Lebens, diesem seinen Theater, das er parodiert. Er parodiert aber alle anderen Theater mit, auch die großen, und überhaupt alle unsere Größe. Dies gipfelt in seinem Boxkampf. Wie kann ein verkümmertes, wenn auch dreistes Faktotum sich allen Ernstes auf einen Boxmatch einlassen, außer, das Geschöpf wäre über alles hinaus. Sein Gegner ist ein eherner Italiener mit Fascistengelock. Wenn Carow ihn umwirft, macht der Fascist erst noch Salto mortale. Sie werfen einander gleich oft um, denn mit der Frechheit kommt man ebenso weit wie mit der Technik, nämlich bis zur Erschöpfung. Weiter kommt niemand. Sie tritt nach der vierten Runde ein. Carow hat sich nicht schlecht abgearbeitet. Einmal im Zuge, boxt er auch gleich den Herrn aus dem Publikum, der ihm Luft zufächelt. Hat man in diesem Leben noch Freunde?

Das Gelächter ist unauslöschlich. Worüber aber lachen sie? Der Boxkampf gehört doch zum Ernstesten und Höchsten, das alle kennen. Sie lachen nicht nur, wenn sehr Trauriges oder sehr Schönes geschieht, sondern sogar über ihr eigenes Ideal. Jemand zeigt ihnen die tiefe Dummheit ihres Ideals und erlöst sie von ihm für eine Stunde. Das ist sehr viel. Wenn Carow eine Minute stillhält, bemerkt man dann auch trotz der entstellenden Maske in seinen Augen das unerbittlich Packende, das der Blick der großen Komiker hat.

Feuerwerk und Schönheitskonkurrenz

Lunapark, ein Sonntagsabend im Juli. Es herrscht nicht gerade Fülle. Der Berliner weilt am Stölpchensee. Wer bevölkert zum Wochenende nicht die märkische Landschaft, sondern allenfalls den Lunapark? Einige Weise und solche, die noch kein Auto haben. Diese finden hier ungemein viel Platz, und von der Terrasse des Hauptrestaurants blickt man über Flächen, die nur der Himmel abzuschließen schiene, wenn nicht doch am Horizont einige Schornsteine ständen. Die Nacht, die dies alles verzaubern soll, ist erst im Anbruch begriffen.

Auf der Terrasse sitzen verschiedene Klassen von Menschen, darunter jüngere Herren, die lieber eine Freundin als einen Wagen haben. Der Wagen würde ihnen dienen, Feld und Wald zu durchstreifen, aber allein. Die Freundin im Wagen überschritte die wirtschaftliche Vernunft. Die Freundin ohne Wagen ist erlaubt, und da sitzt sie nun im Bewußtsein ihres Wertes. Denn sie weiß sehr wohl, daß sie nicht nur auserwählt ist unter den Frauen, sondern auch bevorzugt von ihrem Freund vor anderen Lockungen des Lebens. Ihr Stolz fällt auf, wenn sie von einem Gang an den Tisch zurückkehrt. Sie mustert kühn die anderen Männer, denn was haben sie ihr noch zu bieten! Sie ist von dem, auf den es ankommt, nach ihrem vollen Wert erkannt worden. Einst wird er auch das Auto erwerben für sie. Dieser Stolz auf den Mann erscheint hier noch deutlich in Haltung und Blick der Frau. In Amerika, wo schon fünfzig vom Hundert des Nationalvermögens den Frauen gehören sollen, zeigen sie wahrscheinlich einen anderen Ausdruck.

Plötzlich steigen drüben Raketen hinan, buntglühende, niemals zurückkehrende, denn schon auf ihrer Höhe zerbrechen sie. Was herunterfällt, sind Funken, was anlangt, nichts. Palmen aus Feuer sprießen jäh im dunklen Himmel auf, neigen sich und winken im Vergehn. Hinter den schon sich auflösenden Blättern aus Feuer steht einen Augenblick noch der nach ihnen geformte Rauch, wie ihr Schatten. Dann zischt und rasselt ein großer Schwärmer über den Garten hinweg. Ein Turm überragt die Terrassen, an seiner Front bricht sich der einsame Schwärmer. Scheinbar zerreißt ihn sein eigenes Ungestüm. Immer ist das Ende ein letzter Funke und die Nacht. Um dies zu sehen, drängen sich drunten alle, wie sie vor Hunderten von Jahren danach gedrängt haben. Das Feuerwerk ist eine so alte Lustbarkeit.

Dieselben Schwärmer und feurigen Räder waren das Erstaunen von Hof und Bürgerschaft an den Festtagen ihrer Herrscher, einst in den Gärten. Aus allen Königspalästen Europas hat man sie betrachtet, indes jenseits der Stakette die Hälse des Volkes nach ihnen gereckt wurden. Es war eine erstaunte Seligkeit. Wenn heute niemand mehr staunt, besteht doch die Lust, keine Menge bleibt unempfindlich beim Schwingen der Feuerräder und dem niederrauschenden Silber, das gleißt, brennt und im Teich erlischt. Alles ließe sich gewiß nachahmen mit neueren Mitteln; aber noch keine elektrisch erzeugten Farben- und Lichtwirkungen haben auf Menschen gewirkt wie das Feuerwerk, das in Handlung gesetzte Feuer selbst. Droben am Rande der Terrasse tasten Freundin und Freund jeder nach der Schulter des anderen, wenn in märchenhafte Tönungen gekleidet und glitzernd wie die Sehnsucht, das Feuer herniedertanzt. Tiefer erotischer Zauber naht ihnen im Feuer.

Zauber ist leicht zu parodieren. Man kann Schönheit verheißen und einen Ulk meinen. Eine dem Tanz gewidmete Bude des Lunaparks kündigt ihre Schönheitskonkurrenzen an und rühmt sich ihrer lebenden Nacktbilder. Zumindest streicht frische Luft durch die Bretter. Nicht alle Kavaliere haben ihre Damen mit hierhergebracht, manche erwählen sie erst hier. Ein beleibter Buchhalter mit Brille holt zu jedem Tanz dasselbe bunte Geschöpf, dessen Fesseln zu breit sind. Dann bringt er sie artig an ihren Tisch zurück und verzieht sich seinerseits nach der Bar. Zuletzt wird dennoch klar, daß beide verabredet sind, gemeinsam fortzugehen. Dies geschieht, bevor die Schönheitskonkurrenz beginnt.

Denn nicht jeder Kavalier sieht seinen Vorteil darin, daß seine Dame sich beteiligt. Warum sollte er sie auch den begehrlichen Blicken besonders aussetzen? Da er sie für hübsch hält, wird er nicht zweifeln, daß sie auch anderen gefällt. Oder aber, er weiß über sie Bescheid und befürchtet ihre Niederlage in dem Wettbewerb um die Schönheit. Das wäre ungleich schlimmer, als um sie beneidet zu werden. Von den Damen indes zweifelt keine an sich. Der vorsichtige Manager mag sich wenden an welche immer, für ihren Teil ist sie bereit. Sie folgt ihm zu einem der Stühle, die denen der Preisrichter gegenüber aufgestellt worden sind. Die Preisrichter sind junge Leute, die selbst verschiedene Stufen der männlichen Kraft und Schönheit darstellen. Sie schweigen ernst. Andere ihresgleichen geben, seitwärts aufgereiht, die lauten und unernsten Urteile der Verantwortungslosen ab.

Die Stühle der Schönheiten werden allmählich besetzt. Der Manager legt Wert darauf, daß keiner der beliebten Typen fehlt. Die Blonde vom Lande und das jüdische Stadtkind sind da. Die mutige junge Berlinerin ist da. Hatte sie jemals blühende Farben, das Warenhaus hat sie schon gebleicht, sie muß mit zarten Tönungen nachhelfen. Das Auge ist um so heller, es blickt sachlich, es weiß, was sich vom Leben erhoffen läßt: nichts Übertriebenes, aber genug. Sie haben hier alle im Innern und Äußern das richtige Mittelmaß, und es bleibt sich im Grunde gleich, welche schöner ist.

Alle sind ungefähr gleich gut angezogen. Es kostet nicht viel, aber jede versteht sich darauf, was ihr paßt, oder vielleicht paßt dasselbe allen. Lassen sie sich unter diesen Umständen auf Werturteile über ihre persönliche Schönheit ein, so ist dies ein Schritt ins Romantische. Jede weiß doch, daß die Nächste dasselbe vorstellt? Aber für täglich eine aus der Menge, könnte sie heute Prinzessin werden. Sie glaubt es nicht sehr fest; und wollte sie es glauben, belehren sie die Zurufe der Männer über das Parodistische der Veranstaltung. Aber alle vom Manager aufgeforderten Frauen bleiben ernst. Ihr innerstes Gefühl ist: trotz allem, trotz der Bude, trotz dem Feetz, ich könnte die Prinzessin sein!

Jede der sieben bisher versammelten Bewerberinnen ist mit Ah! empfangen worden. Das einzige völlig überzeugte Ah! würde aber erst ausgestoßen werden, wenn jene erstklassige Dame am Tisch dort hinten sich herbeiließe. Der Manager hat es vergeblich versucht. Es liegt freilich nicht an ihr; sie schickt Blicke jedem, der sie bewundert. Sie zeigt sich allen von vorn und im Profil. Das Hindernis ist der Herr, ein gebräunter Gent. Wenn er ihre kalte Gefallsucht nicht fürchtet, gönnt er ihr doch auch nicht diese gemeine Öffentlichkeit. Dann sollte er sie aber unausgesetzt bewachen! Kaum hat er einen Augenblick den Tisch verlassen, erhebt sie sich in ihrer Pracht. Eine kleine Pause des Schweigens entsteht. Sie nimmt den achten Stuhl der Schönheiten ein. Sogleich wird sie unter ihnen die erste sein.

Einzeln müssen die Mädchen sich vor ihren Kritikern mehrmals um sich selbst drehen. »Mach noch eine Runde, gnädige Frau!« rufen die Unverantwortlichen. Einer von ihnen äußert seine Bewunderung in dem Ton, den er im

»Eldorado« erlauscht hat. Die verantwortungsbewußten Preisrichter dagegen nehmen nach der ersten noch eine Stichwahl vor. Vier von acht Damen werden gekrönt. Die erste erhält außer der großen Puppe das versprochene Kleinauto, von dem niemand mehr erwartet hatte, als was es ist, ein Kinderspielzeug.

Man erwartet nie zu viel, am wenigsten von den Nacktbildern, die jetzt folgen. Sie erscheinen nur hinter einem Schleier und nicht sehr gründlich beleuchtet. So bleibt noch Illusion, und was das Dargebotene an wirklicher Beseligung fehlen läßt, ersetzt dem Betrachter seine eigene Ironie. Dank Ironie wird alles erträglich. Die nackten Bilder hinter ihrem Schleier befleißigen sich sogar selbst eines gewitzten Lächelns …

Berliner Vorort Heringsdorf

Drei und eine halbe Stunde Bahnfahrt, und man findet ein schönes, bequemes Hotel- und Villenviertel gleich an der See. Mit dem Auto macht es fünf Stunden. Die Folge ist, daß Heringsdorf noch mehr Berliner Wochenend-Besucher sieht als Badegäste. Im ganzen soll für dreizehntausend Fremde Platz sein. Eine Anzahl sind Familien, die Wohnungen für den Sommer gemietet haben. Die meisten mögen in den Hotels absteigen; aber was dann alles noch leer steht, es ist nicht wenig, wartet auf die Wochenendler.

Viele kommen sogar, wenn es regnet. Sie können in ein Luxushotel gehen; es war einst eine Gründung des »Kaiserhofes« und ist jetzt eine Art Jahrmarkt mit mindestens drei Musikkapellen im Hause. Oder sie ziehen in die älteren Hotels, darunter sehr alte, von der Zeit geadelte. Wenn die Gäste Eltern hatten, die im Jahre 1880 oder sogar noch früher mit ihnen nach Heringsdorf fuhren, mögen sie schon in demselben Hause gewohnt haben. Es ist einiges verändert worden, im Innern sind natürlich Badezimmer neu eingerichtet. Draußen tragen noch dieselben grau gestrichenen Säulen das Dach der Terrasse.

In Heringsdorf gibt es erstaunlich viele Säulen an den Häusern. Auch der flache Giebel spielt eine Rolle. Der klassizistische Stil überwiegt von jeher. Er herrschte 1840 bis 1860, als der Badeort entstand. Für ein Seebad von Rang muß dieser Stil sich wohl dauernd als der geeignetste erwiesen haben. Denn er ist stattlich und beschaulich zugleich. Er paßt in das idyllische Grün der Gärten und steht überaus repräsentativ angesichts des Meeres. Hinzu kamen in den Siebzigerjahren die Bauten der Gründerzeit. Es sind Berliner Bauten, wie die klassizistischen, und aus der Tiergartenstraße scheinen auch sie hierher versetzt.

Den Häusern der Gründer fehlen Leichtigkeit und Anmut jener früheren aus der Zeit Schinkels. Dafür haben sie den Reichtum, keine gestrichenen Säulen, sondern massive. Der Natur des Meeresstrandes angepaßt, stehen die Wohnungen der alten Reichen flach und maßvoll, wenn auch aus echtestem Material, im Hintergrund ihrer weiten und duftenden Gärten. Zwischen ihnen und der See läuft die grüne Strandpromenade, die kein Wagen befährt. Diesen Vorzug genießen noch jetzt die Nachfolger jener Gründer, teilen ihn aber mit den Pensionen, die sich in eine so vornehme Nachbarschaft mittlerweile hineingedrängt haben.

Die Promenade hat große, weitschattende Bäume. Dies ist in Sommerwochen eine milde Küste, und wenn der warme Regen fällt, läßt sich noch verweilen unter dem langen Laubdach. An dem wärmsten der schönen Abende belebt sich die Strandpromenade ungewöhnlich; sie ist sonst nicht voll. Dann steigen einige Raketen drunten vom Sande, aus der dunklen Luft fallen Leuchtkugeln und zerplatzen, bevor sie anlangen. Das stille Meer, uralt wie es ist und geduldig, spiegelt auch noch diese flüchtigen Freuden. Wenn nicht gerade Feuerwerk ist, sitzen auf den Bänken unter den nächtlichen Bäumen einige Paare, die schweigen wie drunten die See.

Am Strande sind Körbe und Zelte hingestellt wie üblich, aber sparsam, und weder das Strandleben noch die Kinderzahl dieser Familien nimmt überhand. Ahlbeck und Swinemünde kennen vergleichsweise ein neuzeitliches Gewimmel. Heringsdorf bewahrt Haltung und Tradition oder wenigstens die Reste davon, es ist noch nicht so voll, noch nicht so laut, wie es sein könnte und gewiß auch werden wird. Die Leiter des Bades denken hierüber ungefähr, daß Vornehmheit schön ist, aber ihre Zeit hat. Andererseits beraten sie wohl über die Formen, in denen man sich zu modernisieren hätte. Großer Betrieb die ganze Woche hindurch wäre reiflich zu überlegen. Das ginge nur bei kleineren Preisen. Vorläufig gehören allein die Sonnabende und Sonntage dem Hochbetrieb. Das macht die Nähe Berlins, und es kommt von selbst. »Ich bin nicht gegen den Verkehr«, sagt ein Hotelier immerhin bedenklich. Um Heringsdorf kämpfen seine alte Vornehmheit, ausgedrückt in Preisen – und das Auto.

Die Wochenend-Gäste ihrerseits führen ein etwas hastiges, wenn auch wohl ausgefülltes Dasein, ob sie nun im Auto oder mit der Bahn kommen. Hauptsächlich ihretwegen spielen hier die Kabaretts, es sind schon bald ein halbes Dutzend. Sie spielen an fünf Abenden ohne viel Beteiligung, aber die Berliner Ausflügler wenigstens sind nicht gewillt, ihr Vergnügen zu entbehren. Gegen morgen verabschieden sich noch mehrere auf der Straße. »Wozu sitzt man bis vier Uhr da drinnen. Wir wollen uns doch erholen.« Allerdings. Gegen Mittag sind sie dann hoffentlich so weit, sich im Familienbad zu erholen.

Im Familienbad widmet der Lautsprecher ihnen die Tanzmusik des Tages, sie drehen einander in Badeanzügen auf einem Gerüst umher. Nicht daß sie es darum versäumten, auch im Wasser zu tanzen! Beide Geschlechter sind stundenlang in den Wellen der Ostsee versammelt, wie sollten sie nicht sogar dort gegen den Widerstand des Wassers ihre Kraft aufbieten, um einander herumzudrehen! Der Lautsprecher schreit dazu: »Alle Kaffern sind in Afrika!« Im Sande wieder ruht man – die weißen Körper derer, die nur Sonntags hier sind, und die anderen, die stolz ihre Bräune zeigen. Junge Leute versuchen Leichtathletik, die Damen breiten anziehende Formen hin. Diese bewundernswerten Wesen bringen es fertig, ein exotisches Lager hinzuzaubern auf den nordischen Strand vermittels ihrer Bademäntel, die bunt wie Papageien sind. Darunter tragen sie den ganzen Vormittag seidene Beinkleider oder nur Beine, braun oder weiß.

Von dem benachbarten Ahlbeck läßt sich nicht sagen, daß es vornehm wirkt. Es hat auch nicht die Absicht. Ein herzhaftes Kleinbürgertum bevölkert dort in Massen den Strand, und aus den Vergnügungsstätten, die immer voll sind, ertönen schon nachmittags die wienerischen Stimmen der Komiker.

Ahlbeck noch mehr als Swinemünde hat einen Stil, der sich überall und ebenso in gewissen französischen Seebädern ergibt, wo die kleine Welt sich und ihren Rummel vor die Meeresweiten hinbaut. Dort rollen die großen Wogen herbei, und setzen sie euch auf der Seebrücke ab, ist das erste, was euch empfängt, ein Glücksspiel mit niedrigen Einsätzen.

Dieser Jahrmarkt greift, noch etwas verhalten, auf das alte Heringsdorf über. Wurde nicht auf dem Platz vor dem Kurhaus einmal am hellen Tage eine Roulette erblickt? Sie tauchte auf und verschwand, es machte weiter keine Umstände. Auf der Seebrücke treibt man ständig das gemütvolle Fliegerbombenspiel. Das alles wäre noch nichts. Aber sogar in Bansin gibt es ähnliches. Bansin, auf der anderen Seite an Heringsdorf grenzend, rühmt sich sowohl seines Volks- wie seines Christentums. Dennoch besteht dort im Kurkasino eine Einrichtung, die natürlich nicht Roulette heißt. Sie heißt anders. Der Tisch freilich, seine Zahlen und Kolonnen, erwecken wohlbekannte Vorstellungen.

Indessen gehen einige spazieren. Am warmen Strand spazierengehen, wenn die Kinder ihre Sandbauten errichten! Das fröhliche Lachen der Kinder verfliegt in Wind und Meeresblau, das hier meistens vom Dunst abgeschwächt wird und bescheiden glänzt, wie im allgemeinen unser Glück. Oder du gehst abends über den weichen

Sand hin. Die vielen fröhlichen Kinder werden jetzt zu Bett gebracht, ihre Eltern sind schon beim Essen. Dunkler Himmel, Stille und grauschwarzes Meer – unwirklich schwebend, mehr Luftschichten ähnlich als dem schweren Wasser, und daher scheint es unendlich. Die Unendlichkeit liegt näher der Stille als der Bewegung. Auf die dunkle, unbewegte Fläche lassen sich Möwen nieder in einer großen Schar. Sie und die Schiffe erscheinen hell gegen den verstummten Abgrund der See. Kein Zittern streift ihn, der Abend sinkt und der Strand ist schon leer.

Proben

I
Im großen Schauspielhaus

Am Sonnabend findet im Großen Schauspielhaus die Premiere der neuen Charell-Revue statt.

Professor Ernst Stern: »Den Scheinwerfer nicht auf die Dekoration! Warum macht ihr das Grün nicht? Röder! Wenn die Musketiere kommen, gehen wir mit dem Baldachin 'rein.«

Direktor Erik Charell: »Aufschreiben! Das ist jetzt wichtig.«

Kapellmeister Ernst Hauke: »Kann ich anfangen?«

Er fängt an. Die anderen Führer stehen auf einer Brücke in Höhe der Bühne. Wenige Zugehörige sitzen im Haus, auf der Bühne bewegen sich durcheinander Kostüme und Straßenkleider. Volksmenge und das erste Liedchen des aufrührerischen Zuckerbäckers Paul Morgan. Charell: »Sei doch nicht nervös, Paul!« – Morgan: »Ich kann nicht. Ich hab' davor eine Angst!« – Die Angst gehört zu der Rolle des Zuckerbäckers, der mit dem Staatsminister und Kardinal anbindet, und auf den Darsteller färbt sie ab. Gerade darum wird er gut.

Auftritt der drei Musketiere, gleich fechtend, gleich Volksfreunde, tapfer und lustig. Ihr Leiblied: »Drei Musketiere – Für Freiheit, Wein und Frauen«, was in dem Stück alles eins ist. Jerger, Hansen und Arno, was für Brüder, was für ein Leben! Sie werden in dem Stück fertig mit Mazarin persönlich, das heißt etwas. Da muß man ein

Cyrano sein, muß auch an königstreue Frondeure wie Mirabeau erinnern, darf dabei aber den Buffo nicht vergessen. Das ist die Mischung. Sie bringen sie sogleich restlos. Den Musketieren zuliebe verlangt Hauke von seinem Orchester höchstes Tempo; ihm selbst gelingt fortwährende Steigerung durch die Kraft seiner inneren Teilnahme. Charell aber springt hinauf, besorgt, weil jemand seinen Musketieren den Abgang verdirbt. »Wollen Sie den Applaus abschneiden? Nochmal letzte Takte! ... Applaus ... Jetzt kommt Abgang.«

Die Pause für den Beifall wird mit einbezogen in den genauen Plan jedes Schrittes, jedes Blickes. Der Plan betrifft hier die Bewegungen mehrerer hundert Personen. Große Ballettnummern werden aufgeführt werden, die Soldaten werden an Genauigkeit wetteifern mit den Girls. Wenn da beim Volkstanz einer um sechzig Zentimeter zu weit vorn seine Holzschuhe auszieht, ist die Katastrophe da. Der sonst so höfliche Regisseur sieht das ganze Bild bedroht und schreit vor Empörung. Mit dem Chor schreit er auch ohne Empörung, einfach, weil es so viele sind, und weil eine Menge nur zuhört, wenn man sie anbrüllt. »Zu spät gefahren!« schreit Charell, als eine Bande bunt-zerlumpter Bettler mitsamt der Mauer, an der sie sich sonnen, auf die Bühne rutscht. Denn erstens muß die Maschine auf die Sekunde genau bedient werden, und dann sollen die Bettler scheinbar jedem Zwang unzugänglich, in Wahrheit aber pünktlich wie die Maschine sein.

Ein Stück enthält Massenszenen und Ballette, Chansons, Intriguen, komische Auftritte, Heldentaten, Liebesduette, Charakterspiel, Lautes und Leises, alles in großer Dekoration und mit Musik. Nun muß nicht nur jedes in sich richtig sein. Die Auftritte sollen auch einer den andern ins Licht setzen. Abwechslung immer, Steigerung nur so lange als erträglich, dann Atempause und neues Ausholen. Damit unsere Aufnahmefähigkeit ausruht, wird manchmal über die Bühne jene niedere Mauer geschoben, dahinter nichts steht als ein Schleier mit großen Wolken. Dann heben sich die Wolken wieder von einem der Bilder, die mehr Phantasie haben, als auch eine romantische Wirklichkeit jemals gehabt hat. Sonst wäre es wohl die Jugendzeit des Sonnenkönigs.

Die Bühnenbildner Stern und Charell überreden uns im Stil der Revue-Operette, daß hinter den Wolken doch immer ein Stück verklärter Wirklichkeit aufsteigt: alte Staatsaffären, wenn auch mit Ballett; die Liebe des Musketiers Jerger zu seiner Königin Ljungberg; die prachtvolle Herrschsucht Paul Wegeners; und wie Trude Hesterberg sich oft verkleidet, viel verführt und intrigiert, ficht und singt. »Scheinwerfer auf Frau Hesterberg!« ruft Charell und will ihren Vortrag langsamer haben. Das soll »hinaus« und ins Volk gehen.

Mütterlein – auf dieses Lied zählt man. Frau Ljungberg, die so schön singt, hat das Lied mit dem kleinen König, einem gewandten Knaben. Das wäre der sentimentale Schlager. Der komische heißt »Bummsti« und gehört Paul Morgan. Die Musketiere haben ihren Marsch, die weiche Stimme Jergers ihr wunderbares Liebeslied. Der Liederdichter Schanzer wußte übrigens, für wen er die Texte schrieb. Der Dialogschreiber Welisch kannte die Inhaber der Rollen. Dem Zufall wird nichts überlassen. Das müssen sogar Dumas Vater und Sohn anerkennen, wenn sie der Aufführung beiwohnen. Sie haben es den Dichtern in Aussicht gestellt, freilich in der Handschrift eines der mitwirkenden Schauspieler. Man geht auf sicher, der Komponist wie die anderen. Ralph Benatzky hat neue amerikanische Musik eingeführt in das Jahrhundert Ludwigs, aber er weiß auch, wo ein alter Marsch richtig sitzt.

Was macht alle dauernd freudig, abgemattet, wie sie nach vielen Stunden Probierens doch sein müssen? Es kann nur das Gefühl der geglückten Gesamtleitung sein, dieses lückenlosen Zusammenwirkens, dem die Autoren sich anpassen, die Solisten dienen, und das geordnet wird vom Regisseur. Es sieht aus, als könnte die Maschinerie eines Stückes niemals zu groß sein, der einzelne würde nur noch gehoben. Wie großartig tritt Paul Wegener unter die Menge und zu seinen leichten Mitspielern! Wenn aber Max Hansen einmal seinen beiden Gefährten alles Eßbare weggegessen hat, beherrscht auch er diese fünf Minuten, und wie! – mit der rührenden und komischen Klage über seine eigene Schwäche.

Die Arbeit des heutigen Berliner Kollektiv-Theaters nötigt jeden Mitarbeiter zur Bewunderung des andern, und Menschen des verschiedensten Ranges und Einkommens verstehen einander. Das Orchester klatscht der Sängerin Beifall. Sie sagt hinunter: »Das war schön.«

Der Regisseur achtet alle, jeden an seiner Stelle, und wo er nicht schreien muß, ist er im Gegenteil sehr höflich. »Wollen wir das bringen?« fragt Charell die Darsteller. Er entschuldigt sich, wenn er ihnen etwas streicht. »Steckenbleiben zeigt einem immer, wo der Strich sein muß.« Einer der Dichter macht den Strich. »Herrlich!« sagt Charell. Der betroffene Schauspieler fragt schmerzlich: »Ist das der erste Strich heute?« Dafür hat Siegfried Arno sogleich das entzückendste Tanzlied. Die Damen Lieske und Lenz haben es gleichfalls. Die Damen Winkelstern und La Jana bekommen Gelegenheit, ihre so ungleichen Naturen auszudrücken in Figuren der Bewegung, die sie reich beseelen. Nur darf Fräulein Winkelstern nichts gegen ihre große Haube sagen, dahinein hat wieder Ernst Stern seine Seele gelegt, ebensogut wie in das meisterhafte Bild der Musketier-Schänke.

Man weiß zu wenig, wie viel Leidenschaft für das Vollkommene und Ehrgeiz nach hohen Dingen die Proben eines Stückes erfüllen müssen, damit diese Seelenkräfte am Abend der Aufführung vielleicht hervordringen und uns Zuschauer ergreifen. Die Leidenschaft richtet sich nur scheinbar auf kleines. Was in Fällen wie diesem hier eigentlich allen vor der Seele steht, ist etwas Seltenes, der schönere Mensch, könnte es heißen. Der Mensch benimmt sich im Leben, besonders neuerdings, nicht immer schön genug, gerade darum hier auf der Bühne der stolze Schimmer der Bauten und der Menschennatur. Sie wollen uns entschädigen.

Zum Schluß erscheint der ganze Louvre, wird herumgedreht und zeigt sich von einer noch glanzvolleren Seite. Auf dem Balkon die Herrschaften, zu ihnen hinauf der Jubel des beglückten Volkes, und aus dem geöffneten Mitteltor hervor im Sturmschritt drei ritterliche Musketiere, die alles geschafft haben. Es ist ein großer Zauber und voll menschlicher Werte – wie eine Probe zeigt.

II
Nachtprobe

Ein neues Stück wird im Theater seit sieben Wochen probiert. Zuletzt wird noch eine Nachtprobe angesetzt. Sie beginnt, wenn andere Leute ihren abendlichen Vergnügungen nachgehen, und endet, wenn die ersten schon wieder vom Schlaf erwachen. Was alles vorgehen kann in einem Theater, wo nachts probiert wird! Es ist noch mehr Kampf als Arbeit, denn der Tag der Entscheidung steht bevor. Es ist gemeinsamer Kampf für das Stück und dennoch Kampf jedes einzelnen. Jeder will vorn liegen, und das Ganze soll gut gehen. Daher bald Krach, bald volle Kameradschaft aller Beteiligten.

Dies sind viele. Voran der Regisseur. Dann der Komponist und die Dichter, das Orchester und ein großer Chor, auch zahlreiche Solisten, darunter zwei der hervorragendsten, Herr Y und Frau Z.

Zuerst stehen alle noch zwecklos umher, oder sie sitzen schon kostümiert im Parkett zwischen den Zuschauern, die alle näher oder ferner dazu gehören. Die Mitwirkenden erklären die Schwierigkeit ihrer Aufgaben, denn noch immer ändern sich von Tag zu Tag sowohl der Szenenaufbau wie die Gesangstexte. Dies ist das Ergebnis der Zusammenarbeit des Regisseurs mit den Autoren. Die drei beraten auch jetzt wieder in einer der Garderoben, daher warten alle. Man darf rauchen, sonst wäre das Warten weniger erträglich. Übrigens ist die Nacht geopfert, was liegt an einer Stunde. Die Gewißheit, eine große Anzahl Stunden vor sich zu haben, erhöht bei allen die Zuversicht. Endlich erscheint der Herr des Ganzen.

Sogleich eilt jeder an seine Stelle im ersten Bild. Ein Schwarm kleiner Choristinnen mit nackten Beinen, die sie erst »am Abend« bekleiden werden, fliegt aus dem Parkett auf und mischt sich droben unter Lakaien, Tänzer, die namenlose Menge der Masken. Diese ist nicht weniger angespannt dabei als die Träger der Hauptrollen. Der ganze Lebenswille des Schauspielers geht in seine Rolle über, er sollte es wenigstens. Selbst die kleinste Rolle faßt den ganzen Lebenswillen in Nächten wie diese. Von den Hauptdarstellern aber gibt jeder sich erst auf der Bühne seinen wahren Charakter. Er steigert das, was er auch im Leben von Natur hervorkehren würde, wenn das Leben so einfach wäre. Der große Komiker Y zeigt sich schalkhaft und untergründig. Die Charakterspielerin Z ist ganz nur bewegtes Temperament, und eine tiefinnere Liebenswürdigkeit glänzt daraus hervor.

Der Herr des Ganzen ist der Regisseur X, ein Russe. Seine Gehilfen, darunter der Ausstatter, kommen gleichfalls aus der Sowjetunion, sie verteilen sich auf Parkett und Bühne. Der Regisseur sagt »Biene«. Er befehligt die Schauspieler in einem verständlichen, wenn auch fremdartigen Deutsch, die Weisungen an seine engsten Mitarbeiter aber kommen russisch und sehr laut. Ein Berliner Theater wird zeitweilig russisch geleitet. Dazu gehört offenbar viel Prestige – das die heutigen Russen schwerlich nur auf dem Wege des Theaters erworben haben. In seiner eigenen Sprache erleichtert der Regisseur seine Nerven, so klingt es. Auf deutsch bleibt er unerschütterlich ruhig. Er ist hier der einzige, der genau weiß, was geschehen soll. Das Werk soll kollektiv sein und dennoch das Gepräge eines Diktators tragen. So ist seine heimische Formel, die hier noch nicht überall begriffen wird. Der große Komiker darf nicht mehr inprovisieren, sonst wird der russische Diktator im Orchester Paukenschläge einlegen, die ihn übertönen. Das Wunderbare ist, daß niemand unbedingter an ihn glaubt als gerade der große Komiker. Aber auch die Autoren fügen sich. Von ihrem mitgebrachten Text sind nachgerade nicht viele Sätze mehr übrig. Nur den Absichten der Regie haben sie und auch der Komponist zu dienen mit allen anderen. Wichtig ist der Aufbau der Bilder, wie die Drehbühne sie vorbeiführt. Wichtig ist die genaue Rhythmik des Spiels, der Zusammenklang aller Erscheinungen und Laute. Hierin vor allem soll die Idee des Stükkes klar werden. Die Solisten bleiben die Größen, die sie sind. Sie fassen aber, wie der Regisseur meint, in ihrer Person nur noch einmal ein größeres Ganzes zusammen. Vielleicht vergißt er, daß sie es doch auch wieder tragen. »Am Abend« hängt alles von ihnen ab. Man blickt auf sie, die ganze große Inszenierung erhöht nur ihre Bedeutung. Sie können zufrieden sein.

Auch mit ihnen ist unermüdlich gearbeitet worden, aber immerhin weniger als an den gesamten Bildern. Herr Y ist in fast allen Bildern beschäftigt, daher konnte er auf keinen Fall zu kurz kommen. Benachteiligt wäre Frau Z. Sie hat Einzelauftritte und Gesangsnummern, mal mit einem Partner, mal mit Komparsen. Das schien dem Regisseur weniger dringlich, bis zu dieser Nachtprobe sind ihre

Szenen kaum auch nur gestellt. Sie stimmt darum doch ein in das Lob X'. Er hat mehr Einfälle als andere. Sie macht zuversichtlich alles, was er ihr sagt. Ihre Sorge ist allein, ob sie die schwierigen Texte, die immerfort ihren Platz im Stück wechseln, zur Musik noch wird bringen lernen. Wo nicht, könnte der Diktator ihr den schwierigsten in letzter Stunde fortnehmen. Es ist nicht der beste, aber es ist der schwierigste, sie will ihn nicht verlieren. Sie ist stark ermüdet von allen diesen Wochen des Nichtdrankommens und Wiederholens. Niemand würde es bemerken, so kraftvoll hält sie sich zur Sache.

Wiederholt werden hauptsächlich ein oder zwei Bilder, an denen X sich nie genugtut. Das eine ist nach der Erinnerung der Schauspieler schon hundertfünfzigmal probiert. In dieser Nachtprobe schickt X sich trotzdem an, es nochmals umzuarrangieren: da verliert jemand die Nerven, der Dirigent und Komponist. Er fährt sich ins Haar und ruft hinauf, das könne er nicht mehr mitmachen. X auf der »Biene« steht zu ihm mit dem Rücken, und seinen Rücken bedeckt ein wollener Sweater, wie der eines Arbeiters. Er wendet sich nicht hin, er läßt den Widerspruch untergehen. Nichts stört ihn im Erteilen seiner Anordnungen. »Bitte, Herr Kapellmeister!« Der Dirigent ergreift schon wieder den Taktstock.

Kaum ist der Regisseur in das Parkett zurückgelangt, erhebt sich droben ein anderer Protest. Y wird durch Summen hinter der Szene behindert. Er erklärt mit Recht, dabei nicht spielen zu können. Nun ist noch in keinem Theater eine Probe vorübergegangen ohne den Verzweiflungsruf der Draußenstehenden nach Ruhe dort hinten. In dieser Nachtprobe bekommt nur alles mehr Spannung als sonst. Die Entladungen sind häufiger. Herrn X ficht nichts an. Er könne nur inszenieren, ruft er hinauf, aber er sei kein Schupo. Das sei eine direktoriale Angelegenheit. Übrigens braucht niemand einzugreifen gegen den summenden Chor; ein so geübter Improvisator wie Herr Y hilft sich selbst. In dem Stück ist er der Chef eines großen Personals. »Wenn das Personal nicht still ist, schmeiß' ich alle hinaus.« Dies flicht er passend in den Dialog ein. Er bleibt schalkhaft und untergründig. Gute Laune und Willigkeit aller überwiegen bei weitem die Prüfungen der Nerven. Die kleine Choristin, die von einer Treppe gleitet und sich den Fuß verstaucht, wird nicht wagen, die Stimmung zu stören. Ohne einen Laut läßt sie sich forttragen.

Dennoch taucht ein Gespenst auf, die Verschiebung. Nur einen Tag länger! Sieben Wochen ist rastlos gearbeitet worden, jetzt kommt es auf einen Tag an. Vielleicht ist rastlos, aber russisch gearbeitet worden, mit Breite, vielen Diskussionen und im Bewußtsein einer langen Zukunft. Hier dagegen soll alles gleich fertig sein. Diesen Standpunkt vertritt aus guten Gründen der Direktor. Pause und Büfett. Die höchsten Instanzen beraten in einer der Garderoben. Der Direktor verläßt sie scheinbar unbeugsam. Wenn aber nicht heute, wird er morgen nachgeben.

In dieser mit Sensationen gesättigten Atmosphäre teilt sich von selbst alles mit, jede Unruhe, der Zweifel wie der Glaube. Vorläufig und im ganzen genommen glauben sie. Daher geht es am Büfett lustig zu. Vom Erfolg spricht niemand; er steht in der Hand anderer, die nicht hier sind. Aber sie glauben an ihre Arbeit, ohne darüber hinwegzublicken, und glauben an den, der sie führt. Die Arbeit des Theaters ist Selbstzweck während der Dauer dieser Proben, die den ganz darin Lebenden schöpferisch scheinen. Die Premiere wird sie vielleicht aus Täuschungen reißen, gesetzt, sie hätten sich getäuscht und der Mißerfolg wäre ein Beweis gegen ihre Arbeit. Er ist es natürlich für die Außenwelt. Der Mißerfolg hat aber sogar die Kraft, die Nächststehenden umzustimmen. Dafür sind es Menschen der nervösen Schwankungen. Einer der Dichter wittert den Mißerfolg schon vor der Premiere, in den entscheidenden Stunden wird er sich nicht zeigen ... Aber die Zukunft und was »am Abend« geschehen wird, liegt für die meisten vorerst im Dunkel, künftige Jahrhunderte sind nicht dunkler. Der Augenblick gehört dem Wesentlichen – was nicht der Durchfall oder die hundert Wiederholungen sind, sondern die höchst gesteigerte Tätigkeit dieser Nächte. Der Augenblick sichert allen ein volles Lebensgefühl, das der mit Angst und Verwirrung beladene »Abend« nicht kennt.

Zu den Waffen, die Probe geht weiter, nun es Morgen wird. Einer der Dichter hockt vor dem Souffleurkasten, er diktiert noch immer Text. Die meisten der nur Zugelassenen im Parkett haben sich entfernt. Wer sitzt noch da? Die kleinen Chormädchen, sobald sie droben nicht gebraucht werden. Sie bekommen es niemals satt, ihren größeren Kameraden zuzusehen. Was nicht hindert, daß die eine von ihnen mit scharfer Stimme ausruft: »O Gott, wie furchtbar, mein Kopf!« Denn die menschlichen Dinge sind im Grunde alle gleich wichtig.

Immer dieselben Szenen, indes andere übergangen werden – und die Probe endet nicht, sie löst sich auf. Wer für heute fertig ist, verschwindet. Der große Komiker Y wird nicht mehr gesehn. Hierhin fällt ein unbeträchtliches Zwischenspiel, in dem aber alles Spiel der Welt liegt. Y ist fort, die Bühne steht zeitweilig leer: da wagen sich ein paar Komparsen vor, Dienerrollen, kleine Leute, und diese kopieren Y. Sie ahmen nicht nur nach, sie wandeln ab, was er macht, auf ihre Art. Es ist Scherz und ist doch das ebenso heiße wie naive Streben nach den Höhen, die ein Y innehat. Dies um fünf Uhr morgens, mit der Hingabe, deren wenige Angelegenheiten dieser Erde fähig machen, darunter das Theater.

Zuletzt ist die Reihe an den bisher übergangenen Szenen der Frau Z. Sie hat geschworen, nicht früher das Haus zu verlassen. Der Regisseur schwur ihr dasselbe. Ihretwegen sind ihr Partner und einige vom Chor noch dageblieben. Vier der kleinen Mädchen mit den nackten Beinen, die sie erst »am Abend« bekleiden werden, liegen hinten auf den Ruhebetten des meistprobierten Bildes. Die müssen auf. Frau Z. ist nicht weniger erschöpft; aber gegen sechs kennt sie all ihre Stellungen und hat ihre Chansons hingelegt, auch jenes schwierige. Endlich ist sie sicher, daß es ihr nicht fortgenommen wird. Der Regisseur schickt ihr einen der abgearbeiteten Dichter, um ihr zu danken für so viel Ausdauer und die Darangabe einer solchen Kraft. Auch sie darf gehen und ins Bett sinken.

Jetzt gibt es für jeden nur eins: ins Bett zu sinken. Niemand wird vom »Abend« und seinen Folgen träumen. Es kommt, wie es kommen muß. Wir können alle nur unsere ganze Kraft geben.

Die Kriminalpolizei

Vortrag, gehalten vor dem Verband Preußischer Polizeibeamten

Geehrte Versammlung.

Sie haben mich beauftragt, zu Ihnen zu sprechen als Gast aus dem Publikum, als einer der zahllosen, die wir immer einmal in die Lage kommen können, Ihre Hilfe nötig zu brauchen. Sodann haben Sie sich an mich vielleicht auch darum gewandt, weil ich gewohnt bin, zu beobachten, mir über die verschiedenen Organe der Gesellschaft meine Gedanken zu machen und sie, meistens in sozialen Romanen, mitzuteilen.

Die Kriminalpolizei besteht natürlich, wie wir alle, nicht durch sich selbst allein. Sie ist angewiesen auf den Staat und die von ihm vertretene Gesellschaft als Auftraggeber, und auf das Publikum als Gegenstand ihrer Arbeit. Nicht das Publikum beauftragt die Kriminalpolzei, der Geschädigte so wenig wie der Verbrecher; sondern sie tut alles um der Gesellschaft willen. Der Gesellschaft, wie einfache, praktische Menschen sie verstehen, mitsamt ihren Schäden und Fehlern, ihren Ungerechtigkeiten und Überlebtheiten, dieser Gesellschaft, die immer noch besser ist als gar keine, dient die Kriminalpolizei. Die Gesellschaft aber umfaßt Reiche und Arme, sie enthält viel Schuld und noch mehr Not. Man muß ihr unbefangen gegenüberstehen, um ihr im Ganzen gerecht zu werden. Tatsächlich ist nun bei der Kriminalpolizei die Objektivität verbreitet – weiter vielleicht, als bei anderen Einrichtungen oder Behörden, die wir uns gegeben haben. Im Verkehr mit Kriminalbeamten ist dies unverkennbar, und in wie vielen Prozessen tritt ihre wirkliche Sachlichkeit hervor! Denken wir an ganz und gar kennzeichnende Fälle, wie der Fall Haas, als der fälschlich Beschuldigte ein wohlhabender Mann und außerdem ein Jude war. Gerade deshalb standen alle gegen ihn. Ein Kriminalbeamter wird weit unter seinem Wert bezahlt und behandelt, auch er könnte gegen die Reichen, ob Juden oder nicht, einiges einzuwenden haben. Dennoch setzten hier die Beamten der Kriminalpolizei ihr besseres Wissen durch gegen Richter und eine parteiische Öffentlichkeit, gegen Vorurteile und Anfeindung, und verhüteten, daß wieder einmal jemand unschuldig verurteilt wurde.

Wenn andererseits Mißgriffe vorkommen und wenn die Kriminalpolizei auch Mißerfolge verzeichnet, ist es damit zu erklären, daß sie überlastet ist. Das ist eine Tatsache, die der Öffentlichkeit unbekannt zu sein scheint, und die sie erfahren muß. Die Kriminalpolizei ist überlastet. Sobald man das weiß, werden die Urteile der Zuschauer nicht mehr fortwährend von einer Seite auf die andere umfallen, mal voll Entrüstung »Wo bleibt die Kriminalpolizei?« Dies bei unaufgeklärten Fällen. Wenn aber, wie im Mordfall Ulbrich, alles sofort klappt, dann schweigt man, als wäre es selbstverständlich.

In Wirklichkeit kommt es gar nicht so sehr von selbst, denn die Kriminalpolizei hat weder die Geldmittel noch die technische Hilfe, die sie braucht, sie erhält daher auch nicht die genügende Unterstützung des Publikums. Es kommt vor, daß sie Leute, denen sie die Aufklärung eines Verbrechens liefern soll, im Gegenteil fragen muß: »Haben Sie etwas Neues?« Das ist demütigend für die Beamten und eine Enttäuschung für den Geschädigten. Die Mißerfolge der Kriminalpolizei werden begreiflich, wenn ein Unbeteiligter die Bedingungen ihrer Tätigkeit einmal praktisch kennen lernt. Ihre Erfolge dagegen sind der Tüchtigkeit des Einzelnen zuzuschreiben. Vergessen wir nicht, daß jede Untersuchung, zuletzt auch jeder Strafprozeß sich auf der Arbeit, dem Scharfsinn, der geistigen und körperlichen Beweglichkeit einzelner Beamter der Kriminalpolizei aufbaut.

Kommen wir nun in das Haus dieser wichtigen Organisation, von der schließlich doch die, wenn auch nur bedingte Sicherheit des gesamten täglichen Lebens abhängt, was sehen wir? Als erstes fällt auf: Enge, Kargheit, Arbeits- und Daseinsbedingungen, die an 1830 erinnern, obwohl natürlich ein Tempo und eine Leistung verlangt werden, wie 1930. Man denkt in diesen schwer zu lüftenden Zimmern an das strenge, pflichtbewußte, aber ziemlich poplige alte Preußen, wie Theodor Fontane es geschildert hat.

Ein Zimmer zum Beispiel wie die Einlieferungsstelle, die ich mir ansah, hätte man sich als Teil eines modernen Betriebes niemals ähnlich vorgestellt. Ein Raum, um einiges länger als breit, ungefähr die Größe eines möblierten Zimmers für bessere Herren: darin stehen fünf mittlere Tische, jeder für einen Beamten. Jeder der Herren hat Eingelieferte zu vernehmen. Er kann sie nicht sitzen lassen, er kann auch den Personen, die nur nach Auskünften kommen, keinen Platz anbieten, denn erstens sind nicht genug Stühle da, und wenn er einen Stuhl neben seinen Tisch in den schmalen Mittelgang stellt, dann kommt niemand mehr durch. Die Vernommenen werden gefragt und antworten, jeder einen Schritt vom nächsten entfernt. Alle sprechen gegeneinander. Wer kann hier unterscheiden, was er selbst gesagt hat, so fragt man sich als Neuling. Aber gerade hier muß größte Genauigkeit herrschen, zugleich mit größter Pünktlichkeit. Qualitätsarbeit ist unmöglich. Dies hört man im Präsidium immer wieder, und es klingt auch verständlich: Qualitätsarbeit ist unter diesen Bedingungen fast unmöglich. Man überanstrengt sich und hat, um die Mehrleistung auszugleichen, weder genug Raum noch gute Luft. Ja, man findet auch draußen, außerhalb des Amtes, zumeist nur Sorgen, weil die Besoldung nicht ausreicht. Auf zwei von den fünf Tischen des Einlieferungszimmers standen verwunderlicher Weise Aquarien – gläserne Behälter mit Fischen und Wasserpflanzen. Das sieht idyllisch aus; dem Besucher bewies es aber auch, daß der Beamte ein seelisches Hilfsmittel, und wäre es das harmloseste, nötig hat, um hier nicht nur auszuhalten, sondern auf der geforderten Höhe zu bleiben.

So am Alexanderplatz. Was soll man aber von manchen Revieren erst sagen! Eins im Norden hat einen schräg abfallenden Zugang. Wenn er vereist ist, bricht man sich leicht die Beine. Dafür können die Beamten auch im Sommer die Fenster nicht öffnen, denn sechzig Eisenbahnzüge in der Stunde fahren in zehn Meter Entfernung ununterbrochen vorbei, und die Erdarbeiten gleich unter dem Amtszimmer, die schon Jahre dauern, verbreiten eine vermoderte Luft. Im Nachtdienstzimmer, das wie alle amtlichen Schlafräume nicht gerade anheimelnd aussieht, ist überdies eine Fensterscheibe entzwei. Sechs Jahre lang ist Meldung über Meldung ergangen, aber die Scheibe bleibt wie sie ist. – Ein anderes Revier bekommt viertausend Anzeigen im Jahr, hat zu ihrer Erledigung vier Beamte, und das einzige Zimmer ist seit acht Jahren nicht renoviert. Für Zwecke, die weniger wichtig sind als dies Zimmer und diese Fensterscheibe, haben wir in Deutschland Millionen. Hier handelt es sich um arbeitsame Männer, denen wir alle viel anvertrauen.

Am Alexanderplatz gibt es keine festgelegten Dienststunden, eine Ermittlung muß zu jeder Tages- und Nachtzeit geführt werden. Sie müssen in dem alten Hause etwas sehr Modernes haben: Sportgeist. Denn Sportgeist ist das, was uns Anstrengungen und Überanstrengungen vergessen läßt durch das Vergnügen der Spannung und durch die Genugtuung, unsere Kraft zu messen. Aber nicht nur in der Praxis des Dienstes wird viel verlangt, die Fähigkeit des Einzelnen wird schon im Lauf der Vorbildung geprüft. Im Hause des Präsidiums selbst werden Vorträge gehalten. Eine biologisch-psychologische Vorbildung soll die Kriminal-Assistenten dazu erziehen, bei Aufklärungen von Verbrechen die Persönlichkeit des Täters zu erfassen. Anlage und Übung können einen solchen Beamten manchmal sogar den offiziellen Sachverständigen überlegen machen. Nach den Dienststunden liegen wirtschaftliche Fortbildungskurse. Diese jungen Leute lernen viel, sie arbeiten viel; die Hauptsache scheint aber: sie leben mit dem Volk, sie sehen die Verbrechen, die begangen werden, nicht nur, wie der Bürger sie sieht, als schädliche Tatsache: sie erkennen die soziale Atmosphäre. Sie sind keineswegs voreingenommen gegen die Armen, die schuldig werden. Ein älterer Kriminalkommissar, der selbst früher als Schutzmann an der Ecke gestanden hatte, äußerte: »Es sind doch meistens Notdelikte. Nur Verdunklungsgefahr muß ich beseitigen, dann schicke ich die Leute nach Hause.«

Das klingt gut. Es klingt menschlich. Als Mann aus dem Publikum sagt man sich nur: Aber wenn er sie alle behalten wollte? Er kann es gar nicht, er hat kein Geld. Er hat auch kein Personal. Tatsächlich handelte es sich bei diesem Dezernat um einen Kommissar, acht Beamte, aber um siebenhundertzweiundsiebzig Festgenommene. Allein von Schaufenster-Einbrüchen werden dort täglich achtundzwanzig bis dreißig gemeldet. Dabei herrscht derselbe Raummangel in diesem Zimmer, wie in den meisten anderen. Einer, der verhört wird, beteuert: »Ich war es nicht, es war einer, ich weiß nur, Max heißt er.« Da dreht derselbe Max sich um, der zufällig gleich daneben steht, und sagt nicht gerade freundlich: »Was willst du, Mensch?« Was würde der unzufriedene Bürger sagen, wenn er wüßte, daß dieselbe Kriminalpolizei, von der er den Schutz seines Eigentums und seines Lebens erwartet, nicht einmal nach

Belieben die öffentlichen Verkehrsmittel benützen kann! Der Beamte hat keine Fahrkarte für alle Strecken, eine Taxe darf er auch nicht nehmen. Wird er alarmiert und kommt er endlich an den Schauplatz des Einbruches, ist der Täter weg.

Wenn ein Raubüberfall aus Prenzlau gemeldet wird, bleibt nichts anderes übrig, als im Auto schnell dorthin zu fahren; das Berliner Präsidium ist nun einmal das Landeskriminalamt für ganz Preußen. Aber die Kriminalpolizei hat im ganzen nur – wieviel? Fünf Autos hat sie im ganzen. Natürlich wären mehr als fünf Autos nötig.

Eine andere Geldfrage sind die ausgesetzten Belohnungen. Jene Tafeln mit den Plakaten, auf denen Belohnungen für die Aufklärung von Verbrechen ausgeschrieben sind – sie hängen draußen in den Gängen, und es kann versichert werden, daß an diesen Tafeln kein nachdenklicher Beobachter so leicht vorübergeht. Da werden für die Wiederbeschaffung von gestohlenen Seidenstoffen fünfundzwanzigtausend Mark bewilligt, dem aber, der zur Ergreifung eines Mörders beiträgt, werden fünfhundert Mark versprochen. Crêpe Georgette fünfundzwanzigtausend, ein Menschenleben fünfhundert! Dem Staat sind seine Menschen, wenn man diesen Tafeln glauben dürfte, so unvergleichlich weniger wert, als einer Firma ihre Ware! Darf der Mann aus dem Publikum das eigentlich wissen? Ihn könnte doch ein Schauder überlaufen. Außerdem aber denken wir doch an die Würde der Beamten. Was wird ihnen hier in Wirklichkeit bezahlt? Nichts, als der Marktwert einer Ware. Was sollte ihnen bezahlt werden? Die Qualität ihrer Dienste.

Der Geist ist gut, die technischen und die Geldmittel sind ungenügend. Der unzufriedene Bürger kann wenigstens das eine feststellen, daß alles vorzüglich ist, wo ausnahmsweise die Mittel bereitgestellt werden – so in der Beratungsstelle gegen Einbrüche und Diebstähle. Da stehen die größten und teuersten Tresoranlagen mit Alarmapparaten. Damit verhält es sich indessen so, daß die interessierten Firmen sie kostenfrei geliefert haben, sonst ständen sie nicht dort. Diese Beratungsstelle im Erdgeschoß des Präsidiums ist, äußerlich angesehen, der modernste Teil der Kriminalpolizei. Hier wird den Verbrechen vorgebeugt, das Publikum kommt und läßt sich warnen. Hier herrscht bestes Einvernehmen aller Teile und hier merkt man Zufriedenheit.

Sonst aber gilt leider das bittere Wort, das am Alexanderplatz gehört wurde: »Die Kriminalpolizei ist der Grundpfeiler des Staates, und da fängt er an zu sparen.« Das Gehalt der jüngeren Beamten liegt um zweihundert Mark herum, und nach langer Dienstzeit ist man vielleicht noch immer verschuldet. Wir erinnern uns, daß ein Beamter mit Schulden früher einmal ein Widersinn und so gut wie unstatthaft war. Einer, der es wissen muß, behauptete, daß sich dies geändert hat. Es ist dahin gekommen, daß der große Verband der Polizeibeamten die Vermittlung der Darlehen lieber selbst übernommen hat.

Erfährt der steuerzahlende Staatsbürger auch noch dies, dann ist zu erwarten, daß er sich gegen die Kürzungen an den Bezügen dieser, für sein Wohl so wichtigen Beamten ausspricht, besonders aber gegen den Personal-Abbau. Als Mann aus dem Publikum fragt man den Staat: »Warum denn eigentlich die Benachteiligung der Kriminalpolizei und die Bevorzugung der Schutzpolizei?« Für die Schutzpolizei sind Geldmittel da, wie es sich gebührt. Sie hat so viele Autos, daß jeder Leutnant mit seiner Aktentasche im Wagen vorfährt. Im Innenministerium hat sie ihre gut untergebrachten Vertreter, während der Vertreter der Kriminalpolizei viel weniger bequem wohnt. Das bleibt nicht unbemerkt und nicht unbesprochen bei den Beamten. Ein Polizeipräsident sollte die Vertreter seiner Beamtenschaft nicht stundenlang im Vorzimmer warten lassen und sie nicht von oben herunter behandeln, als ob er niemals selbst ein kleiner Mann und Genosse gewesen wäre. Nichts kann einen früheren Genossen unbeliebter machen, als der sogenannte Herrenstandpunkt.

Macht der Staat den Unterschied zwischen der uniformierten und der nicht uniformierten Polizei, weil die erste vor allem zu seinem eigenen Schutz da ist, während die andere nur die Gesellschaft zusammenhält? Das wäre doch eine zu feine Unterscheidung. Die Republik muß sich selbstverständlich jeden Schutz bezahlen, da heute alles nur für Geld zu haben ist. Eine Umsturzbewegung ist nur für Geld zu haben. Wenn die Republik bestehen bleiben soll, kostet es gleichfalls Geld. Ebenso viel aber muß man ausgeben, damit die Gesellschaft einigermaßen friedlich arbeitet. Die Grundlage ist schließlich, daß wir essen, daß wir unser Brot verdienen und uns ohne Furcht vor Überfällen umherbewegen können. Wenn das auch nur einen Tag aussetzte – ein Tag ohne Kriminalpolizei, und der Staat selbst mag sehen, wo er bleibt!

Dies ist keine Zeit, in der eine Nachlässigkeit, ein Fehler verziehen werden. Geehrte Versammlung, was ging mich persönlich die Kriminalpolizei an, wenn ich nicht an die Gesellschaft dächte. Sie könnten auch fragen: »Und die Gesellschaft? Gefällt sie dir so sehr? In dem, was du schreibst, kommt sie nicht gerade glänzend weg.« Nein, kommt sie auch nicht. Die Gesellschaft ist voll der ungeheuerlichsten Ungerechtigkeiten, es gibt auch legale Verbrechen und es gibt große Mächte innerhalb der Gesellschaft, die sie dauernd verüben. Die anerkannten Verbrechen dagegen geschehen, abgesehen von den Gewohnheitsverbrechern, die es aber auch erst werden mußten, aus bitterer Not; darin bin ich einer Meinung mit manchem Kriminalkommissar. Aber ich glaube auch, daß die Verbrechen verringert werden können, und daß die Gesellschaft verbesserungsfähig ist. Wenigstens müssen wir das hoffen, wenn wir es in ihr aushalten wollen. Um nun verbessert zu werden, muß sie erst einmal bewacht und beschützt werden – in einer Zeit, da sie ohne Wächter und Schützer bestimmt auseinanderfallen würde. Es ist ein schwerer Fehler, die wirklichen Freunde der Gesellschaft zu verkennen und schlecht zu entlohnen. Bedenken Sie doch! Den riesigen Industrie- und Handelskonzernen, die nahezu an ihrem Überfluß von Kapital zugrunde gehen, stehen arme Beamte gegenüber. Es sind nicht die Ärmsten, aber die Reichen tun, als wäre es selbstverständlich, daß gerade diese sie schützen! Hat auch nur einer, dem sein gestohlener Pelzmantel zurückgebracht wurde, aus Dankbarkeit mehr gezahlt, als die ausgesetzte Belohnung? Das kommt nicht vor. Wie sieht es aber andererseits mit der Ordnung und Sicherheit heute aus?

Was einer der Beamten der Kriminalpolizei mir sagte über unsere Zeitgenossen, hat mir Eindruck gemacht. Er sagte: »Wenn wir nicht wären, sie würden einander auf der Straße verfolgen.« Verfolgen, das ist ein milder Ausdruck. Die Wahrheit heißt, daß viele, wenn sie sich nicht beobachtet wüßten, den andern einfach niederwerfen und ausrauben würden. Wahr ist ferner, daß die Unbeteiligten meistens ruhig zusehen würden. Was geschieht denn in Wirklichkeit schon jetzt? In einer belebten Straße schlägt am hellen Tage ein Mensch, den es friert, ein Schaufenster ein, nimmt einer Puppe die Lederjacke ab, zieht sie sich an und geht weiter, von niemand aufgehalten. Alle wissen doch, daß ihn friert. Sie selbst könnten in dieselbe Lage kommen.

Mit der Not und Verzweiflung nimmt natürlich einerseits die Gewalttätigkeit immer noch zu, und gleichzeitig verbreitet sich die Käuflichkeit. Politische Unternehmer kaufen sich Banden für bares Geld und bedrohen mit ihnen den Staat, das kennen wir. Eines Tages würden wir auch noch erleben, daß ein moderner, ideenreicher Kapitalist andere Banden für seine Rechnung gegen die Banken und Warenhäuser losschickt, oder einfach gegen das Publikum auf der Straße. Obwohl dies wie Übertreibung klingt, liegt es doch auf der Linie dessen, was wirklich geschieht. Der Sinn ist, daß der Gesellschaft äußersten Falles doch immer die Auflösung droht, besonders in ihren ungesicherten Zeiten, wie heute. Das sollten wir gegenwärtig halten, so schwer erträglich der Gedanke ist. Jedem wohlgeratenen Geist ist es peinlich, zu denken, daß das Recht nicht mehr für alle gelten soll; daß der eine niedergetreten wird, der andere, ob es eine Partei oder einzelne, macht- und geldgierige Individuen sind, sich überheben und roh triumphieren darf.

Das erträgt kein wohlgeratener Geist, und hier liegt auch der Grund, weshalb ich mich bemüht habe, zur Ehre der Kriminalpolizei an dieser Stelle zu sprechen. Der Staat muß Ihre Arbeit mehr fördern und besser belohnen. Die Gesellschaft soll bedenken, wie sehr sie Ihre Anstrengungen braucht.

Paris

Ein altes Theater

Es ist einfach das Theater »du Palais Royal«, bekannt durch unzählige vergnügte Abende, die immer neue Geschlechter darin verlebt haben seit einhundertsechsundfünfzig Jahren. Der Aufenthalt in dem alten Hause müßte eigentlich verjüngen, selbst wenn gar nicht gespielt würde; so viele waren darin glücklich!

Seit seiner Gründung 1774 nahm der Erfolg der Bühne so lange zu, bis Napoleon es 1807 kurzweg aufhob. Es schädigte sein Staatstheater. Außerdem scheint Napoleon kein guter Lacher gewesen zu sein. Er konnte das Gelächter auch wenig brauchen für die gespannte Lebensstimmung, in der er sein Land und die Welt erhalten mußte. Die Revolution in ihrer letzten Zeit verfuhr darin anders. Ihr heiterer Teil, oder was Angst und Todeserwartung an Ausgelassenheit hervorbrachten, bewegte sich grade in den hölzernen Galerien rings um den Garten des alten Königsschlosses. Jetzt liegt er still und träumerisch im Mittelpunkt der Stadt, mehr Bildwerke beleben ihn als Menschen. Ein großer Victor Hugo von Rodin macht es greifbar anschaulich, wie man das tut, was denken heißt. Aber Camille Desmoulins, der hier zum Volk gesprochen hat, reißt mitten in einer Rede den Stuhl an sich, auf den er springen will. Warum haben nicht auch die Frauen ihr Denkmal, die sich in den einst hölzernen Hallen den Herren, allen jenen Anwärtern des Fallbeils, damals anboten und die fast nackt gingen? Man hat noch ihre Adressen, die gesammelt zu kaufen waren, würde sie allerdings dort nicht mehr finden.

Übrig ist allein das Theater, immer noch am gleichen Fleck, obwohl es, den Zeitläufen nachgebend, mehrmals den Namen wechselte. Unter jedem Namen ist dort Unsinn getrieben worden, und der Unsinn verbarg oft eine gut bürgerliche Lehre. Die bürgerlichen Zuschauer der ganzen hundert Jahre haben einander darin geglichen, daß sie mit Wonne einige unanständige Situationen mitmachten, der Abschluß aber mußte beruhigend sein. Das ist der Sinn der bürgerlichen Komik, daß sie zuletzt beweist: so ist es gut, so soll es sein – wohingegen Molière immer und unfehlbar zum genauen Gegenteil hinführte. Nun, im Vorraum des Theaters, in dem wir uns befinden, steht die Büste des Lustspieldichters Labiche, dick wie ein älterer Engel, neben der des Dramatikers Sardou, und der wirft den Blick nach schräg oben.

Der Vorhang! Ihn muß man ansehen, um zu wissen, was eine zivilisierte Gesellschaft »hübsch« genannt hat. Pallenberg sagte in einem Stück zu einer Dame: »Sie duften wie ein Röschen!« Genau die Röschen, die Pallenberg meinte, schmücken den Vorhang. Amoretten schweben dazwischen, und goldene Gitterchen füllen die Zwischenräume. Jetzt braucht hinten nur die Bühnenbeleuchtung aufzugehen, und der ganze Vorhang wird zum Kindermärchen, oder er ähnelt dem, was eine sehr alte Frau vor Zeiten erlebt zu haben glaubt. So ist aber der Saal überhaupt, alle Balkone verziert bis auf das letzte, die Logen von Grazien umtändelt, und an der Decke strecken und schmiegen sich gemalte Weiblichkeiten mit so langen Beinen, wie sie in Paris selten vorkommen. Dies alles ist erst vor zwanzig Jahren erneuert, die Absicht bestand offenbar, die Welt noch lange im rosigen Licht zu sehen.

Dabei ist es auch geblieben hier im Hause; gleich die erste Dekoration des Stückes zeigt es. Sie bedeutet eine Landschaft, hinten ein Gebirgstal, vorn Bäume, und das sind noch die Bäume, die es genau nahmen mit ihrem

Bühnendasein. Nicht kahle Sachlichkeit, keine mürrische Andeutung, sondern jedes Blatt ist sauber ausgeschnitten, und die Kulissen haben schon gelächelt, bevor die Schauspieler ihre ersten Witze bringen. Diese sind die alten, und auch wieder nicht. Das Picknick im Freien mit den störenden Insekten und das unvorhergesehene Abenteuer eines jungen Mannes mit der Frau seines Freundes, nur weil sie zufällig stolpert. Der Unterschied ist, daß die Dinge mit ihrem vollen Namen ausgesprochen und jedem ohne weiteres mitgeteilt werden. Das war noch nicht so, als wir die Possen des Palais Royal in der Blumenstraße von Alexander gespielt sahen. Man ging damals länger um die Sache herum, was zugleich dezenter und reizvoller schien. Hier haben neue Sitten und eine vereinfachte Sinnesart eingegriffen.

Weitere Abweichungen von 1880 oder 1890: Der Gegenstand des Stückes ist nicht hauptsächlich erotischer Art, und zum Schluß bekommt es sogar soziale Bedeutung, eine konservative natürlich, sonst wäre das Haus nicht schon einhundertneunzigmal ganz voll. Nach wie vor erweist es sich allerdings als dankbar, wenn an diesem Ort und für dieses Publikum von rein körperlichen Voraussetzungen ausgegangen wird. Früher betrafen sie ausnahmslos das Geschlechtssystem, und gern wurden auch seine kleinen humoristischen Launen herangezogen, besonders die weniger wahrscheinlichen. In einem der alten Stücke war ein Richter – kann ich mich entsinnen –, der nach jeder sexuellen Ungebühr vorübergehend taub wurde. Das ist sehr komisch bei einem Richter, besonders wenn die andern Personen im Bilde sind. Der körperliche Witz ist in dem heutigen Stück viel weniger anzüglich, er geht aus von der Tatsache der Blutübertragung. Eine junge Frau aus gutem Hause bekommt durch Transfusion das Blut eines Mannes aus dem Volke. Vorher war sie entsetzlich temperamentlos, mit dem neuen Blut wird sie keß. Sie hat kein Benehmen mehr und schreckt vor nichts zurück, was reiche Frauen sonst nicht wissen wollen. Nur auf eines verfällt sie nicht – Ehebruch, der einstmals in diesem Theater am nächsten lag. Er war das tägliche Brot, die alten Schwänke kamen ohne ihn nicht aus. Er vereinfachte die Aufgabe, die Zuschauer zu erheitern, in einem Maße, von dem wir keine Vorstellung mehr haben. Jetzt muß man zur Transfusion des Blutes greifen.

Ist es Neuerungssucht? Sucht die Komik nach anderen Gebieten des körperlichen Lebens? Liegt es eher daran, daß die geschlechtlichen Vorgänge nicht mehr so sehr belustigen können wie in den bürgerlichen Zeiten, als sie heimlicher waren und nur gerade in diesem Hause sich öffentlich austobten? Mit den Folgen der Blutübertragung, wie die junge, reiche Frau sie erfährt, steht es natürlich nicht anders als mit der Taubheit des Richters; sie sind von Grund auf unwissenschaftlich. Den damaligen Richter indessen ließ man ruhig bei seinem komischen Gebrechen. Die junge Frau von heute muß im dritten Akt darüber belehrt werden, daß ihre ganze Verwandlung in ein Weib aus dem Volk nur Autosuggestion war. Das ist die zunehmende Genauigkeit, wie die großen Bücher dieser Epoche und auch ihre kleinen Stücke sie bekunden. Außerdem liegt gerade hier der soziale Sinn, der dem Stück nicht fehlt. Wenn eine reiche Frau durch Aufnahme von etwas Arbeiterblut gleich zur Proletarierin würde, das wäre noch schöner. Das hätte grade gefehlt. Nein, die Klassen sollen schön auseinandergehalten werden, wie die Überlieferung und nachgerade schon die Natur es will. Das begreift als erster der Mann aus dem Volk, der sein Blut der Dame gegeben hatte. Er spricht das hübscheste Wort: »Was ich bin, ist mir gut genug – für mich, aber nicht für Sie.« Er ist auch die sympathischste Figur, nur muß er an seinem Platz bleiben. So der soziale Sinn.

Merkwürdiger bleibt, wie unwandelbar die komischen

Stücke dieses Hauses darin sind, daß jede einzelne Person ihren Sparren hat. Die Gesellschaft als Galerie von Narren, das stellt vielleicht eine der ältesten sozialen Weisheiten dar, jedenfalls aber war es die gute Gelegenheit für ungezählte komische Charakterspieler. Viele von ihnen sind im Foyer auf einem Fries abgebildet. Der urkomische Hyacinthe ist dabei. Er war es doch wohl, über den der junge Stendhal so unbändig lachte? Seinetwegen und für eine Schauspielerin, die er liebte, hätte Henry Beyle so gern komische Sachen auf die Bühne gebracht. Aus einem Medaillon, allein für sich, blickt eine andere Schauspielerin, die geliebt wurde: Mademoiselle Mars – von Napoleon. Wie in diesem Hause alles alt ist, ohne wirklich vergangen zu sein!

Kostümiert und nackt

In einem der Pariser Revue-Theater, Palace heißt es, empfängt den Eintretenden der deutsche Gesang *Wenn die Elisabeth nicht so schöne Beine hätt'!* Es ist zwar Konservenmusik, aber anheimelnd. Durch die ganze Aufführung zieht sich nachher dasselbe liebliche Lied in französischer Fassung zusammen mit dem andern vom *Armen Gigolo.* Der Held der Handlung, der ein Eintänzer ist, spricht übrigens die ganze Zeit mit englischem Akzent. Vielleicht kann er gar nicht anders und ist grade darum engagiert. Ihn umgibt hauptsächlich das Nacktballett. Es sind kleinere Figuren, bei James Klein waren sie größer. Wie oft denkt man im nächtlichen Paris des entschwundenen Berliner Direktors! Einer seiner Pariser Kollegen fragte:

»Nun, machen Sie das auch in Berlin?«

»Kaum. Man will es nicht. Es sind auch nicht so viele Fremde vorhanden.«

»Das wird schon alles kommen, jetzt, da Sie die Republik haben«, erklärte der sonderbare Politiker. Er schien das Unternehmen, dem er angehörte, nur von der öffentlichen Duldsamkeit abhängig zu machen und hielt sie für geringer in Monarchien. Wie kann ein Fachmann sich so sehr täuschen!

Das große Theater der Folies Bergère weiß im Gegenteil, daß es einen Zustand Europas vertritt. Es nützt nicht nur schnell eine Mode aus, wie den Gigolo und die Nacktheiten. Eins unter den Bildern seiner stolzen Revue zeigt eine vierteilige Dekoration, jede Abteilung ist verschlossen mit der großen Titelseite eines Witzblattes, das erste französisch, die andern englisch, deutsch, italienisch. Der Darsteller eines amerikanischen Journalisten erzählt dem Publikum, wie er sich in seiner Dummheit Europa gedacht hat. Er erzählt es viersprachig. Die Europäer haben ihn freilich selbst zum Irrtum verführt. Sie halten einander gern für ganz unmögliche Erscheinungen. Hierauf öffnet sich eine der Abteilungen, und der Franzose, so wie die Engländer ihn durchaus sehen wollen, tänzelt hervor. Er hat einen Gehrock wie vor achtzig Jahren einmal, ein Mädchen hängt ihm an jedem Arm, und seine einzige Beschäftigung ist die Liebe, seine Nahrung sind Schnecken und Absinth. Dann erscheinen die andern Nationalitäten, jede, wie ihr Nachbar sie sich wider besseres Wissen noch immer denkt; der Deutsche und seine Frau sind auch keine Schönheiten. Als aber der ganze Schwindel vorbei ist, zeigen sich die Jungens und die Damen der vier Länder auf einmal als die, die sie wirklich sind – alle gleich. Jeder Junge hat seine Hornbrille, Abendkleider und Smokings sitzen eins wie das andere, und die Haltung ist so keß wie sachlich. Hierüber belehrt uns am wirksamsten eine internationale Vergnügungsbühne. Sie hat noch mehr Bemerkenswertes zu sagen.

Es betrifft sowohl die Nacktheiten als die Kostüme. Die Folies Bergère erwecken ihre eigene Vergangenheit, in einem der Bilder gewähren sie dem Besucher von 1930 einen Blick auf den Geist von 1880, auf das Haus von damals und auch auf die Bühne. Vorn ergehen sich Damen in Puffärmeln und mit Einlagen auf ihrer Rückseite. Hinten turnt eine Puppe am Reck – eine einzelne Artistin anstatt des heutigen Massenaufgebots an Leibern. Bauten und Blendwerk. Der Zuschauer 1930 erkennt: so bescheiden lebte sein Vater, und es rührt ihn. Ihn rühren die geringeren Ausmaße des Lebens von damals; wie ging es doch langsam, wie war es doch billig! Das stimmt alles gar nicht, und übrigens ist nur wichtig, was einer aus seinen

Eindrücken macht. Aus seinem Massenaufgebot von Eindrücken schlägt der Zeitgenosse 1930 vielleicht nicht so viel heraus, wie sein Vater aus dem zehnten Teil. Genug, er ist gerührt, ist auch erheitert, und hierauf beruht eine Pariser und Berliner Tatsache. Die Bühnen holen die so lange unbeliebten Moden hervor. Die *Lustige Witwe* spielte bei Charell im Kostüm von 1900, auch die Folies Bergère bringen mittendrin eine Revue aus demselben Jahr, und die verwöhnten Nachkommen betrachten dies mit Neugier. Ja, sogar die Comédie Française, so ernst sie ist, bedient sich desselben Tricks. Dort wird der altbürgerliche Labiche gegeben; die Schauspieler des Nationaltheaters ergehen sich in aller verjährten Würde der einstigen Bürger. Das männliche Kostüm wird getragen mit einer Großartigkeit, die noch den früheren Adel nachahmt, die Frauen wissen sich nicht zu lassen vor gezierter Poesie.

So will der Mensch der Masse, der jetzt lebt, daß es gewesen sein soll. Er bekundet damit erstens, daß der Bürger und seine Blütezeit ihm fremd und ein Schauspiel geworden sind – nicht mehr anders, als die von den Bühnen so gern benutzte Pompadour; ja, daß die Bürger von ehemals für den Menschen der Masse schon Aristokratie und Mumie sind. Daneben kommt es ihm darauf an, der Überlegene zu sein. Oh, wie fühlt sich unser Zeitgenosse, wenn die Personen des alten Stückes »Schottisch« tanzen. Sie hüpfen! Sie schwingen das Bein! Ist das komisch! So wird über ihn selbst und seine Gebräuche nie gelacht werden.

Die leichte Muse hat in Paris dieselben Lehren bereit, die sie auch in Berlin erteilt – bis auf eine, und diese ergibt sich nicht aus den Kostümen, sondern aus der Nacktheit. Die Nacktheiten auf den Bühnen sind gewiß meistens nur ein Ergebnis der öffentlichen Duldsamkeit, die jener leichtfertige Theatermann in die Republiken verlegte. Im Nackten kann eine Bühne indessen mehr geben als nur Gegenstände flüchtiger Begierden. Unter Umständen lassen sich Gewähltheit, Überlieferung und sogar Pathos hineinlegen. Die Revue der Folies Bergère besteht zur Hälfte aus Nacktheiten, und das gelingt aus gewissen Gründen hier besser, es wird mehr damit gesagt als anderswo. Die Erinnerung meldet sich, daß schließlich auch im Tuileriengarten fast nur unbekleidete Frauen stehen – diese aus Stein. Verrät das die Macht des Geschlechts und die Sorge, die jedem am nächsten liegt? Nein, das wäre das Mißverständnis eines Engländers, der sich den Franzosen den ganzen Tag mit zwei Mädchen am Arm vorstellt. Die Hauptsorge bleibt natürlich auch hier der Erfolg – wie in ganz Europa. Aber jedem ist für das Leben, das er schlecht und recht führt, ein höheres Sinnbild erlaubt. Dies scheint hier doch die Frau abzugeben. Da ist an der Spitze Johanna von Orleans, deren Reiterbild über allen Monumenten von Paris steht. Diese in Gold gepanzerte Kriegerin spricht weniger von Heldenhaftigkeit als von Naturnähe, der unüberwindlichen Kraft, die aus dem Boden kommt. Die nicht so anspruchsvollen Nacktheiten der öffentlichen Gärten bedeuten im Grunde dasselbe: die Natürlichkeit, etwas höchst Erwünschtes für den Mann, der ganz allein sowohl die Kraft als den Geist haben muß. Ähnlich verhält es sich dann sogar mit den Revuegirls. Etwas von der Seele der Standbilder kehrt in sie ein, und sie wirken nicht mehr so unlebendig.

Madame Simone

Auf der Bühne bewegt sich eine mittelgroße, breitschultrige Frau, die Blond trägt. Sie will weder schön noch jung sein, sie spielt ein sechsunddreißigjähriges Mädchen. Aber sie will Kraft zeigen, und schiebt sich gegen ihre Partner vorwärts, wie eine Maschine, die niemand aufhält. Trotz kräftigster Betätigung erreicht die Figur eine Vielfalt der Persönlichkeit, die in Erstaunen setzt. Sie war am Anfang schon abgedankt und auf das tote Geleise geschoben, wird dann auf einen Mann versessen, bändigt ihn, wird grausam und wird humorvoll. Ein furchtbarer Humor, der von selbst entsteht, wenn ein Wesen, das schon in Verzichtsstimmung war, sich plötzlich entschließt, durch dick und dünn hindurch glücklich zu sein. Sie nützt ihre Macht aus und ist glücklich auf Kosten des Mannes, wohl bewußt dessen, was sie tut, und daß es gräßlich und komisch ist.

In ihrer Garderobe während der Pause sind der Dichter und seine Frau, aber auch Fremde dürfen eintreten. Der Raum ist ganz klein, alle literarischen Theater in Paris haben außerordentlich beschränkte Räume. Die Schauspielerin, Madame Simone, dreht sich Löckchen für den dritten Akt und fragt, wie der zweite war. Dieser Humor? Ob ihre Gestalt nicht zu gewagt ist? Als sie Anerkennung hört, berichtet sie, daß sie grade dies Stück, *L'Acheteuse* von Stève Passeur, ihren größten Erfolg seit langer Zeit, von einem Theater zum andern getragen hat, und kein Direktor nahm es. Das steht auch im Programmheft, mit Angabe der Namen; es muß angenehm für die Herren sein. Jetzt ist das Stück hier im Theater »de l'Œuvre«, dessen früherer Direktor Lugné-Poë es auch inszeniert hat. Sie spricht genau so laut wie auf der Bühne. Gelegentlich bringt sie ihr Gesicht dem Zuhörer ganz nahe, und mustert ihn rücksichtslos. Sie hat Vogelaugen. Sie macht selbst genau so den Eindruck der Kraft und Entschlossenheit, wie ihre neueste Schöpfung.

»Welche ist Ihre liebste Rolle?«

»L'Acheteuse.«

Vielleicht nur, weil es die neueste ist; aber es kann auch sein, daß die Rolle ihr ganz besonders zugänglich war, von der Seite der intelligenten Kraft her. Diese Frau kann in Paris sehr viel durchsetzen, sie ist stark, ihre Lebensgeschichte zeigt es so gut wie ihr Spiel. Natürlich ist sie außerdem klug, aber, das ist bemerkenswert, sie sucht die Klugheit auch bei anderen. Sie hat beim Mann von jeher die große Begabung geliebt. Zur Zeit ihres ersten Mannes hieß sie Simone Le Bargy. Er war ein beliebter Schauspieler an der Comédie Française, sie selbst hatte studiert, und kannte das Theater noch gar nicht, damals mit achtzehn Jahren. Eines Tages sagte sie ihrem Gatten: »An der Comédie wird schlecht gespielt.«

»Mach' es doch besser!« antwortete er, und bei einem Gastspiel in Rouen gab er ihr Gelegenheit. Sie hatte in einem Stückchen von Musset einen guten Erfolg. Ein junger Mann, den noch niemand kannte, sagte ihr: »Ich schreibe Ihnen ein Stück.« Er tat es auch. Noch mehr, sie spielte es wirklich in Paris, und sofort gelangten sowohl er wie sie nach ganz vorn. So märchenhaft klappt manchmal alles. Der Autor war Henri Bernstein, das Stück hieß *Le Détour.* Seitdem hat sie seinen besten Stücken zum Erfolg verholfen. Es ist eine lange Reihe. Was sie erlebt und getan hat, sind vielfach ältere Geschichten. Sie spielt Komödie seit 1900. Wer sie sieht, und wer diesen so leistungsfähigen Organismus einer Schauspielerin überprüft, denkt höchstens an 1910.

Ihr zweiter Mann war ein Sohn des Präsidenten der Republik, Casimir-Périer. Damals hatte *Chantecler* seine dreihundert Aufführungen, und sie spielte darin. Rostand hatte das berühmte Stück nicht fertig machen wollen. Sein Gewissen war zart, er litt immer an Unzufriedenheit. Die Schauspielerin erreichte, daß er den Schluß schrieb. Nun war der ungeheure Trubel da, die Aufführung am Theater der »Porte Saint Martin« erhielt einen solchen Zulauf, daß auf den Boulevards der Verkehr stockte. Madame Simone drang eines Abends nicht bis zum Theater durch, sie wandte sich an einen Polizeibeamten: »Ich muß hinein, ich spiele in dem Stück mit.« – »Ihren Ausweis!« sagte der Wachtmeister; und als er ihn gesehen hatte: »Das stimmt nicht. Die Frau des Präsidenten der Republik spielt nicht Komödie.« Auch wieder unwahrscheinlich. Wer am besten weiß, was er will, grade dem passiert das Unwahrscheinlichste.

Ihr dritter Mann ist François Porché, ein liebenswürdiger Dichter, auch von ihm hat sie Stücke auf die Bühne gebracht. Das Paar hat eine schöne Wohnung links der Seine. Bücher in alten Einbänden füllen zwei Nischen des Salons, und eine dritte Bibliothek ist auf die Tür nach dem Eßzimmer gemalt. Ein Frühstück bei Madame Porché wird angerichtet und aufgetragen wie etwa bei dem Marquis de Castellane, der einer der letzten großen Herren von früher ist. Um den Tisch saßen außer ihr selbst nur Männer, und alle waren Schriftsteller. Man sprach natürlich über Arbeiten von Abwesenden, auch über die gleichzeitigen beiden *Elisabeth* der Herren Lenormand und Bruckner. Man wußte genau, was von jedem zu halten war. Die Psychologie der Kinderselbstmorde kam an die Reihe. Jemand erwähnte die hinterlassene Aufzeichnung eines kleinen Selbstmörders: »Ich sterbe, weil ich nicht noch einen Sonntag mit meinem Vater verbringen will.«

Dies Wort wirkte am stärksten auf die Schauspielerin, es

ging ihr tiefer, als alles vom Theater. Soeben übrigens veröffentlicht sie einen Roman, ihren ersten. Er handelt, sehr merkwürdig, nicht von ihr selbst, sondern von einer anderen Frau, und das meiste ist Erfindung.

»Regt Sie das literarische Leben so auf, wie das Theater?«

»Das Theater regt mich nicht auf, aber das Erscheinen meines Romans hat mich vier schlaflose Nächte gekostet.«

Sie sagte noch: »In dem nächsten Stück von Passeur ist die Rolle zu jung für mich. Ich kann nicht gleich im ersten Satz behaupten, daß ich fünfundzwanzig Jahre alt bin«; obwohl man es ihr glauben würde, wenn sie es wollte. »So gut wie das jetzige ist das nächste Stück nicht«, setzte sie hinzu, nicht weniger Schauspielerin als Frau.

Ferner lobte sie Berlin, vor allem das ständige Ensemble der Bühnen, das sie sich denkt, wie es einmal war. »Vierzig oder fünfzig Prominente gibt es in Berlin? Ihr seid uns voraus, wir haben nur vier oder fünf Vedettes.« Sie hält auf Unterscheidung der Menge guter Schauspieler und der wenigen Sterne, zu denen sie selbst gehört. Sie bleibt dennoch dabei, daß Berlin um – sie zögert – dreißig Jahre voraus ist. Warum wohl? Berlin ist einer ihrer Wünsche, sie möchte dort auftreten, und es glänzt für sie von weitem, wie etwas, das man noch nicht hat und erst erkämpfen soll. Sie nannte die Rollen, die sie sich zusammengestellt hat für ihr künftiges Berliner Gastspiel: Hedda Gabler, La Parisienne und L'Acheteuse – lauter schwierige und doch starke Naturen, ihr eigenstes Gebiet. Sie weiß auch, daß sie nach Berlin nicht mit schwachen Stücken kommen darf bei noch so gutem Spiel. Sie weiß Bescheid. In *Le Vieil Homme* von Porto-Riche war die Frauenrolle eine ihrer schönsten Schöpfungen, aber ein Stück für die Reise ist *La Parisienne*; es hat den weiblichen Titel und trägt die große Marke. Grade dieses Stück hat sie in Paris nie spielen dürfen, es gehört ein für alle Male der Comédie. Alles ist nicht zu erreichen. Auch ihr wird oft »das Gras unter den Füßen weggeschnitten«.

»Haben Sie nie gefilmt?«

»Nein, weil ich nicht so früh aufstehen kann.«

Sie legt grade genug Kraft in ihre Abende, und sie versteht hauszuhalten. Sie ist eine der Schauspielerinnen, die des Theaters bedurft haben für ein äußerstes Aufgebot von Energie, und die auch im Leben eine Macht waren. Solche kamen am Anfang des Jahrhunderts auf. Ihre ganze Kraft lebt in Madame Simone.

Wir begegnen in Paris uns selbst

Einige Tatsachen: In einem Kinotheater der großen Boulevards wird der Wochenbericht außer in Bildern auch durch Lautsprecher gegeben. Die Worte über das letzte deutsche Grubenunglück schließen mit dem Ausdruck des Beileids und der Ergriffenheit, gerichtet an die deutsche Nation.

Avenue de l'Opéra wurde vor kurzem ein Laden eröffnet, der »Allemagne« heißt und ein Reisebüro ist. Die Fassade hat den neuesten deutschen Stil, gemilderte Sachlichkeit, metallgrauer Anstrich, auf der dicken Glastür zwei glänzende Reifen, die schlechthin nur den Zweck zu erfreuen haben können. Vor dem Laden »Allemagne« waren zwei Tage lang Menschenmengen versammelt, die dies sehen wollten.

In dem Stück *Le Sexe Faible*, worin die Männer das schwache Geschlecht und sämtlich ausgehalten sind, beklagt einer von ihnen sich bitter über die Frauen aller Weltgegenden. Zuletzt kommt er auch auf die deutschen Frauen zu sprechen. »Das sind die besten!« Der Schauspieler erhebt die Stimme, sie wird bewegt. »Das sind die besten von allen – wenn nicht ihr Äußeres wäre!« Der Zusatz beweist doch nur, daß der Verfasser zumindest die neudeutsche Frau nicht kennt, wenn wir schon hinnehmen wollen, daß unsere Mütter ihm nicht schön genug waren. Vielleicht ist es aber taktisch richtig, daß er sein Lob einschränkt. Man kann nicht den Charaktereigenschaften der deutschen Frauen den Vorzug geben und sie gleichzeitig für die schönsten erklären. So viel ginge nicht durch.

Frühstück bei einer Schauspielerin: »Berlin ist dreißig Jahre voraus.« Tee bei einem hohen Beamten: »Man kennt die Deutschen niemals. Sie sind jung. Ihr Begriff des Werdens ist unheimlich.« Alles Wort für Wort falsch; wir sind weder jung noch unbegreiflich und auch nicht weiter vorgeschritten als andere. Dies alles aber wird von denen, die es irrtümlicherweise meinen, als ehrenvoll empfunden. Andererseits verrät es ungewöhnliche Teilnahme und mehr Nachdenken, als man den Menschen jenseits der Grenzen sonst widmet. Allerdings war einer der Gesprächspartner ein politischer Schriftsteller. Dennoch wurde nicht politischer Zwecke wegen gesprochen, es herrschte keine innerlich belanglose Freundlichkeit. Nein, sondern sie suchten über das andere Volk etwas Wahres zu ergründen. Es war noch unzulänglich; ebenso unzulänglich ist so gut wie alles, was bei uns über Frankreich vorgebracht wird, auch wenn es loben will. Beides hat dieselben Gründe.

Der Beweis der Aufrichtigkeit wird erbracht, wenn man nicht schlankweg lobt, sondern auch mal ablehnend und beißend wird. Paul Valéry wurde gefragt, welchen Eindruck er von einem Vortrag Keyserlings gehabt habe. Er soll geantwortet haben: »Gleich im ersten Satz hat er das Wort ›intelligence‹ in drei verschiedenen Bedeutungen gebraucht. Da habe ich nicht weiter zugehört.«

Die Gründe, weshalb auch das Rühmende, grade das Rühmende, unzulänglich ist, liegen darin, daß Deutsche wie Franzosen zu lange in der Hauptsache nur Schlechtes voneinander gedacht haben. Das Gute, das sie sich zu denken erlaubten, wurde an Nebensächliches geknüpft, oder es waren historische Verdienste. Goethe ist zu allen Zeiten drüben hochgestellt worden, und das deutsche Bier auch; aber das genügt nicht ganz. Was Deutsche an Frankreich preisen – nicht der Tourist, die anerkanntesten Kenner –, Félix Bertaux, der französische Kenner unseres Geisteslebens, machte darauf aufmerksam, was es ist. Es ist noch immer, wie in überwundenen Zeiten, »das Lächeln der Frauen«, »die Kathedralen«, »die gute Küche« und einiges andere. Aber das Lächeln der Frauen ist überall reizend, kann auch gar nicht anders sein. Die Kathedralen werden von den Franzosen selbst, den modernsten, uns nächst stehenden, zwar gewürdigt, aber nicht mehr empfunden; sie empfinden eine Maschinenhalle. Die gute Küche kann in Paris auch mittelmäßig sein, in Berlin ist sie manchmal ausgezeichnet.

Weder dies noch jenes berührt den wahren Ruhm eines Volkes, und überhaupt handelt es sich nicht darum, zu rühmen und zu preisen. Es ist auch zwecklos, weiterhin auf den Unterschieden der beiden Völker herumzureiten und immer noch zu schwärmen: »Oh, die heiteren französischen Gesichter, die Lebenskunst, der Takt!« Das ist schwerlich zweitausend Jahre ununterbrochen so gewesen, sondern es wird erworben. Kein Grund, es nicht auch zu erwerben. Feststehende Rassen gibt es nicht, und nationale Charaktere sind veränderlich, trotz der Grundlage, die ihnen aus der Landschaft kommt. Seine Erlebnisse bilden jedes Volk fortwährend um, und keins hat anders gehandelt als das andere, wenn es auf dem gleichen Punkt seiner Zustände sich mit den gleichen Tatsachen abzufinden hatte. Wir könnten als Beispiel den Boulangismus und das »Dritte Reich« nehmen, diese einander so ähnlichen Krisen der beiden Republiken. In Paris sprechen gerade jetzt alle von der Ähnlichkeit.

Halten wir uns lieber an ein kleines einfaches Vorkommnis aus dem täglichen Leben! Ein Pariser Revue-Theater, warum es nicht nennen, das Concert Mayol, hatte kürzlich Premiere, alles ausverkauft, jeder kam schon mit seinem Platz. Indes kamen alle zu früh, die Tür blieb ihnen verschlossen, sogar noch eine halbe Stunde nach der angesetzten Zeit. Vor dem einzigen Eingang drängte sich das ausgesperrte Publikum. Der einzelne Schutzmann mahnte sanft, beiseite zu treten, was aber nicht möglich war in der Fülle. Die Geduld der Wartenden war noch anerkennenswerter als die des Schutzmanns, denn durch sie hindurch zwängten sich in einem fort Personen, die zum Theater gehörten und die den Mitwirkenden ihr Essen brachten. Der ganze Grund der Verspätung war, daß die letzte Probe bis zum Abend gedauert hatte, und daß die Schauspieler jetzt erst einmal essen wollten. Ragout und Bananen waren glücklich durchgelassen, man hatte keine große Lust mehr, Platz zu machen, da rief ein junges Mädchen, das Bier trug: »Sales taches!« In München sagen die Kellnerinnen dafür »Soß!« Sie kam denn auch durch, von jetzt ab aber wurde jeder Zugehörige, der hinein oder heraus wollte, empfangen mit dem Ruf »Sales taches!« »Gibt Flecken!« Und alle lachten, während sie weiter warteten.

Das ist keine besondere gallische Heiterkeit, es ist Erziehung. Erzogen wird man durch eine gewisse Ordnung der Dinge im Lande, die eher die Duldsamkeit fördert als die Streitsucht. Ferner erzieht so die Großstadt. Jeder erkennt, daß der ganze Auftritt früher in Berlin unmöglich war – früher. Schon der Schutzmann hätte ihn verhindert, er hätte alle auseinander getrieben, und auch das Publikum selbst wäre sicher unangenehm geworden. Heute? Es ginge auch hier. Eine Berliner Menge ist jetzt, von politischen Kämpfen abgesehen, freundlicher geworden, und auch der Schupomann neigt eher zum Wohlwollen. Die beiden größten Städte des europäischen Festlandes sind dazu bestimmt, einander immer ähnlicher zu werden – nicht nur ihr Verkehr, ebenso sehr ihre Menschen. Gute Laune kann manchmal die straffe Zucht ersetzen, und Gepflegtheit ist bei den Frauen der großen Städte so gut wie Schönheit. Übrigens wird in Paris nicht mehr blond getragen. Die echten Blonden scheinen sich schwarz zu färben.

Vorletzte Tatsache: Sie haben geistigen Verkehr mit uns

und mit kaum jemand sonst. Deutsche Feststellung: »Nach Berlin kommen nach und nach sämtliche Pariser Schriftsteller, Künstler, Gelehrte. Aber wir sehen keinen Engländer.« Französische Antwort: »Wir auch nicht. Sie brauchen niemand.« Die Franzosen hingegen brauchen uns, und wir sie – aber nicht als »Ergänzung«, wie man früher sagte, im Verhältnis von »Mann und Frau«, wie der Übermut meinte. Uns bindet zuerst unsere Gemeinschaft als größte Völker des Kontinents, sodann eine Geistigkeit, die nur uns beiden unentbehrlich ist, endlich aber auch schon die Angleichung der Menschenart.

Letzte Tatsache: Drei Wochen nach unseren unglücklichen Wahlen ist in Paris öffentlich kein hartes Wort über Deutschland gefallen. Harte Worte fielen über andere – die zum Glück nicht dort waren, weil bei ihnen grade im Augenblick so viele Banken verkrachen.

Revue

Die Pariser Damen tragen jetzt meistens schwarzes Haar, daher färben sich dort auch schon die fremden nicht mehr, und es tritt zutage, wie Europa, einschließlich Amerikas, eigentlich aussieht. Blond ist die Welt nicht.

Eines Tages muß die Empfindung zum Durchbruch gelangt sein: geben wir uns doch nicht mehr so viel Mühe, die Wahrheit zu verleugnen. Wir sind dunkel, und dieser ganze Erdteil, von den anderen nicht erst zu reden, ist dunkel bis nach Schweden hinauf. Die andauernde Vermischung seiner gesamten Bevölkerung hat Europa allmählich immer dunkler gemacht. Jetzt ist es so weit, daß das Übergewicht der Dunklen feststeht. Dann aber auch heraus damit! Wir wollen uns zeigen, wie wir sind.

Über unsere Zeitgenossenschaft ist in allen Dingen der große Drang gekommen, sich zu zeigen, wie sie ist. Um die Schäden ihrer Seelen aufzudecken, hat sie die Psychoanalyse. Die Kleidung hingegen beschönigt die Fehler des Körpers nicht mehr, wie es unsere dezenten Mütter und Väter versucht hatten. Die bürgerlichen Menschen, die wir nicht mehr sind, machten aus sich etwas anderes, als sie von Natur waren. Sie gehorchten mehr der Überlieferung als ihrem Gutdünken. Kostüm und Sitte waren nicht einmal so sehr als Verschönerung gedacht, sie betonten vor allem die Würde des bis hierhin entwickelten Menschen und sein Verantwortungsgefühl.

Was die konventionellen Lügen betraf, darin waren sie groß vor vierzig Jahren; aber auch das hatte nicht nur den Zweck, sich herauszureden und es sich leicht zu machen.

Sie wollten sich damit einen sittlichen Halt geben; und es war am Ende keine ganz flache Erkenntnis, daß Lügen noch den besten sittlichen Halt abgeben. Man kann die Wahrheit lieben, aber keinen Tag ohne Lüge leben wollen. Lügen ist Bedingung menschlichen Glückes und auch des Zusammenhaltes der Gesellschaft.

Heute hat man keine besondere Begabung, glücklich zu sein, und auch die Gesellschaft ist reichlich ungesichert. Beides hängt damit zusammen, daß man durchaus sich zeigen will, wie man ist. Zum Beispiel ist man unwissend und trumpft damit noch auf. Man ist selbstsüchtig und roh und macht davon ein Wesen, als wenn es die ruhmreichste Errungenschaft wäre. Menschen waren indes immer so, nur daß sie sich zeitweilig anders gaben. Wie man sich aber gibt, kann man mit der Zeit sogar wirklich werden. Oder man wird es wenigstens vorübergehend und bei Gelegenheit. Güte besonders war von jeher etwas sehr Schwankendes, in mehreren Jahrtausenden und unter Mühen und Rückschlägen ist sie erlernt worden. Jederzeit läßt sie sich ablegen und vergessen, wie es auch heute vielfach geschieht. Ganze Massen rotten sich zusammen, eigens, um ungütig zu sein.

Ebenso, wer hätte es gedacht, läßt sich auch Schönheit verlernen und vergessen. Kürzlich wurde in aller Öffentlichkeit gefragt, ob die klassische Kunst im Grunde für uns noch Sinn habe. Offenbar keinen, – da wir gar zu gern Boxer und Neger, am liebsten aber Negerboxer sehen. Schönheit ist ein Versprechen des Gückes; dabei bleibt es, dies wahre Wort verändert sich nicht. Gibt das meiste von dem, was wir heute ansehen, auch nur die entfernteste Gewähr, wir könnten glücklicher werden? Oder steht unser persönliches Glück im Zusammenhang mit den Gegenständen unserer Schaulust? Wie ist es damit im Sportpalast und im Kino?

Wir finden das alles gar nicht schön, so muß es wohl

sein. Da es nicht schön ist, verspricht es uns auch kein Glück. Wir sehen es nur an, um der Roheit des Lebens ins Auge zu blicken und unseren Mut zu stählen. So ist es zweifellos. Wir gehen zu allen diesen Vorführungen, weil wir sachlich, zeitgemäß und technisch zuständig sind. Schönheit? Sie schleicht sich mit ein. Sie ist nicht gemeint, die Hauptsache ist sie bei weitem nicht, aber sie schleicht sich mit ein. Dann ist es die Schönheit für ganze Menschenmassen, denen natürlich auch die Schönheit in Massen entgegentreten muß – gleich eine ganze Bühne voll Revue-Girls. Da das lebende Geschlecht den menschlichen Körper vor allem turnerisch betrachtet, müssen die Mädchen zuerst Turnerinnen und dann erst schön sein. Gleichwohl sind sie es in auserlesener Art. Das einzige, was an ihnen zweifeln lassen könnte, ist, daß es so viele sind; aber gerade ihre Menge verbürgt der anderen Menge, die gekommen ist, sie anzusehen, erst, daß sie wirklich schön sind. Beim Anblick einer ganzen Bühne voll Schönheit verfällt der Zeitgenosse endlich auf den Gedanken, es könnte ein Glück geben. Die einzelne Schauspielerin, besonders wenn sie seelische Schönheit zu bieten hätte, würde ihn furchtbar langweilen. Was aber kann schöner sein im Sinne der Massen von 1931 als eine Pariser Revue? In Deutschland gehen die Revue-Theater zugrunde, und nur die zahlreichen Revue-Filme versuchen einen mäßigen Ersatz zu bieten. In Paris werden noch immer das halbe Jahr lang mehrere große Häuser voll von Menschen, die Glanz und Glück erfahren wollen beim Anblick unnatürlich schöner Frauen. Diese Frauen machen nicht viel, sie reihen sich, neigen sich alle gleichzeitig, bewegen die Beine, die weit und breit die längsten sind, im Takt. Ihre Gesamtheit erhebt sich zu Pyramiden, es ist ein Gebäude aus Licht, alles Körperliche in Helligkeit aufgelöst, glitzernde Stoffe, verzaubert schimmerndes Fleisch, und hier sind auch die Haare wieder blond.

Kolonial-Ausstellung

Die Pariser Kolonial-Ausstellung ist an einem Tage von dreihundertsechzigtausend Personen besucht worden, und die Reisezeit beginnt erst. Es sind noch gar nicht die Fremden; die einheimischen kleinen Leute gaffen so gern. Sie kommen mit der Untergrundbahn; es ist eine Reise. Auch die Taxe braucht eine halbe Stunde. Dieser orientalische Gebäudekomplex bedeckt eine beträchtliche Fläche und mußte weit hinaus gelegt werden. Zwischen Tempeln und Cafés bewegt sich hier eine zutrauliche Menge, die aber keineswegs hineingehört. Ein Land mag noch so große Kolonien haben, aus wie vielen Familien leben Mitglieder drüben? Wer hat den Tempel von Ankor oder die afrikanische Festung schon in Natur gesehen? Die wenigen verschwinden in der Überzahl der Gaffer, denen man viel erzählen kann. Wenn jemand sich diesen ganzen Zauber einfach ausgedacht hätte, und die vorgespiegelten Gegenden der Erde wären nirgends vorhanden –, eine europäische Menge, ob in Paris oder Berlin, könnte es nicht merken. Es bliebe ihr derselbe Zauber.

Am Abend spielen die Leuchtfontänen. Sie sind turmhoch, sie steigen über Teichen auf und ahmen Sonnen aus Märchenländern nach. Manches Gebäude, mag sein ein tonkinesisches, glänzt mitten in schwarzer Nacht von reinem Weiß, ein unwirkliches Weiß aus unsichtbarer Quelle. Man könnte meinen, das Haus wäre nur herüber gebildfunkt aus jenem wenig bekannten Lande. Jetzt ohne Umweg dem Tempel entgegen! Seinetwegen strömt alles hierher. Das Original in Ankor ist hundert Millionen

Gläubigen bekannt. Nicht ganz so viele Millionen Ungläubiger werden die Nachahmung bestaunen. Ihr Anblick wird hinter dem Vorbild nicht zurückstehen. Mehr als Träume verwirklichen und Fabeln verkörpern, vermag kein Anblick. Höchstens, daß die Nachahmung gegen das Vorbild im Vorteil ist; der echte Tempel wird kaum von diesem braungoldenen Schimmer überstrahlt und durch ihn noch mehr unserer Annäherung entrückt sein. Dort liegt dieses schöne Ungeheuer von einem Bau; chinesisch und indisch, so gut wie unzugänglich, streckt es sich breit in seinem besonderen Licht und bleibt das Fremde, so viele sich auch mit ihm bekannt machen wollen.

Kolonial-Ausstellung heißt genauer »Schau des Imperialismus« – und gibt unbewußt wieder, was diesen kennzeichnet, vor allem den Mangel an innerer Beherrschung des Gegenstandes. Die äußere wird durch Soldaten gesichert, die innere wird grade dadurch verhindert. Man kommt als Herren in ein Land, aber Herren lernen nicht viel, und immer nur oberflächlich. Man müßte die Farbigen vorurteilsfrei, nicht wie ein Sieger, sondern als Mitmensch müßte man sie ansehen, dann würden jene Länder erst richtig interessant werden. Übrigens wären sie dann auch nützlicher. Einige Franzosen sind hierüber im klaren. Sie sehen voraus, daß Europa seine Kolonien überall verlieren wird, außer in Afrika. Hier aber werden sie nur dann zu halten und nur dann ergiebig sein, wenn erstens ganz Europa sich tätig beteiligen darf. Die zweite Voraussetzung wäre ehrliche Zusammenarbeit mit den Einheimischen, vor allem mit den Arabern, der höchsten Kulturschicht Afrikas. Keine Ausbeutung mehr, sondern Gleichberechtigung: das würde nach der Meinung einiger Vorausblickender dem immer noch unausgenützten Erdteil erst seinen vollen Wert geben. Europa, wenn es sich selbst denn nicht genügen kann, wäre durch Afrika auf lange Zeit gesichert, aber nur so.

Wird Europa zu einem anderen Erdteil einst wirkliche Beziehungen haben, dann macht man hier natürlich keine Kolonial-Ausstellung mehr. Jene Länder sind dann nicht mehr da, um begafft zu werden. Jetzt gehen wir dreihundertsechzigtausend unter lauter Wundern umher, wie der neue Europäer es übrigens in einem fort tut. Wer versteht eigentlich Leuchtfontänen, die Lautsprecher, die geisterweiß herversetzten Häuser? Ganz wenige. Die meisten nehmen die sogenannten Wunder der Technik zwar hin; es gibt kein Neues, an das sie sich nicht sofort gewöhnen. Aber sie beherrschen sie nicht – in dem Sinne, daß sie ihnen schon angepaßt wären in der Höhe ihres Verstandes und ihrer Gesittung. Die Zeitgenossen sind moralisch wie geistig hinter den technischen Errungenschaften vorerst noch zurück. Sie leben zwischen ihnen, obwohl sie sich ihrer alle Tage bedienen, im Grunde wie in der Fremde. Genau so aber steht es mit der Kolonial-Ausstellung. Hier sind Andeutungen von Ländern, die man beherrscht und nicht kennt. Dazu noch die Wunder der Technik, mit denen es uns ähnlich ergeht, das ergibt dann den rechten Zauber für kleine Leute, zu denen wir alle gehören.

Die Ausstellung war als Propaganda gedacht, sie sollte Fremde nach Paris ziehen, auch wenn sie selbst nichts abwarf. Statt dessen ist sie im Begriff, ein Geschäft zu werden, dank der Neugier der Massen. Diese hat allerdings ihre Grenzen, wo der Eintritt nochmals fünf Francs kostet. Ein Seil, über eine kleine Brücke gespannt, und daneben ein Kassenschalter, das genügt, damit alles verharrt und starrt. In dem durch eine Abgabe geheiligten Gebiet liegt das Café Bagdad, und nur Abendanzüge begeben sich dorthin. Viele der festlich Speisenden sind Gäste des Marschalls Liautey. Der Protektor der Kolonial-Ausstellung ist alt, er erscheint meistens nicht selbst, schickt aber junge, wohlerzogene Sekretäre. Auch trifft man hier endlich richtige Exoten, die Vertreter der Kolonien. Auf den Straßen der Ausstellung fehlen sie fast ganz. Im Café Bagdad nun tanzen, singen und springen sie. Es sind Attraktionen.

Empfänge

Eine Versammlung von mehr als hundert Schriftstellern aus zweiundzwanzig Ländern tagte kürzlich in Paris. Ihr Ergebnis war die Internationale Föderation der Schriftsteller-Verbände. Diese war notwendig geworden besonders durch die neuen technischen Mittel zur Verbreitung literarischer Erzeugnisse. Denn Film und Rundfunk sind internationalisiert; sie arbeiten von Land zu Land, und ihre Vertreter verständigen sich, wie es auch der Sinn ihres Wirkens verlangt, in ganz Europa. Die Schriftsteller mußten dasselbe tun. Überdies haben sie Gründe, die auf geistigem Gebiet liegen. Die Delegierten der meisten Länder waren hier, um ihre Verbände eng anzuschließen an die höchsten Interessen, die wir kennen, Friede und Gesittung.

Die Einladung zu dem Kongreß war aus dem Land gekommen, das bisher die aktivste Literatur gehabt hat, und wo die Schriftsteller für sich selbst das meiste erreicht haben. Ihren Kollegen aus anderen Gegenden wurde das Ansehen, das die Literatur in Frankreich genießt, besonders vor Augen geführt durch große offizielle Empfänge. Alle verbanden Glanz und Überlieferung mit einer reizenden Nachlässigkeit. Man wurde aufgenommen wie der geehrteste Gast; da tat es nichts, daß man vorher jedesmal einige Zeit warten mußte. Der letzte Zweck solcher Veranstaltung ist wohl kaum, daß uns der Bürgermeister oder der Präsident der Republik endlich in eigener Person entgegentreten. Sie könnten sich sogar vertreten lassen, wie der Minister des Auswärtigen es wirklich getan hat. Genau so wichtig ist offenbar der Rahmen, in dem man sich zusammenfindet, die wechselreiche Menge der menschlichen Erscheinungen, der Anblick und die Fühlungnahme.

Im Rathaus waren die Treppen von unten bis oben mit Garden besetzt. Sie tragen die historische Uniform der Napoleonischen Reiter, von ihren Helmen hängen die Roßschweife. Zwischen ihnen steigen die Damen und Herren einer bürgerlichen Gesellschaft hinan zu weiten Prunksälen. In einem der ersten wird halt gemacht, es geht vorerst nicht weiter. Vordringliche werden von einem Offizier gebeten, zurückzubleiben. Die Fremden haben mehreres zu bestaunen: die militärische Anordnung des Vorganges nicht weniger als den umgebenden Raum, auch er so sehr bedacht auf das Herkommen. Dabei ist dies Haus nicht alt, es mußte seit den Tagen der Kommune neu aufgebaut werden. Aber es hat mit Gobelins, nachgedunkelten Malereien und vergoldeten Decken den großen Stil, als ob in den Tuilerien noch ein Kaiser oder der König in Versailles säße. Hier werden jetzt die Angelegenheiten bürgerlicher Menschen besprochen, aber gewartet wird so höflich, wie damals.

Die Aufforderung ergeht, vorzurücken. Wir lassen hinter uns Gemächer und Durchgänge und erreichen den Konzertsaal. Wir sind nachgerade eine Menge Menschen, später werden es mehr als tausend sein, die das Fest bevölkern. Wir sitzen, die Vorstellung beginnt nicht, aber diesmal entsteht das Gefühl, als werde nicht nur gewartet um des Wartens willen. Etwas oder jemand scheint unterwegs zu sein. Offenbar waren es noch nicht der Bürgermeister und der Oberpräsident, denn auch nach ihrem Einzug wird weiter gezögert. Dann reden die beiden Herren, und der Vorsitzende des neuen Schriftsteller-Verbandes, Gaston Rageot, antwortet ihnen.

Er betont natürlich die Macht des Standes. Dieser aber

wäre noch mächtiger, wenn er viele Männer von der Kraft und Gewandtheit des Sprechers hätte. Hierauf wird Musik aus dem »Lohengrin« gespielt. Plötzlich bricht sie ab, Rageot ist verschwunden.

Unser Vorsitzender kehrt zurück mit einem sehr alten Herrn, der den höchsten Orden trägt. Das ist nun wirklich der Marschall Liautey, auf ihn wurde gewartet. Der Kolonial-General bekommt ungewöhnliche Aktualität durch die kürzlich eröffnete Kolonial-Ausstellung, zu schweigen von dem Namen, den er sich schon vorher gemacht hatte. Der schwerhörige Greis ließ an jenem Abend die ferneren Darbietungen über sich ergehen, geduldig wie alle, die selbst eine Darbietung sind. Als wir dann zum Abendessen gingen, wurde ich an seinen Tisch gebeten. Er behielt meine Hand in der seinen, die ganze Zeit, während er mir freundliche und friedliebende Worte sagte. Dafür ist er allerdings aktiver Marschall. Kriegerische Demonstrationen, wie die in Breslau, sind mehr für Entlassene und für Zivilisten.

Bekannte vom Theater erklärten mir noch in später Stunde, daß sie sich den Fremden gegenüber etwas schämten wegen des nicht ganz durchgearbeiteten Programms, das uns geboten worden war. Was kam denn aber darauf an? Wesentlich und kennenswert war der Empfang selbst, seine Feierlichkeit, Nachlässigkeit und sein Rahmen, das überlieferte Zeremoniell für Menschen, die daran nicht glauben, aber es nützlich für ihr Bewußtsein und ihre Würde finden. Sie selbst können inzwischen fortfahren, zu sein wie immer.

Im Elysée bei Doumergue war es fast dasselbe. Das Haus ist noch kostbarer, noch weitläufiger, unsere hundert Delegierten verschwanden darin, wie eine kleine Schar von Touristen. Damit es hier richtig zuginge, müßte ein ganzer Hofstaat auftreten. In Wirklichkeit sah man einige Diener und einen Offizier – dem das Warten auf den Präsidenten schließlich selbst zu lange währte. »Jetzt könnte er aber kommen!« rief er laut, lief hin und holte ihn.

Wir waren aufgestellt und gerichtet, in der ersten Reihe, zu beiden Seiten des Eingangs, der neu gewählte Vorstand des Bundes. Der Präsident der Republik stand auf einmal zwischen uns. Er war von gedrungener Gestalt und hatte sein Lächeln, das so viele gesehen haben. Es ist weder süß noch sanft, aber es hat etwas Bereitwilliges. Als er mir die Hand reichte, war sein erstes Wort, daß er mich gelesen habe. Übrigens sagte er dasselbe auch dem Italiener und wer weiß, wem noch. Sein bereitwilliges Lächeln unterstützte ihn, man war selbst bereit, ihm zu glauben. Man dachte: Sollte er bisher nichts gelesen haben, vielleicht tut er es künftig. Dann hielt Doumergue seine Ansprache, worin er seine Liebe zur Literatur betonte. Dies überzeugte jeden, und seine Landsleute bestätigten nachher, daß er die Wahrheit gesagt hatte.

Er hat für die Sache der Schriftsteller viel getan und unter den ersten Dingen, die er vor dem Verlassen des Elysée in seine südliche Heimat geschickt hat, sind seine Bücher. Was Rageot im Rathaus gesagt hatte über die Macht unseres Standes, bekommt grade hier und angesichts des Staatschefs seinen greifbaren Sinn. Die Macht ist nicht darin ausgedrückt, daß die französischen Schriftsteller ausnehmend viel verdienen würden. Sie äußert sich eher durch die Stellung der herrschenden Klasse zur Literatur, die Vertrautheit mit ihr, zu der die bürgerlichen Herrscher sich verpflichtet fühlen – eine alte Überlieferung geistiger Ansprüche, die abzulegen nicht anständig wäre. Man empfände es hier noch als Verarmung, nicht zu lesen oder nicht wenigstens Bescheid zu wissen im Polizeibericht des Geistes. Das gehörte vormals zu den Bedürfnissen des Hofes; die Bürger haben es übernommen, wie die Schlösser, in die sie zu Empfängen gehen. Flaubert meinte nach dem Sturz des zweiten Kaiserreichs, daß es dank seinem Sinn für die Literatur etwas Luftiges, Leichtes, Übermaterielles gehabt habe, und das werde nicht wiederkehren. Für uns, die seine Zeit nicht gekannt haben, scheint ein Rest dessen, wovon er Abschied nahm, selbst in einer veränderten Gesellschaft noch da zu sein.

Schriftsteller-Internationale

Das Hôtel de Massa in Paris ist das reizende Privathaus eines Herrn, der keinem anderen Jahrhundert angehören darf, als dem achtzehnten. Wäre er noch da, er fände die Fassade, die er kannte, und die Räume sind in seinem Geschmack wiederhergestellt. Sein kleines Palais steht jetzt an einer anderen Stelle in der Stadt, seine Umgebung ist heller und freier als einst. Es ist vor einigen Jahren Stein für Stein in diesen Garten versetzt worden. Dann erhielt der Verband der französischen Schriftsteller es als Geschenk.

Der Vorsitzende des Verbandes bedauert, daß das Haus den Anschein erweckt, als wäre der Verband sehr reich. Aber wenn es nicht reich ist, um so einflußreicher muß er sein. Davon zeugt auch dies Geschenk. Die französischen Schriftsteller haben gesellschaftliche und materielle Vorteile erlangt, die sie nicht für sich allein behalten wollen. Im Gegenteil ist ihnen der Gedanke gekommen, daß die Zusammenarbeit mit den Berufsgenossen von überall die Macht des ganzen Standes vervielfachen und damit auch ihre eigene befestigen könnte. Jede Macht ist nur noch international zu befestigen.

Daher hatten die Franzosen vor kurzem die Schriftsteller-Verbände aller anderen Länder in das Hôtel de Massa geladen. Die kamen auch aus sechsundzwanzig Republiken und Königreichen. Man hörte zahlreiche Sprachen, nur nicht Englisch, was ein seltenes Vorkommnis war und beklagt wurde. Am meisten vertreten waren Deutsche, Italiener und Polen. Eine kontinentale Zusammenkunft, das war der Eindruck. Wie oft ergibt sich wohl jetzt derselbe Eindruck? Die Umstände scheinen immer häufiger die kontinentalen Ergebnisse zu begünstigen.

Die Sitzungen der Delegierten betrafen, wie es sich gehört, nur materielle Interessen. Vom Geistigen, dem gemeinsamen Streben nach Gesittung, Verständigung, dem wahren Völkerfrieden, der auf Erkenntnis und gutem Willen zu gründen wäre – vom Geistigen war nur bei der Eröffnung kurz die Rede. Dann sprachen alle nachdrücklich, manchmal mit Leidenschaft, von Rundfunk, Film, Schutzfrist. Dennoch arbeiteten hinter den Worten, die man hörte, die ganzen Tage lang noch andere Kräfte. Diese setzten sich zusammen aus Neugier und Eifersucht, dem Wunsch, einander sowohl zu verstehen wie zu überholen. Das eigene Geltungsbedürfnis war bei den einen ungehemmt. Bei anderen fand es seine Grenze in der Vorliebe, die eine von der ihren verschiedene Art zu sein ihnen einflößte. Dies ist heute das normale Verhältnis der Europäer zueinander.

Die sympathische Dame aus Schweden, die so gut Französisch sprach, war glücklich, daß ihr Land und Frankreich einander verstanden, und zwar in ihrer eigenen Person. Beim Frühstück im Auswärtigen Amt galt der Trinkspruch der Schwedin einfach Frankreich – wohingegen kein Italiener auch nur zwei Minuten reden konnte, ohne den Namen seines gewaltigen Diktators zu erwähnen. Dann versuchte einer seiner Landsleute zu klatschen, und da niemand mitging, hörte er wieder auf. Sehr anschaulich verlief es, als einmal ein italienischer Delegierter gründlich anderer Meinung war als der französische Berichterstatter. Der Franzose verhielt sich schlicht-bürgerlich, der Italiener beim ersten Widerspruch wie ein losgelassenes Element. Er betätigte mit verdunkeltem Gesicht einen furchterwekkenden Radikalismus. Der Franzose schickte ihm einen Blick, in den sich Zurückhaltung und Ironie teilten. Was übrigens durchdrang, war die Ansicht des Franzosen.

Die deutschen Vertreter hatten mit den französischen weder einen Konflikt noch auch nur eine Meinungsverschiedenheit. Beide Teile konnten ausnahmslos zusammengehen und taten sich damit keinen Zwang an. Der Grund war, daß so wenig diese wie jene gekommen waren, um Aufsehen zu erregen oder sich reden zu hören. Sie wollten praktisch arbeiten und menschlich, wenn es sein konnte, einen gemeinsamen Standpunkt finden. Dieser war von vornherein gegeben. Es war die beiderseitige Nüchternheit und unbefangene Vernunft, die Neigung, einen kleinen Erfolg den größten Forderungen vorzuziehen. So sind jetzt beide, wenigstens die wichtigeren in beiden Nationen und allen ihren Klassen. Wenn es nicht ursprüngliche Verwandtschaft ist, dann gleichen wohl ihre historische Schicksalsgemeinschaft die Deutschen und Franzosen einander an. Auf dem Kongreß der Schriftsteller-Verbände gab es bestimmt keine anderen zwei Gruppen, die einander näher standen.

Alle indes waren einig, ihre Internationale Föderation zu beschließen. Das bedeutet zunächst, daß jeder Schriftsteller in jedem Land vertreten ist und daher nirgends mehr weder fremd noch ungeschützt sein sollte. Darüber hinaus ist es die Anerkennung einer Kameradschaft, die ein einzigartiger Beruf uns ohnedies vorschreibt. Die Natur selbst verändert die Gesichter derer, die denken und Wahrheiten ausdrücken, solange, bis sie im Grunde nur ein Gesicht haben, ob es weiß oder schwarz ist. Beim Pariser Kongreß zeigte sich ein einzelner Teilnehmer mit schwarzer Haut, aber sein Gesicht, das nicht mehr jung war, trug in ergreifender Art die Züge, Male, das Unverkennbare, Traurige und Schöne, das die Arbeiten des Geistes auf den Gesichtern hinterlassen.

Der Wille

Wir wählen

Im Leben macht man seinen Weg auf drei Arten: mit Arbeit, mit Beziehungen oder mit Verbrechen. Der einzelne hat nur die Wahl, und auch den Gruppen oder Parteien bleibt nichts anderes übrig, als sich zu entscheiden. Das öffentliche Leben wiederholt lauter und deutlicher, was wir auch sonst sind und was wir alle Tage tun. Der eine will arbeiten, will sein Werk aufbauen und damit werden, was die Gesellschaft ihm irgend erlaubt. Wenn er geschickt ist und Glück hat, ist es manchmal viel. Ohne Arbeit erreicht ein anderer leider mehr; er macht es mit Beziehungen, leerem Betrieb und Redensarten. Es ist nur immer die Frage, wie lange das gut geht; schließlich fällt es doch auf, daß er eigentlich nichts kann. Was das Verbrechen betrifft, ist es zwar eine durchaus positive Leistung. Unbestreitbar verändert man damit in der Welt etwas. Man verändert es zwar meistens zum Schlechteren und geht zuletzt selbst mehr oder weniger katastrophal zugrunde. Das Verbrechen ist der Gesellschaft nicht gemäß und wird auf die Dauer von ihr immer ausgeschieden.

Sprechen wir von der Nationalsozialistischen Arbeiterpartei! Am Anfang steht Betrug; die Partei ist in Wirklichkeit nichts von allem, was sie zu sein vorgibt, weder national noch sozialistisch und besonders keine Arbeiterpartei. Sie arbeitet seit ihrer Gründung mit dem Geld einiger reichen Leute und für die Interessen derselben Großkapitalisten. Dies bedingt zweitens Verrat und Ausbeutung. Hundertfünfzigtausend arme Menschen schenken den Führern monatlich dreihunderttausend Mark. Sie wissen nicht, was sie tun, sie sind die Opfer harter Wirtschaftsbedingungen und ihrer zerrütteten Gemüter. Eine besser regierte Republik könnte sie heilen. So werden sie von ihrer Partei ausgebeutet, werden verraten an ihre natürlichen Feinde und überdies noch verhöhnt. In dem albernen Gewäsch jenes Hitler wird ihnen gesagt, daß die Arbeiter nur der Gewalt zu gehorchen haben und daß eine Herrenrasse gezüchtet werden muß. Dafür geben die Bedauernswerten ihr Geld und ihren Glauben! Der frühere Handwerker verrät und verhöhnt allerdings nicht nur sie, sondern vor allem sich selbst. Was ist er denn? Ein Herr? Er spricht dermaßen Dialekt, daß in Berlin kein Mensch ihn versteht. Er lebt reich ausgehalten von denen, die ihn gegen seine eigenen Klassengenossen benützen. Herrenrasse! Am meisten Herr war er, als er noch mit seinen Händen die Zimmer tapezierte. Da tat er, was er konnte, und das ist für jeden die wahre Ehre und Vornehmheit.

Wenn diese Partei eine Partei gegen die Arbeiter und durchaus unsozial ist, auch national nennt sie sich nur unter schwerstem Mißbrauch. Vor allem ist niemand national, der vor hat, sobald er es könnte, in der Nation ein großes Blutbad anzurichten. Die Nationalsozialisten selbst können gar nicht voraussehen, wie viele sie umbringen müßten, wenn sie die Macht erobert hätten und auch behalten wollten. Sie unterschätzen ihr eigenes Blutbad. In ihren Zeitungen zählen sie immer nur einige namhaftere Personen auf, zum Beispiel Büchner, Gutzkow und mich – Lebende und Tote, es kommt ihnen nicht darauf an, wen sie an die Wand stellen. Aber im Ernstfall wird es bestimmt bei den Namhafteren nicht bleiben. Sie werden die Massen vergasen müssen. Wenn das national ist! Dagegen werden sie ein für alle Male nicht den kleinsten nationalen Krieg führen; dafür wären sie im Innern viel zu sehr beschäftigt. Keine auswärtige Macht, die über Vernichtungsmittel verfügt, hätte von dem Dritten Reich etwas anderes zu erwarten, als die demütigste Unterwerfung.

Die Neigung zum Mord, zum Verrat und Betrug muß einer Partei gleich mitgegeben sein, dann finden sich in ihr die passenden Typen zusammen. Von den Kommunisten kann nicht behauptet werden, daß bei ihnen die Verbrecher überwiegen; denn sie sind keine Partei des Verbrechens. Sie wollen eine ehrliche, anständige und folgerichtige Sache, es ist nur leider weder ihre noch unsere Sache, sondern in absehbarer Zeit einzig die russische. Man kann nicht Geographie und Geschichte ändern; wir liegen zu weit westlich, und zu viele westliche Lebenstatsachen sind in uns aufgegangen. Ob wir es mit Stolz oder eher resigniert sagen, so ist es. Der große und bewundernswerte russische Versuch erfaßt nur unsern Intellekt, nicht unsern Kern, und wir fühlen, daß er auf den Grundlagen unseres Daseins, wie es geworden ist, nicht gelingen könnte. Übrigens fühlen dies viele Kommunisten, und mit ihnen wohl auch Moskau, zu urteilen nach seinen ungewöhnlichen Maßnahmen. Wenn wirklich ein Bündnis, womöglich sogar ein militärisches, mit den deutschen Nationalisten erstrebt würde, dann – ist es aus mit jeder Sympathie, die man den Kommunisten etwa widmete, bevor sie zu verzweifelten, uns verhaßten Mitteln griffen. Wir wollen keinen Krieg und wollen nicht, daß an dem verächtlichen Rauschgift des Nationalismus noch einmal die Millionen sterben oder Bettler werden.

Soviel über Verbrechen in der Politik und bei den Parteien. Dann sind da, wie im täglichen Leben, jene, die es mit Beziehungen, bloßen Privatinteressen oder mit der Phrase schlechthin machen. Wozu sollen wir uns eigentlich seit diesem Wahlkampf von jedem retten lassen? Schön, ein früherer General kann es sich gar nicht anders vorstellen, als daß die Zukunft Deutschlands auf dem Heer beruht. Auf hunderttausend Mann. Und wenn jener berühmte Vertrag uns statt hunderttausend nur zweitausend gelassen hätte – oder nur fünf Stück, es tut nichts, auf ihnen würde für manchen unentwegt die Zukunft beruhen. Sie beruht aber zu unserm Glück auf etwas Wirksamerem: unsrer Arbeit, unserm Sinn für das Leben, auch politischer Sinn genannt. Sie beruht auf Gedanken. Die wichtigsten Gedanken, die wir verwirklichen müssen, sind Volksgemeinschaft und geeinigtes Europa. Beides geht nur, wenn die Hauptländer alle dasselbe Regime haben, wie sie es jetzt wirklich haben; und übrigens darf die Dauer der Republik Deutschland endlich nicht mehr in Zweifel gezogen werden. Das muß als unfair gelten; denn tatsächlich ist hinter dem Drängen nach dem Wechsel der Einrichtungen oft gar keine Überzeugung, nur einfach der Wunsch, nach vorn zu kommen. Wird der Wunsch erfüllt, nennt man es Diktatur. Es gibt keine Diktatur, die etwas anderes wäre, als die gefundene Gelegenheit, ganz vorn zu liegen. Ideen und ein Feld der Betätigung ergeben sich günstigenfalls nachher. Erst mal vorn liegen – und dazu einen Verein gründen, der dich schiebt und anschwärmt. Ein Diktator arbeitet nicht, er hat Beziehungen.

Hinter dem Drängen nach dem Wechsel der Einrichtungen ist oft noch weniger, nur Wichtigtuerei und Geschwätz. Wieviele haben unterhaltungsweise geäußert, die Zeit von Weimar sei jetzt vorbei, bis ein Wahlredner, Pater noch dazu, es öffentlich weiter herumredet. Der hat wenigstens keine Kinder. Wir alle aber – Arbeitende, Gereifte, Verantwortungsvolle – sollen uns jeden Augenblick erzählen lassen müssen, daß das Land, in dem wir leben, kein sicherer Boden ist? Nochmal Inflation, wie? Die Entwertung alles lebenslänglich Erworbenen, wie? Die Arbeitslosigkeit ausgedehnt auf den kleinen Rest derer, die noch nicht abgebaut sind – anstatt daß einmal festgesetzt würde: wer Tausende für sich arbeiten läßt, ist auch dafür verantwortlich, daß sie weiterbestehen. Das ließe sich doch machen, wenn nur einfach die gesetzlichen Einrichtungen ihrem wahren Sinne nach weiterentwickelt würden. Auch die abscheulichsten Vorkommnisse in der Justiz wären, gleich denen in der Wirtschaft, schlechthin abzustellen, ohne daß deshalb im Staat irgend etwas verändert wird. Man muß nur stark genug sein, um diese Republik zu regieren. Es ist vor allem eine Frage der Überzeugung und des Könnens, ob man fertig wird mit Verbrechern, Schwätzern und Diktatoren, den Übergriffen reicher Leute und irgend einem kleinen Leichtsinn, der nun mal den Krieg liebt. Es ist auch eine Frage der Geduld. Wenn solch ein Kadettenleichtsinn dahinschwatzen darf, das System Stresemann sei erledigt, dann darf man sich solchem Unsinn nicht ergeben, man muß ihn widerlegen, man zeigt ihm, daß seine, grade seine Zeit aus ist.

Die Zeit derer, die nichts leisten, nur Betrieb machen und uns andere in der Arbeit aufhalten – ihre Zeit sollte vorbei sein. Muß uns immer weiter gedroht werden mit den schlimmsten Katastrophen? Endlich einmal sollten sie hinter uns liegen. Es ist nicht wahr, daß es nur den Frieden vor dem Kriege gegeben hat. Jetzt, jetzt ist ein besserer Friede, denn er könnte frei von Drohungen und bereit zur Blüte sein. Wir haben den zwecklosen, bei allem Betrieb ganz untätigen Radikalismus abzuschwören.

Wir haben für die zu stimmen, die nicht diktatorisch, sondern gerecht denken. Wir müssen arbeiten, Geduld üben und viel zu stolz sein, als daß irgend jemand uns oder unsern Staat retten dürfte. Das können wir allein.

Situation de l'Allemagne*

I

Vous me demandez mon opinion sur la situation actuelle de mon pays. Je vous dirai qu'elle correspond assez bien à l'état dans lequel se trouve l'Europe tout entière. Car nous la voyons surtout indécise. Pourquoi l'Allemagne, qu'une défaite et ses suites ont fortement déséquilibrée, choisirait-elle plus facilement la route à suivre que la France qui, elle non plus, n'est pas sans connaître quelques velléités de réaction? Or la réaction capitaliste aboutit toujours au fascisme. Le fascisme a été inventé par des capitalistes imprudents pour cacher les fautes du système ou du moins pour en prévenir les conséquences. Les capitalistes allemands ont commis de plus grandes fautes que les autres, puisqu'ils sont allés jusqu'au bout de cette inflation dont nous ne nous sommes pas remis, surtout moralement. Il fallait bien que pour se protéger ils missent sur pied des bandes armées – naturellement sous prétexte de nationalisme. Quand on veut réprimer une nation c'est infailliblement le nationalisme qu'on met en avant.

N'allez pas croire pourtant que c'est avec une joie sans mélange que les banquiers et les industriels qui ont financé le mouvement national-socialiste comptent le nombre de leurs députés récemment accru. Ils commencent à battre en retraite devant ces sauveurs dont la cupidité est pour le

* Die Übersetzungen der französischen Texte befinden sich auf S. 327ff.

moins autant à craindre que le »marxisme« qu'ils combattent. Les représentants du »marxisme« ne sont généralement pas très cupides, et même parmi les communistes allemands il y a peu de violents. Les nationaux-socialistes au contraire, n'ont que cela, violence et cupidité. Laissons de côté leur doctrine, ils ne seraient eux-mêmes pas capables de l'exposer. Moralement ils ne s'attachent à rien, pas même à l'antisémitisme, et ils accepteraient aussi bien l'argent des juifs que celui de toute autre classe de la population. C'est même pour cela qu'ils les tiennent sous la menace de l'expropriation. Un jour, Hitler et sa bande déjeûnent avec l'un des plus gros financiers. Le lendemain ils vont déposer un projet de loi tendant à exproprier les »princes de la banque«. C'est une manière de dire: gardez présent à l'esprit tout ce que vous nous devez encore de déjeuners, et de dîners, et d'autos, et d'appartements luxueux, et de comptes en banque!

Ce procédé suppose la violence comme base de toute politique, une société tout entière tenue en esclavage par un parti régnant, la pensée abolie, l'intelligence asservie, l'individu diminué jusqu'à l'effacement total. Et, en effet, les nationaux-socialistes n'ont que ça dans la bouche: plaies et bosses. Devant les tribunaux ils évoquent les têtes qu'ils feront rouler, et pendant la conférence de l'un des écrivains qui ont fait un peu plus pour leur pays que tous les nationalistes, ils profèrent hautement qu'aucun argument ne prévaudra contre les leurs, qui sont à explosion. Cette fois ils ont été éconduits par la police, le public bourgeois ne se rangeant pas encore indistinctement de leur côté. Il est vrai qu'un juge de la Cour Suprême a laissé parler le chef d'un parti subversif de meurtres qu'il annonçait d'avance, sans le faire arrêter à l'instant même. C'est que la violence est contagieuse. Il doit sembler doux à des hommes rongés par des soucis, des haines, et par cette angoisse de vivre qui est le mal du siècle et surtout de l'Allemagne, d'assouvir toutes leurs passions si longtemps contenues, dans une espèce de jungle, qu'ils appellent »Le Troisième Règne«. Bien entendu, le »Troisième Règne« a un aspect sensiblement divers pour les croyants riches et les pauvres. Ils rêvent de s'entre-dévorer.

C'est aussi que la supercherie des nationaux-socialistes va trop loin. On ne peut pas longtemps se faire payer par les industriels et les princes déchus, tout en promettant le pouvoir aux ouvriers. Cela doit finir mal. Le manque absolu de sens moral dont ils se vantent peut en imposer aux déséquilibrés et surtout aux tout jeunes gens nés de la guerre et pourvus d'instincts anarchiques. Les autres seront plutôt dégoûtés par des types qui, ayant donné leur parole d'honneur, la retirent après coup et déclarent que c'est là leur tactique. Je ne crois pas qu'ils iront très loin. Ils n'ont pas l'intelligence du crime, s'ils en ont le goût.

De plus, l'invention leur manque. Ils ne sauraient pas même comment marcher, ni saluer, si les fascistes d'Italie ne le leur avaient appris. Le salut romain, c'est tout ce qu'ils ont trouvé comme germains pur sang. Puis ils se vantent trop et leurs menaces restent trop longtemps sans exécution. Les fascistes italiens n'avaient pas 107 députés lors de leur marche sur Rome. Dans leurs discours actuels les nationaux-socialistes se résignent à arriver au pouvoir légalement. C'est un mauvais signe pour le parti de la violence. Il se pourrait que leur heure fût déjà passée. Ils sont venus trop tard, quand le fascisme italien ne fascine plus le monde, que l'Italie s'en détache silencieusement, tous étant déçus, les capitalistes comme les autres. Le dictateur qui, il n'y a pas longtemps, les reniait, maintenant ne dédaigne plus de faire état de ses disciples allemands, et cela ne présage rien de bon ni pour lui ni pour eux.

Je ne les vois donc pas en grand, malgré leur nombre purement accidentel. Un état d'esprit comme le leur et le genre d'hommes qu'ils représentent, loin d'assurer l'avènement d'un parti, me semblent plutôt indiquer sa déchéance. Mais il ne faut pas sous-estimer les circonstances qui malgré tout pourraient porter ce parti au pouvoir. C'est d'abord l'indécision générale et l'aversion irréfléchie qu'inspire aux partis bourgeois de droite un »marxisme« qui pourtant, en Allemagne, constitue le plus ferme soutien de l'ordre établi. On pourrait se laisser glisser dans cette anarchie qui s'institule national-socialisme, et ce serait alors le règne de la terreur. Ce serait la destruction et la désorganisation portées jusqu'à la frontière de la France. Elle n'aurait pas longtemps le droit de s'en dèsintéresser. Mieux vaudrait peut-être aider la démocratie allemande dans sa résistance. Il y a chez vos voisins trois millions de sans-travail, et l'hiver venu ils seront devenus quatre. A côté d'une richesse impudente qu'il serait grand temps d'enfreindre, s'étale une vraie misère, et celle-là il faudrait enfin la récompenser d'avoir tant enduré. Du reste les réparations à payer coûtent plus cher à présent qu'au moment où l'Allemagne avait accepté de les payer. La valeur de l'argent n'est plus la même.

Je ne suis pas de ceux qui de tout temps ont crié que nous ne pouvions payer. C'est maintenant que je dis: nous avons beaucoup payé. Dans des circonstances accablantes et sous la menace d'un écroulement – évitable, mais qui tout de même pourrait ne pas être évité – j'en appelle aux Français conscients de leur responsabilité. Je sais qu'ils seront avec moi, car ils défendront des intérêts qui leur sont communs avec nous autres, intérêts matériels et moraux, la paix, l'avenir de toute notre culture et cette Union de l'Europe, qui, je ne l'oublie pas, est avant tout une idée française.

II

Un de vos collaborateurs vient de poser la question à quelques intellectuels allemands dont je suis, si nous approuvons un certain mouvement soidisant nationaliste, et qui se serait manifesté par le résultat des élections récentes.

Ce qui se fait vraiment jour dans ce mouvement, c'est surtout un besoin maladif de violence. La masse du parti national-socialiste, qui n'a rien de socialiste ni de national, est formée par les désespérés qu'en ce moment on compte par millions et par une jeunesse anarchique. Je les plains et j'espère toujours que la République trouvera le moyen de leur rendre l'espoir et de se faire respecter d'eux.

Quant au mouvement lui-même, je le méprise ainsi que ses chefs qui, tout en n'étant eux-mêmes pas tous Allemands, osent injurier aux vraies gloires de ce pays.

L'idée généreuse de l'admirable Briand d'une union douanière entre nos deux pays prendra corps, à condition que l'Allemagne continue d'être en République. Moi-même, puisque j'ai été mis en question, n'ai jamais eu de désir plus profond que la réalisation de cette entente franco-allemande dont j'ai tant de fois, devant des assemblées allemandes et françaises, proclamé la grandeur morale. Le hasard des élections ne saurait rien y changer. Votre appel me parvient au cours d'un voyage de conférences en pays rhénan. L'une de ces conférences est sur l'entente franco-allemande.

Que font les intellectuels allemands partisans de l'entente? – Nous sommes occupés à nous battre (ce qui nous laisse peu de temps pour répondre). Nous nous battons pour notre peuple contre ses ennemis intérieurs; et ce faisant nous défendons des intérêts communs à la France et à l'Allemagne.

De son côté, la République française peut aider beaucoup la République allemande.

III

Ne parlons pas trop des nationaux-socialistes. Ce serait leur rendre trop de services. Ils ont été surfaits et ce qui compte plus qu'eux-mêmes, c'est la peur qu'on a d'eux.

Que voulez-vous? Ils ont si bien joué les énergumènes! Ils ont menacé tout le monde, et cela sans relâche. Ils ont même assassiné de temps en temps. L'autre jour, ils payèrent trois marks chacun à quelques centaines d'individus qui, patriotiquement, sifflèrent un film pacifiste. En ce moment, ils font voyager un ancien forçat, condamné pour assassinat politique, qui recommande vivement dans les réunions publiques, de faire rouler les têtes des républicains. Avec cela, ils haussent le ton, en parlant aux personnages les plus vénérés de la bourgeoisie, comme par exemple le général Von Seekt. Celui-ci leur avait promis de les faire entrer dans le Gouvernement. Ils répondirent avec insolence à cet ancien grand homme que Hitler règnerait tout seul, ou avec ceux qu'il daignerait agréer.

C'est surtout leur assurance qui effraye et écrase ceux dont le caractère a été ébranlé par une guerre malheureuse et ses conséquences. Ces survivants d'une bourgeoisie affaiblie, et qui n'a plus assez de force pour se maintenir elle-même ou maintenir l'ordre établi, voient surgir enfin une énergie, et ils s'y accrochent. Peu leur importe d'être repoussés par ceux qu'ils adulent sans pudeur, et d'avoir à encaisser leurs insolences et leurs menaces. La peur même peut sembler délicieuse à qui n'ose plus espérer faire peur aux autres, et si ces bons nationaux-socialistes font mine quelquefois de vouloir s'attaquer aux riches, ils se font aussi forts d'anéantir le »marxisme«. En réalité, ce »marxisme« n'offre aucun danger imminent, du moins en Allemagne; et si jamais il devenait agressif, ce ne seraient pas les nationaux-socialistes qui l'empêcheraient de réussir. Ils ont pour cela fait trop de promesses fallacieuses aux pauvres bougres qu'ils enrôlent, et qui très probablement rentreront dans les rangs marxistes dès que le vent aura tourné. En tout cas, la résistance des républicains est certaine et le »Troisième Règne« des nationaux-socialistes parvenus au Pouvoir, sombrerait dans la guerre civile, qu'ils susciteraient immédiatement.

Tout le monde peut se rendre compte que ce parti du bluff et du camouflage, malgré son nombre accidentellement accru, ne représente pas une force intelligente, capable de conduire une nation, ni même de l'entraîner. L'immoralité des nationaux-socialistes, qui est absolue, ne suffit pas à remplacer l'intelligence qui fait défaut. Que dire de ce grand chef de parti qui, pour régler le problème des quatre millions de sans-travail, déclarait que ces quatre millions feraient mieux de mourir dans une guerre prochaine de libération. C'est révoltant, je le veux bien. Mais n'est-ce pas aussi d'une imbécillité comique? Ces gens devant qui tant d'autres tremblent sont des médiocrités surfaites. Mais ils profitent provisoirement de la misère du peuple et de la mentalité faussée d'autres classes sociales. Ils n'ont pas de véritable énergie, ils n'ont que de l'inconscience, mais il paraît qu'à de certaines heures, on se laisse aller à prendre l'une pour l'autre. S'ils étaient capables de se montrer énergiques, autrement que par des hâbleries et des meurtres, il y a longtemps qu'ils auraient pris le Pouvoir. Après les élections du 14 septembre, ils n'avaient qu'à s'en emparer: on avait tellement peur d'eux! C'est une belle occasion ratée et qui ne reviendra pas de si tôt de répandre beaucoup de sang et de déclencher la guerre, du moins à l'intérieur du pays.

A ce moment-là, le Gouvernement de la République faisait le mort. Il n'entreprenait rien pour la défendre, laissant ce soin à la police prussienne, dont parfois il entravait d'ailleurs le zèle. La faiblesse dont les gouvernants se rendaient coupables ne serait peut-être pas restée sans conséquences funestes avec d'autres hommes que ces fantoches puérils et sanglants du national-socialisme. Le chancelier vient seulement de retrouver la parole, et puisqu' enfin il se décide à leur dire leur fait, on a l'impression qu'officiellement le moment du plus grand danger est passé, s'il ne l'est pas du tout pour l'observateur placé en dehors du bureau ministériel. Pour écarter ce danger, il faudrait agir. Or, le Gouvernement ne fait que reculer. Il autorise les industriels à diminuer les salaires, mais ne touche pas au prix des vivres. Les pouvoirs exceptionnels qu'il s'est donnés ne sont dirigés que contre les républicains et même quand le chancelier réprimande les ennemis de la République qui, par leurs menées pourraient acculer le pays à la ruine, il semble encore regretter qu'ils l'y forcent.

Déjà, nous avons eu des grèves. Elles peuvent reprendre, ce qui est grave dans un pays qui manque de travail. Les ouvriers social-démocrates et les communistes commencent à faire cause commune, malgré leurs chefs qui sont ennemis jurés – mais la nécessité de réagir contre les violences des nationaux-socialistes leur fait serrer les rangs. Il suffirait que les plus énergiques parmi eux, les communistes, dominent pendant quelque temps, pour qu'aussitôt la bourgeoisie, prise de panique, donne aux nationaux-socialistes l'occasion de se poser en sauveurs. Alors, on connaîtrait la terreur.

Admettons, toutefois, qu'ils perdent encore cette chance comme les autres. La menace reste, et pour plus d'une raison. Car l'esprit d'action antirépublicaine a gagné bien du monde depuis que les industriels de la Ruhr en soudoyant les nationaux-socialistes sont parvenus à en infecter les classes moyennes. L'Université et la justice marchent de front. La première pour éloigner la plus grande partie de la jeunesse bourgeoise de l'Etat actuel, qu'elle ne servira de longtemps sans arrière-pensée. De leur côté, les tribunaux ont répandu l'insécurité par l'iniquité constante de leurs jugements politiques. Grâce à eux, les antirépublicains, pourvu qu'ils ne soient pas communistes, peuvent se croire assurés d'une impunité presque complète, tandis que les républicains se sentent guettés par les institutions même qui devraient les protéger.

C'est au point, qu'on se demande si tous ces fossoyeurs de la République démocratique et sociale sont vraiment sûrs de l'enterrer. Une fois vaincu le danger, la République se redressera. Elle sera transformée. Est-ce qu'on s'imagine qu'elle acceptera de traîner comme auparavant entre la vie et la mort? Dans ses affres passées, elle aura rassemblé des énergies inconnues, et il y a peu de chance que les générations nouvelles de républicains fassent grâce aux traîtres. On peut être à peu près certain que suivant l'exemple autrefois donné par la République française, la future République allemande abolira pour quelque temps l'inamovibilité des juges. Il y aura d'autres arrestations. La loi contre la haute trahison, c'est enfin cette république-là qui la mettra en application. Juges, professeurs, industriels et le reste, ne semblent pas se douter qu'ils jouent gros jeu.

Le jour viendra, du moins je l'espère, où l'on pourra aussi faire leur affaire aux bellicistes assez téméraires pour vouloir compliquer la crise intérieure d'un pays éprouvé en le poussant à d'autres aventures. Une chose domine les opinions politiques, une chose dont la nécessité vitale est indéniablement démontrée: c'est le rapprochement, ou pour mieux dire, l'union étroite franco-allemande. Vouloir la contrecarrer, ne peut déjà plus être regardé comme une erreur; dans un temps plus ou moins rapproché, ce sera un crime. La bêtise d'un homme public, fût-il national-socialiste, ne peut l'excuser de se refuser à cette évidence, d'une Allemagne sauvée, et d'une Europe restaurée, dès que l'Allemagne et la France seront d'accord. S'il s'y refuse, c'est qu'il se rend compte que cette paix et cette renaissance seront forcément républicaines et qu'il lui faudrait alors renoncer à la domination. On n'oubliera pas ceux qui, dans cette question de vie et de mort auront été de mauvaise foi.

Il importe que l'Allemagne voie la France s'avancer la première et lui tendre la main. Il s'agit de la prendre. Voilà l'épreuve. Car vous comprenez bien que nous ne pourrions nous décider les premiers; on n'a pas la démarche bien assurée, tant qu'on traîne avec soi le boulet d'un national-socialisme. Il faudra encourager notre bonne volonté. A ce propos, on m'a annoncé ce manifeste en faveur de notre bonne entente, qui serait publié un de ces jours, signé par plus de cent écrivains et artistes français. C'est un commencement. Vous nous demandez à nous autres de nous déclarer solidaires de votre acte. Nous le ferons. Puis ce sera, je suppose, le tour des ouvriers, des grandes organisations sociales, enfin des partis politiques. Dans nos deux pays, se départageront les forces de progrès et de réaction et je crois bien, que beaucoup de ceux qui s'étaient mis du côté des malfaiteurs, hésiteront au dernier moment et se rallieront à nous.

Enfin, vous êtes en bonne position pour nous forcer la main, et par là même, nous aider à nous reprendre. Faites-le, et ce seront nos enfants, les vôtres aussi bien que les nôtres, qui vous en remercieront.

La guerre prochaine

Voici ma réponse à la question que vous avez bien voulu me poser.

Evidemment la guerre prochaine serait la fin de notre civilisation. C'est pour cela que je crois que notre instinct de conservation l'arrêtera. Sinon, la guerre des gaz sera la dernière, pour la raison définitive qu'après celle-là il n'y aura plus personne à qui la faire encore.

On a dit que cette fois enfin ceux qui l'auraient voulue et déclenchée, tous les personnages coupables seraient eux-mêmes frappés par elle, quoique cela ne puisse plus être d'aucune consolation pour les autres. Mais il faut répéter ces choses sans cesse, il faut répandre l'horreur de cette guerre abjecte qui nous menace, jusque dans les derniers recoins de nos pays. Que les enfants l'apprennent, car ce sont eux qui mourront par la guerre technique. Que les responsables prennent peur. Que l'innocence aussi bien que le crime soient avertis.

Mais tout en continuant inlassablement de combattre le danger disons-nous aussi qu'il peut être vaincu. Nous sommes plus forts que lui. Si nous ne l'étions pas, nous n'aurions que faire de notre courage et il deviendrait inutile de combattre.

Dans toute la nature le mal extrême appelant un mieux relatif, l'homme lui-même ne pourra plus guère exagérer ses fautes. Elles ont atteint leur comble. La plus grande était certainement que depuis longtemps déjà, il s'intéressait moins à lui-même – à l'espèce humaine, à son éducation, à son bonheur – qu'à des objets qui, pourtant, ne sont que ses propres produits. L'argent et les inventions techniques paraissaient de beaucoup plus importants que l'homme, et cela pendant toute une époque qui n'est pas finie, mais qui touche visiblement à son déclin. On acquérait des connaissances économiques et techniques plutôt qu'on n'etudiait l'homme. Toutes les inventions et toutes les affaires ont été faites, au fond, au détriment de l'homme; et il en a été la victime, la guerre l'a bien prouvé.

La nature s'est vengée en excitant la révolte de la société tout entière et les maladies de l'âme collective. Les hommes d'après-guerre, souvent violents, mais dont c'est justement le manque de décision qui cause la violence, ne semblent plus capables de soutenir des efforts suivis. Il faut qu'on arrête le surmenage et qu'on revienne à cette vérité primaire qu'il n'y a pas de vraie force ni de valeur bien fondée en dehors de l'homme même.

La morale fera son retour agressif. Déjà ce que nous entreprenons contre le danger d'une guerre future, n'est pas uniquement dicté par la peur: des préoccupations morales interviennent, et elles étaient presque inconnues, lorsque la guerre de 1914 éclata.

Si Français et Allemands cherchent à s'approcher et à s'entendre, qu'est-ce sinon la curiosité morale d'homme à homme, et en plus un sentiment tout nouveau de responsabilité humaine envers l'avenir de l'espèce. Cela n'avait pas existé pendant bien longtemps. C'est ce nouvel humanisme naissant qui sera notre défense la plus efficace contre une guerre future.

Des rechutes et de mauvaises surprises restent toujours possibles. Veillons y!

Réponse à Maxime Gorki

Je suis vraiment peiné d'avoir à discuter avec Maxime Gorki que je vénère. Le maître russe rencontre avec déplaisir mon nom dans l'Association internationale des Ecrivains démocrates. C'est que j'ai eu le tort de protester, avec la Ligue des Droits de l'Homme d'Allemagne, contre l'exécution de 48 ennemis des Soviets. Or, j'avoue ne pas savoir s'ils ont été coupables. Ce qui m'avait effrayé c'est leur nombre, 48 exécutions en un jour et pour le même crime. Il y a tout de même en nous une certaine aversion contre la mort des autres, et pour la rendre extrême il suffit quelquefois d'un chiffre de mortalité un peu élevé. 48 cas de mort violente dépassent déjà le nombre que je serais encore capable d'ignorer. Je veux bien que d'autres en supportent davantage. Leur résistance à eux commencera un peu plus tard que la mienne: mettons à partir de 480 fusillés; ou bien leur en faut-il 4800? A un certaint moment l'impossibilité morale et matérielle de continuer les fusillades leur apparaîtra. Ils protesteront alors contre la mort des 4800, tout comme moi contre celle des 48. Mais pourquoi attendre les gros chiffres? Une fois que d'autres ne supportent pas indéfiniment le massacre de leurs semblables, il n'existe aucune raison pour que je consente, moi, à en voir périr seulement 48, sans utilité du reste. S'ils vivaient, les Soviets n'en fonctionneraient pas moins. Le tsar se serait contenté de les envoyer en Sibérie, et même ce bon M. Mussolini a son choix d'îles désertes.

La Ligue des Droits de l'Homme d'Allemagne a beaucoup contribué à la décision prise par cette nation d'abolir la peine de mort. D'autre part, ni la Ligue ni les »humanistes« dont parle Gorki, n'ont jamais eu la moindre chance de supprimer dans ce pays les excès du capitalisme, même si nous l'avions voulu. Nos protestations seraient, par le temps qui court, restées simplement inefficaces. Rien pourtant ne prouve que les quelques riches qui trop souvent nous imposent leur loi, seront toujours aussi puissants. Ils ont commis bien des fautes, mais du moins, n'auraient-ils jamais dû se compromettre avec ces porte-malheur que sont les fascistes d'ici. Des incapables qui n'ont pour s'en vanter, que leur seule immoralité: mais les types impérieux de la grosse industrie n'ont pas hésité à miser là-dessus. Quelques-uns s'en sont déjà repentis; peuvent-ils vraiment croire que cela se passera comme ça? Les énergumènes nationaux-socialistes ont fait perdre de l'argent aux Allemands. La guerre civile a été, par eux, déclarée en permanence; assassinats, agressions, offenses à la liberté personnelle et publique, ne se comptent plus. Leur méprisable sauvagerie a réussi à exaspérer même les gens de droite. Que les électeurs s'aperçoivent enfin que les chefs du parti se moquent d'eux, ce qui est inévitable, les nationaux-socialistes alors s'écrouleront. Mais il y a de certains personnages qui ont toute chance de les suivre dans leur chute. Ces caractères dominateurs de l'industrie rhénane, qui sont en même temps des naïfs, s'imaginent sans doute que le fascisme vaincu, ils ne s'en épanouiront pas moins comme avant. Ah! mais non. La démocratie n'aura pas en vain couru ce danger; elle y aura appris à se montrer plus énergique même envers les plus riches. Tout en ne touchant pas au capitalisme on peut très bien rendre les capitalistes responsables des dégâts causés, et cela juridiquement aussi bien qu'économiquement. Je crois qu'on verra ces choses. On se trouvera alors en face d'une démocratie radicalisée et qui, peutêtre, ne sera pas loin de rendre les mêmes services sociaux qu'une république soviétique, toutefois avec moins de convictions théoriques, et aussi avec moins d'exécutions capitales – même sans une seule, je veux l'espérer.

Unser natürlicher Freund

Eines erfährt man nie: Warum tragen viele Deutsche eigentlich Frankreich den Krieg nach, wenn sie ihn doch den anderen so ziemlich verziehen haben? Es war doch in Wirklichkeit ein deutsch-englischer Kampf um die Vorherrschaft. Beide haben ihn verloren, und Amerika hat gesiegt. So ist es, und soll durchaus noch Haß übrig sein, dann könnten wir höchstens Amerika hassen. Natürlich hat das gar keinen Zweck; es wäre nur weniger unlogisch als die Rachegefühle gegen den, der zufällig unser Nachbar ist und nicht weit weg über dem Ozean wohnt. Dafür kann er nichts. Frankreich kann wahrhaftig nichts dafür, daß eine lange Geschichte es immer wieder in nähere Beziehungen zu uns, und zwar meistens in kriegerische, gebracht hat. Beide hatten wir abwechselnd Unglück und Glück, das alles ist vergangen, es geht Geschlechter an, die meistens nicht mehr leben. Das unsere aber hat gerade durch den letzten Krieg Frankreich besser kennengelernt.

Für das, was weiter kommen soll, sind alle deutsch-französischen Streitigkeiten der Vergangenheit völlig ohne Belang – den letzten Krieg ausgenommen. Denn gerade er hat zum erstenmal unwiderleglich gezeigt, daß wir gemeinsam herunterkommen können. Diese Erkenntnis ist immer schon etwas. Das Nächste wäre nun, einzusehen, daß wir auch gemeinsam einen Aufstieg erzielen würden, wenn wir uns Mühe gäben. Halb so viel Mühe auf die Verständigung verwendet wie auf die Verfeindung und den Kampf, das muß doch ein Ergebnis haben? Es hätte doch sicher mehr Sinn, als wenn wir es zum Beispiel darauf anlegten, mit Amerika zusammen aufzusteigen. Amerika, selbst England sind weit fort und sind auf uns nicht angewiesen. Damit steht es ganz anders, was Frankreich betrifft. Wir sind seine Nachbarn; und genau so gut, wie die Deutschen, infolge der Nachbarschaft, sich inniger mit Frankreich befeindet haben, könnten sie ihm auch inniger befreundet sein als sonst irgend jemandem. Ein Entschluß würde schon fast genügen. Denn, nicht wahr, in der deutschen Feindschaft für Frankreich war von jeher auch sehr viel Bewunderung und Liebe enthalten.

Ganz gewiß ist anderseits, daß Frankreich kein zweites Volk so sehr bewundert hat wie das deutsche – dies im Krieg wie im Frieden und so lange, wie wir irgend zurückdenken können. Sogar nach der französischen Niederlage 1870 kennen wir Aussprüche eines der größten Franzosen, die das deutsche über alle anderen Völker stellen, und militärisch behaupte es nur darum den ersten Rang, weil es ihn auch sonst behaupte. Es gibt keinen großen Franzosen, der dasselbe vom englischen oder einem anderen Volke gesagt hat. Dort fehlt einfach das starke und nahe Interesse, das Deutschland für die Franzosen darstellt. Sie empfinden es als eine ständige Gefahr, und sie raten an ihm herum, wie man sich eben mit Gefahren beschäftigt, gern aber würden sie aus der drohenden Gefahr eine allen heilsame Kraft machen! Sie sähen Deutschland gern als Kraft, die nicht mehr andere Kräfte zu zerstören droht, wie sie meinen, sondern die sie ihrer eigenen Kraft hinzufügen könnten. Sich gegen Deutschland nicht mehr sichern zu müssen, ist ihr Traum. Der Traum geht bei vielen von ihnen weiter bis zu einer endgültigen Verständigung mit Deutschland, ja, bis zu einer Zusammenlegung der beiden Wirtschaftsgebiete.

Sie wollen die Zoll-Union mit uns. Immer wieder kommen Pariser Herren nach Berlin, aber was sie über die Zoll-Union an Wünschen vorbringen, bestätigt nur, was wir auch in Paris hören können. Voraussetzung ist natürlich eine versöhnliche Gesinnung. Die politische Verständigung muß vor der wirtschaftlichen kommen. In wirtschaftlicher Hinsicht sich aneinander zu beteiligen, hat natürlich gar keinen Zweck und wäre nur ein neues Unglück für zwei Partner, die persönlich von einander nichts wissen wollen. In Frankreich sieht bis jetzt eine größere Zahl es ein als in Deutschland. Das ist verständlich, da sie ja gesiegt haben und wenigstens Rachsucht ihre Vernunft nicht beeinträchtigt.

Auch abgesehen von der Rachsucht, die auf eine Niederlage folgt, kann zugegeben werden, daß ein Volk nicht leicht seine überlieferten Gewohnheiten ablegt. Mit wem führt man herkömmlicherweise Krieg? Mit Frankreich. Das könnte bequem noch die nächsten zweitausend Jahre so bleiben – nur, es geht nicht mehr. Es ist erstens unmöglich, weil wir dafür schon jetzt viel zu weit heruntergekommen sind; weil der nächste Krieg uns und Frankreich erledigen würde, und weil keiner sich der Erledigung des anderen mehr freuen könnte. Er hätte zum Lachen weder Augen, noch Stimme, noch das Herz mehr. Ferner ist das Kriegführen zwischen den beiden Völkern unmöglich geworden, weil sie seit dem letztenmal mehr über einander nachgedacht haben als je vorher und im Grunde ganz genau wissen, wer sie sind: die beiden ersten Völker des Kontinents und bestimmt, ihn zu retten, ihn wieder groß zu machen. Das können nur sie, sonst niemand, und sie können es nur gemeinsam. Einzeln sind sie keine Großmacht. Mit dem größten Heer ist doch keines von ihnen eine wirkliche Großmacht, denn es bestehen Weltmächte.

Gut, wir zögern. Sehr verständlich, eine Niederlage muß erst verwunden werden. Immerhin hätte die Beruhigung, die zeitweilig im deutschen Gemüt schon begonnen hatte, sich ungestört fortsetzen dürfen. Nach den Erfolgen der Verständigungspolitik müßte man nicht tun, als ob die

»Zeit Stresemanns« etwa im vorigen Jahrhundert läge. Viel eher gehört ins vorige Jahrhundert eine Partei, deren ganze äußere Politik sich in der Hetze gegen Frankreich erschöpft. Was die Nationalsozialistische Partei im übrigen treibt, wird erst richtig gekennzeichnet dadurch, daß sie sich stark macht, Krieg mit Frankreich zu führen. Die Rettung Deutschlands vorschützen und behaupten, es retten zu können – dabei aber es aufs neue tödlich trennen wollen von dem einzigen, auf den es angewiesen ist, dem einzigen, mit dessen Hilfe es gerettet werden kann! Geschrei über vergangene Dinge und nie ein richtiger Blick auf die wesentlichen Interessen des Landes, dem man helfen zu wollen vorgibt! Das eigene Parteiinteresse ist viel stärker als die Sorge um Deutschland, so steht es. Frankreich kann nur eine deutsche Demokratie als seinen Freund ansehen, daher der Haß. Das Bündnis mit Italien, das die deutschen Nationalsozialisten fordern, dient aber dem internationalen Fascismus, und der ist ihnen wichtiger als der Aufstieg Deutschlands. Aufstieg mit Frankreich, nein. Lieber Untergang Deutschlands unter Beistand des wenig belangvollen Bundesgenossen, den sie sich ausgesucht haben. Es geht Italien noch weit schlechter als uns, und über seine Zuverlässigkeit sind wir belehrt seit 1915. Das Bündnis mit ihm brächte uns Krieg, Niederlage – und statt jedes Gewinnes bliebe einzig, daß Deutschland als Herren über seine letzten Tage und als Leichenbestatter diese ehrlichen, diese klugen Nationalsozialisten hätte.

Dies alles sieht das Volk Deutschlands mit an, sieht das äußerste Unheil sich vorbereiten und wählt in großen Mengen die Anstifter. Zu den immer wiederholten französischen Angeboten dagegen nie ein Wort. Macht denn niemand sich klar, was die Zoll-Union mit Frankreich bedeutet? Ein einziges Wirtschaftsgebiet von der deutschen Ostgrenze bis zum Atlantischen Ozean. Alle Waren, für die wir unsere Arbeit und unser Leben vergeuden müssen, alles Lebensnotwendige halb umsonst. Sogar die gebotenen Vorsichtsmaßregeln, damit die deutsche Produktion sich den neuen Bedingungen allmählich angleichen kann, würden nicht verhindern, daß die äußerste Not in Deutschland zu Ende wäre. Das Ende der Not – zusammen mit dem Ende der ärgsten Kriegsgefahr: das alles ist wohl nichts? Gegen die Verbündeten Deutschland und Frankreich kann das ganze noch übrige Europa einen Krieg weder beginnen noch gewinnen; es kann sie weder besiegen noch aushungern; und nur dieses einzige Bündnis macht so widerstandsfähig. Ist man bei uns denn wahnsinnig, daß nichts geschieht, um es herbeizuführen? Massen müßten doch aufstehen und ihren Willen dafür kundgeben. Keine Regierung dürfte ein anderes Ziel haben. Sie weiß zweifellos, daß alle deutschen Fragen auf dem ganzen Kontinent lösbar würden, sobald wir die Freunde Frankreichs wären. Welche Folgerungen zieht sie? Ein Film wird verboten, weil er zeigt, wie Deutsche und Franzosen gemeinsam leiden und wie sehr sie beide ihren Frieden brauchen. Nur darum ist der Film in Wahrheit verboten worden, nicht wegen irgend einer Entwürdigung des deutschen Heeres, die nichts als Lüge ist.

Wann steht dies Volk gegen die gewissenlosen Lügner auf? Wann zwingt es seine Regierung, es mit seinen natürlichen Freunden zu versöhnen?

Gespräch mit Briand

Es ist nichts Neues, wenn Frankreich für wirtschaftliche Zugeständnisse politisches Entgegenkommen erwartet. Ein einflußreicher Franzose in einer Stellung, die sowohl wirtschaftlich als politisch ist, erklärte mir 1930, wie sehr er die Verständigung mit uns wünsche, und zwar zuerst die politische, dann folge auch die wirtschaftliche. Ich habe hierüber sofort die Meinungen anderer eingeholt und immer dieselbe Antwort bekommen. Alle glaubten, daß Politik das erste ist und daß Deutschland vergebens auf die Wirtschaft allein zähle. Dies war längst vor den politischen Vorfällen, die uns mit Frankreich wieder weit auseinander gebracht haben, vor dem Versuch einer Zoll-Union mit Österreich, vor der Breslauer Stahlhelm-Demonstration. Jedem, der hören konnte, mußte es schon damals klar sein, daß im Fall der wirtschaftlichen Hilfsbedürftigkeit unseres Landes in politischer Tonart mit uns gesprochen werden würde.

Ich hatte diesen Eindruck auch bei Briand. Das war am 3. Juni 1931, in seinem Arbeitszimmer am Quai d'Orsay. Damals bin ich gebeten worden, über die Unterredung mit ihm öffentlich nicht zu sprechen, und ich will auch heute nicht viel sagen, trotz allem, was schon wieder dazwischen liegt. Damals war Breslau gerade erst geschehen; unter der Wirkung dieser Nachricht stand Briand noch. Er zeigte eine Ruhe und Sicherheit, die zweifellos echt waren. Denn er ist groß geworden durch den festen Glauben an eine Idee, die Idee des Friedens und der Verständigung. Wer sich berufen weiß, an so ungeheuren Verwirklichungen zu arbeiten, sieht die störenden Zwischenfälle von oben, und sie halten ihn nicht lange auf. Hinter seiner echten Sicherheit war er natürlich traurig. Das ist jeder Schöpfer, wenn man sein Werk schlecht und unwirksam machen will; denn er hält es für unentbehrlich. Briand sagte, und hier wurde seine ruhige Stimme das einzige Mal dringlicher: »Das darf doch nicht noch einmal kommen!« – »Das« – war der Krieg.

Übrigens kannte er die Tatsachen und Befürchtungen, auf die ich ihn hatte hinweisen wollen. Die in Deutschland drohende Wirtschaftskatastrophe beschäftigte ihn offenbar gerade im Hinblick auf die europäische Gemeinschaft, die sein Gedanke ist. Er ging im Gespräch auf einen deutsch-französischen Wirtschaftsplan ein, er erwähnte auch schon die von Frankreich zu gewährende Anleihe. Dicht daneben aber stand immer sein Bedauern über den Zwischenfall in Breslau. Er sprach nicht aus, er gab nur zu verstehen, gewollt oder sogar ungewollt: »Solche deutschen Fehler erschweren mir jede Hilfe. Ich müßte von euch erst ein Versprechen haben –.« Ich hätte mich sehr geirrt, wenn dies nicht schon damals seine Absicht gewesen wäre und im Zusammenhang seiner Sätze sich auch verraten hätte. Nur um diesen Eindruck weiter zu geben, erlaube ich mir heute diese Mitteilungen über das Gespräch. Sie wären wirklich schädlich, wenn ich die in Deutschland verbreitete Auffassung unterstützen wollte, als wäre Briand bedingungslos unser Freund. Er ist unser Freund unter Bedingungen, die nicht nur uns und nicht einmal nur Frankreich nützen sollen. Er will die Befriedung Europas, ein durchaus realistisches Ziel. Wenn jemand von seinem Lande Geld leihen will, muß er Bürgschaften seiner Friedensbereitschaft geben. Dies ist die Voraussetzung für Briand wie für jeden anderen Franzosen.

Niemand wird sich wundern, daß die Zuschauer drüben nicht aus bloßer »Deutschfreundlichkeit« aufmerksam und besorgt sind. Sie befürchten, wenn unser Zusammenbruch käme, die Folgen für sich selbst, das versteht sich. Die denkenden und die politisierenden Franzosen wenden sich keinem anderen Volk und seinen Geschicken mit solcher Spannung zu, wie uns. Sie suchen zu verstehen, aber das muß den meisten von ihnen schwer fallen. Denn in unserer Lage hätte ihr Land ganz anders gehandelt, wenigstens glauben sie es. Sie sind überzeugt, daß die Demokratie und das republikanische Staatsbewußtsein bei ihnen Kraft genug gehabt hätten, um sie über eine Niederlage und selbst über die größte Not hinwegzuführen. Sie begreifen nicht, warum die in jeder Demokratie liegenden Möglichkeiten bei uns nicht voll ausgenutzt werden, und warum wir immer abzugleiten drohen nach der Seite unerprobter, gefährlicher Entwicklungen. Der Verfasser einiger der meistgelesenen politischen Bücher sagte: »Die Deutschen haben für uns etwas Rätselhaftes.« Er sagte es nicht abschätzig, eher bewundernd, wenn auch mit Abstand.

Sie empfinden uns Deutsche als kühne Menschen, die mit dem wirklich Gegebenen sich nie begnügen, sich auch nicht an Verträge halten, weil doch das Leben selbst über sie hinweggeht, und die nur Tatsachen kennen, keine Moral. Diese Auffassung habe ich, so oft ich ihr begegnete, zu schmeichelhaft gefunden. Genau genommen, sind wir nicht so stark. Aber aus vielen Franzosen spricht das Erstaunen über die besondere deutsche Lebenskraft. So viel zahlen müssen und dann noch Stimmung für den Bürgerkrieg behalten! Sie wünschen uns unsere schweren Prüfungen durchaus nicht. Wenn die französische Regierung als letzte dem Vorschlag des amerikanischen Präsidenten zugestimmt hat, Franzosen kenne ich dagegen genug, die behaupten, wir hätten viel, wir hätten bald zu viel gezahlt. Es lohne sich nicht, uns deshalb der Anarchie zu überliefern. Sie finden, daß ohnedies dem Wesen der Deutschen genug Anarchie beigegeben sei. »Ihr könnt von selbst nicht Disziplin halten«, dies ist eine französische Meinung. »Ihr glaubt zu sehr an die unvernünftigen Kräfte im Menschen. Daher ergebt ihr euch im wirklichen Leben leicht dem Stärksten.« Jemand fragte: »Finden Sie nicht, daß der Einfluß der Industriellen in Deutschland etwas zu groß ist?« Er fragte es mit einem sonderbaren Lächeln, und merkwürdigerweise bekamen die Gesichter der Dabeistehenden alle denselben Zug.

Nicht zahlreiche Franzosen können sich den richtigen Begriff davon machen, wie viel schlimmer bei uns die soziale Abhängigkeit geworden ist, wie viel weiter die Vertrustung geht, wie sehr die Massen schon entbürgerlicht sind, und daß hier die Revolution, die mit dem Krieg begonnen hatte, noch längst nicht beendet ist. Einige sehen dies alles genau, und es gibt französische Darstellungen des deutschen Zustandes, die ungewöhnlich tief gehen. Solche Franzosen teilen sogar die deutsche Meinung, daß Frankreich rückständig sei, ein schönes, aber unzeitgemäßes Idyll. Sie verlangen, daß auch ihr Land die unaufhaltsamen sozialen Veränderungen offen anerkenne und sich nicht länger so stelle, als ob die sogenannte bürgerliche Zivilisation das letzte Wort sei, und nach ihr komme nichts mehr. Sie glauben nur, daß nach der bürgerlichen Gesittung zwar eine andere, aber immer wieder eine Gesittung kommen müsse. Gesittung heiße und werde immer heißen: menschliche Freiheit und Verantwortung. Ich erwiderte einem Franzosen: »Die Tatsachen haben nun einmal ergeben, daß die Souveränität des Parlaments aufgehoben ist, und daß wir unter eine, wir wollen annehmen, vorläufige Diktatur geraten sind.«

Mein Gegenüber sagte mit steigendem Nachdruck: »Sehen Sie denn so folgenschwere Ereignisse bloß mechanisch an, als Wirkung eines unabänderlichen Antriebs von

Maschinen, und der menschliche Wille hätte gar nicht dareinzureden? Bei euch sind die Industriellen die Stärksten, das steht am Anfang, und ihr habt dagegen noch nichts unternommen. Im Gegenteil, ihr erlaubt ihnen nicht nur, die Politik zu beeinflussen; sie sind auf dem Wege, sie allein und diktatorisch zu beherrschen. Um dies zu erlangen, haben sich jene reichen Leute nicht nur eurer wirtschaftlichen Abhängigkeit bedient, sie haben vor allem den ärgsten Nationalsozialismus aufgeboten. Sie halten sich ein Privatheer, die Nationalsozialisten. Wir kennen, nicht zu sprechen von Europa, in der ganzen Welt kein Land, wo reiche Leute sich ein Privatheer halten dürfen. Ihr seid das einzige. Warum löst eure Regierung, die doch mit Notverordnungen vorgeht, nicht die staatsfeindlichen Sturmabteilungen auf und verbietet den Stahlhelm? Diese Regierung hat ihre ungewöhnlichen Vollmachten ursprünglich bekommen zum Schutze des Staates gegen die nationalsozialistische Gefahr. Anstatt diese aber zu beseitigen, hat sie sich zum Mitschuldigen gemacht. Denn Panzerkreuzer, Zoll-Union und Breslau, das waren lauter nationalistische Demonstrationen, und sie waren reine Willkür, keine Notwendigkeit lag für sie vor.«

»Die Notwendigkeit«, wandte ich ein, »war wohl leider gegeben durch die Eigenart unserer politischen Parteien. Die meisten sind ohne Verständnis für den Staat, ja sogar ohne Gemeinsinn.«

»Dann bringt man ihnen bei, was ihnen fehlt!« rief mein französischer Freund. »Habt ihr denn keinen Mann, der den Griff kennt? Was ist das für eine Regierung, die in den Krisen der Demokratie sich gegen sie stellt? Sie wenigstens nur unlustig verteidigt und mit dem Ärmel immer den Verrat an der Republik streift? Wenn man bei uns nichts weiter gekonnt hätte zur Zeit des Boulangismus, wo wären wir! Einen einzigen Faustmenschen braucht eure deutsche Republik und er verweist eure vorlauten Industriellen in ihre Grenzen, er zerschlägt euren ganz unnützen Nationalismus, der euch nur selbst schadet. Wir wollen nicht von dem Geld reden, das ihr jetzt braucht; ihr bekommt es einzig durch die Schuld eures Nationalismus so schwer. Aber ihr bedürft nicht nur ausnahmsweise unserer Hilfe, ihr seid ständig auf uns angewiesen, wie wir übrigens auf euch. Wir beide, Franzosen und Deutsche, können ohne unseren Frieden und unsere Verständigung nicht auskommen. Wir wollen uns verständigen, heißt: wir wollen leben. Ist euch Deutschen denn noch immer nicht klar geworden, daß nur solche Männer regieren sollten, die stark genug sind, dies durchzusetzen gegen Dummheit, Verranntheit und bösen Willen. Wir könnten die besten Freunde werden, aber nur ein äußerst handfester Republikaner wird es euch beweisen. Wann veranstaltet ihr endlich das Plebiszit?«

»Das Plebiszit?«

»Jawohl, die große Kundgebung mit den Namen aller ausgezeichneten und aller achtbaren Deutschen, die erklären, daß sie es satt haben, von überzeugungslosen Schwächlingen von Katastrophe zu Katastrophe geführt zu werden. Sie fordern die starke und strenge Republik.«

Rede im Admiralspalast
auf der deutsch-französischen Verständigungs-Kundgebung am 4. Oktober 1931

Die geistige Verständigung könnte vorläufig gar nicht weiter gehen, als sie zwischen Deutschland und Frankreich heute schon besteht. Wer geistig überhaupt in Frage kommt, jeder, der denkt und Gedanken austauscht, hat in dem andern der beiden Länder Freunde, die er besucht, deren Bücher er liest. Ihre Gedankenwelt berührt die seine, und von ihrer Produktion nimmt er regelmäßig Kenntnis, wie von etwas, das ihm nahe steht. Denn Erfahrungen, Ideen, Willensziele und auch die Probleme des Ausdrucks und der Form, alles gleicht heute einander, drüben und hier, als wären es nicht mehr zwei Länder, nur noch zwei Provinzen. Und wirklich sind Frankreich und Deutschland zwei benachbarte Provinzen des europäischen Reiches. Geistig tritt dies schon jetzt offen zutage. Politisch wartet der gegebene Zustand auf seine Anerkennung, die nicht ausbleiben darf.

Die geistige Angleichung ist natürlich auch nicht unvorbereitet erfolgt, und die Zeit nach dem letzten Krieg, die Zeit der gemeinsam ertragenen Probleme und Nöte, hat sie nur beschleunigt, nicht erst eingeleitet. Die Ergänzung des deutschen durch den französischen Genius, des französischen durch den deutschen Geist ist eine der ältesten Überlieferungen des Erdteils. Europa wäre nicht, was es ist, ohne das fortwährende Aufeinanderwirken der beiden intellektuellen Arten und ohne ihre Zusammenfassung.

Wird dies jahrhundertelang fortgesetzt, dann bedarf es zuletzt nur noch eines äußeren Anstoßes, damit man gewahr wird, daß die Geister nachgerade keine sehr verschiedenen Wege gehen. Den letzten Anstoß gab tatsächlich der Krieg. Durch ihn selbst und durch seine Folgen, die Umstellung Europas, wurde klar, daß die beiden geistig vermischten Nachbarn nicht mehr das Recht haben, gegeneinander zu kämpfen. Der Augenblick tritt ein, wo es ein Verbrechen nicht nur gegen die Vernunft, auch gegen die Natur wird. Zwischen allzu nahen Blutsverwandten ist die Liebe unerlaubt. Zwischen allzu nahen Geistesverwandten verstößt der Haß gegen die Sittlichkeit.

Dieser Tatbestand gilt mehr oder weniger für alle europäischen Länder. Sie dürfen nicht mehr hassen, ohne sich selbst mitzuhassen. Er ist nur besonders auffallend hinsichtlich Deutschlands und Frankreichs. Wer beobachtet die deutsche Krise, die noch mehr eine seelische als eine materielle ist – wer beobachtet, studiert, ja miterlebt sie so nahe, so angstvoll beteiligt, wie Frankreich und wie manche Franzosen?

Die Franzosen aber, die bei uns so deutlich unterhalb der augenfälligen Wirtschaftskrise eine noch schwerere Kulturkrise erkennen, sie sind versichert, daß wir nur vorwegnehmen, was auch ihnen bevorsteht. Daher ihr heißes Mitgehn. Bei durchaus fremden Angelegenheiten wären sie kühler und nicht so scharfsichtig. Wir sind diesmal früher gekommen, und sie befragen uns wie Propheten. Sie sind beteiligt an unserer Wendung, an unserem Ergehen mit ihrem Gefühl, ihrer Sorge um die eigene Zukunft, den eigenen Bestand.

Sie sprechen viel von Sicherheit, und irrtümlich verdenkt man es ihnen wie eine enge Selbstsucht. Bei etwas tieferer Beurteilung der Dinge können wir aber in ihrem Voranstellen der Sicherheit eine weiterreichende Bemühung erkennen. Nicht allein ihre eigene nationale Sicherheit ist die Forderung; sichern wollen sie etwas noch Größeres, das sonst Gefahr liefe. Zu diesem Größeren gehören wir Deutsche mit; es ist das Europa, das zwar eine Wirtschaftseinheit darstellt oder darstellen sollte, dem aber seine Geschichte auch ein geistig-sittliches Bild gegeben hat, und das soll gerettet werden.

Gerade das sind auch unsere höchsten Interessen. Sie können nur im Bunde mit uns gewahrt werden. Welchen Sinn hat daher der Ruf deutscher Nationalisten nach Gleichberechtigung? Er ist ein Mißverständnis, denn die Gleichberechtigung besteht schon – sie besteht darin, daß Frankreich und wir, daß jeder den anderen braucht, um zu leben! Die Gleichheit der militärischen Rüstung entscheidet nicht – darf nicht entscheiden, wenn wir Deutschen doch unsere Wiederaufrüstung gar nicht einmal bezahlen könnten! Deutschland ist ein wertvoller und gleichberechtigter Partner – nicht etwa durch seine zeitweilige Militärmacht, sondern durch die bleibende Macht seiner geistigen, technischen, wirtschaftlichen Arbeitsleistung. Dadurch wird man gleichberechtigt. Durch ihre sittliche Kraft werden die beiden Nationen einander gleichberechtigt. Durch ihre Vernunft, das vernünftige Bemühen um eine gesicherte Zukunft für uns und für die europäische Zivilisation sind Deutsche und Franzosen einander ebenbürtig. Von ihren Heeren muß zwischen ihnen gar nicht die Rede sein; es muß vielmehr darauf hingearbeitet werden, daß sie nie mehr gegeneinander kämpfen!

Übrigens kommen nicht nur die Heere erst in zweiter Linie, auch die Wirtschaft. Wir sprechen hier nicht um leerer Worte willen. Die politische Verständigung ist das allein Entscheidende. Wer ihr ausweicht, aus blasser Furcht vor dem Nationalismus ihr ausweicht, hat noch nichts, gar nichts dadurch geleistet, daß er wirtschaftliche Abkommen trifft. Die bleiben dann unwirksam. Alle nationalistischen Forderungen, Kundgebungen und Machenschaften sind aufzugeben. Alles ist der Einsicht und dem guten Willen anzuvertrauen! Nur so kommen wir zu den lebenswichtigen Maßnahmen, zu denen wir kommen müssen: Abrüstung und Währungseinheit für Europa, zuerst aber für uns und Frankreich! Das wird erreicht, und es bedeutet Zukunft! Oder es wird nicht erreicht, und übrig bleiben nur Blut und Tränen.

Nein, wir haben es einfach nicht nötig, gegen Frankreich mit finsterer Miene unsere Interessen zu behaupten, denn unsere wirklichen Interessen sind genau die seinen. Wir können ohne die Verständigung beide nicht mehr auskommen. Die Verständigung ist in den Gegebenheiten, die nichts anderes zulassen, schon fertig; unsere förmliche Anerkennung kommt ganz von selbst. Wir Deutschen wollen die Wirklichkeit endlich anerkennen. Wir und Frankreich haben nicht aufeinander eifersüchtig zu sein, wir müssen uns einigen. Die Einigung, auf die es vor allem ankommt, die fruchtbare, die rettende, ist nur die Einigung Deutschlands mit Frankreich!

Die Politik ist schlecht, die der lebenswichtigsten Idee des Zeitalters zuwiderhandelt. Die Politik ist gut, die der lebenfördernden Idee dient, und die selbst Idee ist. Die freie und glückliche Entfaltung ganzer Geschlechter ist der Gewinn daraus, daß sie nach dem Gesetz des Geistes handeln. Aber die Verkennung dieses Gesetzes drückt sie zu Boden und knechtet sie. Wir wollen doch tun, wozu wir berufen sind! Wir wissen es: wir haben uns als Volk zu verständigen mit einem Land, das schon längst der Freund unseres Geistes ist, mit Frankreich.

Das deutsche Rätsel

(Pierre Viénot, *Incertitudes allemandes*;
Drieu la Rochelle, *L'Europe contre les Patries*)

Erster Franzose: »Sie sind doch eigentlich ein altes Volk, kaum jünger als wir. Dabei aber diese Fähigkeit, sich zu erneuern!«

Zweiter Franzose: »Bewundernswert. Ich weiß nur nicht: haben sie etwas mehr als wir? Haben sie etwas weniger? Vielleicht lebten sie einfach langsamer als wir und sparten Kräfte.«

Erster: »Dennoch sind sie, philosophisch gesehen, weiter als wir. Sie haben begriffen, was mit ihnen vorgeht. Sie erkennen die Herkunft und die Notwendigkeit ihres Zustandes und genehmigen ihn. Es ist überhaupt das erstemal seit Bestehen der Menschheit, daß Geschichte mit klarem Bewußtsein erlebt wird.«

Zweiter: »Das haben die Deutschen selbst gesagt, bevor Sie es ihnen glaubten, lieber Freund. Die Wahrheit ist aber, daß die deutschen Umwälzungen immer unfreiwillig kommen, und nachher machen sie eine Philosophie darauf.«

Erster: »Richtig. Trotzdem bleibt ihr historischer Relativismus einzig.«

Zweiter: »Noch mehr: auch ihr Tatsachensinn.«

Erster: »Sie haben ihr Verhältnis zu der bürgerlichen Zivilisation objektiviert. Sie stehen nicht mehr in ihrem Bann. Das heißt doch etwas. Wir dagegen verharren noch bei absoluten Werten, wie Fortschritt und Sparen, denen wir sittliche Bedeutung beilegen.«

Zweiter: »Wir sind entsetzlich veraltet. Daher lesen wir auch noch Bücher. Es liegt auf der Hand, daß Bücher keinen Sinn mehr haben, wenn man einige Grundbegriffe der bürgerlichen Zivilisation, wie Wahrheit und Gerechtigkeit, zu bezweifeln angefangen hat. Auch jedes Kunstwerk ist innerlich verbunden mit dem geistigen Inhalt der Zivilisation – der Kultur, wie sie sagen. Wer nur noch Tatsachensinn, aber keine Moral mehr haben will, der verlernt sofort zu lesen und Bilder anzusehen.«

Erster: »Im Gegenteil: der Sinn für die neuen Tatsachen erzeugt eine neue Moral. Die Deutschen anerkennen die wirtschaftliche Abhängigkeit jedes einzelnen, aus der notwendig auch seine politische Gebundenheit folgt. Sie denken nur noch in großen Gruppen, sie erleben sich selbst schon nicht mehr privat. Der Sinn ihres Daseins, ein geheimnisvoller Sinn, ist Gemeinschaft. Die Gemeinschaft aber hat ihre Moral, eine neue, eine andere Moral als das Individuum.«

Zweiter: »Wir Individualisten von gestern werden das alles noch lernen müssen. Bis jetzt wissen wir kaum, was Wirtschaft ist, und auf keinen Fall halten wir uns für abhängig von ihr. Wir glauben wirtschaftliche Vorfälle noch abbiegen zu können, sobald wir wollen. Unserer Inflation von 1926 machten wir ein Ende durch die Verhaftung von Spekulanten, und weil wir an unsere Währung so unbeirrbar glaubten wie an uns selbst.«

Erster: »Auch das war bewundernswert. Aber es gehört schon zu den letzten Kundgebungen einer Geistesart, die wahrscheinlich keine Verwendung mehr finden wird. Der politische Mensch dankt ab, der wirtschaftliche übernimmt die Führung. Alle werden Angestellte eines Riesenkonzerns sein. Was weiter, es wird keine kleinen Rentner mehr geben.«

Zweiter: »Auch keine unabhängigen Geistesarbeiter mehr. Unser heutiges Gespräch könnte dann nicht mehr stattfinden.«

Erster: »Die menschlichen Probleme werden nur bedeutender werden. Das heutige deutsche Leben ist erfüllt mit Problematik.«

Zweiter: »Das glaube ich auch. Ihre Zustimmung vor allem zu dem Gegebenen ist durchaus fragwürdig. Sie stürzen sich mit einer Art von Verzweiflung hinein. Wenn sie zu wählen hätten, würden sie nicht doch vielleicht unsere veraltete Daseinsform, oder was von ihr übrig ist, vorziehen, obwohl sie behaupten, nur als Touristen den Aufenthalt bei uns ertragen zu können?«

Erster: »Glauben Sie mir, die meisten von ihnen kennen unser bürgerliches Behagen nicht mehr, und man will auch gar nicht von neuem durchmachen, was abgetan ist. Nein, an uns ist es, neugierig auf das Kommende zu sein und uns von dem Riesenhaften nicht erschrecken zu lassen. Wir waren nicht immer innerlich klein und vorsichtig, wie wir es jetzt sind. Unsere Kathedralen, Versailles und die Revolution zeigen uns anders. Die Konzerne werden eines Tages restlos herrschen. Zuerst werden noch die nationalen Konzerne herrschen, dann aber ein einziger, der Konzern Europa. Es ist ein kühnes Wagnis, dem Unaufhaltsamen frühzeitig ins Auge zu blicken und sich danach umzubilden.«

Zweiter: »Wenn man nicht anders kann. Wir sehen in Paris deutsche Filmleute, die mit verhältnismäßig leichter Arbeit ziemlich viel Geld verdienen und allem Anschein nach Ersparnisse machen. Ich habe den Eindruck, daß diese Leute zu den beneidetsten Deutschen gehören. Dafür spricht die übergroße Aufmerksamkeit, die ihnen gewidmet wird, zweifellos auch darum, weil sie eher als andere vor Armut gesichert sind. Dagegen glaube ich nicht, daß die Deutschen ihre sogenannten Wirtschaftsführer beneiden; dafür stehen diese zu hoch über ihnen.«

Erster: »So hoch wie eine Idee.«

Zweiter: »Ihre Ideen scheinen mir zweifelhaft. Womit ich ihnen näherkomme, das ist das Gefühl. Ich bewundere ihre Ausdauer im Leiden, ihre Gabe, die Katastrophen selbst herbeizurufen und dann sich in ihnen zu ergehen, ohne verschlungen zu werden. Sie haben immer Herren und immer schlechte, gestern Wilhelm und seine Clique, heute die Industriellen, aber sie ertragen alle mit der gleichen passiven Kraft. Es ist nicht mein Fall, aber ich neige mich.«

Erster: »Man hat die Fehler seiner Tugenden. Die Deutschen würden nicht diesen voraussetzungslosen Dienst am Leben kennen, es wäre ihnen nicht gelungen, die Illusionen zu beseitigen, die uns Franzosen noch immer von der baren Wirklichkeit trennen, wenn sie nicht in sich auch Chaos und Anarchie trügen. Zugestanden, ihnen ist Selbstzucht nicht gegeben. Obwohl ihre Jugend sich in der Mystik der ›Gemeinschaft‹ bewegt, haben ihre politischen Parteien meistens noch nicht einmal Gemeinsinn. Sie beschränken sich auf Klasseninteressen und oft auf noch weniger. Ein so reifes und dabei so unselbständig gebliebenes Volk braucht strenge und ungerechte Herrscher. Es will auf unvernünftige, schicksalhafte Art zusammengehalten und angetrieben werden.«

Zweiter: »Sie bemerken wohl selbst, lieber Freund ...«

Erster: »Ich bemerke sehr wohl, daß dies nicht übereinstimmt mit dem Anspruch der Deutschen, zum erstenmal in der Welt klar und bewußt die Geschichte zu erleben.«

Zweiter: »Sie selbst hatten den Anspruch zugegeben.«

Erster: »So gebe ich den Widerspruch zu und anerkenne das deutsche Rätsel. Man sagt, daß sie nur das Vorläufige und die Ungewißheit lieben.«

Zweiter: »Dann könnten sie allerdings schwelgen in dieser ihrer Epoche.«

Erster: »Ist es so wünschenswert, in unveränderlichen Konventionen zu verharren, auch wenn es längst keine stichhaltigen Wahrheiten mehr sind?«

Zweiter: »Sprechen wir klar! Die Demokratie soll keine unanfechtbare Geltung mehr haben. Die Deutschen sind über sie hinaus, obwohl sie noch keine besessen hatten. Man kann natürlich mit allem zu spät kommen, auch mit der parlamentarischen Regierungsform – wenn man schon nicht mehr fähig ist, sie sich anzueignen. Die Demokratie aber im größten Sinn ist einfach die Gesamtheit der Menschen. Man leugnet das Lebensrecht der Menschen, oder man ist Demokrat.«

Erster: »Ich bin Ihrer Meinung. Indessen sagen die Deutschen: das Leben geht über Verträge hin wie auch über Systeme.«

Zweiter: »Man kann das ebensogut als geistige Kühnheit ansehen wie als Verzicht und Schwäche. Die Amerikaner haben wenigstens den Versuch gemacht, ihre Trusts zu bekämpfen. Halten die Deutschen, die gegen ihre Konzerne noch nie etwas unternommen haben, auch die Amerikaner für rückständig? Das Leben ist manchmal umgeformt worden, nicht weil wir uns ergaben, sondern weil wir es so wollten.«

Erster: »Wenn die Deutschen tatsächlich den Willen und die Auflehnung für Hindernisse des notwendigen Geschehens hielten, ich finge zu zweifeln an, ob ich ihnen unrecht geben darf.«

Zweiter: »Recht besehen, gibt es bei ihnen Willen. Der Wille derer, die zur Macht wollen, wie die Nationalisten, oder derer, die ihre Macht unbeschränkt wollen, wie die Industriellen, ist weithin erkennbar. Nur auf der Gegenseite scheint die Willenskraft schwach entwickelt. Bei der Mehrheit der Deutschen ...«

Erster: »Ich könnte widersprechen, aber ich höre zu.«

Zweiter: »Bei ihrer Mehrheit geht der Wille in einer Richtung, die nichts Zukünftiges hat. Sie sind enttäuscht vom Fortschritt und von der Republik; aber wie viele glauben noch an Eroberungen – als ob die sie weniger enttäuscht hätten! Die Deutschen haben die bürgerliche Zivilisation mehr als zur Hälfte hinter sich gelassen, sagen

Sie? Dennoch stecken sie mitten im Nationalismus, der mit ihr entstanden ist. Will man mir erzählen, daß sie an Verträge nicht glauben, muß ich meinerseits feststellen, daß sie kein heißeres Bemühen kennen, als die Verträge abzuändern, wozu der Glaube an sie nötig ist. Sie wollen auch Grenzen abändern, sie gieren nach Oberschlesien, obwohl sie schon jetzt keinen Absatz haben für ihre Fabrikate.«

Erster: »Wir wären genau so. Wir waren so von 1871 bis 1918.«

Zweiter: »Gewiß, aber dann hat man kein Recht, sich für die Träger einer neuen Weltanschauung auszugeben. Es heißt doch Weltanschauung? Ich bin noch ziemlich tief in alte Begriffe verwickelt, aber einen neuen kenne ich oder fange an, ihn zu begreifen: Europa. Daher weiß ich, daß man Grenzen nicht mehr verändern kann, man muß sie aufheben. Man soll sich mit Verträgen nicht länger abgeben, sondern sie einfach der zerstörenden Wirkung der Zeit überlassen. Es handelt sich darum, ein neues Gebäude für alle Bewohner dieses Erdteils zu errichten. Verträge aber bauen nicht, sie flicken nur. Alle Gedanken an nationale Größe sind auf dem besten Wege, lächerlich zu werden – bei uns wie bei den andern.«

Erster: »Sie sind im Laufe unseres Gespräches kühner geworden, ich folge Ihnen nur mit Mühe.«

Zweiter: »Ist es denn nicht wahr, daß die Deutschen sich viel zuviel mit Frankreich beschäftigen und wir uns reichlich mit ihnen? Das kann das gegenseitige Verständnis erleichtern, noch eher aber führt es wieder zu Konflikten. Beide sollten wir unser benachbartes Dasein als Tatsache hinnehmen, es wird Zeit; und unsere Zusammenarbeit sollte zur Selbstverständlichkeit werden.«

Erster: »Dafür darf man nicht zweiflerisch gesinnt sein. Ich verstehe, was Sie sagen wollen: die Deutschen verharren vor dem Begriff, eigentlich schon vor der Tatsache Europa noch in einer Skepsis, die uns fremd ist trotz unserem erprobten Nationalismus. Gerade hier wird sichtbar, ein wie altes Volk sie sind. Bedenken Sie überdies, daß sie die zuletzt Besiegten sind, und dann auch, daß sie ein Mittel der Selbstdisziplin gegen ihren immer drohenden Verfall als Nation brauchen.«

Zweiter: »Das würde bedeuten, daß ihr Nationalismus von Anfang bis Ende ein künstliches Erzeugnis ist. Indessen führt er zu Roheiten, die schon recht natürlich wirken.«

Erster: »Nehmen wir an, daß sie in das Gesamtbild des deutschen Kampfes um das Dasein gehören. Der Neurealismus, mit dem sie die gegenwärtige Krise bestehen wollen, begünstigt die Rückkehr zu den brutalsten Formen des Lebenskrieges.«

Zweiter: »Wohlverstanden ohne Beaufsichtigung durch höhere Grundsätze und ohne Moral. Ist dies alles aber notwendig? Ist es der einzige Ausweg? Wenn sie schon willkürlich einen Glauben bekennen wollen, obwohl sie in Wahrheit darüber hinaus sind, warum dann den Glauben an die nackte Gewalt? Der Glaube an die Menschlichkeit wäre zuletzt dasselbe wert. Ich kann nicht einsehen, daß man seine Ungläubigkeit nur an der Vernunft auslassen muß und nicht auch an der Gewalt.«

Erster: »Wir selbst werden einiges tun müssen, damit sie wieder lernen, an die Vernunft zu glauben.«

Zweiter: »Einverstanden – obwohl Selbsterziehung tiefer sitzt. Warum werden sie übrigens von keiner ihrer Regierungen erzogen? Solch ein deutsches Ministerium wird ausgestattet mit ungeheuerlichen Vollmachten, ursprünglich in Verteidigung des Staates gegen den Nationalismus, der im Begriff steht, ihn zu sprengen. Hierauf haben diese Leute nichts eiliger, als nationalistische Politik zu treiben solange, bis sie nicht nur im Konflikt mit uns, sondern schon am Anfang des inneren Zusammenbruches stehen. Jetzt arbeiten sie sich mit den bekannten ernsten Gesichtern ab wie die Wilden, um wieder gutzumachen, was sie selbst in überflüssigster Weise verdorben haben. Sie setzen sich in den Zug und finden den Weg zu uns, wir reichen ihnen auch die Hand; aber was halten wir von ihnen?«

Erster (schweigt).

Zweiter: »Ich wundere mich, daß die Deutschen ihre Minister nie zur Verantwortung ziehen. Aber ich sollte mich nicht wundern, denn wo die blinden Gesetze der Wirtschaft regieren, regiert eigentlich niemand, und Verantwortliche gibt es so wenig wie Persönlichkeit. Sonst hätten sie schon längst den Clémenceau, der ihrem moralischen Defaitismus ein Ende macht.«

Erster: »Wir wollen es gut sein lassen.«

Zweiter: »Wir müssen wohl. Sie sind wie sie sind, und wir brauchen sie. Wir und sie werden gemeinsam untergehen oder leben.«

Erster: »Und außerdem sind sie ein so großes Volk wie wir.«

Zweiter: »Sagte ich das nicht? Dann vergaß ich es nur, weil ich gerade von ihnen mehr verlange als von den meisten anderen. Vor allem von ihnen erwarte ich, daß sie mit uns das neue Europa schaffen – ich weiß nicht einmal, warum ich sie mir aussuche.«

Erster: »Weil Sie bei den Deutschen das eine trotz allem anderen hochachten: den Willen zur Zukunft. Sie hielten ihre Willenskraft für schwach entwickelt; nein, diesen Willen haben sie, und wir unsererseits sind gerade darin nicht stark genug.«

Zweiter: »Gut, auch wir werden übergehen zu den neuen Wirtschaftsformen, die sie uns vormachen, vielleicht auch zu der Aufhebung der Grenzen zwischen den Klassen, die mehr oder weniger gleich besitzlos sein werden. Aber ich bestehe darauf, daß wir als freie Menschen selbst diesen Schritt tun. Politik geht vor Wirtschaft, und eine arbeitende Menge kann immer noch dieselbe Entschlußkraft haben wie Napoleon.«

Die deutsche Entscheidung

Die Anweisungen Hitlers für die nationalsozialistischen Redner enthalten auch die, daß Versammlungen ausnahmslos am Abend abzuhalten sind. Dann sei eine Volksmenge leichter zu bearbeiten und dumm zu machen, als bei Tage. Sie sei dann schon abgekämpft, sie unterliege eher.

In Deutschland ist jetzt Abend, wenn nicht schon Mitternacht. Das gibt Herrn Hitler seine große Chance, wie er sehr wohl weiß. Könnten die Deutschen ihre eigene Lage mit ausgeruhtem Kopf betrachten, sie würden ihm nicht zufallen. Auch jetzt denkt immer noch nicht die Mehrheit daran, sich zu ergeben. Immerhin verliert sie einen Teil ihres Mutes, indes der Gegner überhaupt keine Zweifel mehr zu kennen scheint. In Wirklichkeit tut er nur so. Die Republik ist in den Massen befestigt, und ihr gehören große Teile der öffentlichen Mächte. Die Partei, die gegen den Staat Sturm läuft, besonders aber ihre Führer, täuschen sich schwerlich darüber; sie überrumpeln und sie bluffen, wie es im Kriege üblich ist. Niemals vergessen, daß dies eine bloße Kriegspartei ist! Sie ist darauf zugeschnitten, zu siegen mit List und Gewalt. Mit dem Siege nachher etwas Nützliches anzufangen, außer Beute machen, daran denkt sie gar nicht.

Ich kann nicht annehmen, daß es in anderen Ländern großen Eindruck macht, wenn Herr Hitler seine Gesandten hinschickt, als ob die Gesandtschaften der Republik schon im Abbau wären, oder wenn er die auswärtige Presse »empfängt«. Anderswo fühlt man sich von ihm nicht bedroht und kann ihm ruhig in das Auge blicken, das nur für viele Deutsche ein Basiliskenauge ist. Haben sie hineingesehen, müssen sie sich fressen lassen. Der Grund ist, daß sie den Krieg nicht überwunden haben; er beherrscht sie weiter, und für ihr Gefühl hat er niemals aufgehört. Sie sagen »im Frieden war es anders« – und vergessen ganz, wann sie leben. Sie haben sich redlich bemüht, in einen neuen Frieden hineinzufinden, aber es war stärker als sie, ihnen schien nun einmal der Krieg das Bleibende und das Erste. Fast alle wünschten Frieden, viele wurden Pazifisten; trotzdem waren sie versucht, dem mehr Aussicht zuzutrauen, der kriegerisch auftrat. Er hatte für sich den Augenschein, die harte Welt, in der man offenbar gefangen ist, die fast hoffnungslose Lebenslage der meisten, die Unsicherheit, die des Eigentums wie auch die persönliche. Die Mehrheit wäre demokratisch und friedlich, sie ist es sogar noch jetzt und wird es bleiben. Nur findet sie in sich nicht genug Widerstand gegen jemand, der mit den Methoden des Krieges arbeitet, – ganz davon abgesehen, daß die Regierung der Republik überhaupt nie ernstlich widerstanden hat.

Der Zustand Deutschlands ist vor allem eine seelische Tatsache. Alles Äußere tritt dagegen zurück. Der Zusammenbruch der Wirtschaft wäre nichts Ungewöhnliches. Die Wirtschaft bricht jetzt überall mehr oder weniger zusammen, aber nur in Deutschland erreicht der Vorgang seine Höchstwirkung auf die Gemüter. Man erinnere sich, daß auch die Währungen aller Länder schon bedroht waren; die deutsche allein ist restlos verfallen, die Deutschen selbst haben sie verfallen lassen, ohne äußere Notwendigkeit, aus Gründen des Gemütes, aus innerer Widerstandslosigkeit. So könnte es sein, daß sie jetzt den Nationalsozialismus zur Herrschaft gelangen lassen, weil sie in sich wieder einmal den Ruf des Abgrunds hören. Die Deutschen hören ihn reichlich oft. Die Frage ist, ob sie dem Ruf des Abgrunds auch diesmal wirklich folgen. Ihre vorigen Katastrophen haben sie doch wohl belehrt. Was spricht dafür und was dagegen?

Für den Sieg des Nationalsozialismus spricht vor allem, daß in diesem Lande die Demokratie niemals blutig erkämpft worden ist. In einem geschichtlichen Augenblick, nach dem verlorenen Kriege, erschien sie, verglichen mit der unheilvollen Monarchie und dem gefürchteten Bolschewismus, als der gegebene Ausweg – nur Ausweg, nicht Ziel, viel weniger leidenschaftliches Erlebnis. Wenn sie 1918 gewußt hätten, was sie unternehmen, würden die Deutschen damals die notwendigen Maßnahmen getroffen haben, um ihre Demokratie zu sichern. Alle, die seither Zeit gehabt haben, die Republik zu unterhöhlen, wären gleich damals ein für alle Mal verhindert worden, zu schaden. Statt dessen hat die deutsche Demokratie sich einfach eingerichtet, als gäbe es im ganzen Land niemand mehr, der nicht den Stimmzettel anerkannte. Sie sah die fremden Demokratien und Mehrheiten sicher ruhen und hielt diese Abmachung für unverbrüchlich. Sie ahnte gar nicht, was für eine solche Abmachung bezahlt werden muß, und welche Lehren die Gegner jeder dauerhaften Demokratie bekommen haben, bevor sie sich auf eine Verständigung mit ihr einließen. Die deutsche Demokratie war sogar noch stolz auf ihre Gewaltlosigkeit. Bis heute hat sie die Anwendung von Gewalt ihren Feinden überlassen, die von der gütigen Erlaubnis bestens Gebrauch machen. Die Welt mag hieran erkennen, wie ungerecht es wäre, die Deutschen schlechthin für Anbeter der Gewalt zu halten. Nein, ihre Mehrheit hat die ganze Zeit hindurch auf eine einfache Konvention, den Wahlzettel, hin gelebt und hat den Verdacht nicht aufkommen lassen, als könnte man sie trotz Wahlzettel niederschlagen, ausrauben, entrechten. Diese Unschuld, dies Vertrauen hätte wahrscheinlich kein anderes Volk aufgebracht.

Jetzt ruft die Mehrheit den Staat um Hilfe an – statt sich selbst zu helfen. Ihr wird noch immer nicht zweifellos klar, daß der Staat sie größtenteils schon verlassen hat, soweit er ihr überhaupt jemals gehörte. Die Justiz war nie republikanisch. Von der Reichswehr weiß niemand etwas Sicheres. Dagegen sieht man, daß die Privatarmee Hitlers von der augenblicklichen Regierung des Reiches behandelt wird nicht wie der Feind ihres eigenen Daseins, sondern als erwünschter Machtzuwachs. Wo steht die Regierung demnach? Nicht unbedingt dort, wo die Mehrheit sie noch vermutet, wenn sie nach Hilfe ruft. Einer der Reichsminister erklärt, daß die Regierung sich nicht vom Volkskörper isolieren dürfe. Meint er damit die Mehrheit oder eine Minderheit – die zufällig schwer bewaffnet ist?

Genug, daß dies und noch anderes, auch die Macht des Geldes, für den Sieg der Nationalsozialisten spricht. Wichtiger, ganz unvergleichlich wichtiger ist, was für ihre Niederlage und für den Bestand der Demokratie spricht. Denn dies muß klar erkannt werden, sonst wird es niemals voll ausgenutzt. Die Demokratie darf hoffen auf den Instinkt der Selbsterhaltung im Volk. Es sieht nicht ungetrübt, und sein Gemüt ist furchtbar zerrissen. Aber es muß doch noch Witterung haben, wie selbst das Tier, wenn die Schlachtbank nahe rückt. Es soll im Inneren niedergeschlagen, dann aber in neue äußere Kriege getrieben werden: das fühlt ein Volk doch voraus. Hat es lange gezögert und sich lähmen lassen, wird es doch vielleicht zuletzt noch alle seine Kraft zusammenraffen. Das Proletariat, das nur durch die Ideologien seiner Führer getrennt ist, könnte sich einigen. Es ist ferner noch nicht ausgemacht, daß die öffentliche Gewalt, soweit sie bisher in den Händen von Republikanern liegt, kampflos übergeben werden wird. Der Ausgang des Kampfes aber wäre mindestens ungewiß. Sollte die Reichswehr sich vorsichtig zurückhalten, bis sich zeigt, wer der Stärkere ist, dann ist der Stärkere die Mehrheit, sobald sie es unbedingt sein will.

Der größte Trumpf der demokratischen Mehrheit aber bleibt die unverkennbare Verdächtigkeit ihrer Feinde hinsichtlich der menschlichen Eigenschaften, ihre sittliche Fragwürdigkeit. Die Nationalsozialisten und ihre Führer wollen 'ran an die Krippe, 'ran an die Macht und sonst nichts. Sie stehlen die Ideen anderer, die sie doch bekämpfen. Sie sind bestechlich und waren ursprünglich die bezahlte Schutztruppe eines Klüngels von Industriellen, bevor sie groß genug wurden, um sich als Retter Deutschlands aufzuspielen. Dies alles fühlen die vielen, die nichts wissen. Besonders ist den Deutschen in ihrem Herzensgrunde nicht verborgen, wie wenig persönliche Berechtigung Hitler und die Seinen mitbringen für ihre angemaßte Rolle. Hitler soll bei dem Unsinn, den er über Frankreich redet, »Schaum vor dem Munde« haben, und jeder sagt sich, daß da etwas nicht stimmt bei einem ehemaligen Österreicher. So nahe geht einen östlich der deutschen Grenze Geborenen der deutsche »Erbfeind« nicht an. Er muß ein Komödiant sein. Was geht selbst Deutschland ihn an? Der österreichische Komödiant bedient sich eines deutschen Lasters, des Antisemitismus – mit welcher Berechtigung? Wie sehen er selbst und so manche der Seinen aus? Man fühlt hier dies alles, und gerade dies Gefühl gibt den Ausschlag. Es wäre sehr merkwürdig, wenn ihre äußere Roheit die Zukunft der Nationalsozialisten bestimmte und nicht ihre innere Schwäche.

Gesetzt aber, sie siegen und errichten ihre dumme Gewaltherrschaft: für wen herrschten sie dann eigentlich? Für ihre Gläubiger, eine gewisse Anzahl Personen, die sich »die Wirtschaft« nennen, und die schon zweimal den Staat zugrunde gerichtet haben, dessen Geschäfte sie beeinflußten. Sie haben das Erste Reich in den Krieg, das Zweite in den Nationalsozialismus gehetzt. Sollte ihnen plötzlich alles Talent ausgehen, so daß sie das Dritte Reich in nichts mehr hetzen können? Das Dritte Reich wird scheitern an seiner Unfähigkeit und an seiner Abhängigkeit. Dann aber käme ein ungemein blutiger Abschnitt der deutschen Geschichte. Das Reich der falschen Deutschen und falschen Sozialisten wird gewiß unter Blutvergießen errichtet werden, aber das ist noch nichts gegen das Blut, das fließen wird bei seinem Sturz. Dann holt die Demokratie alles einst Versäumte nach, dann hat sie gekämpft, dann ist sie erlebt – und übrigens wird es dann nicht mehr die unvollständige Demokratie des abgeschlossenen Zeitalters sein, sondern die wahre, die das Volk meint.

Gut geartete Menschen

Der Antisemitismus ist nicht interessant durch Erreichtes oder auch nur Angestrebtes; das zu beachten, könnte man nach allen seinen Anläufen längst satt haben. Er bietet einen mäßigen Reiz zur Betrachtung menschlicher Beziehungen, wobei die Antisemiten mehr ergeben als die Juden. Seine eigentliche Wichtigkeit bekommt der Antisemitismus durch das Tiefere, das er verschweigt, und durch das Weitergehende, woran er sich mitschuldig macht.

Die antisemitischen Bewegungen sind bisher mit einer seltenen Gleichförmigkeit erfolglos verlaufen – oder haben ungewollte Erfolge gehabt. Die früheren russischen Judenverfolgungen haben allenfalls bewirkt, daß die Juden sich an der Revolution etwas stärker beteiligen durften, als ihnen zahlenmäßig zukam. Die Dreyfus-Affäre machte den Antisemitismus in Frankreich unmöglich, sie führte zu einer außerordentlichen Geltung der Vernunft im Leben des Landes. Der Wiener Antisemitismus, einst besonders geräuschvoll, endete mit der viel ruhigeren Tatsache, daß dort dauernd die Sozialdemokraten regieren. In Deutschland aber muß man am Anfang der Neunzigerjahre die große Bewegung der Ahlwardt und Stöcker schon mitangesehen haben, dann weiß man für das ganze Leben, was es heißt, Mißerfolg zu haben, sich an unfruchtbare Aufgaben zu verschwenden und neben den wirklich zeitgemäßen blind herzulaufen. Als Stöcker ausgespielt hatte, wurde der arme Pastor im Reichstag gefragt, was er denn nun erreicht habe. »Alles!« war die Antwort. »Hier sitzt kein Jude mehr.« Was lag näher als zu sagen: »Wenn schon!« Man sagte es gewiß nur aus Mitleid nicht.

Statt der Entrechtung des Juden ist immer etwas ganz anderes gekommen. Die wirklichen Probleme warfen das falsche beiseite, sobald ihre Stunde da war. Die Kämpfe der Völker, der Klassen, der Wirtschafts- und der Geistesmächte sind etwas stärker als der nicht genügend nachgeprüfte Haß gegen eine sogenannte Rasse.

Was will man eigentlich von der Rasse? Man tut, einzig und allein den Juden zu Ehren, als ließen sich die Mischvölker, die Europa bewohnen, der Rasse nach bestimmen und trennen. Dann stellt man jeder der erfundenen reinen Rassen den ebenso unglaubwürdigen reinen Juden entgegen und läßt den Unglücklichen sie alle niederzwingen, bis er sie beherrscht, bis sie nur noch sein Geschöpf und Abbild sind. Man hat noch niemals die Bedeutung eines Menschentyps in dem Grade übertrieben, wie der Antisemit seinen Juden übertreibt. Antisemitisch angesehen, stammt der moderne Kapitalismus plötzlich nicht mehr von der Maschine, sondern vom Juden. Die Großstadt ist keine Schöpfung des Kapitals, sondern des Juden. Ausbeutung der Arbeitskraft und Zinswucher sind jüdische Erfindungen; Verelendung der Massen, der sittliche Verfall der Nationen begleiten den Schritt des Juden. Seine Werkzeuge sind sowohl der Liberalismus als die Demokratie, der Sozialismus nicht weniger als der Kapitalismus, vor allem aber die böse, böse Vernunft, auch jüdischer Intellekt genannt. Es ist schrecklich.

In Wahrheit sind die Juden nichts so wenig wie Erfinder. Sie erfanden weder die Dampfmaschine noch ihre Folgen. Auch den Marxismus erfand kein einzelner Marx; Proudhon und Saint-Simon waren vorher da, und später erfand ihn endgültig erst Lenin. Die Juden waren, seitdem sie in der Geschichte Eruopas mitwirken, immer nur Glieder, nie ein Anfang. Vielleicht gibt es zwei Ausnahmen in hundert Jahren – sonst aber stand kein Jude ganz vorn. Wenn es hochkam, waren sie ausgezeichnete Zweite, einen halben Schritt hinter dem Ersten. Das gilt für alle Gebiete des Geisteslebens und sogar für die Schauspielkunst. Es gibt keinen Grund, weshalb es in der Wirtschaft sich anders verhalten sollte; denn freier Wettbewerb herrscht hier wie dort. Die geläufigste Klage der Antisemiten ist, daß die »Juden« alles Geld verdienen und die »Deutschen« durch jüdische Schuld ein armes Volk sind. Viel mehr noch, die Kapitalmacht der ganzen Welt soll im Interesse jüdischer Geld- und Machtgier organisiert sein. In Wirklichkeit ist sie natürlich gar nicht oder nur sehr schlecht organisiert, sonst könnte sie heute nicht zusammenbrechen. Man verdient einzeln oder in Gruppen, ohne sich um das Ganze der kapitalistischen Ordnung erheblich zu bekümmern. Die jüdischen Geldverdiener sind offenkundig am wenigsten hinter der Macht über die ganze Ordnung her. Sie raffen privat. Andere, besonders in Deutschland, raffen mit Berufung auf das öffentliche Wohl und nennen sich »die Wirtschaft«.

Ist es noch guter Glaube, wenn deutsche Antisemiten in diesem Industrieland immer nur von der Macht der Banken wissen wollen, nie aber von der Macht der Industrie? Die Banken sind im ganzen keine jüdische Einrichtung, hingegen sitzt in der Industrie, wo sie am wichtigsten sind, nicht einmal der kleinste Jude. Die rheinisch-westfälische Industrie, und kein Jude, hat den größten, zuletzt entscheidenden Einfluß gehabt auf die Regierungen des Reiches, ob kaiserlich oder republikanisch. Sie hat das Wohl Deutschlands mit ihrem eigenen verwechselt und hat zum Schluß keinem gedient. Andere Gruppen, wie die der Hamburger Kaufleute, haben sich beschwert, weil Berlin einzig auf jene großen Provinzler hörte, anstatt auch auf sie, die um vieles weltkundiger waren. Es hilft nichts, der Einfluß der Ruhrindustrie dauert fort bis in die allgemeine und ihre eigene Katastrophe. Als im Juli 1931 die Banken zusammenbrachen, hätte die Industrie es genau so verdient. Sie aber kam keineswegs unter Staatsaufsicht, ihr wurden sogar noch die Aktien der Banken angeboten – der berühmten »jüdischen« Banken! Wo ist demnach die Macht? Wo ist vor allem ein in Deutschland leider allein dastehender Wille zur politischen wie zur wirtschaftlichen Macht!

Dies ist jedem zugänglich und eine der billigsten Beobachtungen, die man machen kann. In Deutschland besteht die unbedingte Vorherrschaft einer nicht jüdischen Wirtschaftsgruppe und das Zurücktreten der Juden, sogar derer, die es vermöchten, sich stärker geltend zu machen. Man sehe ihre Presse! Sie erwehrt sich, obwohl nicht sehr heftig, des Antisemitismus. Im übrigen neigen sie zum Nationalismus, nicht zum jüdischen, sondern zum deutschen. Die Hauptsache bleibt ihnen immer, eine Zeitung für alle zu sein, und dies nicht nur aus geschäftlichen Gründen, ebensowohl aus denen des Charakters. Sie sind lieber bei einer großen Mehrheit als allein, und es liegt ihnen, sich zu verleugnen, auch beim Gegenteil mitzutun und zu erlernen, was gerade kommt. Ihre Presse hat eine höchst achtbare geistige Grundlage, ihre Skepsis, samt der ihnen mitgegebenen Neigung, zu vermitteln und ohne die Leidenschaft des Neuerers alles ins Weite zu tragen, was ohnehin auf dem Wege dahin ist. Sie bleiben auch hier ausgezeichnete Zweite, und waren es ebensogut in den vergangenen Tagen der liberalen Presse. Deutschland war liberal, weil alle seine Köpfe und sein Bürgertum es waren. Die Antisemiten verwechselten die Ursache mit der Wirkung, wenn sie die jüdische Presse beschuldigten. Heute werfen sie ihr vor, was auch wieder nur allgemeine Übung ist.

Sensationssucht, Schnellfertigkeit, das Fehlen des Respekts und ein Witz, der mit Gesinnungslosigkeit zusammenhängt, das wären heute wohl die Vorwürfe der Antisemiten. Man könnte indessen alle Vorwürfe, bis auf den des Witzes, auch an ihre eigene Presse richten. Wenn Ehrfurcht und Verantwortungsbewußtsein irgendwo noch fortbestehen, dann jedenfalls nicht dort, wo man an allem den Juden die Schuld gibt. Die gründliche Vertiefung fehlt schon deswegen. Übrigens sind Juden und Antisemiten nicht zuerst dies, vor allem haben dieselbe Zeit und die Großstadt sie geschaffen. Ihre Ähnlichkeiten überwiegen bei weitem die Unterschiede. Der Menschentyp der Großstadt ist merklich derselbe geworden überall, nicht einmal Landesgrenzen können ihn wesentlich verändern, und Paris und Berlin haben einander nichts vorzuwerfen, nichts zu neiden. In Paris aber wird niemand behaupten, die geistige Luft sei jüdisch. Das Zusammenleben großer Massen auf engem Raum bewirkt die Ironie als Abwehr und das schnelle Urteil als Waffe. Man käme sonst nicht durch das Gewimmel. Die Kritik ist hier lieber scharf und abfällig, als respektvoll. Noch Rosegger schrieb von seinem verstorbenen Freund Anzengruber: der Göttliche – und auch das Wort Seelenheiligtum steht in dem Brief. Davon sind wir entfernt, weiter als gewöhnliche fünfzig Jahre erklären würden. Vielleicht aber befinden sich gerade die Juden im geringsten Abstand von dem ehemaligen Respekt vor geistigen Werten. Sie sind vielleicht vom Bürgertum die verhältnismäßig zahlreichsten, die sich noch erinnern, daß sie auf Grund der Forderungen des Geistes einst alle ihre Gelegenheiten bekommen haben; und ein Rest der inneren Verpflichtung gegen die deutsche Gesittung lebt, wenn sonst nicht bei vielen mehr, in ihnen noch fort.

Hängt es hiermit zusammen, daß jüdische Geistesarbeiter sich weniger leicht für Genies halten? Sie wissen wohl, wieviel Deutschland ihnen zu geben hatte. Vom Himmel ist niemand gefallen, man hat die schon vorbereiteten Gedanken einfach mitzudenken, jeder ein Teil der allgemeinen Vernunft. Nicht Gefühl und Ahnung sind die passenden Werkzeuge, sondern der Intellekt. Dies müßte die Auffassung aller mittleren, sich nicht überhebenden Menschen sein. Was haben sie denn außer ihrem eindringenden Verstand? Die Antisemiten betonen Ahnung, Gefühl, das Unbewußte, und können es damit halten, wie sie wollen. Sie haben aber auch die Gewohnheit, den Intellekt sowohl infam als jüdisch zu nennen, und hier muß ihnen gegenüber die Strenge beginnen. Das vernünftige Denken ist selbstverständlich die entscheidende Eroberung, die uns zu Menschen macht, und es steht ebenso selbstverständlich am höchsten nicht bei der Mittelmäßigkeit, sondern beim Genie. Shakespeare und Goethe haben nichts geahnt und nichts gefühlt, was sie nicht erst lebensfähig gemacht hätten durch das Denken. Sie haben nicht geglaubt, das Genie der Rasse dichte in ihnen, persönlich brauchten sie sich nicht zu bemühen, der Intellekt sei verwerflich. Andererseits irren die Antisemiten, wenn sie den Haß gegen die Intelligenz für ihr eigenes Gewächs halten. Während einer verwilderten und verdummten Viertelstunde gedeiht er überall, auch in einem Pariser Theaterstück bemerkte kürzlich ein Greis vom Typ Clémenceaus: »Über die Intelligenz wird jetzt sehr schlecht geredet. Es scheint, daß sie ein Fehler ist. Das haben sie herausbekommen.« Das Unbewußte wird zum Vorwand des Nichtkönnens gemacht – und leider auch zur Ausrede des bösen Willens. »Jüdischer Intellekt«, das ist kein Angriff auf eine Schicht, es ist weit darüber hinaus die Verleumdung unseres Menschlichsten. Man will sich der menschlichen Verantwortung entheben, dann beschimpft man den Intellekt.

Mit dem Intellekt steht und fällt das sittliche Empfinden. Es wird durch ihn erst wirksam, und man unterdrückt es zugleich mit ihm. Nur eine geistig unempfindliche Menschenart entledigt sich aller Verpflichtungen gegen andere und verlegt sich auf Entrechtungen. Wer mit Entrechtungen erst angefangen hat, hört bei den Juden nicht auf. Gewalt und Unvernunft liegen auf derselben Ebene; man kann nicht gegen die Vernunft sein, ohne gewalttätig zu handeln. Die Antisemiten machen sich mitschuldig an allen sittlichen Unmöglichkeiten, die auf die Entrechtung der Juden noch folgen würden. Beklagenswerter als die Juden wären die Deutschen, die als einziges Volk des westlichen Europas im Antisemitismus noch immer eine ernste Verführung fänden. Sie finden auch keine darin, im Grunde wissen sie, daß er zu weit führen würde, und welch eine Gefahr er für sie selbst wäre. Zuletzt haben wir doch noch Mißtrauen gegen unser Haßbedürfnis, wenn es uns selbst zu verschlingen droht. Zeitweilig besteht ungewöhnlich viel Bedürfnis, zu hassen, und was man außerhalb der Landesgrenzen hassen möchte, ist nicht so leicht anzugreifen; dann werden im Innern die Gegenstände, an denen man seinen Haß früher schon geübt hatte, zweckvoll wieder entdeckt. Dann wird der Haß zur Tugend erhoben, gesunde und gerechte Einsicht aber wird sträflich – ganz als ob gerade dies deutsche Volk und Land nicht darauf angewiesen wären, daß andere Länder und Nationen sich so zu ihnen verhalten, wie ein gut gearteter Mensch zu seinesgleichen.

Gut geartete Menschen haben für einander beides: Skepsis und die Bereitschaft zum Wohlwollen. Keiner unterhält vom anderen übertriebene Vorstellungen, weder im Guten noch im Bösen. Besonders sieht man die Ähnlichkeiten aller mit sich selbst. Man beruft sich nicht auf seine Herkunft. Im Durchschnitt sind alle, wie sie geboren werden, mehr verwandt als fremd. Die lebenslange Bemühung entscheidet.

Man fragte mich

An Knaben und Mädchen

H. M. ist ein Schriftsteller, der einiges für Knaben, vieles auch für Mädchen geschrieben hat. Den Knaben sagt er vor allem, was er an dem männlichen Wesen seiner Zeit vermißt hat. Er vermißte bei ihm Stolz, daher schrieb er den Roman *Der Untertan*. Er vermißte Mut, daher seine Novelle *Pippo Spano*. Er vermißte Ehrlichkeit sowohl als weitblickenden Idealismus, dies beweisen seine Stoffe aus den Bereichen des Erwerbslebens und der Politik. Er vermißte im ganzen das unverkürzte Menschentum.

Den Mädchen zeigte er hauptsächlich weibliche Gestalten, denen zu gleichen keine Schande wäre. Manchmal ist es leider unmöglich, denn ihr Leben verläuft auf einer nicht vielen erreichbaren Ebene. Aber von der Herzogin von Assy bis zu der bürgerlichen Heldin des Romanes *Eugenie* leben doch alle diese Frauen vollständiger als die Männer, weil sie mehr nach den Gesetzen ihrer Seele leben. Mädchen, die künftig verdienen und in Berufen tätig sein sollen, finden hier die Ermutigung, dennoch menschliche Wesen einer unverkürzten, höheren Art zu bleiben. Daraus folgt dann gewiß oft Leid, aber auch das wünschenswerteste Glück.

Knaben mögen aus der gesamten Arbeit H. M.s lernen, keine Männer, auch keine »großen Männer«, zu sehr zu bewundern. Im weiblichen Wesen liegt das Beste, das sie einst erkennen und fühlen mögen. Ihr werdet natürlich mit den Mädchen Sport treiben und tanzen. Sie sind aber eigentlich keine Kameradinnen, das machen sie euch nur vor. Die Frauen werden euch später noch vieles vormachen, gerade das sind die fruchtbarsten Illusionen, die ihr haben könnt. Unter ihnen werdet ihr mehrfach einer begegnen, die euch böse und doch gut erscheint, was noch aus der ursprünglichen Unschuld des Lebens selbst herrührt. Wir wollen hierüber vorläufig schweigen – nur so viel. Der Betrieb des männlichen Daseins, dem ihr entgegengeht, ist in einem durchaus unnützen Maße verwickelt und unzuverlässig. Um so mehr werdet ihr aufatmen bei dem einfach Dauernden – denn das werden, auch wenn ihr schon groß seid, die Frauen sein, die Mütter sind.

H. M. sagt euch im Grunde, daß Stolz, Mut und alle anderen sittlichen und idealen Eigenschaften, die er bei den Männern seiner Zeit vermißte, von den Männern bei den Frauen geholt werden könnten. Auch wenn die Frauen dies alles nicht hätten, könnten sie es doch verleihen. Stellt die Frauen in eurem Leben voran, ihr selbst werdet dabei gewinnen. Euer ganzer Lebenskreis wird gewinnen. Eure Kultur sogar wird gewinnen an Tiefe und innerer Schönheit – an Wert.

Der blaue Engel wird mir vorgeführt

Das erstemal erfuhr ich von Dingen, die dort vorgehen, als ich gerade in Florenz im Theater saß. Während der Pause wurde im Zuschauerraum eine Zeitung verkauft, darin fand ich eine Nachricht aus Berlin, von einem Professor, den seine Beziehungen zu einer Dame vom Kabarett auf strafbare Abwege gebracht hatten. Kaum hatte ich die wenigen Zeilen gelesen, da standen auch schon vor mir die Gestalt des Professor Unrat, die Gestalt seiner Verführerin und sogar der Schauplatz ihrer Wirksamkeit, der Blaue Engel.

Damals war ich jung genug, daß die Erscheinungen aus meinen Knabenjahren mir noch nahe und immer sogleich gegenwärtig waren. Man kennt noch keine Unmenge Menschen, sie verdrängen einander nicht, und jeder kommt, sobald sein Ton angeschlagen wird. »Professor« hieß für mich »Gymnasiallehrer«. Die außerordentliche Verbindung »Professor und Dame vom Kabarett« zeigte mir ohne weiteres einen strengen, aber unerfahrenen Mann – sonst tyrannisiert er Schüler, jetzt wird er selbst noch weniger als ein Schüler, wird er Spielzeug eines Mädchens. Das Mädchen sah sofort und für alle Zeiten so aus, wie es aussehen mußte, um einen alternden Mann von Grundsätzen sie alle vergessen zu lassen. Was den Schauplatz betrifft, hieß er der Blaue Engel und niemals anders; lag an einem Hafen in einer Querstraße; war behaftet mit Gerüchen von Teer, Bier und Puder. Die Herzen von Knaben, die sich dorthin schlichen, hatten höher geschlagen, daher trat mein Professor mir in jener Florentiner Theaterpause auch mit manchen knabenhaften Zügen entgegen.

Ich kannte ihn vom ersten Augenblick an ganz. Er und sein Schicksal waren nur noch auszuarbeiten und hinzuschreiben. Sie waren mir erschienen, ohne daß ich sie erdacht hatte. Eine zufällige Nachricht hatte sie herbeigerufen, und eine Vision hatte sie mir vorgestellt.

Wenige Tage später ergänzte übrigens die italienische Zeitung ihre Meldung. Der Freund der Diva war in Wirklichkeit ein Börsenredakteur mit dem Titel Professor, daher wahrscheinlich in allem das Gegenteil meiner erfundenen Gestalt. Aber sie war nun da.

Die Gestalt des *Professor Unrat* und der Roman, der so heißt, sind mittlerweile schon recht lange her. Der Roman hat zahlreiche Generationen von Lesern gehabt. Die Gestalt gehört für viele zu dem Bestand genau bekannter Menschen, die man im Kopf umherträgt. Unter den uns von Anfang bis Ende genau bekannten Menschen sind, wenn wir dies einmal überlegen wollen, mehr erfundene als wirkliche Menschen.

Ein Roman ist eine Welt, die sich genügt; denn sie rechnet nicht vergebens mit der größten und verhängnisvollsten Gabe des Menschen, mit seiner Phantasie. Wir bauen eine Stadt, ein Haus, ein Zimmer, wir stellen einen Menschen hinein. Wir stellen in andere Zimmer andere Menschen, wir führen die einen zu den anderen, und während sie sich bewegen, nimmt auch ihr Geschick seinen Lauf. Die ganze Mitwelt kommt in Aufruhr, weil ein besonderes Erlebnis und ein aufsehenerregender Mensch hervordrängen. Wir setzen dies in Szene, obwohl wir es nur mit Worten tun. Es wird doch sichtbar. Unsere Arbeit ist die eines besonders selbständigen und einfallsreichen Regisseurs. Romanschreiben, von dieser Seite gesehen, heißt Regieführen.

Kommt es daher, daß ich für den Film *Der blaue Engel*

von Anfang an Verständnis gehabt habe? Ein Film ist kein Roman, seine Handlung kann nicht genau so verlaufen wie dort, sowohl die Straßen wie die Menschenleben verlangen andere Perspektiven. Neben den übrigen Mitarbeitern am Film habe auch ich mich bemüht, den Roman hinüberzuführen in den Film. Der Regisseur Sternberg und der Darsteller Jannings mußten den Weg frei finden, wenn sie anfingen.

Jetzt kam der merkwürdige Augenblick, als ich mit Jannings, der die Maske des Professor Rat trug, in dem unaufgeräumten Schlafzimmer des Professors saß. Jannings saß auf dem Bett, darüber verstaubte Bücher. Überall verstaubte Bücher, und ein Ofenrohr lief quer durch das Zimmer. An den Tonfilmmaschinen wurde gearbeitet, wir mußten warten. Da dachte ich zurück an die erste Erscheinung dieses »Unrat«: Florenz, Theaterpause, lang her. Hier saß er und war noch der Alte.

Er hatte viel mitgemacht seither, war hindurchgelangt durch neue Zeiten und die Köpfe veränderter Menschen; aber er liebte noch immer dieselbe Art Frau, war auch gewichtig und unschuldig wie je, und ging daher unverwandt in dasselbe Schicksal. Ein großer Darsteller, Emil Jannings, hatte seine Gestalt angenommen und führte sie mir vor. Er hatte aus dem Innersten der Gestalt an ihr weitergedichtet. In dem Roman stirbt Unrat nicht. Jannings wußte und hat erfunden, wie er stirbt.

Der Regisseur Sternberg kannte jeden Schritt, den diese und die anderen Gestalten durch die kleine Stadt tun. Er unterschied, welche Gebärden und Laute, Geräusche, Lieder und Schreckensschreie ihr bevorstanden; die Winkel der plastisch aufgebauten Stadt und Straße belebten sich ihm, noch bevor dann die Schauspieler sie belebten. Ich indessen erinnerte mich aller dieser Winkel von früher her. In den Ateliers von Neubabelsberg lag nicht nur das unordentliche Schlafzimmer des armen Unrat, der ganze

Blaue Engel von unten bis oben stand darin. Ich ging durch den Saal und über die Wendeltreppe, wie vielleicht früher schon einmal. Alles erschien mir wiedergekommen aus Nirgendwo und etwas gespenstisch. Der Eingang des Blauen Engel hat in Neubabelsberg zwei Stufen; sofort war ich überzeugt, auch zu dem Urbild dieses Hauses hätten diese Stufen hinaufgeführt. Die verdächtige Gasse, die entlang lief, konnte nur in die mir einst vertraute Stadt münden. Auf jeden Fall mündete sie in das Verhängnis der mir noch immer nahen Gestalt.

Nachher sah ich mehrmals zu, wie Aufnahmen gemacht wurden, und hatte für die Arbeit der Schauspieler das Gefühl der Verwandtschaft, das ich immer für sie habe. Den fertigen Film konnte ich in Berlin nicht mehr sehen. Der Produktionsleiter Herr Erich Pommer, der nach Paris fahren mußte, hatte die Güte, mit dem Film bis nach Nizza zu kommen, wo ich mich aufhielt. Hier führte er ihn mir vor.

Es war in einem großen leeren Kinotheater am Strande, des Vormittags während der Arbeit der Reinemachefrauen. Der Operateur wußte nicht gleich Bescheid mit dem Werk, das in der Technik des Tonfilms so bemerkenswerte Fortschritte aufweist. Auch die französischen Rufe der im Hause beschäftigten Frauen machten mir fühlbar, welchen weiten Weg der Blaue Engel und sein Held nachgerade zurückgelegt hatten – von der nordischen Hafenstadt, wo sie schon gespielt hatten, als ich allein sie kannte, bis zu dem Strand im Süden, wo man sie mir heute vorführte.

Wir waren drei Zuschauer in dem großen fremden Kinotheater, und wir sahen den bewundernswerten Jannings lächeln – das zarte kindliche Lächeln eines späten, gefährlichen Glücks, das sich hervorringt und glänzt aus einem glücklosen Gesicht. In mehreren Weltteilen sollen künftig viele es sehen. Der Schauer eines ganz zu Ende gelebten Schicksals soll sie berühren, während sie nur hinblicken auf bunte Bilder, bunte Welt.

Mein Roman

In wenigen Tagen erscheint mein Roman *Die große Sache*. Welchen Zweck er verfolgt? Die erste Absicht jedes rechten Romans ist immer, Freude zu machen. Auch noch, wenn er wehtut, soll er doch wohltun. Der Leser, ebenso sehr wie der Verfasser, soll lachen dürfen über Dinge, die ihn oft geschmerzt haben. Er mag sich klar werden über seine Lage und sich im Geiste darüber erheben; das ist bestimmt ein Gewinn, und dazu kann der Roman ihm helfen. Ein Roman heißt in vielen Fällen etwas wie eine Beichte, die der Autor für sich selbst und auch gleich für seinen Zeitgenossen mit ablegt. Nun ist die Beichte eine Gewissenshandlung angesichts der Ewigkeit. Der Roman aber ist keineswegs immer so ehrgeizig; er hält sich oft ganz kindlich bei den flüchtigsten Erscheinungen auf. Kein großer Romancier hat gewußt, ob er sich dem höchsten, nahezu göttlichen Wissen um das Menschenleben ergibt oder mehr für gehobenen Zeitvertreib da ist. Jedes zu seiner Zeit – oder beides gleichzeitig.

Ich habe eine Handlung erfunden; das ist beim Roman, wenn nicht das Erste, so doch das Entscheidende. Hätte man die besten Gestalten, es würde noch gar nichts nützen. Sie brauchen die Handlung, durch die sie erst zur Geltung kommen, und die ihnen sitzt wie ein Rock. Mitglieder der Gesellschaft sind nicht unbekleidet, und die Personen eines Romanes blieben ganz unverständlich ohne die ihnen angemessene Handlung.

Als die »Gesellschaft« sich ihrer zum ersten Male voll bewußt wurde, es ist hundert Jahre her, da kamen auch die sehr handlungsreichen Romane auf – Handlung nicht mehr verstanden als sinnloses Abenteuer, sondern als die gesetzmäßig bewegte Gesellschaft. Das war der Augenblick für Balzac, wie andrerseits für den Verfasser der *Geheimnisse von Paris*. Dieser bringt viel Kinomäßiges, aber auch der große Balzac läßt es sich keineswegs entgehen. Denn die Gesellschaft treibt das Kinohafte wirklich hervor; und die Erscheinungen der Gesellschaft sollen wir Romanciers nicht abschwächen. Wir sollen sie im Gegenteil leichter durchschaubar machen und müssen sie daher steigern.

Warum ist hier und da die Rede von einer Krise des Romans? Wahrscheinlich im Grunde, weil das Kino manches besser macht. Er ist Bewegung – und diese Zeit hat wohl schließlich nicht mehr Bewegung als jede andere, aber sie ist sich ihrer mehr bewußt. Sie gibt sich der stürmischen Bewegung hin mit mehr Sportgeist als andere Zeiten – und auch mit mehr Furcht. Die beiden Kennzeichen eines Lebensgeschlechts können sehr wohl sein, daß es Sportgeist hat und daß es sich fürchtet. So ist dies Geschlecht der beginnenden europäischen Demokratie. Vor hundert Jahren kündete die beginnende französische Demokratie sich in handlungsreichen Romanen an. Die heute entstehende Demokratie hat als neues Ausdrucksmittel hinzubekommen das Kino. Sonderbar, wer seine Sache auf das Ende der Demokratie stellt! Sie fängt doch erst richtig an, sie ist kein Programm, sondern eine Tatsache, und sie hat so große neue Mittel. Der Roman ist durchaus in keiner Krise, wenn er zeitgemäß bleibt und den Weg der Gesellschaft mitgeht. Das erfordert nicht immer Kinotechnik, aber es gebietet auch nicht sachliche Berichte, die am meisten verwandt der statistischen Wissenschaft sind. Wir wollen eine scheinbare Aktualität nicht übertreiben – und wollen die große Kunst des Romans, die zuletzt gekommene Kunst, erst in diesen hundert Jahren auf die Höhe der andern Künste geführt, wir wollen sie nicht leichtsinnig behandeln.

Der erste, tiefste Gegenstand meines Romans, zugleich auch der Antrieb, ihn zu schreiben, ist die Bewegung. Einige Personen, die meisten jung, andere in mittleren Jahren, sind die ganze Zeit hinter etwas her, das sie »die große Sache« nennen. Die ganze Zeit beträgt übrigens dreimal vierundzwanzig Stunden. Sie jagen mit hundertsechzig Kilometer Geschwindigkeit, weil sie unbedingt schnell ankommen müssen. Die Kraft könnte sonst nicht ausreichen, die Anspannung ist zu groß. Das Ungewöhnliche dieser sonst durchschnittlichen Menschen ist, daß sie immer die Vorstellung haben, um ihr Leben zu laufen. Selten ist die Gefährlichkeit des Daseins so deutlich wie heute von allen empfunden worden. Selten ließ man sich so wenig gehen, selten verweilte man so ungern und hatte zu dem einmal Gegebenen so wenig Vertrauen. Jede Minute kann die große Katastrophe eintreten, oder, was genau so schlimm wäre, wir werden persönlich abgebaut. Das fürchtet der Chef kaum weniger als der kleine Angestellte; daher stürzen sich alle kopfüber in die Jagd nach der großen Sache, die sie endlich sichern und unabhängig machen soll. Freiwerden! Heraus aus der Abhängigkeit! Aber gerade das gibt es nicht mehr. Das hatten einst ihre Väter. Sie selbst gehören dem Konzern, der sie gekauft hat, und stehen alle bis zum Generaldirektor unter Kontrolle. Die große Sache, die sie meinen, schluckt auch wieder nur der Konzern. Es nützt nichts, daß die armen, schönen, jungen Leute jagen, kämpfen und sich erschöpfen. Sie werden immer arbeiten müssen in Reih und Glied.

Andre, die früher lebten, wären schlechthin verzweifelt gewesen über ihre hoffnungslose Proletarisierung: diese nicht. Dies Geschlecht paßt sich schon an. Als Ersatz für wirkliche Erfolge hat es den Sportgeist. Es kennt zwar gleichzeitig Existenzangst. Was wird sein, wenn man nicht mehr jung ist – überaltert, abgekämpft, und nicht mehr recht mitkommen kann?

Im Grunde ist es eine Angelegenheit der Seele und einer sich selbst noch unbekannten Sehnsucht. Sie leiden an Weltschmerz – sind daher auch für jeden Schwindel zu haben. Sie sind diesmal nicht düster, es ist ein lustiger Weltschmerz, sie gehen ins Leben wie zu einem Boxkampf. Die Zuschauer erblicken im Ring das wahre Bild ihres täglichen Lebens und begleiten es mit Beifall und Entrüstung; denn alles, was bei ihnen selbst vorgeht, ist Kampf. Früher im Gegenteil konnten wir eine ganze Jugend verbringen, ohne jemals daran zu denken, daß wir kämpften. Auch unsre Arbeit, auch unser Beharren im Leben ist natürlich Kampf gewesen, aber das merkten wir erst später. Heute wissen sie es sofort. Wir damals alterten fast unversehens, weil wir keinen so schroffen Abstand annahmen zwischen Jugend und Alter. Jetzt prahlt man mit der Jugend und sieht dem Alter voll Mißtrauen entgegen. Hinter dem Wort Jugend steht jetzt immer ein Ausrufungszeichen, hinter dem Wort Alter ein Fragezeichen.

Ich habe in eine Romanhandlung verarbeitet die Bewegung, die Lustigkeit und die Angst, das Altwerden, Jungsein und die Sehnsucht. Ich fürchte durchaus keine Krise des Romans. Ich habe Menschen herangeholt, ohne gleich zu wissen, ob ihnen alle diese Neigungen, oder auch unschönere, eigen waren. Sie hatten sie, bevor ich es mich versah, und auch die Handlung, in der sie zeigten, was sie konnten, war ihnen angeboren. Ein Roman ist bekanntlich ein Spiegel auf einer Landstraße. Was kann er? Nur spiegeln. Nun ist noch vor dem Erscheinen meines Romans vermutet worden, er sei tendenziös, und eine solche Darstellung der heutigen Zustände mache gradezu Stimmung für eine gründliche Änderung des Bestehenden. Was heißt aber »das Bestehende«? Dazu gehören vor allem die Menschen, und ich bezeuge, daß die mitlebenden

Menschen erstens alle denselben Stempel tragen und ihn zweitens sobald nicht loswerden können – ganz gleich, ob sie sich politisch links oder rechts herumlegen. Das wäre zu einfach: man übt eine andre politische Formel ein, und sofort erduldet man weder Unruhe noch Angst mehr, die Abneigung gegen das Denken und die Neigung zur Gewalt hören auf. Die sittlichen Begriffe ändern sich für Männer und für Frauen. Es gibt fortan keine süße Kleine, wie meine Inge, keinen korrupten Politiker wie meinen Reichskanzler Schattich und keinen großen Kaufmann, der wie mein Herr von List, über Leichen geht, ohne einen Kranz niederzulegen. Dummheit! Das alles wird es in jedem sogenannten Dritten Reich nicht weniger, sondern erst recht geben, denn manche, die bisher nicht weit genug vorn lagen, wollen dann erst mal richtig ran. Dafür strampeln sie sich doch jetzt so ab. Sie reden von dem »absterbenden System«; aber noch stehen sie selbst und ihre Leidenschaften in Blüte, und inzwischen hilft es gar nichts, wenn sie sich auf den Platz der andern setzen und das System umtaufen – es bleibt. Ich – eine politische Tendenz verbreiten? Ich bin doch ein Romancier und habe es mit den vorhandenen Menschen zu tun. Ein großer alter Fachmann in Literatur und Politik, Clémenceau, sagte ungefähr: »Es gibt nichts außer der Demokratie, weil sie alles umfaßt, alle vorhandenen Menschen. So sind sie nun mal.« Wobei er sich natürlich dachte: »Und ich arbeite an ihnen.« Das kann sich auch ein Romancier denken.

Ich verfolge mit dem Roman *Die große Sache* eine einzige kleine Absicht, sie ist ganz unpolitisch. Ich mache den geliebten Zeitgenossen leise und verstohlen darauf aufmerksam, daß er nicht nur seine Existenzangst hat, sondern doch vielleicht in einer tieferen Gegend unbefriedigt ist. Ich versuche, ihn bemerken zu lassen, daß er nicht nur funken und fliegen kann; seine Kräfte gehen noch weiter, und er verfügt über eine andre, zu wenig bekannte Apparatur. Mein Oberingenieur Birk verwendet diese – erreicht zwar etwas sehr Unvollkommenes. Immerhin liegt er an der einen Stelle wie schlafend im Bett, während er an einer andern erscheint – zur gleichen Zeit – und ein Unglück verhütet. Wir haben auch Seelenkräfte und wissen noch nicht, wie weit sie gehen. Mehr soll der Vorfall mit dem Oberingenieur Birk nicht heißen. Er ist nicht als brutale Tatsache gemeint neben allen den anderen brutalen Wirklichkeiten des Romans; mehr als leise Mahnung. Vielleicht könntet ihr doch, soll gesagt werden. Vielleicht könntet ihr einander helfen und einander nicht ganz so fern sein. Wenn ihr künftig nicht nur in der übrigen Technik, sondern auch in der Seelentechnik einige Fortschritte machtet – wird natürlich auch daraus wieder Unheil entstehen; der Mensch ist verurteilt, Unheil zu stiften, wo er sich regt. Aber auch die Sympathie unter Menschen würde nebenbei an Umfang gewinnen, und die Freude, die es in der Welt gibt, wäre nicht mehr nur von der Wirtschaftslage bedingt. Wir selbst würden sie erzeugen. Verzeihe man doch dem Romancier, der unsre furchtbare Lage erst ganz anschaulich macht, daß er dennoch erfreuen will.

Der Schriftsteller, den der Ansager nannte

Gesprochen im Westdeutschen Rundfunk

Dieser Schriftsteller verbrachte den größten Teil seines Lebens, ohne zu bemerken, daß es im Grunde ein Leben wie das aller anderen war. In seiner Jugend hatte er eines Nachts in den Straßen einer italienischen Stadt eine unangenehme Begegnung. An einer Ecke, unter der Lampe eines Madonnenbildes warteten zwei Burschen auf ihn; durch die lange leere Straße kam in dem Augenblick nur er selbst. Obwohl die beiden ziemlich unheilversprechend aussahen, ging er ohne Zögern auf sie zu, weil er das, was ihm hier widerfuhr, nicht recht glauben konnte. Trotzdem schien es wahr zu sein. Als er auf ihrer Höhe war, verließen die Gestalten ihren Platz und stießen gegen ihn vor. Er machte Front, um wenigstens von vorn angegriffen zu werden. Nun vollführten aber auch sie plötzlich eine Drehung und schlugen die Richtung ein, aus der er gekommen war. Es ging wortlos vor sich, bedeutete aber sichtlich, daß sie ihn weder kannten noch jemals gewünscht hatten, ihm näher zu treten. Erst in der nächsten Minute wurde ihm alles klar. Am anderen Ende der Straße war eine vierte Person erschienen und näherte sich schnell. Es war ein junger Mann, der seinen Sommermantel über dem Arm trug. Den beiden Angreifern des Schriftstellers war er unerwünscht, er hatte sie vertrieben. Als er endlich anlangte, ging der Schriftsteller ihm entgegen, wahrscheinlich, um ihm zu danken. Der junge Mann mit dem Paletot riß indes aus, und der Schriftsteller blieb als einziger, nicht ohne Verwunderung, an der Stelle übrig.

Er hielt in der Folge diesen stummen, aber gut klappenden Vorgang für überaus sinnreich. Die ganze Unberechenbarkeit und Verwirrung des Lebens, seine Gegensätze, Gefahren, Mißverständnisse, alles schien ihm darin andeutungsweise vorgeführt. Auch in seinen jungen Jahren wird er wohl gewußt haben, daß so etwas jeden Tag vorkommt. Ihn aber regte das Erlebnis an, wie man sagt, es steigerte seine Fähigkeiten. Das Vorgefallene paßte ihm gerade und machte ihm daher den Eindruck, wie eigens für ihn arrangiert – vielleicht sogar mehr als das. Dasselbe empfand er, als er einst eine gar nicht naheliegende Auskunft suchte. Er will sich auf eine Bank setzen, um nachzudenken. Sein Fuß stößt dabei an ein zerrissenes Heft; er hebt es auf, und es enthält die Auskunft.

Oder er saß im Theater und fand während der Pause in der Zeitung eine Nachricht aus dem weit entfernten Berlin. Sofort wußte er: dies war der Stoff seines nächsten Romans. Schon standen die Gestalten vor ihm, überdeutlich, während er die wirklichen Schauspieler in dem Stück, das inzwischen weiterging, nur gerade deutlich sah. Die Zeitungsmeldung erwies sich übrigens als falsch, vielleicht hatte er sie auch mißverstanden. Die innere Erleuchtung, die er gehabt hatte, war dennoch nicht mehr ungeschehen zu machen.

Oder er erblickte die Figur, die er sofort den *Untertan* nannte, nackt in einem Luftbad. Daran schlossen sich andere Vorstellungen, jener unbekleidete Mensch rief sie hervor, er trat darin auf und zeigte sich von allen Seiten. Die zahlreichen Gestaltungen, die hieraus allmählich wurden, die ganze soziale Bilderfolge, die später den Roman *Der Untertan* ausmachte, sie hätten sich möglichenfalls niemals zusammengeschlossen ohne den Mann im Luftbad. Der Schriftsteller sieht das heute für ganz einfach an. Er war indessen zu seiner Zeit noch ganz anders erstaunt und ergriffen in einem weiteren Fall, als eine Operntruppe in einer kleinen Stadt gastierte. Sie zogen dort ein, sie bewegten sich, sie richteten Dinge an und hatten die Stadt auf den Kopf gestellt, als sie endlich abzogen. Die Stadt sang nur noch, oder wenigstens kannte der Schriftsteller, der das Glück hatte, gerade damals in ihr zu wohnen, sie nur noch singend. Sie selbst wird sich dessen weniger bewußt gewesen sein. Er empfand sie ganz und gar in Chören und Solistenrollen, ohne Erdenschwere, wie Musik, und das ganze Leben jener kleinen Stadt wurde ihm zu einer großen und schönen Opernaufführung – viel Kampf und Schmerz in noch mehr Wohlklang. Es ergriff ihn, weil er gerade darauf im Innern vorbereitet, und weil es für ihn genau an der Zeit war, seinen Roman *Die kleine Stadt* zu schreiben.

In den Jahren, als der genannte Schriftsteller noch ohne Überblick über seine eigene Daseinsfrist war, faßte er die immer wiederholte Übereinstimmung innerer Zustände und äußerer Zufälle als Eingriffe des Schicksals auf. Er hatte das vollkommen ehrliche Gefühl, als ob seine Arbeiten ungeschrieben schon vorhanden waren, in höheren Gegenden fertig abliefen, während er selbst mit dem Aufgebot aller seiner Kraft bemüht war, sie niederzuholen in die sichtbare Welt. Die Ahnung: ich tue nur, was anderswo längst bestimmt war, erleichterte ihm in etwas seine Anstrengungen. Zugleich verlieh sie ihnen ein mehr als persönliches Recht. Er trat mit ihnen in den Dienst einer Macht, die er verschieden, meistens aber mit dem Namen des Geistes bezeichnete.

Man muß so viele Umstände nicht machen und kann sich kurzweg damit zufrieden geben, daß die Hervorbringungen unseres Gehirns einfach abhängen von seinem Bau, seiner Herkunft und von den Eindrücken, die es empfängt. Das stellt sich dann auch heraus als die schlichte Wahrheit, nachdem der sogenannte Gereifte alles abgelegt hat, was Seifenblase, Gaukelei und Überhitzung gewesen war. Indessen, wenn auch der Auftrag, den er draußen gesucht hatte, nur in ihm selbst gegeben wurde, der Auftrag blieb geheimnisvoll.

Einmal erging sich der noch junge Mann in einem steinigen Garten, eintausendfünfhundert Meter hoch im Gebirge, als sein Vorname gerufen wurde. Er horchte auf, es war kein Zweifel; aber niemand hier oben redete ihn beim Vornamen an. Das Haus, in dem er wohnte, das einzige weit und breit, stand nicht nahe genug, daß man einen von dort ausgehenden Anruf so deutlich hätte hören können. Es war aber auch nicht dermaßen entfernt, daß der Laut so merkwürdig verweht, herübergeweht hätte klingen dürfen. Er sah nach der Uhr. Am Abend wurde ein Telegramm gebracht. Das ihm liebste Wesen war gestorben – genau in dem Augenblick, als jemand nach ihm rief.

Solche Dinge widerfahren wahrscheinlich nur Menschen, die eine besonders tiefe Leidenschaft für das Leben haben. In manchen Fällen haben sie dann auch eine nicht gewöhnliche Begabung für das Leben. Am überzeugendsten äußert sich diese Begabung immer in der Arbeit. Wie viel Kraft jemand in seine Arbeit legt, so viel ist in ihn selbst gelegt; so viel hat er wirklich. Ob der hier behandelte Schriftsteller nun kraftvoll gearbeitet hat oder nicht, jedenfalls preßte er täglich in seine Arbeitsstunden alles zusammen, was seine Lebensenergien hergaben. Er steigerte dadurch seine Fähigkeiten. Infolge hiervon steigerte er auch die dargestellte Wirklichkeit. Er hat nie etwas anderes verlangt, als wahr zu sein. Aber manchmal entstanden wohl verstärkte Wahrheiten und schwer erträgliche Bilder der Wirklichkeit, oder man empfand es so.

Der Mensch hat ein Recht auf Lüge, wenigstens auf Beschönigung. Sie ist sein Trost in dem schweren Dasein. Niemand begreift besser als dieser Schriftsteller, daß wir nicht einmal einen Tag von der Wahrheit allein leben könnten. Er meint nur, daß ein Mensch, der wenige Stunden des Tages am Schreibtisch verbringt, es während dieser paar Stunden wohl versuchen könnte, bei der Wahrheit zu bleiben. Da ist es durchaus nicht nötig, denen zu schmeicheln, die ihn lesen werden. Man muß nicht offenkundig verfehlte Richtungen mitmachen und darf sich nicht verbeugen vor ehemaligen Wahrheiten, die jetzt nichts weiter mehr sind, als ein Mittel, die Leute zu betrügen. Wenn man einfach nur arbeitet um der Arbeit willen, kommen Berechnungen gar nicht in Frage. Man sagt, was man erkannt hat und weiß. Im übrigen fängt die Welt damit an, was sie will.

Was kann ein einfacher Schriftsteller aber viel wissen? Er hatte damit begonnen, daß er seine Eindrücke und Beobachtungen richtig darstellte. Das Denken kam erst später hinzu. Bei einem Künstler, und ein Schriftsteller ist unter anderem auch Künstler, finden sich zuerst Formen ein, und mit der Bewegung der Formen hat er vor allem zu tun. Es ist nahezu etwas Körperliches, wie das Theaterspiel. Der Gedanke hat darin keine sichtbare Rolle, höchstens, daß die Bewegungen der Körper ihn unversehens absondern. Das Ganze ergibt schließlich irgend einen Sinn; aber zunächst ist nur gespielt worden um der guten Rollen und der wirksamen Szenen willen. Der Gedanke, die Nebenerscheinung, kann allerdings selbständig werden und das ganze Stück beherrschen.

Gewöhnlich geschieht dies erst, wenn der Schriftsteller schon reifer ist; bei diesem wenigstens war es so. Mit vorschreitendem Können und erhöhten Ansprüchen an sich selbst erklärte sich auch sein Wunsch, die Welt nicht nur wiederzugeben, sondern sie zu überzeugen, sie an seinem Teil sogar mitzuverändern. Er hatte inzwischen auf dem Wege des Gestaltens schon eine ganze Menge Zusammenhänge der Wirklichkeit erfaßt und hatte viel Leben in Bewegung gesetzt. Endlich war ihm ganz klar geworden, welchen Willen er dem Leben, wie es wirklich ist, entgegenbrachte. Denselben, wie in seiner Arbeit: es soll wahr sein. Sehr schön und tröstlich, die Lüge. Illusionen helfen über manche schwachen Zeiten hinweg. Aber schließlich sind doch der einzelne wie auch eine Gesellschaft nur lebensfähig, wenn sie wahr sein können. Wahr zu sein ist eine Frage der Kraft. Der Schriftsteller, der selbst alle seine Kraft verarbeitet, muß mit seiner Arbeit den Erfolg haben, daß er die mitlebende Gesellschaft kräftigt.

Was ist nun hinsichtlich des Lebens das Wahre? Offenbar ist es gleichbedeutend mit dem Lebenfördernden – mit dem, was hier und jetzt ein erträglicheres Dasein schafft. Denn alles wird immer bestimmt von dem Augenblick der Geschichte, durch den wir gerade hindurchgehen. Daher behält kein Gedanke dauernd denselben Inhalt, und was früher lebenfördernd war, ist heute falsch und schon fast eine Schande. Dies darf man in allgemeinen Ausdrücken wohl sagen. Wer aber bestimmter wird, verstößt sofort gegen herrschende Meinungen – gegen Meinungen, die auf mühsame und heruntergekommene Art, künstlich aufgepeitscht, vorerst noch an der Herrschaft sind. Je sicherer ihr Untergang bevorsteht, um so reizbarer sind sie. Jeder, der ihnen die neue, gesunde und lebenfördernde Wahrheit entgegensetzt, erfährt viel Haß, auch dieser Schriftsteller. Das war unvermeidlich, und den Haß zu tragen, gehörte zu seiner Aufgabe. Seine Arbeit mußte nun einmal gewisse Arten von Menschen herausfordern, erstens weil sie Kraft und zweitens weil sie einen Sinn hatte. So selbstverständlich dies auch erscheint, bei weitem nicht jeder verzeiht es.

So kam es, daß dieser Schriftsteller immer bestritten wurde. Seine größten Anstrengungen wurden ihm von mindestens der halben Öffentlichkeit für weniger angerechnet als anderen ihre geringsten. Er hatte es nicht gerade leicht, weder der Erfolg noch die Einnahmen fielen ihm schnell und reichlich zu. Er beklagte sich aber nicht, weil er die Gründe kannte und sie nicht für unehrenhaft hielt. Nach seiner Auffassung erhöht sich die Verantwortung mit dem Verstand, und ein geistiger Mensch hat noch weniger als sonst jemand das Recht, unanständig zu handeln. Andererseits muß er wissen, wie weit er in der vorhandenen Welt mit seiner verhältnismäßigen Sauberkeit kommt. Dies war das Gesicht, das für ihn der Kampf um das Dasein annahm: eine Persönlichkeit durchzusetzen, die häufig nicht genehm war, und Leistungen darzubieten, deren Wert und Nützlichkeit von vielen erst fünfzehn Jahre später, von anderen niemals anerkannt wurden. Nicht leicht, wie gesagt. Dennoch hatte dieser Schriftsteller kaum jemals das Gefühl, in einem Kampf zu stehen. Er arbeitete nur, und die Arbeit stellte ihn allen anderen Sterblichen gleich, das war an ihr das Beste. Der Kampf wie auch der Gedanke waren beide das unmittelbare Erzeugnis seiner Arbeit, diese ergab aber gleichzeitig Genugtuung und Trost.

Wir müssen die Arbeit lieben, und wir müssen, um gut zu arbeiten, die Wahrheit lieben. Er war noch sehr jung und streunte erst noch umher wie ein Handwerksbursche, der sich auf der Wanderschaft ausbildet, da fuhr er eines Tages durch eine ungemein heiße Bahnstrecke. Er hatte noch keinen Platz; von einem, der ihm frei zu sein schien, entfernte er die zusammengefaltete Zeitung, die darauf lag, und setzte sich. Ein alter Herr von soldatischem Aussehen, der die Ecke gegenüber einnahm, sah ihm dabei zu. Man fächelte sich das Gesicht und war nur froh, untergebracht zu sein. Was tritt nun ein? Ein Mitreisender erscheint und beansprucht den Platz des jungen Mannes, der Sitz sei belegt gewesen. Der junge Mann leugnet dies entschieden, er ist gereizt, weil er bei der Hitze auch noch belästigt werden soll. Als der andere nicht nachgibt, ruft er das Zeugnis des alten Offiziers an, – da aber blickt er in ein Gesicht! Der Alte rührt sich nicht, er spricht kein Wort; um so bestimmter beschuldigen seine erzürnten Augen den jungen Mann, er sei ein Schwindler, mit ihm wolle man nichts zu tun haben.

Das Schlimmste war indes, daß dem künftigen Schriftsteller die Zeitung, die er von der Bank weggenommen hatte, vielleicht nicht erst in diesem Augenblick wieder einfiel. Es kann sein, daß er den Zusammenhang schon eine Minute früher erfaßt, trotzdem aber weiter seinen Anspruch behauptet hatte. Jedenfalls verließ er gleich darauf den Platz mit einer Demütigung, die ihm unvergeßlich geblieben ist. Wie könnte sie ihm entfallen! Das Sinnbild jenes ehrliebenden Offiziers erschien vor seinen Augen jedesmal gerade dann, wenn er später die Wahrheit bezeugte und ihr mit half, zu siegen.

Er hatte in seiner Laufbahn nicht selten Gelegenheit, für eine große und gute Sache einzutreten vor tausend Personen, die er in dem weiten Saal nicht alle unterschied. Aber er war gewiß, daß der alte Offizier dabei saß und aufpaßte, ob er die Wahrheit sagte. Einmal indessen waren es sechstausend Menschen, und noch dazu im Ausland. Er sprach in der fremden Sprache mit Aufgebot aller seiner Kraft. Als er mitten im Satz unterbrochen wurde von einem ungeahnten Getöse, das Beifall war, streifte sein Blick über die unermeßliche Menge hin, und sie erschien ihm wie Rauch. Klatschende Hände reckten sich aus dem Gewölk, aber er unterschied kein Gesicht. Nur dort ganz hinten, ganz oben, wo er es am wenigsten hätte erkennen dürfen, dort zeigte sich ihm jenes nie vergessene Gesicht. Es drückte endlich Milde aus. Der alte Bekannte hatte zuletzt doch sein Mißtrauen abgelegt, und seine Hände bewegten sich beifällig.

Stille

Reisen

Welchen Zweck hatte herkömmlicherweise das Reisen? Wir fuhren in die Ferne, um auszuspannen, um Land und Leute zu sehen, dennoch aber zu uns selbst zu kommen. Dies Letzte war die Hauptsache. Man kam aus vollen Städten und dem Ernst des Lebens in Gegenden, die anspruchsloser schienen und wo man niemand kannte. Die Stadt Mantua steht vor mir wie das Gleichnis früherer Zeiten. Die Brücke San Giorgio zog aschgrau über weite Sümpfe, die Paläste vergangener Herrscherhäuser bildeten ein Stadtviertel, wo nichts, gar nichts sich regte – indes an Kirchen mit abbröckelnder Fassade selten das schwarze Kleid eines Priesters hinstrich. Arme Leute wohnten mietefrei in adligen Häusern, die mit Einsturz drohten. Vor einem ganz kleinen Kaffeeladen hielt ein schwarzer Wagen mit zwei Rappen, der Kutscher kauerte alt und schwarz auf dem Bock, das währte mehrere Stunden. Sein überaus alter Herr saß drinnen mit zwei, drei Freunden um eines der sechs klassischen Marmortischchen, die übrigen waren unbesetzt. Vor den Herren stand kein Getränk mehr, der alte Kellner hatte es vor Stunden abgeräumt. Sie sprachen abwechselnd und langsam. So ließen sie den Rest des Tages und auch ihres Lebens vergehen.

Mantua war weit übertrieben, nicht jede Stadt sah so aus. Dort konnte man bei wochenlangem Aufenthalt der einzige Fremde bleiben, an anderen Orten bewegte sich ein, wenn auch gelassener Fremdenstrom. Man fand leicht Platz, konnte nach Belieben allein sein; ja, für Arbeiter des Geistes ergab sich am leichtesten in der Ferne jene luftige

Ruhe, ein Schweben über den Dingen, die dich nichts angehen, das wirkliche Entferntsein. Daher damals die einzelnen Personen, die lächelnd, oberflächlich erheitert durch ein fremdes Volk spazierten, allein in den Theatern saßen und obwohl allein, sich überall genügend unterhielten, weil sie im Stillen einen Gedanken mit sich trugen und ihn pflegten.

Jemand muß außerordentlich geübt im Denken sein, um es auch heute noch unterwegs fortzusetzen. Das Reisen stellt ihm viel mehr Aufgaben als früher, vor allem verlangt es eine stark vermehrte Fortbewegung. Vor dem Hotel warten vom frühen Morgen an, jedes nur einige Minuten, die großen Gesellschaftsautos, um ihn zu mahnen, daß er weit draußen noch manches sehen muß. Früher hätte er es nie erblickt, oder es hätte ihn lange Tage gekostet, was eine Entschuldigung war. Gegeben ist jetzt die Möglichkeit, schnell hinzugelangen, und damit auch die Pflicht.

Wir fuhren von Biarritz, das am Fuß der Pyrenäen liegt, einige Stunden das Meer entlang, durch das Gebirge und in die spanische Provinz Irun. Das Seebad San Sebastian drückte eine völlig andere Welt aus, als das französische Biarritz. Wir nahmen davon grade nur den Hauch und die Ahnung mit; besuchten flüchtig einige Ortschaften, durch die Don Quichotte persönlich hätte reiten sollen, so sahen sie aus; besichtigten hoch oben das großartige Stammhaus des heiligen Loyola und waren noch vor Einbruch des Abends zurück in der französischen Zivilisation. Wo blieb Spanien? Wir hatten es unbestimmt gesehen, kaum berührt, waren nicht eingedrungen und hatten so viel und so wenig davon übrig behalten, als hätten wir es nur aus dem Kino gekannt. Das Mehr bestand in der gehabten Bewegung, der guten Luft, vielleicht auch darin, daß wir glücklich waren.

Jedes Zeitalter hat sein eigenes Glück. Das Glück des

unseren fußt erstens auf dem festen Willen, vom Unglück abzusehen, glücklich zu sein, und komme es knüppeldick. Hierfür aber ist es geboten, nicht viel nach innen zu horchen und mehr als auf Selbstprüfung Wert zu legen auf die Vorteile der Technik. Es ist schon etwas, daß die Verkehrsmittel so gut ihren Dienst tun. Ein Auto, das fühlen kann, muß vollkommen glücklich sein. Man richte sich nach ihm und werde genau so zuverlässig, auch genau so ersetzbar – jeder natürlich in seiner Preisklasse. Ein Stutz ist kein Ford. In dem riesigen Jahrmarkt der Reisenden, die alle glücklich sind aus Grundsatz, fahren menschliche Stutz' und Fords durcheinander, diese massenhaft, aber auch jene keineswegs vereinzelt. Wenn der Jahrmarkt die Côte d'Azur und Nizza heißt, parken hier weit mehr Privatwagen als Taxen. Die Klassewagen gehören in die Palaces, die anderen in Hotels, von denen unsere bescheidenen Väter sich auch nichts träumen ließen. Aber allein sind die teuersten Wagen und Menschen so wenig wie die preiswerteren.

Wir sind nicht allein, wer wir auch sind. Ein Dancing bei Negresco oder Ruhl in diesem menschlichen Jahrmarkt Nizza ist überfüllt, von Klassefrauen und großen Verdienern. Die unermeßliche Halle des städtischen Kasinos faßt nicht den einströmenden Mittelstand. Höchstens, daß die Stätten des größten Luxus ein noch dichteres Gedränge kennen, denn wer mischt sich nicht alles hinein. Bei Abenteurern, Eintänzern, Neugierigen bleibt es nicht, hinzu kommen alle, die es sich und ihrem Glück schulden, zu einer Stunde, da es erschwinglich ist, in sonst unerschwinglichen Räumen zu weilen und ihren Abdruck zu hinterlassen auf Sesseln, die ihn vielleicht schon von Pierpont Morgan empfingen. Die Auszeichnung besteht darin, vorübergehend und ganz äußerlich in eine höhere Klasse aufzurücken. Allein zu sein, wäre nicht auszeichnend. Mit dem herrschenden Begriff vom Glück stimmt es überein, in einer Menschenmenge, die versammelt ist um glücklich zu sein, die Grenzen der Klassen in trügerischer Weise fallen zu lassen. Aus der Menge aber kommst du nie heraus und willst es auch nicht.

Dieses Nizza hatte zwei Kasinos, die groß waren. Es hat jetzt ein drittes, ungeheures. Das Palais de la Méditerranée wäre früher niemals ein Erfolg geworden. Vielmehr, der Erfolg sah früher so aus, daß einige Herrschaften, die aus verschiedenen Gründen für vornehm galten, in Räumen, die für sie zu groß waren, ehrfurchtsvoll bedient, dasselbe Geld hinterließen, das sonst die dreifache Zahl Menschen ausgab. Heute wirft der Durchschnitt mehr ab, als einst jene Herrschaften, und der Erfolg beginnt erst, wenn Tausende kommen. Sie steigen über die Marmortreppen eines Palais am Mittelmeer. In die haushohen Spiegel sind Zakken eingelassen, weil sie sonst zu gleichmäßig schön und von zu gelassener Wirkung wären, unseresgleichen aber ist für Unruhe. Dieselbe Jazzmusik, die im Mittelpunkt der großen Erwerbsplätze die Tanzsäle mit Lärm erfüllt, spielt hier, wo nicht erworben, nur ausgegeben wird, zum Vergnügen der gleichen, unscharf begrenzten Gesellschaft.

Der einfache Beobachter kann glauben, daß Angestellte von Warenhäusern sich auf der Tanzfläche miteinander umherdrehn. Die Eintänzer, unauffällige Herren in gutsitzenden Anzügen, mehrere nicht einmal ganz jung, haben einen geübteren Blick. Die junge Dame im Nerzmantel ist ihnen nicht entgangen. Hier gibt es zahllose Nerzmäntel, und es könnte sein, daß sie nicht immer Geld beweisen. Die junge Dame aber erscheint allein und verhält sich dennoch eher schüchtern. Die Juwelen, die sie trägt, machen sie nicht besonders selbstbewußt; und wenn sie mit ihrem Geld den Mann, der sie umherdreht, bezahlt, sie fühlt sich darum nicht als die Herrin. Sie fühlt sich nur als Käuferin – da nun einmal in einer Gesellschaft, die als Grundsatz das schnelle Glück hat, alles verkauft und gekauft wird. Gleichberechtigt bewegen sich Dame, Eintänzer und die ganze, nie endende Masse der glücklichen Zeitgenossen im Abendstrahl des Mittelmeeres.

Wir sind Menschen der Masse und wir reisen, auch wenn jeder einzeln den Schlafwagen besteigt, nie allein. Haben wir den ehemals üblichen Zweck, auszuspannen? Eher suchen wir eine veränderte Anstrengung. Wollen wir Land und Leute sehen? Wir bewegen uns in Mengen fort, und wohin wir auch kommen, umgibt uns die gleiche Menge. Unsere Eindrücke von Natur und Leben sind eher die einer Masse, als die eines Individuums. Sie haben das Allgemeine und unklar Bezeugte. Sie brauchen Bestätigung durch alle anderen und überdies durch gedruckte Propaganda. Kommen wir auf Reisen zu uns? Wir kommen vielmehr zu anderen. Wir lernen, hier wie zu Hause, die Bewegung in Massen, das Denken in Massen; und da jedes Einzelne eines Zeitgeistes in dieselbe Richtung strebt, hat auch Reisen heute vor allem den Sinn, uns sozialer zu machen.

Stilles Gestade

Wir lesen in Büchern der Achtzigerjahre, so bei Maupassant, von der Riviera als von einer Gegend des Friedens. Kränkliche Damen ruhen auf den Bänken am Meer und träumen von einem letzten Erlebnis. Ein Hotel in Cannes beherbert außer dem ironischen Zuschauer, der davon berichtet, nur eine englische Gesellschaft, geführt von einem Pastor, und nach dem Dinner singen alle gemeinsam Kirchenlieder. So war es.

Seitdem ist das Auto erschienen – zuerst einige, die noch dablieben, weil es herkömmlich war, zu verweilen. Nachgerade aber sind es ungezählte, und sie jagen vorbei, wie an der Schnur, ein einziger, kaum unterbrochener Schnellzug längs der ganzen blauen Küste. Die Wagen halten an, weil man essen und nebenbei von einigem Kenntnis nehmen muß. In einer Woche haben die schnellen Reisenden die Riviera abgemacht und sich womöglich noch erholt – während früher die Eltern für einen längeren hingebenden Aufenthalt den Platz erwählten, der zu ihrem Herzen sprach. Oder wenigstens war er in Mode.

Es gibt keine Modebäder mehr. Die junge, bewegliche Welt ist überall und nirgends, gestern beim Tennisturnier in Cannes, morgen in Monte Carlo zu dem fabelhaften Autorennen. Werden wir einmal von unseren Beschäftigungen eine ganze Jahreszeit hindurch hier festgehalten, sind um uns ältere Leute. Auf den Promenaden der Fremden, in ihren Kasinos blicken wir meistens in resignierte oder verhärtete Gesichter. Die alten Männer sind sehr alt. Sie sprechen zu einander oft mit der gewissen Abneigung, die das Alter für sich selbst hat. Schweigen sie aber, verrät sich erst ihre ganze Trauer um ihre einstige Jugend. Darin sind die Frauen stolzer. Gewissen Greisinnen der anglo-amerikanischen Kolonie ist unter ihrer dicken Schminke nichts anzumerken von Einsicht und Verzicht. Höchstens, wenn sie bestaunt werden, zeigt sich eine Spur von Ängstlichkeit, weil ihre Kleidung jede Jugend überbietet. Einen Augenblick scheint es, als wären sie doch lieber ehrlich alt. Aber schon ihre nächste Regung ist Trotz.

Seit acht Wochen herrscht fast dasselbe Wetter. Es war nicht kalt und ist nicht wärmer geworden. Alle Bäume haben sich schon erneut, indes wir noch selten im Freien sitzen. Die wenigen frühlinghaften Gesichter gehen zwischen den gealterten kurz umher und verschwinden. Es regnet wieder. Das festliche Leben des Winters, das die Riviera sich schuldet, ist, so gut es ging, erledigt, alle die Blumenschlachten, alle die Umzüge der Masken. Nun folgt im verhinderten Lenz etwas ganz Reizendes, ein öffentliches Fest der Kinder, ihr Wetteifer um den schönsten Wagen aus Blumen, ihr großer Tag. Sie kommen in Scharen, und öfter sind es die Kinder der Stadt, denn ihre Gäste bringen so viele nicht mit. Sie haben ihre Verkehrsmittel, die von Eselchen oder mit der Hand gezogen werden, verwandelt in kleine Lauben aus dichten Blüten, darin hocken sie strahlend oder vom Glück wie betäubt. Der Vater zieht sie, die Mutter läuft mit, fröhlicher traben die Eselchen. Himmel und Meer, die beide zur Feier des Tages blau sind, hören ausnahmsweise nur reines Gezwitscher, klares Lachen und einen Übermut, der noch niemandem wehtut. Auch die Klassen halten zusammen, denn die ärmeren Kleinen haben an ihre Räder oder Roller doch wenigstens einen Zweig gesteckt.

Der einzige, kaum unterbrochene Schnellzug von Autos jagt längs der blauen Küste, ihre Besitzer stürzen sich in die Palasthotels am Strande, sie vollführen großen, aber flüchtigen Lärm. Bei längerem Lauschen nimmt man darunter das Idyll wahr, die kleinen Stimmen und bescheidenen Freuden. Im Casino de la Jetée zu Nizza war einmal eine Schönheitskonkurrenz, davon wußten die Fremden kaum und keinesfalls nahmen sie teil. Dieses alte Kasino ist, was man geschmacklos nennt, ein arabisches Mittelstück mit Anbauten, die beliebig aussehen. Links wird boule gespielt, rechts tanzen sie wie Maschinen, in der Mitte ist die Lustige Witwe. Es steht auf einem Rost im Meer, daher hat es viel Licht. Es ist altmodisch, daher ist es das Kasino der Einheimischen. Die Schönheitskonkurrenz war ihr großes Ereignis, sie führten einander ihre jüngsten Töchter vor.

Das Parkett war endlich einmal voll; kein gastierender Virtuose bringt das an diesem Ort fertig. Die jungen Mädchen, unter denen nur eine siegen sollte, saßen friedlich nebeneinander, um sie her die ehrgeizigen Mütter prüften noch schnell die Aussichten der ihren; dann kam ein Herr heraus auf die Bühne. Er sprach höflich, er hatte auf sein Blatt Papier die süßesten Schmeicheleien aufgeschrieben, für alle Bewohnerinnen Nizzas – und welche erst für die zu krönende Prinzessin der Riviera! Sie werde schwer aufzufinden sein in einer solchen Fülle von Anmut, die Jury sei verwirrt von vornherein, wenn auch entschlossen, ihre Entscheidung ganz im Sinne des Publikums zu treffen. Von den dreihundert Bewerberinnen würden heute fünfundzwanzig ausgewählt werden, und zwar auf Grund ihres Erfolges bei den Zuschauern. Das nächste Mal sollten nur noch zwölf übrig bleiben, am dritten Abend unter großer Festlichkeit jene Einzige. Welche der kleinen Damen es schließlich geworden ist, steht dahin. Sicher ist, sie waren alle klein, und alle hatten den Typ von hier.

Der Typ des südfranzösischen Mädchens feierte sich selbst und ließ sich von den Verwandten feiern. Alles Angeflogene und Vorübergehende blieb draußen, großes Leben, internationale Gesellschaft, Vergnügungszentrale der Welt. Übrig blieben das unvergängliche Gesicht der Heimat und eine Provinzstadt. Je reiner ihre eigene Art in einem der jungen Geschöpfe sich darstellte, um so herzlicher klatschten seine Landsleute hinauf nach der Bühne, über die es mit seiner ungeschickten Anmut schreiten mußte. Schien eine nicht so echt, dann half es ihr auch nicht, daß sie gehen konnte; man mißbilligte sie unverhohlen.

Dagegen haben auch die Fremden ihre Idylle. Ein mächtiger und glänzender Wagen fährt vor, darin zeigt sich eine jener reichen Frauen, die entschlossen sind, auf der Höhe zu bleiben. Ein junger Mann, der ihr Enkel sein könnte, obwohl er es nicht ist, schwingt sich vom Kissen. Sein schwarzes Haar schimmert, während er der armen Alten heraushilft. Zuerst darf er noch das Auto versorgen, dann ruft wieder sein persönlicher Dienst bei der Dame, die droben Baccarat spielt. Um die Tische des Klubs sitzen gewöhnlich einige ihresgleichen, häufiger aber Leute, die nicht danach aussehen, als ob sie größere Verluste aushalten könnten oder das Geld dafür auch nur besäßen. Dieser Mann ist aus Berlin N, und wenn er mehr als seine dafür bestimmten tausend Mark verliert, wird es dort vielleicht noch eine Pleite mehr geben. Die Sechzigerin in Schwarz mit der Brille, jene, die so viel rechnet, hat das Geld, das sie setzt, nicht von Verehrern; woher hat sie es dann? Alle wirken etwas zweifelhaft und mehr oder weniger entgleist noch in späten Jahren. Ein ganz verfetteter Mensch zwingt seine schlagflüssige Hand, die Karte zu nehmen. Hängende Lippe, böse Augen. Wenn die Augen anderer nicht böse sind, blicken sie flehend oder stumpf. Schweigen geht um, wie bei der Erwartung des Schicksals. Es tritt auch ein – in Gestalt eines gutgebauten Herrn in mittlerem Alter, der sofort anfängt zu gewinnen. Er hört übrigens nicht wieder auf damit. In kürzester Zeit und ohne mit der

Wimper zu zucken, erleichtert er die ganze Versammlung um ihre traurige Habe, steckt sich die Taschen voll und geht ab wie das Leben. Zurück bleibt das vorige Idyll, nur noch grausiger.

Lieber die Landstraße. Zu Fuß längs der Küste lassen sich stille Verstecke des Frühlings auffinden. Es ist nicht nötig, den Autocar an einem der großen Halteplätze zu verlassen. Steigen wir einmal schon ein Stück vor Antibes aus! Das berühmte Kap ist noch weit, an der Straße liegt anstatt jeder mondänen Gaststätte ein Gartenwirtshaus. Die ländliche Bevölkerung besucht es wahrscheinlich Sonntags. Jetzt steht der Saal leer, und im Garten hängen die Glyzinen ihre zart lila Trauben in die etwas frostige Sonne. Die Autos sausen vorbei, dennoch behält ein solcher Landgarten seine innere Stille, wie eine umbrandete Insel.

Gegenüber führt ein Pfad durch das Gras bis zum Meer und zu den runden Steinen, die es schleift und wieder auswirft. Wir gehen zwischen dem Meer und Mauern oder leeren Grundstücken. Versunken ist der zweckbestimmte Lärm der Fremden-Heerstraße; das Meer rollt groß herbei, und ewig schlägt es auf. Dorthinein erhebt sich etwas wie eine verlassene Festung, es könnte auch ein Felsenfriedhof sein. Im Näherkommen werden steinerne Terrassen sichtbar. Ein antikes Theater? Zuletzt stellen die Anlagen sich als ein Schießplatz der Truppen heraus. Eine riesenhafte Steinfigur bewacht ihn einsam und verlassen, es ist ein französischer Krieger. Von weitem sah er aus wie der Bismarck in Hamburg.

Stilles Gestade, so nahe dem heftigsten Getriebe. Dies war die Stille, die unter allen Geräuschen der Saison lag, bereit, dich aufzunehmen. Das Meer, sein tiefer Atem, seine windige, jetzt schon ersterbende Bläue, und dieser Glanz von abendlich feuchtem Gold, der mitzieht mit dem weiten, sanften Bogen seiner Ufer, wir erkennen es wieder. Hier haben Menschen gelebt, laut oder leise, einst nur die Bauern unter ihren Ölbäumen, in den Achtzigerjahren einige fremde Damen, die sich krank fühlten und auf ein letztes Erlebnis hofften. Dann kam der Augenblick des festlichen Lärmens. Wie lange dauert er für jeden. Jeder, der einmal abreisen, ganz abreisen muß, erkennt das Meer wieder, seinen tiefen Atem, seine windige Bläue und den Glanz, unseren Glanz, der über ihm untergeht.

Übersetzungen der französischen Texte

Aus dem Französischen übersetzt
für diese Ausgabe
von Una Pfau.

Zur Situation Deutschlands

I

Wenn Sie mich nach meiner Meinung zur gegenwärtigen Situation meines Landes fragen, antworte ich Ihnen, daß sie ziemlich genau dem Zustand entspricht, in dem sich ganz Europa befindet. Denn wie wir sehen, ist sie vor allem unentschieden. Warum sollte Deutschland, das durch eine Niederlage und deren Folgen stark aus dem Gleichgewicht gebracht worden ist, weniger mühsam den von ihm zu verfolgenden Weg wählen können als Frankreich, das seinerseits doch auch reaktionäre Gelüste kennt. Nun, die kapitalistische reaktionäre Haltung führt immer zum Faschismus. Der Faschismus ist von den unvorsichtigen Kapitalisten erfunden worden, um die Fehler des Systems zu verbergen oder zumindest, um ihren Folgen zuvorzukommen. Die deutschen Kapitalisten haben größere Fehler als die anderen begangen, da sie die Inflation, von der wir uns noch nicht erholt haben, vor allem nicht moralisch, bis zum bitteren Ende getrieben haben. Es war wohl nötig, daß sie, um sich zu schützen, bewaffnete Banden auf die Beine stellten – natürlich unter nationalistischem Vorwand. Wenn man eine Nation unterdrücken will, schiebt man unweigerlich den Nationalismus vor.

Sie sollten dennoch nicht glauben, daß die Bankiers und die Industriellen, die die nationalsozialistische Bewegung finanziert haben, mit ungetrübter Freude die kürzlich angewachsene Zahl ihrer Abgeordneten wahrnehmen. Sie beginnen angesichts dieser Retter, deren Gier zumindest ebenso zu fürchten ist wie der »Marxismus«, den sie bekämpfen, zurückzuweichen. Die Repräsentanten des »Marxismus« sind im allgemeinen nicht sehr habsüchtig, und sogar unter den deutschen Kommunisten gibt es wenige, die gewaltsam sind. Die Nationalsozialisten dagegen kennen nur eins, Gewalt und Habgier. Lassen wir ihre Doktrin einmal beiseite, sie wären selbst nicht in der Lage, sie darzulegen. Moralisch binden sie sich an nichts, nicht einmal an den Antisemitismus, und sie würden ebenso das Geld der Juden annehmen wie das jeder anderen Klasse der Bevölkerung. Sie bedrohen sie sogar gerade aus diesem Grund mit Enteignung. An einem Tag essen Hitler und seine Bande mit einem der großen Financiers zu Mittag. Am nächsten Tag legen sie einen Gesetzesentwurf dar, der darauf gerichtet ist, die »Bankmagnaten« zu enteignen. Sie sagen damit durch die Blume: vergegenwärtigt Euch nur alles, was Ihr uns noch an Mittagessen und Diners, an Autos, Luxusappartements und Bankkonten schuldet!

Dieses Vorgehen setzt die Gewalt als Grundlage jeder Politik voraus, eine ganze Gesellschaft, die durch eine herrschende Partei in Knechtschaft gehalten wird, wobei das Denken aufgehoben, die Intelligenz versklavt, das Individuum bis hin zur völligen Selbstaufgabe reduziert werden. Und in der Tat führen die Nationalsozialisten nur eines im Mund: Wunden und Beulen. Vor den Tribunalen benennen sie die Köpfe, die sie rollen lassen werden, und während des Vortrags eines der Schriftsteller, die etwas mehr für ihr Land getan haben als alle Nationalisten, verkünden sie laut, daß kein Argument gegen die ihren standhalten werde, die nur so hervorbrechen. Dieses Mal sind sie von der Polizei hinausgeworfen worden, da das bürgerliche Publikum noch nicht einstimmig auf ihrer Seite steht. Allerdings hat ein Richter des Obersten Gerichtshofs den Anführer einer umstürzlerischen Partei von

Mördern, den er im voraus ankündigte, sprechen lassen, ohne ihn sofort festnehmen zu lassen. Die Gewalt ist nämlich ansteckend. Es muß Menschen, die von Sorgen, Haßgefühlen und dieser Lebensangst, die das Elend des Jahrhunderts und vor allem Deutschlands ist, besessen sind, als angenehm erscheinen, alle ihre Leidenschaften, die sie so lange zurückgehalten haben, in einer Art Dschungel, den sie »Das Dritte Reich« nennen, zu stillen. Allerdings zeigt das »Dritte Reich« einen merklich verschiedenen Aspekt für die reichen und die armen Gläubigen. Sie träumen davon, sich gegenseitig aufzufressen.

Der Betrug der Nationalsozialisten geht auch zu weit. Man kann sich nicht lange von den Industriellen und den gefallenen Fürsten bezahlen lassen, wenn man zugleich die Macht den Arbeitern verspricht. Das muß schlecht enden. Der absolute Mangel an moralischem Sinn, dessen sie sich rühmen, kann den Geistesgestörten und vor allem den ganz jungen Leuten, die aus dem Krieg hervorgegangen und mit anarchistischen Instinkten ausgestattet sind, Eindruck machen. Die anderen werden eher angeekelt sein von Kerlen, die, nachdem sie ihr Ehrenwort gegeben haben, es nachträglich zurücknehmen und erklären, daß dies ihre Taktik sei. Ich glaube nicht, daß sie es sehr weit bringen werden. Sie haben keine Intelligenz im Verbrechen, wenn sie auch Geschmack daran haben.

Außerdem fehlt es ihnen an Erfindungskraft. Sie würden es nicht einmal verstehen, zu marschieren oder zu grüßen, wenn es ihnen die italienischen Faschisten nicht beigebracht hätten. Der römische Gruß ist alles, was sie als reinrassige Germanen erfunden haben. Dann rühmen sie sich selbst zu sehr, und ihre Drohungen bleiben zu lange ohne Folgen. Die italienischen Faschisten hatten nicht einmal 107 Abgeordnete auf ihrem Marsch auf Rom. Ihren aktuellen Reden folgend begnügen sich die Nationalsozialisten damit, legal an die Macht zu gelangen. Das ist ein schlechtes Zeichen für die Partei der Gewalt. Es ist möglich, daß ihre Stunde schon vorbei ist. Sie sind zu spät gekommen, zu einem Zeitpunkt, als der italienische Faschismus die Welt nicht mehr fasziniert, als Italien sich schweigend davon löst, da alle enttäuscht sind, die Kapitalisten ebenso wie die anderen. Der Diktator, der sie vor nicht langer Zeit verleugnete, verschmäht es nun nicht, seinen deutschen Schülern Beachtung zu schenken, und das bedeutet nichts Gutes, weder für ihn noch für sie.

Ich sehe sie also nicht als große Partei, auch wenn ihre zunehmende Zahl den Anschein erwecken mag. Ein Geisteszustand wie der ihre und die Spezies von Männern, die sie repräsentieren, scheinen mir weit davon entfernt zu sein, das Heraufkommen einer Partei zu sichern, vielmehr eher deren Niedergang anzuzeigen. Aber man darf die Umstände nicht unterschätzen, die trotz allem diese Partei an die Macht bringen konnten. Zuallererst ist auf die allgemeine Unentschlossenheit und die unüberlegte Abneigung hinzuweisen, die den bürgerlichen Parteien der Rechten ein »Marxismus« einflößt, der dennoch in Deutschland die sicherste Stütze der bestehenden Ordnung darstellt. Wir könnten uns in die Anarchie gleiten lassen, die sich Nationalsozialismus nennt, und das würde dann Schreckensherrschaft heißen. Es bedeutete, daß die Zerstörung und Desorganisation bis an die Grenze von Frankreich getragen würden. Dieses hätte dann nicht mehr lange das Recht, unbeteiligt zu bleiben. Mehr würde es vielleicht nützen, der deutschen Demokratie in ihrem Widerstand zu helfen. Es gibt bei Ihren Nachbarn drei Millionen Arbeitslose, und wenn der Winter gekommen ist, werden es vier Millionen sein. Neben einem schamlosen Reichtum, den zu beschränken es höchste Zeit wäre, breitet sich wahres Elend aus, und dieses müßte man endlich dafür entschädigen, daß es soviel erduldet hat. Übrigens kosten die zu zahlenden Reparationen gegenwärtig mehr als in dem Augenblick, in dem Deutschland es übernommen hatte, sie zu zahlen. Der Wert des Geldes ist nicht mehr derselbe.

Ich gehöre nicht zu denen, die jederzeit geschrien haben, daß wir nicht zahlen könnten. Nun aber sage ich: wir haben viel gezahlt. Unter bedrückenden Umständen und angesichts eines drohenden Zusammenbruchs – der vermeidbar ist, aber der dennoch unter Umständen nicht vermieden werden könnte – appelliere ich an die Franzosen, die ihrer Verantwortung bewußt sind. Ich weiß, daß sie auf meiner Seite sein werden, denn sie werden die Interessen, die sie mit uns gemeinsam haben, verteidigen, materielle und moralische Interessen, den Frieden, die Zukunft unserer Kultur und diese Union Europas, die, das vergesse ich nicht, vor allem ein französischer Gedanke ist.

II

Einer Ihrer Mitarbeiter hat soeben einigen deutschen Intellektuellen, zu denen ich gehöre, die Frage gestellt, ob wir eine gewisse sogenannte nationalistische Bewegung billigen, die sich durch das Resultat der kürzlich durchgeführten Wahlen offenbart hat.

In dieser Bewegung tritt wahrlich vor allem ein krankhaftes Bedürfnis nach Gewalt zu Tage. Die Masse der nationalsozialistischen Partei, die weder etwas Sozialistisches noch etwas Nationales an sich hat, bilden die Verzweifelten, die man in diesem Augenblick nach Millionen zählen kann, und eine anarchistische Jugend. Ich beklage sie und hoffe immer noch, daß die Republik das Mittel finden wird, ihnen die Hoffnung wiederzugeben und sich von ihnen respektieren zu lassen. Was die Bewegung selbst betrifft, verachte ich sie ebenso wie ihre Anführer, die, während sie selbst nicht einmal alle Deutsche sind, es wagen, den wahren Ruhm dieses Landes zu beschimpfen.

Die noble Idee des bewundernswerten Briand, eine Zollunion zwischen unseren beiden Ländern zu errichten, wird Gestalt annehmen unter der Bedingung, daß Deutschland fortfährt, als Republik zu existieren. Ich selbst habe, da ich in Frage gestellt wurde, niemals einen tieferen Wunsch verspürt als die Verwirklichung der französisch-deutschen Entente, deren moralische Größe ich so oft vor den deutschen und französischen Versammlungen verkündet habe. Ein Wahlergebnis, wie es der Zufall ergibt, könnte nichts daran ändern. Ihr Aufruf gelangt im Verlauf einer Vortragsreise in das Rheinland zu mir. Einer dieser Vorträge bezieht sich auf die französisch-deutsche Entente.

Was machen die deutschen Intellektuellen, Partisanen der Entente? – Wir sind damit beschäftigt, uns zu schlagen (was uns wenig Zeit läßt, um zu antworten). Wir schlagen uns für unser Volk gegen seine inneren Feinde; und indem wir das tun, verteidigen wir die gemeinsamen Interessen Frankreichs und Deutschlands.

Ihrerseits kann die französische Republik der deutschen Republik viel helfen.

III

Sprechen wir nicht allzuviel von den Nationalsozialisten. Das hieße ihnen zu große Dienste erweisen. Sie sind überschätzt worden, und mehr als sie selbst zählt die Angst vor ihnen.

Was wollen Sie? Sie haben so gut die vom Teufel Besessenen gespielt! Sie haben jedermann bedroht, und das ohne Unterlaß. Sie haben sogar von Zeit zu Zeit gemordet. Neulich zahlten sie Hunderten von Leuten pro Person drei Mark, damit sie patriotisch einen pazifistischen Film auspfiffen. Zur Zeit schicken sie einen ehemaligen Sträfling auf Reisen, der wegen politischen Mordes verurteilt ist, der freilich in öffentlichen Versammlungen lebhaft empfiehlt, die Köpfe der Republikaner rollen zu lassen. Damit steigern sie den Ton, sie sprechen Personen an, die von der Bourgeoisie am meisten verehrt werden, wie zum Beispiel den General von Seekt. Dieser hatte ihnen versprochen, sie in die Regierung eintreten zu lassen. Sie antworteten diesem ehemaligen großen Mann frech, daß Hitler ganz allein regieren werde oder mit denen, die er zu akzeptieren geruhte.

Es ist vor allem ihre Selbstsicherheit, die erschreckt und diejenigen niederdrückt, deren Charakter durch einen unglücklichen Krieg und seine Folgen erschüttert worden ist. Die Überlebenden einer geschwächten Bourgeoisie, die nicht mehr genügend Kraft hat, um sich selbst oder die etablierte Ordnung aufrechtzuerhalten, sehen endlich eine Energie aufsteigen und klammern sich daran. Es ist ihnen gleichgültig, von denen zurückgestoßen zu werden, denen sie schamlos schmeicheln, und deren Frechheiten und Drohungen einstecken zu müssen. Sogar die Angst kann dem köstlich erscheinen, der nicht mehr darauf zu hoffen wagt, den anderen Furcht einjagen zu können, und wenn diese guten Nationalsozialisten manchmal Miene machen, die Reichen angreifen zu wollen, machen sie sich auch stark, um den »Marxismus« zu vernichten. In Wirklichkeit stellt dieser »Marxismus« keinerlei unmittelbare Gefahr dar, zumindest in Deutschland; und wenn er jemals aggressiv würde, wären es nicht die Nationalsozialisten, die seinen Erfolg verhindern würden. Dazu haben sie den armen Kerlen, die sie einwickeln, schon zu viele trügerische Versprechungen gemacht. Diese werden sehr wahrscheinlich in die marxistischen Reihen eintreten, sobald der Wind sich gedreht hat. Auf alle Fälle ist der Widerstand der Republikaner sicher und das »Dritte Reich« der Nationalsozialisten, die an die Macht gelangt sind, würde in den Bürgerkrieg versinken, den sie unmittelbar hervorrufen würden.

Jedermann kann sich Rechenschaft darüber ablegen, daß diese Partei des Bluffs und der Verschleierung trotz ihrer wider Erwarten angewachsenen Zahl keine intelligente Kraft darstellt, die fähig wäre, eine Nation zu führen, nicht einmal, sie mitzuziehen. Die absolute Unmoral der Nationalsozialisten genügt nicht, die mangelnde Intelligenz zu ersetzen. Was soll man über den großen Parteiführer sagen, der, um das Problem der vier Millionen Arbeitslosen zu lösen, erklärt hat, daß diese vier Millionen besser daran täten, in einem nah bevorstehenden Befreiungskrieg zu sterben. Es ist empörend, das gebe ich gerne zu. Aber zeigt das nicht auch eine groteske Dummheit? Diese Leute, vor denen so viele andere zittern, sind überschätztes Mittelmaß. Aber sie profitieren vorläufig vom Elend des Volkes und von der verbogenen Mentalität anderer sozialer Klassen. Sie haben keine wahrhafte Kraft, sie haben nur Sorglosigkeit, aber es scheint, daß man sich zu gewissen Stunden dazu verleiten läßt, beide zu verwechseln. Wenn sie fähig wären, sich energisch zu zeigen, und zwar anders als durch Angabe und durch Morde, hätten sie schon längst die Macht ergriffen. Nach den Wahlen vom 14. September brauchten sie sich ihrer nur zu bemächtigen: man hatte dermaßen Angst vor ihnen! Es ist eine schöne verpaßte Gelegenheit, die nicht so bald wiederkehren wird, viel Blut zu vergießen und den Krieg zu entfesseln, zum mindesten im Inneren des Landes.

In diesem Augenblick stellte sich die Regierung der Republik tot. Sie unternahm nichts, um sie zu verteidigen, überließ das der preußischen Polizei, deren Eifer sie übrigens manchmal Fesseln anlegte. Die Schwäche, derer die Regierenden sich schuldig machten, wäre mit anderen Männern als diesen kindischen und blutigen Marionetten des Nationalsozialismus vielleicht nicht ohne unheilvolle

Konsequenzen geblieben. Der Kanzler hat erst kürzlich seine Sprache wiedergefunden, und da er sich endlich dazu entschließt, ihnen die Meinung zu sagen, hat man den Eindruck, daß offiziell der Augenblick der größten Gefahr vorüber ist, wenn es für den Beobachter außerhalb der Regierungsbüros nicht schon gänzlich der Fall ist. Um die Gefahr zu bannen, müßte man handeln. Nun, die Regierung tut nichts anderes als zurückweichen. Sie bevollmächtigt die Industriellen, die Löhne zu senken, aber ändert nichts am Preis der Lebensmittel. Die außergewöhnlichen Vollmachten, die sie sich selbst gegeben hat, richten sich nur gegen die Republikaner, und selbst wenn der Kanzler die Feinde der Republik zurechtweist, die durch ihre Schliche das Land in den Ruin treiben könnten, scheint er noch zu bedauern, daß sie ihn dazu zwingen.

Schon haben wir Streiks gehabt. Sie können wieder aufleben, was in einem Land, dem es an Arbeit fehlt, schwerwiegend ist. Die sozialdemokratischen Arbeiter und die Kommunisten beginnen, gemeinsame Sache zu machen, trotz ihrer Führer, die eingeschworene Feinde sind – aber die Notwendigkeit, auf die Gewalttaten der Nationalsozialisten zu reagieren, bewirkt, daß sich ihre Reihen schließen. Es würde genügen, daß die energischsten unter ihnen, die Kommunisten, einige Zeit lang dominieren, damit alsbald die Bourgeoisie, von Panik ergriffen, den Nationalsozialisten Gelegenheit gibt, sich als Retter darzustellen. Dann hätten wir den Terror im Land.

Wir wollen jedenfalls annehmen, daß sie diese Chance ebenso wie die anderen vertun. Die Bedrohung bleibt, und aus mehr als einem Grund. Denn der antirepublikanische Geist hat viel Terrain gewonnen, seit die Industriellen des Ruhrgebiets dahin gelangt sind, die Mittelschichten damit zu infizieren, indem sie Nationalsozialisten kauften. Die Universität und die Justiz marschieren im Gleichschritt. Die erste, um den größten Teil der bürgerlichen Jugend vom gegenwärtigen Staat zu entfernen, dem sie nicht lange ohne Hintergedanken dienen wird. Die Gerichte ihrerseits haben mit ständigen politischen Unrechtsurteilen Unsicherheit verbreitet. Dank ihrer können die Antirepublikaner, vorausgesetzt, daß sie nicht Kommunisten sind, sich in Sicherheit wiegen, daß sie fast völlig straffrei bleiben, während die Republikaner sich von denselben Institutionen bedroht fühlen, von denen sie beschützt sein sollten.

An diesem Punkt fragt man sich, ob alle diese Totengräber der demokratischen und sozialen Republik wirklich sicher sind, daß sie sie begraben. Wenn die Gefahr erst einmal besiegt ist, wird die Republik sich wieder aufrichten. Sie wird umgewandelt werden. Kann man sich vorstellen, daß sie es akzeptieren wird, sich wie zuvor zwischen Leben und Tod dahinzuschleppen? Während der vorausgegangenen Schrecken wird sie ungeahnte Energien versammelt haben, und es besteht wenig Aussicht, daß die neuen Generationen von Republikanern den Verrätern Gnade gewähren. Wir können vermutlich davon ausgehen, daß nach dem Beispiel, das einst die französische Republik gab, die künftige deutsche Republik für einige Zeit die Unabsetzbarkeit der Richter aufheben wird. Es wird weitere Verhaftungen geben. Schließlich wird es die Republik sein, die das Gesetz gegen den Hochverrat anwenden wird. Richter, Professoren, Industrielle und alle übrigen scheinen nicht daran zu zweifeln, daß sie ein gewagtes Spiel spielen.

Es wird der Tag kommen, zumindest hoffe ich es, an dem man auch die Kriegstreiber, die tollkühn genug sind, die innere Krise eines gebeutelten Landes komplizierter machen zu wollen, indem sie es in neue Abenteuer stoßen, zur Rechenschaft ziehen wird. Eine Sache beherrscht die politischen Meinungen, eine Sache, deren grundlegende Notwendigkeit unleugbar aufgezeigt wird; das ist die Annäherung, oder um es genauer zu sagen, die enge französisch-deutsche Verbindung. Ihr entgegenwirken zu wollen, kann schon nicht mehr als ein bloßer Irrtum betrachtet werden; in einer mehr oder weniger nahen Zeit wird es ein Verbrechen sein. Die Dummheit eines Mannes, der in der Öffentlichkeit steht, sei er auch Nationalsozialist, kann ihn nicht entschuldigen, wenn er sich der offensichtlichen Tatsache verweigert, daß Deutschland gerettet und Europa wiederhergestellt wird, sobald Deutschland und Frankreich einen gemeinsamen Nenner gefunden haben. Wenn er sich dem verweigert, bedeutet das, daß er sich klar darüber ist, daß dieser Friede und diese Wiedergeburt zwangsweise republikanisch sein werden und daß er damit auf die Herrschaft verzichten müßte. Man wird diejenigen nicht vergessen, die in dieser Frage auf Leben und Tod unaufrichtig waren.

Es ist wichtig, daß Deutschland wartet, daß Frankreich den ersten Schritt tut und ihm die Hand hinstreckt. Es geht darum, sie zu ergreifen. Das ist die Prüfung. Denn Sie verstehen gut, daß wir uns nicht als erste entscheiden könnten; man hat kein sicheres Vorgehen, solange man die schwere Last eines Nationalsozialismus mit sich herumschleppt. Unser guter Wille muß ermutigt werden. Bei dieser Gelegenheit hat man mir das Manifest zugunsten unseres guten Einverständnisses angekündigt, das dieser Tage, von mehr als hundert französischen Schriftstellern und Künstlern unterzeichnet, veröffentlicht werden soll. Das ist ein Anfang. Sie verlangen von uns, daß wir uns mit Ihrer Aktion solidarisch erklären. Wir werden es tun. Dann werden, so vermute ich, die Arbeiter dran sein, die großen sozialen Organisationen, schließlich die politischen Parteien. In unseren beiden Ländern werden die Kräfte des Fortschritts und der Reaktion nicht mehr Stimmengleichheit haben, und ich glaube wohl, daß viele von denen, die sich auf die Seite der Übeltäter geschlagen haben, im letzten Augenblick zögern und sich mit uns verbinden werden.

Schließlich sind Sie in der Lage, uns zu zwingen und dadurch uns zu helfen, uns wieder zu fassen. Tun Sie es, und unsere Kinder ebenso wie die ihren werden es Ihnen danken.

Der bevorstehende Krieg

Hier ist meine Antwort auf die Frage, die Sie mir gestellt haben.

Ganz offensichtlich wäre der bevorstehende Krieg das Ende unserer Zivilisation. Deshalb glaube ich, daß unser Selbsterhaltungstrieb ihn aufhalten wird. Wenn nicht, wird der Gaskrieg der letzte sein, aus dem entscheidenden Grund, daß es nach diesem niemanden mehr geben wird, mit dem man ihn noch ausfechten kann.

Es heißt, daß dieses Mal endlich auch die, die ihn gewollt und ausgelöst hätten, alle Schuldigen selbst von ihm getroffen würden, obwohl das keinerlei Trost mehr für die anderen bedeuten kann. Aber wir müssen diese Dinge unaufhörlich wiederholen, wir müssen den Schrecken dieses gemeinen Krieges, der uns bedroht, verbreiten bis in die letzten Winkel unseres Landes. Die Kinder mögen ihn erfahren, denn sie werden durch den technischen Krieg sterben. Die Verantwortlichen sollen Angst bekommen. Die Unschuldigen sollen ebenso wie die Verbrecher gewarnt werden.

Aber wenn man unaufhörlich fortfährt, die Gefahr zu bekämpfen, sagen wir auch, daß sie besiegt werden kann. Wir sind stärker als sie. Wenn wir es nicht wären, wüßten wir nicht, was wir mit unserem Mut machen sollten, und es würde nutzlos, zu kämpfen.

Da in der ganzen Natur das äußerste Böse nach einem relativen Besseren verlangt, kann der Mensch selbst kaum noch seine Fehler übertreiben. Sie haben ihren Höhepunkt erreicht. Der größte war sicher, daß er sich seit langer Zeit schon weniger für sich selbst interessierte – für die menschliche Gattung, für ihre Erziehung, für ihr Glück – als für Dinge, die dennoch nur seine eigenen Produkte sind. Geld und technische Erfindungen scheinen viel bedeutsamer zu sein als der Mensch, und das während einer ganzen Epoche, die noch nicht vorüber ist, aber offensichtlich an ihr Ende gelangt. Man würde eher ökonomische und technische Kenntnisse erlangen, als daß man den Menschen untersuchte. Alle diese Erfindungen und alle die Geschäfte sind im Grund zu Lasten des Menschen gemacht worden; und er ist ihr Opfer gewesen, der Krieg hat es wohl bewiesen.

Die Natur hat sich gerächt, indem sie die Revolte der ganzen Gesellschaft und die Krankheiten der Kollektivseele verschlimmerte. Die Menschen der Nachkriegszeit, die häufig gewalttätig sind, aber deren Mangel an Entschlußkraft geradezu die Gewalt verursacht, scheinen nicht mehr fähig zu sein, anhaltende Anstrengungen zu ertragen. Wir müssen die Überanstrengung aufhalten, und wir müssen zu der grundlegenden Wahrheit zurückkehren, daß es keine wirkliche Kraft noch wohlbegründeten Wert außerhalb des Menschen selbst gibt.

Die Moral wird auf aggressive Weise zurückkehren. Schon das, was wir gegen die Gefahr eines künftigen Krieges unternehmen, ist nicht allein von der Angst diktiert: moralische Sorgen spielen ebenfalls eine Rolle. Sie waren beinahe unbekannt, als der Krieg von 1914 ausbrach.

Wenn Franzosen und Deutsche versuchen, sich einander anzunähern und zu verständigen, was ist das dann anderes als moralische Neugier von Mensch zu Mensch und außerdem ein ganz neues Gefühl menschlicher Verantwortung für die Zukunft der Gattung? Das hatte es lange Zeit nicht gegeben. Es ist ein neu entstehender Humanismus, der unsere wirksamste Verteidigung gegen einen künftigen Krieg sein wird. Rückschläge und negative Überraschungen bleiben immer möglich. Seien wir wachsam!

Antwort an Maxim Gorki

Es kommt mich wahrlich hart an, mit Maxim Gorki, den ich verehre, diskutieren zu müssen. Der russische Meister stößt mit Mißvergnügen auf meinen Namen in dem Internationalen Verband demokratischer Schriftsteller. Ich habe den Fehler begangen, mit der Liga der Menschenrechte Deutschlands gegen die Hinrichtung von 48 Feinden der Sowjets zu protestieren. Nun, ich gestehe, daß ich nicht weiß, ob sie schuldig waren. Mich hatte ihre Zahl erschreckt, 48 Hinrichtungen an einem Tag und wegen desselben Verbrechens. Es besteht in uns eine gewisse Abneigung gegen den Tod der anderen, und um sie extrem werden zu lassen, genügt manchmal eine etwas erhöhte Zahl der Opfer. 48 Fälle gewaltsamen Todes überschreiten schon die Zahl, die ich noch ignorieren könnte. Ich will gerne zugeben, daß andere mehr davon ertragen. Ihr persönlicher Widerstand wird etwas später beginnen als der meine: sagen wir mal von 480 Erschossenen an; oder brauchen sie 4800? In einem bestimmten Augenblick wird ihnen die moralische und materielle Unmöglichkeit, mit den Erschießungen fortzufahren, deutlich werden. Sie werden dann gegen den Tod der 4800 Personen protestieren, gerade wie ich gegen den der 48. Aber warum erst auf die großen Zahlen warten? Wenn andere schon nicht in unbegrenztem Maße das Massaker ihresgleichen ertragen, besteht kein Grund, damit ich meinerseits zustimme, nur 48 davon zugrunde gehen zu sehen, ohne daß es übrigens zu etwas gut wäre. Wenn sie lebten, würde die Sowjetunion deshalb trotzdem funktionieren. Der Zar hätte sich damit begnügt, sie nach Sibirien zu schicken, und sogar dieser gute Herr Mussolini hat seine Auswahl an unbewohnten Inseln.

Die Liga der Menschenrechte Deutschlands hat viel dazu beigetragen, daß diese Nation die Todesstrafe abgeschafft hat. Andererseits haben weder die Liga noch die »Humanisten«, von denen Gorki spricht, jemals die geringste Chance gehabt, in diesem Land den Exzeß des Kapitalismus zu unterbinden, selbst wenn wir es gewollt hätten. Unsere Proteste wären in der gegenwärtigen Zeit einfach unwirksam geblieben. Dennoch beweist nichts, daß die wenigen Reichen, die uns zu oft ihr Gesetz auferlegen, immer ebenso mächtig bleiben werden. Sie haben viele Fehler begangen, aber zumindest hätten sie sich niemals mit diesen Unglücksbringern, welche die Faschisten hierzulande sind, kompromittieren dürfen. Unfähige Leute, die, um zu prahlen, allein ihre mangelnde Moral haben: aber die beherrschenden Kerle der Großindustrie haben nicht gezögert, auf sie zu setzen. Einige haben es schon bereut; können sie wirklich glauben, daß sich das so abspielen wird? Die nationalsozialistischen Besessenen haben bewirkt, daß die Deutschen Geld verloren haben. Der Bürgerkrieg war für sie ständig im Gange. Die Morde, Aggressionen, Beleidigungen an die Adresse der persönlichen und öffentlichen Freiheit sind nicht mehr zu zählen. Ihrer verachtenswerten Wildheit ist es gelungen, sogar die Leute der Rechten aufzubringen. Die Wähler mögen schließlich bemerken, daß die Parteiführer über sie spotten, was unvermeidlich ist, dann werden die Nationalsozialisten zusammenbrechen. Aber es gibt gewisse Leute, die Gefahr laufen, ihnen in ihren Absturz zu folgen. Diese beherrschenden Charaktere der rheinischen Industrie, die gleichzeitig naiv sind, bilden sich zweifellos ein, daß sie sich, wenn der Faschismus erst einmal besiegt ist, wieder entfalten können wie zuvor. Ah, aber nein! Die Demokratie wird nicht vergeblich in Gefahr gewesen sein; sie wird dabei gelernt haben, sich energischer zu zeigen, sogar den Reichsten gegenüber. Wenn man auch nicht an den Kapitalismus rührt, kann man sehr wohl die Kapitalisten verantwortlich für die verursachten Schäden machen, und das sowohl rechtlich wie wirtschaftlich. Ich glaube, man wird diese Dinge erleben. Wir werden uns dann in einer radikalisierten Demokratie befinden, die vielleicht nicht weit entfernt davon sein wird, dieselben sozialen Dienste zu leisten wie eine sowjetische Republik, jedenfalls mit weniger theoretischen Überzeugungen und auch mit weniger Hinrichtungen – sogar ohne eine einzige, so will ich hoffen.

Nachwort
von Michael Stark

Heinrich Mann war – wie sein erster Essayband *Macht und Mensch* (1919) belegt – von Anfang an überzeugt, daß der ersten deutschen Demokratie die Gefahr drohte, als eine ›Republik ohne Republikaner‹ zu scheitern. Deshalb appellierte er dort an eine breite literarisch-politische Öffentlichkeit, für die »werdende Demokratie« [*Macht und Mensch*. Heinrich Mann-Studienausgabe, Fischer Taschenbuch, Bd. 5933, S. 213] Partei zu ergreifen. Als im Mai 1932 neue Essays unter dem Titel *Das öffentliche Leben* erschienen – nach den Bänden *Macht und Mensch*, *Diktatur der Vernunft* (1923), *Sieben Jahre* (1929) und *Geist und Tat* (1931) die fünfte Sammlung seiner kritischen Interventionsversuche –, war die Weimarer Republik als demokratische Veranstaltung fast schon am Ende. Mit dem Kabinett der Großen Koalition unter dem Sozialdemokraten Hermann Müller war Ende März 1930 die letzte parlamentarisch gebildete Regierung zurückgetreten. Aus den Septemberwahlen gingen die Nationalsozialisten mit 18,3 Prozent als die zweitstärkste Fraktion hervor. Die Phase der autoritären Eingriffe in die Weimarer Verfassung ebnete dann der kommenden Diktatur den Weg. Ende Mai 1932 stürzte Brünings zweites Präsidialkabinett, und die Juliwahlen brachten Hitler die doppelte Zahl an Stimmen. Fast vierzehn Millionen Deutsche hatten sich damit gegen das demokratisch-parlamentarische System entschieden. »Das Maximum seiner Machtmöglichkeit ist erreicht, falls er legal bleiben will«, kommentierte Hellmuth von Gerlach noch in seiner *Wahlbilanz*

[In: ›Die Weltbühne‹. Jg. 28, Nr. 31, 2. August 1932, S. 151]. Es kam, wie wir wissen, viel schlimmer. Die sogenannte Machtergreifung der Nationalsozialisten am 30. Januar 1933 wurde von viel zuvielen Zeitgenossen als ›legale Revolution‹ hingenommen. Und bei den letzten Reichstagswahlen vom 5. März bejahten zuletzt sogar 43,9 Prozent der Deutschen die endgültige Zerschlagung der ersten deutschen Demokratie.

Heinrich Mann hatte sich nichts vorzuwerfen bei diesem Untergang. Von der Republik hatte er sich die Entwicklung zur offenen Zivilgesellschaft, die Überwindung der Klassen und die Verbürgerlichung des Konfliktaustrags erhofft: »In der Mitte sollen sie einander finden und sich vermischen, die Arbeiter jeder Herkunft«, wie er in *Kaiserreich und Republik* (1919) formulierte [*Macht und Mensch*, S. 207]. Als entscheidend für den Erhalt demokratischer Strukturen erkannte er die kritische Funktion einer mündigen Öffentlichkeit, die Freiheit der Meinungsäußerung und der Kunst. Politisch stand er zeitweise der 1918 gegründeten linksliberalen ›Deutschen Demokratischen Partei‹ nahe, die der Schwund der Mitte freilich am stärksten traf und deren demokratische Grundsätze bei der Fusion zur ›Deutschen Staatspartei‹ im Juli 1930 schließlich preisgegeben wurden. Den Abstieg des Staatswesens kommentierte er sarkastisch und machte aus seiner Enttäuschung über die fortschreitende Korruption der Weimarer Verfassung kein Hehl. Mit Albert Einstein, Erich Kästner, Käthe Kollwitz, Ernst Toller, Arnold Zweig und anderen unterzeichnete er im Juli 1932 Aufrufe zur Aktionseinheit von KPD und SPD. »Die Vernichtung aller persönlichen und politischen Freiheit in Deutschland steht unmittelbar bevor, wenn es nicht in letzter Minute gelingt, unbeschadet von Prinzipiengegensätzen alle Kräfte zusammenzufassen, die in der Ablehnung des Faschismus einig sind«, stand auf einem der Plakate [siehe Materialien, Nr. 8, Abb., S. 414]. Alle nachträglichen Versuche, den Autor deshalb als radikalen Intellektuellen zu entlarven, der sich an der Demoralisierung des bürgerlichen Publikums beteiligt habe, und ihn wegen seiner systemkritischen Aussagen über die Weimarer Verhältnisse als linken ›Totengräber der Republik‹ zu verdächtigen, sind unhaltbar. Zumeist verrieten solche Verurteilungen nur die Absicht, eben jenes historische Versagen der bürgerlichen Eliten zu beschönigen, das seine Autorschaft beklagt und angeprangert hatte. Ideologisch stand er wohl dem skeptisch-toleranten Sozialismus von Anatole France am nächsten. Richtig nannte ihn damals der Zeitgenosse Siegfried Kracauer in seiner Rezension zum *Öffentlichen Leben* »einen Typus, der gerade heute vorbildlich sein müßte. (Hätte die Demokratie mehr solcher Menschen besessen, wäre ihr manches erspart geblieben.)« [vgl. ›Zeitgenössische Rezensionen‹, S. 443].

Über Heinrich Manns Verachtung der Nationalsozialisten und des führenden Schicklgruber, wie er Adolf Hitler gern nannte, lassen die thematisch einschlägigen Essays dieser Sammlung das Publikum keinen Augenblick im unklaren. Angesichts der Erfolge der Hitler-Partei geht er in *Wir wählen* den Radikalfaschismus mit schneidender Schärfe an und erklärt die Liste 2 für absolut unwählbar: »Sprechen wir von der Nationalsozialistischen Arbeiterpartei! Am Anfang steht Betrug; die Partei ist in Wirklichkeit nichts von allem, was sie zu sein vorgibt, weder national noch sozialistisch und besonders keine Arbeiterpartei [...]. Wenn diese Partei eine Partei gegen die Arbeiter und durchaus unsozial ist, auch national nennt sie sich nur unter schwerstem Mißbrauch. Vor allem ist niemand national, der vorhat, sobald er es könnte, in der Nation ein großes Blutbad anzurichten. Die Nationalsozialisten selbst können gar nicht voraussehen, wie viele sie umbringen müßten, wenn sie die Macht erobert hätten und auch behalten wollten. Sie unterschätzen ihr eigenes Blutbad. In ihren Zeitungen zählen sie immer nur einige namhaftere Personen auf, zum Beispiel Büchner, Gutzkow und mich – Lebende und Tote, es kommt ihnen nicht darauf an, wen sie an die Wand stellen. Aber im Ernstfall wird es bestimmt bei den Namhafteren nicht bleiben. Sie werden die Massen vergasen müssen.« [S. 235 f.] Das sind Sätze, die nicht etwa bereits die späteren Verbrechen gegen die Menschheit prophezeien, aber doch in Erstaunen setzen, weil sie die NS-Bewegung ohne Umschweife zur Vernichtungsmaschine erklären. Als »Rückkehr zu den brutalsten Formen des Lebenskrieges« [*Das deutsche Rätsel*, S. 276] bestimmt er dessen weltanschaulichen Kern. »In Deutschland ist jetzt Abend, wenn nicht schon Mitternacht« [S. 278], beginnt der nach Formierung der reaktionären ›Harzburger Front‹ entstandene, am 13. Dezember 1931 erstveröffentlichte Essay *Die deutsche Entscheidung*, in dem er, geschichtsphilosophisch fundiert, die historische Entwicklung zu Irrationalismus, Nationalismus und Faschismus in Deutschland analysiert. Mag die Sache der Demokratie inzwischen auf der Kippe stehen, so die Botschaft, sei die Republik keineswegs schon verloren: »Für den Sieg des Nationalsozialismus spricht vor allem, daß in diesem Lande die Demokratie niemals blutig erkämpft worden ist« [S. 280]. Gleichwohl, glaubt Heinrich Mann, besteht Hoffnung: »Die Demokratie darf hoffen auf den Instinkt der Selbsterhaltung im Volk« [S. 281]. In seiner seit dem frühen Essay *Geist und Tat* (1910) unbeirrt festgehaltenen Überzeugung, daß jede Macht eine Gegenmacht erzeugt, und Macht, die nicht Recht ist, vor der Geschichte auf die Dauer keinen Bestand haben wird, kann er dem nationalsozialistischen Deutschland die katastrophale Zukunft lesen: »Das Dritte Reich wird scheitern an seiner Unfähigkeit und an seiner Abhängigkeit. Dann aber käme ein ungemein blutiger Abschnitt der deutschen Geschichte. Das

Reich der falschen Deutschen und falschen Sozialisten wird gewiß unter Blutvergießen errichtet werden, aber das ist noch nichts gegen das Blut, das fließen wird bei seinem Sturz« [S. 283]. Es mindert die historische Hellsicht dieses Wahlspruchs in keiner Weise, daß Heinrich Mann hier eher an einen Bürgerkrieg dachte und nicht ahnen konnte, in welch vermeintlich glanzvolle Höhen die breite Mehrheit der Deutschen dem Aufstieg und in welche Tiefen diese dem Fall des NS-Staates folgen würde.

Noch aber war es nicht soweit. Noch war die Bevölkerung nicht zur nationalsozialistischen Volksgemeinschaft durchfaschisiert. Noch konnten sich die Brüder Mann mit anderen Schriftstellern und Intellektuellen als Träger eines wirksamen Gegendiskurses begreifen, was nicht zuletzt die Angriffe auf beide in der deutschnationalen Presse oder etwa die Störungen bei Thomas Manns *Deutscher Ansprache* (1930) in Berlin bewiesen. »Mag der Augenschein gegen Deutschland sprechen, man darf doch der Hitlerei nicht die Ehre einräumen, als verkörperte sie die deutsche Seele«, wird, kurz nach der Bücherverbrennung, in einem der ersten Artikel Heinrich Manns aus dem Exil [*Im Reich der Verkrachten*. In: *Der Haß*. Heinrich Mann-Studienausgabe, Fischer Taschenbuch, Bd. 5924, S. 83] zu lesen sein. Ähnlich gibt schon *Das öffentliche Leben* dem Nationalsozialismus nicht die Ehre, als stünde dieser im Mittelpunkt der geistigen Situation. Die meisten Beiträge – der früheste, ein Nachruf auf den Schauspieler Albert Steinrück, datiert vom 12. Februar 1929; die jüngsten waren im März 1932 zuerst publiziert worden – stellen anderes in den Vordergrund: vor allem die für Heinrich Manns essayistisches Werk zentrale Frage der deutsch-französischen Verständigung und der europäischen Einigung natürlich. Welchen Rang man seinem kulturpolitischen Engagement in dieser Sache jenseits des Rheins zuerkannte, dokumentiert das am 3. Juni 1931 geführte *Gespräch mit*

Briand, dem französischen Minister und Initiator des Locarno-Paktes, der auf der 10. Völkerbundskonferenz in Genf die Schaffung der ›Vereinigten Staaten von Europa‹ vorgeschlagen hatte. Andere Artikel gelten, oft aus gegebenem Anlaß, der Zensur und Justizkritik, der Schriftstellerei und ihren Organisationen, wieder andere Beiträge würdigen Figuren der Zeitgeschichte oder behandeln kulturkritische Themen. Dort setzt sich Heinrich Mann mit der Massengesellschaft aus verarmten Bürgern und Angestellten, mit der Autoritätssuche der Jugend und mit der sich etablierenden Massenkultur auseinander. Dieser räumt er neben exklusiver Bildungskunst volles Recht ein, obschon ihm etwa die triviale Schönheit der Revue-Girls und die brutale Roheit der Boxkämpfe nicht zusagen, auf die sich die moderne Schaulust richtet. Zugleich hebt er in zahlreichen Würdigungen literarischer Persönlichkeiten auch immer wieder die Leistungen der älteren bürgerlichen Kultur hervor, der er sich verbunden fühlt. Vieles aber ist Chronik und Reflexion seiner eigenen Rolle und Bedeutung im öffentlichen Leben dieser ereignis- und folgenreichen Jahre zwischen dem Beginn der Weltwirtschaftskrise und der Wiederwahl Hindenburgs zum Reichspräsidenten.

Aus einer Stelle des umfangreichen Vortrags *Die geistige Lage*, der sowohl einen Beitrag zur Rezeptionsästhetik des Zeitromans darstellt – u. a. ist von Erich Maria Remarques Erfolgsbuch *Im Westen nichts Neues* (1929), Upton Sinclairs Skandalepos *Boston* (1928) und Hermann Kestens Roman *Glückliche Menschen* (1931) die Rede – als auch ein bedeutendes Beispiel seiner ambivalent-skeptischen Kulturdiagnose liefert, lassen sich der Titel der Essaysammlung und die Spezifik des Wortgebrauchs erläutern. In modernen Gesellschaften, ist dort gesagt, nehmen »alle, ohne Unterschied der Klasse, am öffentlichen Leben teil. Die Literatur gehört zweifellos in das öffentliche Leben. Wer mitreden, mitwählen, seine Meinung mit durchsetzen will, muß auch lesen, – sonst wäre er nur ein benachteiligtes Mitglied der Gesellschaft« [S. 49]. Um diese wirkliche Öffentlichkeit des breiteren Publikums zu erreichen, behandeln literarische Autoren auch Gegenstände, »die das allgemeine Interesse des Tages erregen oder vielleicht erregen könnten« [ebd.]. Entsprechend rechtfertigt sich Heinrich Manns Konzept einer ›art social‹, das soziale Erkenntnis und moralisches Urteil den Kriterien ästhetischer Gestaltung vorordnet, um der Literatur im Spannungsfeld von Elite- und Massenkultur eine reale gesellschaftliche Funktion zu sichern. »Eine kunstvoll gemachte Sache ist für sich allein schon etwas Gutes. Noch besser ist es, den Sinn dessen, was wir in unserer Zeit miterleben, und den Weg unserer Gesellschaft begreifen zu lernen« [S. 57]. Wie weit die marode Verfassung der Gesellschaft in das Schicksal des einzelnen eingreift, zeigt Heinrich Manns um noch mehr stofflich-thematische Lebensnähe bemühter Roman *Ein ernstes Leben* (1932) [Heinrich Mann-Studienausgabe, Fischer Taschenbuch, Bd. 5932], in dem Tatsachen aus der Biographie Nelly Krögers, der späteren zweiten Frau des Schriftstellers, literarisch verarbeitet sind. In *Wir wählen* steht eingangs: »Im Leben macht man seinen Weg auf drei Arten: mit Arbeit, mit Beziehungen oder mit Verbrechen. Der einzelne hat nur die Wahl, und auch den Gruppen oder Parteien bleibt nichts anderes übrig, als sich zu entscheiden. Das öffentliche Leben wiederholt lauter und deutlicher, was wir auch sonst sind und was wir alle Tage tun« [S. 235].

Zwar liegt diesem Begriff des öffentlichen Lebens, der wohl die fortschreitende Marginalisierung des Literatursystems zur Kenntnis nimmt, aber auch noch unter den Bedingungen von Massenkommunikation und Kulturindustrie an der aufklärerischen Vorstellung von einer egalitären und räsonierenden Öffentlichkeit festhält, aus heutiger Sicht ein kontrafaktisches Modell der Massenkommunikation und eine durchaus fragwürdige »Überschätzung der faktischen Wirksamkeit des parteiergreifenden Intellektuellen« (Renate Werner) zugrunde. In den Berichtsjahren von 1929 bis 1932 stand Heinrich Mann jedoch im Zenit seiner Prominenz und hatte viel zu tun, den Anforderungen seiner Rolle nachzukommen, wie er sie verstand: einer ungeliebten, weil dem demokratischen Ideal immer unähnlicheren Republik nichtsdestoweniger symbolische Autorität zu verleihen. *Man fragte mich* ist ein Abschnitt des Essaybands ganz richtig überschrieben, denn sein Wort galt etwas, auch wenn es den Gang der Dinge nicht zu wenden vermochte, und wurde über die Zirkel der Gleichgesinnten hinaus zweifellos gehört. Also antwortete er auf Umfragen, etwa mit seiner Adresse *An die deutschen Studenten* vom 23. März 1930, in der er die Jugend vor der Radikalisierung nach rechts und jeder Faschisierung warnte: »Wer eine einzige Partei und eine einzige Befehlsgewalt aufstellt, hält den Menschen für hoffnungslos und merkwürdigerweise nur sich selbst nicht. [...] Blindlings darauf losschlagen, das tun alle nicht Anspruchsvollen. Jeden Andersgesinnten verachten und verwerfen, ihm für den Fall des eigenen Sieges das Zuchthaus und die Hinrichtung versprechen: das geht glatt vonstatten – wenn man nichts gelernt hat.« [In: ›Die literarische Welt‹. Jg. 6, Nr. 13, S. 1f.] Also beteiligte er sich an Protesten und Aufrufen – so etwa den *Für das Heine-Denkmal in Düsseldorf* –, schrieb Artikel und Aufsätze zu Fragen des Tages und hielt beachtete Reden. Einige sind im *Öffentlichen Leben* abgedruckt, zum Beispiel die auf der Kundgebung im Reichstag über *Die Zensur* gehaltene vom 11. März 1929, in der er befürchtet: »Zuerst schützt man die Jugend mit Gewalt gegen Schmutz und Schund, womöglich aber gegen die ganze Literatur« [S. 120]. Tatsächlich wurden in jenen Tagen Peter Martin Lampels Film *Giftgas über Berlin* und Marie Luise Fleißers *Pioniere in Ingolstadt* verboten. Im Mai folgte das Verbot des Stücks *Die Unüberwindlichen* von Karl Kraus. Enthalten ist auch Heinrich Manns im Berliner Rundfunk am 12. November gesendete Ansprache *Der Nobel-Preis*, in der er seinen Bruder als »Meister« würdigt, »der für sein Volk spricht« [S. 114]; ferner die am 4. Oktober 1931 bei der deutsch-französischen Verständigungskundgebung gehaltene *Rede im Admiralspalast*, »eine der leidenschaftlichsten und ergreifendsten Beschwörungen zu Vernunft und zum guten Willen« (Alfred Kantorowicz), in der er Frankreich und Deutschland »zwei benachbarte Provinzen des europäischen Reiches« [S. 266] nennt. Unter der Rubrik *Große Tote* finden sich unter anderem die Gedächtnisrede auf den am 3. Oktober 1929 verstorbenen Reichsaußenminister Gustav Stresemann im Reichstag zugunsten seines Ehrenmals, die Gedenkworte für Arthur Schnitzler im Staatlichen Schauspielhaus am 22. November 1931, sein Vortrag über *Lessing* im Berliner Rundfunk am 15. Februar 1931 und sein Beitrag zur *Goethe-Feier* am 22. März 1932, in dem er den zeitgenössischen Klassikerkult verwirft: »[...] unzugänglich ist uns nicht er selbst, nicht der lebende Goethe, sondern nur das Standbild, das ihn vorstellen soll, der Olympier, der harmonisch beruhigte, der klassische Geheimrat, den allerdings Dämonie umwittert« [S. 22].

Heinrich Manns Ruhm gründet sich in diesen Jahren freilich nicht zuletzt auf den Erfolg des Films *Der Blaue Engel*, den man dem gerade in Nizza weilenden Autor des *Professor Unrat* in einer Privatvorstellung vorführte. Für das Drehbuch zeichneten Carl Zuckmayer und Karl Vollmoeller. Der in *Das öffentliche Leben* aufgenommene Artikel, der am Vortag der Uraufführung (1. April 1930) publiziert worden war, ist voll des Lobes und bekundet

Verständnis für die auffälligste Abweichung von der Vorlage: »In dem Roman stirbt Unrat nicht. Jannings wußte und hat erfunden, wie er stirbt« [in: *Der blaue Engel wird mir vorgeführt*, S. 297]. Insgeheim hielt Heinrich Mann die Veränderung des Schlusses allerdings für einen Fehler: »Unrat als Clown und sterbend auf dem Katheder war falsch [...]«, aber er schuldete dem berühmten Darsteller Nachsicht: »[...] wenn Jannings eine Rolle durchsetzen will, kann er es. Er hat sie sogar bei der Ufa durchgesetzt; die Ufa wäre für mich sonst nie zu haben gewesen« [Brief an Erich Ebermayer, 18. August 1931, siehe Materialien, Nr. 4, Zitate S. 397 und 396]. Rechte Kreise waren prompt über die Romanverfilmung im Medienkonzern des Deutschnationalen Alfred Hugenberg empört, der die Aktienmehrheit an der Berliner Universum Film hielt. In Wahrheit sei *Der blaue Engel* ein Film gegen Heinrich Mann, lautete sogleich die Sprachregelung, der sich auch das linke Feuilleton mit umgekehrtem Vorzeichen bediente. Carl von Ossietzky sprach von einer »Verballhornung des geistvollen deutschen Romans« und nannte das filmische Resultat »ein larmoyantes, unintelligentes Spießerstück« [*Der Film gegen Heinrich Mann*. In: ›Die Weltbühne‹. Jg. 24, Nr. 18, 29. April 1930, S. 665]. Mit einer hübschen Anekdote ironisierte Heinrich Mann später das ihm damals zugewachsene Prestige: Auf einem Empfang im Mai 1931 wurde er vom Pariser Bürgermeister als »l'auteur de ›l'Ange bleu‹« geehrt. »Dies ist der Gipfel des Ruhmes, den ich kenne« [*Ein Zeitalter wird besichtigt*. Heinrich Mann-Studienausgabe, Fischer Taschenbuch, Bd. 5929, S. 201].

Mit der Wahl zum Präsidenten der Sektion für Dichtkunst der Preußischen Akademie der Künste, deren Mitglied er seit dem 27. Oktober 1926 ist, wird Heinrich Mann 1931 schließlich ein öffentliches Amt kultureller Repräsentanz zuteil. Einen weiteren Höhepunkt seiner repräsentativen Geltung bedeutete sein 60. Geburtstag am 27. März 1931. 130 Schriftsteller und Künstler senden eine huldigende Grußadresse. Eine würdigende Feier in der Akademie und Festbankette des Schutzverbandes deutscher Schriftsteller (SDS) mit der Rede von Gottfried Benn am 28. März [vgl. Heinrich Manns Entgegnung darauf: *Der Schutzverband*, S. 130–135] wie des PEN-Clubs mit einer Rede Lion Feuchtwangers am 12. April 1931 ehren den Jubilar. In der Akademie sprechen der Maler Max Liebermann, der Bruder Thomas als Vertreter der Schriftsteller und Kultusminister Adolf Grimme, der Heinrich Mann in seiner Rede als »heimlichen Politiker« bezeichnet und ihn als den »Prägetyp des Deutschen« rühmt, »der zugleich der gute Europäer ist« [Heinrich Mann: *Fünf Reden und eine Entgegnung*. Berlin 1931, S. 11 u. S. 14]. Benn feiert dagegen beim Bankett des SDS in einem kalkulierten Affront das ästhetizistische Frühwerk des Geehrten und ignoriert den Radikal-Republikaner völlig. In der Tat: Heinrich Mann blieb innerhalb der Sektion politisch relativ isoliert. Auch mit seinem einzigen konkreten Vorschlag für die künftige Arbeit der Sektion, nachzulesen in dem Artikel *Die Akademie*, hatte der neugewählte Präsident keinen Erfolg: »Unsere Entschlußkraft könnte eines Tages so weit gehen, daß wir die Schulbücher von allem reinigen, was der Jugend schadet: veraltete Geschichtsauffassung, Irrtümer über andere Völker und über die Erlebnisse des unseren« [S. 104]. Die verbindliche Formulierung ließ kaum erkennen, was beabsichtigt war: »Bis zum Schluß habe ich ›scharf‹ gemacht, auch die Minister persönlich; entwarf Pläne für eine bessere Verteidigung, bot Propaganda an« [Brief an Alfred Kantorowicz, 3. März 1943]. Der mit Alfred Döblin dann erarbeitete Entwurf für ein entsprechendes Schullesebuch verschwand jedoch in der bürokratischen Versenkung: »Das Buch wurde fertig, der Minister Grimme, der letzte sozi-

Gäste beim Empfang
zu Heinrich Manns 60. Geburtstag
in der Preußischen Akademie der Künste
am 27. März 1931
(von links: Max Oppenheimer, Max Liebermann,
Alfred Döblin, Ricarda Huch –
ganz rechts verdeckt vermutlich:
Heinrich Mann)

aldemokratische, begünstigte es. Seine Beamten hüteten sich, es in die Schulen einzuführen: das Ende der Republik kam schon in Sicht«, verbuchte Heinrich Manns Autobiographie [*Zeitalter*, S. 342] die enttäuschende Episode. Dort, im späten Rückblick auf die Zeit seiner repräsentativen Funktionen als gefragte Eminenz für Probleme der Liga für Menschenrechte, des PEN-Clubs, des Schutzverbands deutscher Schriftsteller, der Akademie und der intellektuellen Internationale, von denen andere Essays und Stellungnahmen hier zeugen, ist ihm eine Lesung im Kaufhaus Karstadt in Berlin erinnernswerter: »Die Frauen kamen und gingen. Meinen Namen haben sie kaum gekannt, von den gehörten Sätzen kann ein halber bei der und jener haftengeblieben sein. Dieses mein anonymes Auftreten in einer fließenden Menge, die meinetwegen keine Umstände machte, zählt zu meinen reinsten Erinnerungen an das öffentliche Leben der Republik« [vgl. Materialien, Nr. 1, S. 391].

Dokumente demokratischer Teilhabe dieser unscheinbaren Art finden sich in der Essaysammlung *Das öffentliche Leben* häufiger: Es sind Beobachtungen zur Demokratisierung der Freizeit- und Urlaubskultur, die »uns sozialer zu machen« verspricht [*Reisen*, S. 319], vor allem aber situative Miniaturen aus den beiden Metropolen, über Pariser Orte und Ereignisse, besonders aber zu Szenen und Lokalitäten in Berlin. Ein Artikel lobt fortschrittlichen Siedlungsbau in Zehlendorf als »ein hervorragend menschenfreundliches Unternehmen« [*Berliner Siedlungen*, S. 155], ein anderer berichtet von einem Besuch des Lunaparks in Halensee und beleuchtet ironisch die Befindlichkeiten des Publikums: »Auf der Terrasse sitzen verschiedene Klassen von Menschen, darunter jüngere Herren, die lieber eine Freundin als einen Wagen haben. Der Wagen würde ihnen dienen, Feld und Wald zu durchstreifen, aber allein. Die Freundin im Wagen überschritte

Festbankett des PEN-Clubs
am 12. April 1931
zu Heinrich Manns 60. Geburtstag
(in der Mitte: Heinrich Mann,
stehend während seiner Rede:
Lion Feuchtwanger)

die wirtschaftliche Vernunft. Die Freundin ohne Wagen ist erlaubt, und da sitzt sie nun im Bewußtsein ihres Wertes. Denn sie weiß sehr wohl, daß sie nicht nur auserwählt ist unter den Frauen, sondern auch bevorzugt von ihrem Freund vor anderen Lockungen des Lebens. Ihr Stolz fällt auf, wenn sie von einem Gang an den Tisch zurückkehrt. Sie mustert kühn die anderen Männer, denn was haben sie ihr noch zu bieten! Sie ist von dem, auf den es ankommt, nach ihrem vollen Wert erkannt worden. Einst wird er auch das Auto erwerben für sie« [*Feuerwerk und Schönheitskonkurrenz*, S. 165].

Ein Aufenthalt im Varieté wird geschildert, eine Theaterprobe mit Paul Wegner und Trude Hesterberg beobachtet, sachkundig die schlechte Ausstattung der Berliner Ordnungskräfte dargestellt und, bei aller Vielfalt der Themen, zwischendurch lakonische Sozial- und Kapitalismuskritik geübt: »Crêpe Georgette fünfundzwanzigtausend, ein Menschenleben fünfhundert!« [*Die Kriminalpolizei*, S. 191], erläutert Heinrich Mann die Umwertung der Werte am Beispiel ausgesetzter Belohnungen für zweckdienliche Hinweise zur Aufklärung von Diebstahl und Mord. Ein umfänglicher Essay befaßt sich mit der Prostitutionserotik aus dem Geist des 19. Jahrhunderts, in dem der Bürger-Bourgeois »die Liebe als Sentimentalität und die Liebe als Vorwand für die Vereinigung zweier Handelshäuser« unterschied [*Die Wege des Geschlechts*, S. 84]. In dieser Weise konstatiert er immer wieder das fragwürdige Verhältnis von Kapital und Leben, Geld und Kunst, Preis und Wert, ohne die Impression der Widersprüche durch Kategorien der historisch-materialistischen Gesellschaftsanalyse zu ersetzen.

Das trennt seinen Diskurs einerseits von dem der marxistischen Intellektuellen unter den Schriftstellern. Seine Publizistik bleibt bis zuletzt geprägt durch eine Ambivalenz von Kritik und Bejahung, von moralisch-politischer

Distanz und rollenbezogener Rücksicht auf die öffentlich-repräsentative Stellung im Kulturbetrieb der Weimarer Republik. Darin unterscheidet sich sein Diskurs andererseits auch von dem der viel unverblümteren Systemkritiker, wie Kurt Tucholsky etwa. Heinrich Manns strategisches Pathos, das außenseiterische Positionen mit der Geste des Insiders vortrug, erlaubte nicht die satirische Exzentrik, und seine Rhetorik blieb in dieser Hinsicht stets von einem Zwang zu seriöser Förmlichkeit und Moderation bestimmt. Nicht zufällig endet diese Textsammlung, die genügend Stoff für politische und geistige Polarisierung bot, als komponiertes Buch mit einem Reisebild von der Riviera, das »nahe dem heftigsten Getriebe« eine Oase der Ruhe beschwört [*Stilles Gestade*, S. 324].

Alle Zeichen aber deuteten inzwischen auf Sturm und polemische Konfrontation, die sich über die Sprachkultur argumentativer und essayistischer Schreibweisen hinwegsetzte. Anfang Februar 1932 hatte Kurt Hiller allen idealistischen Ernstes Heinrich Mann in der ›Weltbühne‹ als Kandidaten für die anstehende Reichspräsidentenwahl vorgeschlagen [vgl. Materialien, Nr. 5, S. 399–405]. Dieser lehnte zwar in realistischer Einsicht ab und votierte, wie die Sozialdemokraten, für Hindenburgs Wiederwahl als das ›kleinere Übel‹. Das trug ihm eine böse Schelte in der kommunistischen ›Linkskurve‹ ein: *Vom ›Untertan‹ zum Untertan* betitelte Johannes R. Becher seine Abfuhr im April-Heft [vgl. Materialien, Nr. 6, S. 406–413].

Aber auch für die intellektuelle Rechte stand Heinrich Mann auf der Liste gegnerischer System-Literaten obenan: für den Herausgeber der Monatsschrift ›Deutsches Volkstum‹ beispielsweise, dem Heinrich Mann 1928 eine Märznummer des Blattes, das eine Polemik gegen ihn enthielt, mit der lakonischen Bemerkung in Rotstift zurückgesandt hatte: »Da mir zur Zensurierung vorgelegt: Unbegabt. Werden nicht aufsteigen.« [Vgl. *Sieben Jahre*. Heinrich

Mann-Studienausgabe, Fischer Taschenbuch, Bd. 11657, Materialien, Nr. 50 mit Abb., S. 710–712.] Wilhelm Stapel, der Tucholskys Talente von rechts imitieren zu können und zu überbieten glaubte, versäumte fortan keine Gelegenheit, sich auf dem ihm möglichen Niveau zu revanchieren. Heinrich Mann solle sich »beschneiden lassen«, spöttelte er nach dessen Rede vor dem Auditorium der Großen Berliner Synagoge im November 1932 über das Thema *Nach der Wahrheit leben* gehässig und versuchte, Hillers Vorschlag zu karikieren: »Wir schlagen unsererseits vor, daß man ihn zum Weisen von Zion ernennt, der predigend von Synagoge zu Synagoge zieht.« [In: ›Deutsches Volkstum‹. Jg. 15, 1933, 1. Januarheft, S. 45.]

Im September 1932 drohte Walter Bloems *Offener Brief an Heinrich Mann*: »Das aber, Herr Heinrich Mann, scheint Ihnen bisher entgangen zu sein: daß Michel erwacht ist und sich anschickt, in seinem Hause Großreinemachen zu veranstalten« [Siehe Materialien, Nr. 9, S. 415–419, Zitat S. 417]. Es war dasselbe »Individuum«, das ihn 1931 nach Paris zum Schriftstellerkongreß und bei der Französischen Kolonialausstellung begleitet hatte, »um mich zu beaufsichtigen, um Verletzungen der nationalen Würde nach Hause zu melden« [*Zeitalter*, S. 278]. Solche Figuren witterten nun Morgenluft, und der Gassenton rigoroser Diffamierung, übler Nachrede und offener Drohung war allemal effektiver als die Streitkultur des politischen Essays.

Dementsprechend ist das kritische Echo auf den Essayband *Das öffentliche Leben* nur verhalten politisch [vgl. ›Zeitgenössische Rezensionen‹, S. 442 f., mit den Einzelnachweisen]. Sogar der Rezensent in Will Vespers ›Die Neue Literatur‹ tat gelangweilt und fertigte Heinrich Mann als »Lobredner des Bestehenden« (Hans Bogner) ab. Die Gegenseite verwies alle auf das Buch, »die von der deutschen Republik behaupten, daß sie keine Staatsidee hätte«, räumte jedoch ein, »daß Heinrich Mann nicht über alle Dinge gleich Belangvolles zu sagen weiß« (J. P. Mayer). Lutz Weltmann beklagte »die tatsächliche bedauernswerte Wirkungslosigkeit von Heinrich Manns liebenswertem Aktivismus«. Kurt Hiller wiederum, Verehrer Heinrich Manns seit der Zeit des Expressionismus, fand den politisch-theoretischen Gehalt enttäuschend: »Einer der erlauchtesten Schriftsteller unserer Nation scheut sich [...] vor philosophischer Konfrontation mit Denen, die, dem allgemeinen ethischen Ziel nach einig mit ihm, in der Grundlegung der politischen Theorie bezweifeln und bestreiten, was er als selbstverständlich und sicher voraussetzt.« Die sachlich stärkste und auf den Sprachstil eingehende kritische Würdigung erfuhr *Das öffentliche Leben* durch Siegfried Kracauer. Er verwies auf eine zentrale rhetorische Strategie der Essayistik Heinrich Manns überhaupt: »Tatsächlich sind zwischen den Sätzen lauter Lücken eingeschaltet, über die man hinwegspringen muß. Die Diktion fließt nicht stetig dahin, sie wird immer neu unterbrochen. [...] Die Lücken zwischen den knappen Sätzen Heinrich Manns beweisen, daß er das nicht Auflösbare an seinem Ort stehen läßt.« Solche Pausen, die im Strom als unwiderlegbar dargebotener Überzeugungen und als Behauptung formulierter Wunschvorstellungen auf Ungesagtes verweisen, sind gestische Zeichen für die dem essayistischen Diskurs Heinrich Manns eigene Skepsis und Diskretion. Zugleich berührte Kracauer aber auch die Grenze dieser publizistischen Eingriffe und der ihnen zugrundeliegenden Geistespolitik: Wo Heinrich Mann »seinen Begriff des Geistes in idealistischer Weise verabsolutiert und mit ihm eine Demokratie korrespondieren läßt, die ebenfalls ideal gemeint ist, verfehlt er öfters die richtige Einschätzung der realen Kräfte und Gegenkräfte, die jeder politischen Aktion voranzugehen hätte«. Kracauer resümierte: »Die Quelle seiner politischen Leidenschaft ist ersichtlich weniger die Leidenschaft für die Politik als die für den Geist.« Es geht um das Problem der Geistespolitik und die Grenzen des Gesinnungsästhetikers.

»Was ich büße, ist mein Sinn für das öffentliche Leben, die Voraussetzung jedes einzelnen. Damit befremdete man, als ich anfing in Deutschland«, schrieb Heinrich Mann am 10. Dezember 1948 an Karl Lemke [siehe Materialien, Nr. 13, S. 442]. Über den Aufbruch der um 1870 Geborenen liest man in *Die Tragödie von 1923*: »Sie liebten soziale Gerechtigkeit, Völkerfrieden, das auf Vernunft zu errichtende Menschenglück, und sie glaubten daran. Sie waren Utopisten, die von der Natur und ihrer Bitternis erlernten, es zu sein. Ihre Meister wirkten erweiternd, befreiend; Nietzsche gegen die Vaterländer, für Europa, Zola für Dreyfus und von jeher für die Wahrheit, Ibsen für geistige Befreiungen, Tolstoi gegen den Krieg« [*Sieben Jahre*, S. 93]. Zweifellos sah sich Heinrich Mann in dieser Tradition und galt wegen der Resonanz, die er mit seiner Rollenessayistik bis zum *Zola* (1915) unter den jungen oppositionellen Literaten fand, bald als »Vater der deutschen intellektuellen Literatur«. Otto Flake, der ihn so bezeichnete, meinte den Titel damals keineswegs positiv, sondern als Vorbehalt, wie seine Definition beweist: »Der Intellektuelle ist nicht mehr der deutsche Dichter, der, wenn es ihm nicht gelingt, bei der Gesellschaft oder dem, was sich so nennt, sein Glück zu machen, irgendwo in dem großen Lande verschwindet und sich resigniert in seine selbstgezimmerte geistige Welt zurückzieht; er rechnet vielmehr scharf und unerbittlich mit den Fehlern und Sünden des ganzen Systems ab. [...] diese Intellektuellen lieben alle die französische Dominante der Kultur, die politische Orientierung. [...] Diese Hochschätzung der Politik als angewandter Geistesklarheit [...] hat eine Annäherung an französisch-englische Betrachtungsweise zur

Folge, die man bei uns ganz richtig demokratisch nennt.« [*Von der jüngsten Literatur.* In: ›Die neue Rundschau‹. Jg. 26, 1915, H. 9, September, S. 1278 f.] An diese Anfänge ist zu erinnern, wenn man Heinrich Manns Bemühungen verstehen will, Literatur als kollektives Gewissen und sich als Politiker des Geistes zu behaupten, der für die Veränderung der Gesellschaft in Kaiserreich und Republik sowohl zuständig als auch verantwortlich sei. Bei Gründung der ›Sektion für Dichtkunst‹ in der Preußischen Akademie wird er sagen: »Wir nennen Geist die menschliche Fähigkeit, der Wahrheit nachzugehen ohne Rücksicht auf Nutzen oder Schaden, und Gerechtigkeit zu erstreben sogar wider praktische Vernunft« [*Dichtkunst und Politik.* In: *Sieben Jahre*, S. 450]. Als Urszene stand ihm stets Zolas Rolle im Dreyfus-Skandal vor Augen. Auch im *Öffentlichen Leben* spricht er davon und hebt den aktuell entscheidenden Aspekt hervor: »Die Dreyfus-Affäre machte den Antisemitismus in Frankreich unmöglich, sie führte zu einer außerordentlichen Geltung der Vernunft im Leben des Landes« [*Gut geartete Menschen*, S. 284]. Gegen die Propaganda der von den Nationalsozialisten angekündigten antisemitischen deutschen Diktatur gerichtet, fährt er fort: »›Jüdischer Intellekt‹, das ist kein Angriff auf eine Schicht, es ist weit darüber hinaus die Verleumdung unseres Menschlichsten« [ebd., S. 289].

Es gibt viele Belege dafür, daß Heinrich Mann über das Dilemma aller engagierten Literatur, doch nur im Kreis derer zu zirkulieren, die vorab gleichgesinnt und ohnedies überzeugt sind, und sich ansonsten politische Feinde oder ästhetische Verächter zu schaffen, keine Illusionen hegte. Auch scheint er die Wirkung seiner essayistischen Eingriffe nicht überschätzt zu haben, wie ein Brief an Kurt Tucholsky vom 17. Oktober 1923 besonders verdeutlicht. Dessen Zweifel am Erfolg des an Gustav Stresemann gerichteten Appells, die soziale Demokratie endlich durch eine »Diktatur des Rechtes« [*Diktatur der Vernunft*. Berlin 1923, S. 7; ebenfalls in: *Sieben Jahre*, S. 139] zu wappnen, räumt er ein: »Sie haben natürlich recht mit ihren Zweifeln an der Wirksamkeit meiner vorigen Arbeit und aller übrigen. [...] Aber das wusste ich vorher, und habe mir die Mühe auch nicht seinetwegen gemacht, so wenig wie für diese fragwürdige Nation: sondern mehr zu meiner Selbstbehauptung. Was vernünftig wäre, muss man doch wenigstens gewusst haben, sonst ginge man gar zu nichtswürdig mit unter.« Und weiter kommentiert er seinen strategischen Idealismus: »›Justement. Il faut forcer sa conviction.‹ So ist es. So ist wahrscheinlich alles gemacht worden, was an Besserungsversuchen je unternommen wurde. [...] wenn ich bloss meine Skepsis sprechen liesse? Dann hätte der übliche Schafskopf oder Halunke jede erdenkliche Ausrede. Ich zeige ihnen, daß sie eigentlich garnicht so dumm und so verbrecherisch sein müssten, und dass das sogar besser wäre für sie selbst. Sie wollen es trotzdem sein? Na schön. Dann muss ich immer noch hoffen, dass die Macht der Dinge – oder etwa gar die Macht des Geistes, der in den Dingen ist – es besser mit ihnen meint als sie selbst. Das ist vorgekommen. Im Übrigen und für den Tagesbedarf ist Pessimismus erlaubt und geboten. Bevor der härteste – sachliche oder menschliche – Zwang unseren Zeitgenossen etwas Anstand abnöthigt, werden sie noch tolle Zicken machen. Ich sehe dem entgegen.« [Zit. nach: *Sieben Jahre*, S. 624 f.]

Das öffentliche Leben war Heinrich Manns letzte Essaysammlung der Weimarer Zeit. Er schließt die mittlere Phase der Essayistik zwischen 1923/24 und 1933 ab, die seine Kapitalismus- und Republikkritik formuliert. Sein »letztes Wort« [*Zeitalter*, S. 208] enthielt der Band noch nicht. Vor dem Gang in die Emigration beschäftigt er sich im Dezember 1932 im bedeutenden Essay *Bekenntnis zum Übernationalen* – »mein wichtigster Aufsatz«, wie es im Brief an Maximilian Brantl vom 18. Dezember 1932 heißt – noch einmal mit dem »Unfall einer Republik«. Es ist eine pessimistische Bilanz voller Sarkasmus. Das Wiedererstarken des Nationalismus sei mit der Republik geschehen, nicht gegen sie. Verwaltung, Reichswehr, Justiz, Universitäten, sie alle seien nicht demokratisch gesonnen gewesen, deprimierend die hemmungslose Erwerbsgier der herrschenden Klasse, jämmerlich das Bild der politischen, die den überlebten Klüngel mitregieren ließ und die Nazis aufsteigen. »Die Regierungen der Republik haben sich allenfalls benommen wie Schauspieler auf einer Probe, aber nicht, als ob es Abend und ernst wäre. Sie markierten nur, wie man einen Staat verteidigt und behauptet.« [Zit. nach: *Der Haß*, S. 25.] Auch wenn die Einreden in das öffentliche Leben verhallten, ohne die demokratische Widerstandsfähigkeit zu stärken oder gar auf den Gang der Dinge einwirken zu können, bleiben Heinrich Manns intuitiver Blick auf Kommendes, sein stilistisch disziplinierter Zorn und die Einsichtsfähigkeit dieser Essays bemerkenswert. Und für sein wiederentdecktes Werk gilt: »Es hat Wirkungen geübt, die nicht mehr rückgängig zu machen sind; es hat Menschen verändert und durch sie immer auch ein Stück Welt« [*Die Akademie*, S. 110].

Auf eine Umfrage, an der sich unter anderen Heinrich Mann, Kurt Hiller, Fanz Blei, Willi Münzenberg, Arnold Zweig und Alfred Kerr beteiligten, antwortete Lion Feuchtwanger schon Anfang 1931: »Was also die Intellektuellen und Künstler zu erwarten haben, wenn erst das Dritte Reich sichtbar errichtet wird, ist klar: Ausrottung. Das erwarten denn auch die meisten, und wer irgend unter den Geistigen es ermöglichen kann, bereitet heute seine Auswanderung vor. Man hat, wenn man unter den Intellektuellen Berlins herumgeht, den Eindruck, Berlin sei eine Stadt von lauter zukünftigen Emigranten.« [*Wie kämpfen wir gegen ein Drittes Reich?* In: ›Die Welt am Abend‹. Jg. 9, Nr. 17, 21. Januar 1931, o. S.] Tucholsky lebte schon lange im Ausland und kehrte auch zu den Prozessen gegen Carl von Ossietzky nicht mehr nach Deutschland zurück. Merkwürdigerweise finden sich diese auch bei Heinrich Mann nicht erwähnt. Ob er bereits Ende 1932 an Flucht dachte, ist fraglich, wiewohl eine Passage im *Bekenntnis zum Übernationalen* den Gedanken an das Exil zu suggerieren scheint: »Ich glaube und ich weiß, daß die Deutschen, gerade sie, in ihrem tiefsten, überlieferten Innern hoch über ihrem Staat stehen. Gerade sie wird es, nach besserer Anhörung ihrer selbst, das geringste kosten, ihn zu verlassen« [*Der Haß*, S. 47]. Am 15. Februar 1933 erfolgte der Ausschluß aus der Akademie der Künste. Erst die Warnung des französischen Botschafters ließ ihn nicht länger zögern. In seinem Terminkalender steht unter dem Datum des 21. Februar 1933 schlicht: »Abgereist.«

Zur Entstehungs- und Überlieferungsgeschichte

Das öffentliche Leben ist die fünfte Essay-Sammlung, die Heinrich Mann nach *Macht und Mensch* (1919), *Diktatur der Vernunft* (1923), *Sieben Jahre. Chronik der Gedanken und Vorgänge* (1929) und *Geist und Tat. Franzosen 1890–1930* (1931) zusammenstellte und veröffentlichte.

Leider sind – bis auf eine Ausnahme – [vgl. S. 26 und S. 373] keinerlei handschriftliche Zeugnisse in Heinrich Manns Nachlaß im Heinrich-Mann-Archiv [HMA] der Stiftung Archiv der Akademie der Künste Berlin oder in anderen Archiven zu diesem Essayband oder den einzelnen Essays erhalten. Dies dürfte sicherlich mit Heinrich Manns überstürzter Flucht am 21. Februar 1933 aus Berlin und der im Monat darauf erfolgten Beschlagnahmung seines gesamten Eigentums in der Berliner Wohnung durch die Gestapo zu erklären sein. Im folgenden sind zu den einzelnen Essays jeweils Erstdruck und weitere wichtige Drucke vor der Veröffentlichung im Band *Das öffentliche Leben* zusammengestellt.[1]

1 Für Hinweise, Ergänzungen und entscheidende Korrekturen zu den bibliographischen Angaben der Drucke danke ich Brigitte Nestler (Berlin), die mir ihre Arbeitsergebnisse aus der entstehenden neuen Heinrich-Mann-Bibliographie selbstlos vorab zur Einarbeitung überlassen hat. – Der Herausgeber.

Lessing
Gesprochen im Berliner Rundfunk am 15. Februar 1931
Erstdruck: Bislang nicht nachweisbar.

Goethe-Feier
22. März 1932
Erstdruck: ›Arbeiter-Zeitung‹. Wien. Jg. 45, Nr. 80 vom 20. März 1932, S. 15 u. d. T.: *Feiert Goethe.*
Weiterer Druck: ›Berliner Tageblatt‹. Jg. 61, Nr. 138 vom 22. März 1932, Morgen-Ausgabe, S. [2, unterm Strich], u. d. T.: *Wir feiern Goethe.* [vgl. Abb., S. 441]

Heinrich Heine
Aufruf für sein Denkmal in Düsseldorf
Original: Stiftung Archiv der Akademie der Künste, Berlin; Signatur: Preußische Akademie: 2.1/037, Blatt 44–49, hand- (3 Seiten) und maschinenschriftlich (3 Seiten) [vgl. Abb., S. 26 und S. 29]. – Dort ist auch das Protokoll der Sitzung vom 7. Januar 1929 vorhanden, in der über einen Aufruf für ein Heine-Denkmal durch die Akademie verhandelt wurde (Signatur: Preußische Akademie: 2.1/240, Blatt 284 ff.) [vgl. Abb., S. 373 f.].
Erstdruck [wahrscheinlich]: *Für Heinrich Heine.* [Hrsg.:] Vereinigte Ausschüsse für die Errichtung eines Heine-Denkmals in Düsseldorf. [4-seitiges Werbeblatt.] Düsseldorf [ca. Ende Dezember 1929], ohne Titel, mit dem Anfang: »Heinrich Heine starb vor mehr als siebzig Jahren …«. [Würdigung Heinrich Heines im Auftrag der Deutschen Dichterakademie. Enthält außerdem: Spendenaufruf für ein Heine-Denkmal und eine Liste der Mitglieder des Ehren- und Ortsausschusses.]
Weitere Drucke: ›Berliner Tageblatt‹. Jg. 58, Nr. 611

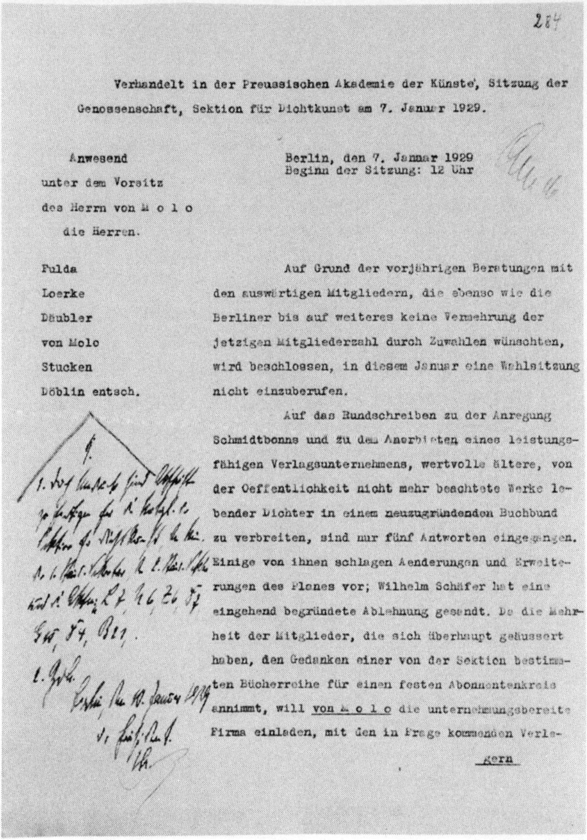

284

Verhandelt in der Preussischen Akademie der Künste, Sitzung der Genossenschaft, Sektion für Dichtkunst am 7. Januar 1929.

Anwesend
unter dem Vorsitz
des Herrn von M o l o
die Herren.

Berlin, den 7. Januar 1929
Beginn der Sitzung: 12 Uhr

Fulda
Loerke
Däubler
von Molo
Stucken
Döblin entsch.

Auf Grund der vorjährigen Beratungen mit den auswärtigen Mitgliedern, die ebenso wie die Berliner bis auf weiteres keine Vermehrung der jetzigen Mitgliederzahl durch Zuwahlen wünschten, wird beschlossen, in diesem Januar eine Wahlsitzung nicht einzuberufen.

Auf das Rundschreiben zu der Anregung Schmidtbonns und zu dem Anerbieten eines leistungsfähigen Verlagsunternehmens, wertvolle ältere, von der Oeffentlichkeit nicht mehr beachtete Werke lebender Dichter in einem neuzugründenden Buchbund zu verbreiten, sind nur fünf Antworten eingegangen. Einige von ihnen schlagen Aenderungen und Erweiterungen des Planes vor; Wilhelm Schäfer hat eine eingehend begründete Ablehnung gesandt. Da die Mehrheit der Mitglieder, die sich überhaupt geäussert haben, den Gedanken einer von der Sektion bestimmten Bücherreihe für einen festen Abonnentenkreis annimmt, will von M o l o die unternehmungsbereite Firma einladen, mit den in Frage kommenden Verle-

gern

Erste und zweite Seite des Protokolls der Sitzung vom 7. Januar 1929 zum Aufruf für ein Heine-Denkmal durch die ›Sektion für Dichtkunst‹ der ›Akademie der Künste‹ [vgl. S. 372]

281a

gern um die erforderlichen Lizenzen zu verhandeln.

S c h ä f e r hat angefragt, ob die Sektion ihn als ihren diesjährigen Vertreter im Kuratorium des Frankfurter Goethepreises beauftragen wolle, sich für einen bestimmten -namentlich genannten - Dichter einzusetzen. Die Versammelten sind einhellig der Meinung, dass der Delegierte völlig freie Hand haben müsse.

Der Ausschuss für die Aufstellung des Heine-Denkmals in Düsseldorf bittet die Sektion, den Aufruf an die Oeffentlichkeit zu entwerfen. Es handelt sich um eine internationale Ehrung eines Dichters; Gorki, Rolland, Hamsun, Galsworthy, Lagerlöf haben sich dafür mit ihrer Namensunterschrift bereits zur Verfügung gestellt. Die Stadt Düsseldorf erklärt sich bereit, uns den Aufruf zu honorieren.- Der Vorsitzende sieht in dem Antrag eine Vertrauensbekundung für die Sektion, die wir nicht zurückweisen dürften. Er findet allgemeine Zustimmung. Es wird beschlossen, Heinrich Mann um die Ausarbeitung des Aufrufs zu bitten.

Jm Anschluss daran tritt <u>von Molo</u> für weitere Kundgebungen und Gutachten ein, in denen wir die Richtung, den Willen und die Wachsamkeit der Sektion zeigen könnten. Er macht auf einen Aufsatz Emil Ludwigs aufmerksam, worin Geistigkeit und Jnnerlichkeit zugunsten der modernen Technik verhöhnt werden, ferner auf das anmassende, über alle Vorstellung flache und kunstfeindliche, aber für weite Volksschichten gefährliche Buch Eduard Engels "Was bleibt?". Diese

<u>Schmähschrift</u>

vom 28. Dezember 1929, Abend-Ausgabe, S. [2, unterm Strich], u. d. T.: *Für das Heine-Denkmal in Düsseldorf.* – ›Berliner Börsen-Courier‹. Jg. 61, Nr. 604 vom 28. Dezember 1929, Abendausgabe, S. [2, unterm Strich], u. d. T.: *Für ein Heine-Denkmal.* [Mit redaktioneller Vorbemerkung, die über den Aufruf informiert.] – ›Düsseldorfer Nachrichten‹. Jg. 54, Nr. 658 vom 29. Dezember 1929, Morgen-Ausgabe, Beilage: ›Düsseldorfer Stadt-Nachrichten‹, S. 1, u. d. T.: *Heinrich Mann zum Heine-Denkmal.* [Mit redaktioneller Vorbemerkung, die über den Aufruf informiert.] – ›Oldenburgische Landeszeitung‹. Nr. 365 vom 31. Dezember 1929, S. [2], u. d. T.: *Ein Denkmal für Heinrich Heine.* [Mit redaktionellem Hinweis auf den Spendenaufruf.] – ›Dresdner Volkszeitung‹. Jg. 41, Nr. 1 vom 2. Januar 1930, Beiblatt: ›Leben – Wissen – Kunst‹, S. 9, u. d. T.: *Für ein Heine-Denkmal.* [Mit redaktionellem Hinweis auf den Spendenaufruf.] – ›Leipziger Neueste Nachrichten‹. Nr. 4 vom 4. Januar 1930, S. 2, u. d. T.: *Für ein Heine-Denkmal.* [Mit redaktionellem Hinweis auf den Spendenaufruf.]
Drucke in Auszügen: ›Dresdner Nachrichten‹. Jg. 74, Nr. 611 vom 31. Dezember 1929, S. 2, u. d. T.: *Die Dichterakademie für das Heinedenkmal in Düsseldorf.* [Mit redaktioneller Vorbemerkung.] – ›Sozialistische Monatshefte‹. Berlin. Jg. 36, Band 70, 14. April 1930, S. 408, ohne Titel, mit dem Anfang: »Heine ist das vorweggenommene Beispiel des modernen Menschen …«. [Mit redaktioneller Erläuterung in der Rubrik ›Kurze Chronik‹.]

Erinnerungen an Albert Steinrück
Erstdruck: ›Berliner Tageblatt‹. Jg. 58, Nr. 72 vom 12. Februar 1929, Morgen-Ausgabe, S. [2, unterm Strich].

Gustav Stresemann
Ansprache im Reichstag zugunsten seines Ehrenmals
Erstdruck: Bislang nicht nachweisbar.

Anna Pawlowa
Rede bei der Gedenkfeier in der Staatsoper
Erstdruck: ›B.Z. am Mittag‹. Berlin. Jg. 55, Nr. 51 vom 2. März 1931, S. 4f., u. d. T.: *Anna Pawlowa. Rede des Dichters auf der gestrigen Gedenkfeier, die in der Krolloper [...] stattfand.*
Weitere Drucke: ›Die Bühne‹. Wien. Jg. 8, Nr. 301, April 1931, S. 30f. u. 59, u. d. T.: *Heinrich Mann, der berühmte deutsche Dichter, wurde am 27. März 60 Jahre alt. Bei der Berliner Gedächtnisfeier, die in der Kroll-Oper stattfand, sprach Heinrich Mann folgende Worte:.* – ›Der Tanz‹. Leipzig [früher: München]. Jg. 4, Heft 4, April 1931, S. 3, u. d. T.: *Anna Pawlowa. Die Rede des Dichters zur Anna-Pawlowa-Gedächtnisfeier in der Staatsoper, Berlin, am 1. März 1931.*

Arthur Schnitzler
Gedächtnisrede, gehalten im Staatlichen Schauspielhaus am 22. November 1931
Erstdruck: ›Berliner Tageblatt‹. Jg. 60, Nr. 552 vom 23. November 1931, Abend-Ausgabe, S. [2–3, unterm Strich], u. d. T.: *Gedenken an Schnitzler.*
Weitere Drucke: ›Bayerische Israelitische Gemeindezeitung‹. München. Jg. 7, Nr. 24 vom 15. Dezember 1931, S. 373f. – ›Die Bühne‹. Wien. Jg. 8, Nr. 317, Dezember 1931, S. 35f.

Die geistige Lage
Vortrag
Erstdruck: Bislang nicht nachweisbar. – Enthält u. a. die teilweise bearbeiteten Texte *Von der Lebensangst zur*

Gewalt [›Die Literarische Welt‹. Berlin. Jg. 6, Nr. 46 vom 14. November 1930, S. 1 f. = Besprechung zu: Karl Nils Nikolaus: *Leerlauf Mensch* (1930)], *Hermann Kesten, Romancier* [›Die Literarische Welt‹. Berlin. Jg. 7, Nr. 18 vom 1. Mai 1931, S. 1 f. = Besprechung zu: Hermann Kesten: *Glückliche Menschen* (1931)], *Detektiv-Romane* [›Die Literarische Welt‹. Berlin. Jg. 5, Nr. 34 vom 23. August 1929, S. 1 f. = Über Edgar Wallace] und *Soziale Romane* [›Die Literarische Welt‹. Berlin. Jg. 5, Nr. 39 vom 27. September 1929, S. 5 f. = Besprechung zu: Hans H. Hinzelmann: *Achtung! Der Otto Puppe kommt!* und Upton Sinclair: *Boston* (1929)].

Die Wege des Geschlechts

Erstdruck: ›Die Literarische Welt‹. Berlin. Jg. 7, [Beginn:] Nr. 40 vom 2. Oktober 1931, S. 3 f., [1. Fortsetzung:] Nr. 41 vom 9. Oktober 1931, S. 7 f., [2. Fortsetzung:] Nr. 42 vom 16. Oktober 1931, S. 7 f., [Schluß:] Nr. 43 vom 23. Oktober 1931, S. 7, u. d. T.: *Käufliche Dämonie.*

Weiterer Druck: *Wiedergeburt der Liebe* (Hg. von Frank Thiess.) Berlin/Wien/Leipzig: Paul Zsolnay Verlag (1931), S. 131–150.

Kultur

Die Akademie

Erstdruck: ›Frankfurter Zeitung‹. Jg. 75, Nr. 121 vom 14. Februar 1931, Abendblatt, S. 1; Reichsausgabe: Nr. 121–123 vom 15. Februar 1931, S. 3, u. d. T.: *Pariser Platz 4.* [Entspricht dem leicht geänderten Teil II des Essays *Die Akademie* in diesem Band.] – ›Vossische Zeitung‹. Berlin. Jg. [228], Nr. 78 vom 15. Februar 1931, Unterhaltungs-Blatt Nr. 39, S. [9], u. d. T.: *Sektion für*

Dichtkunst. [Entspricht dem leicht geänderten Teil I des Essays *Die Akademie* in diesem Band.]

Der Nobel-Preis
Gesprochen im Berliner Rundfunk am 12. November 1929
Erstdruck: ›Berliner Tageblatt‹. Jg. 58, Nr. 537 vom 13. November 1929, Abend-Ausgabe, S. [2, unterm Strich], u. d. T.: *Thomas Mann.*

Die Zensur I
Gesprochen bei einer Kundgebung im Reichstag
Erstdruck: ›Berliner Tageblatt‹. Jg. 58, Nr. 121 vom 12. März 1929, Abend-Ausgabe, S. [4], u. d. T.: *Gegen die Zensur.* [Rede anläßlich der Kundgebung des ›Kampfausschusses gegen Zensur‹ am 11. März 1929 im Reichstag.]
Weitere Drucke: ›Der Freihafen. Blätter der Kammerspiele im Lustspielhaus‹. Hamburg. Jg. 11, Heft 7, [ca. März] 1929, S. 3–5, ohne Titel, mit dem Anfang: »Das Ganze ist eine Machtfrage. Wer Macht will …« [leicht gekürzt; unter dem redaktionellen Sammeltitel *Theaterzensur?* mit weiteren Beiträgen von Gerhart Hauptmann, Fritz von Unruh, Leopold Jeßner.] – ›Die Stimme der Freiheit. Monatsschrift gegen geistige und wirtschaftliche Reaktion‹. Berlin-Neukölln. Jg. 1, Nr. 4, April 1929, S. 51 f., u. d. T.: *Gegen die Zensur.*

(Die Zensur) II
Erstdruck: ›Die Menschenrechte‹. Berlin. Jg. 4, Nr. 2/3 vom 20. Februar 1929, S. 15, ohne Titel, mit dem Anfang: »Die schönste Dreistigkeit begehen die Feinde der Geistesfreiheit …«. [Entspricht einem Auszug aus Abschnitt II des Essays *Die Zensur* in diesem Band.] [Aus einer Zuschrift an die ›Deutsche Liga für Menschenrechte‹ anläßlich der Protestversammlung gegen die

drohenden Zensurgesetze am 25. Januar 1929 unter dem redaktionellen Sammeltitel *Gegen die Zensur, für die Geistesfreiheit* mit einem redaktionellen Vorspann und weiteren Zuschriften u. a. von Thomas Mann, Wilhelm von Scholz, Lion Feuchtwanger, Arnold Zweig, Alfred Neumann.]

(Die Zensur) III
Gesprochen bei einer Kundgebung der Deutschen Liga für Menschenrechte
Erstdruck: Bislang nicht nachgewiesen.

Richterliche Verantwortung
Erstdruck: ›Das Forum‹. Berlin. Jg. 9, Heft 2, November 1928, S. 76. [*Richterliche Verantwortung* ist ein Vorwort Heinrich Manns zu einem *Gesetzentwurf*, der die Bestrafung fahrlässiger Richter vorsieht. Dieser von einem Juristen ausgearbeitete und auf S. 77–81 abgedruckte Gesetzentwurf ist unterzeichnet von Heinrich Mann, Werner Hegemann, Th. Th. Heine, Wilhelm Herzog, Hermann Kesser, Theodor Liebknecht, Franz Oppenheimer, Alfons Paquet, Emil Rabold, Max Reinhardt, Ernst Toller, Heinrich Zille und Arnold Zweig. Danach folgt eine ausführliche Begründung des Gesetzentwurfes.]

Für das Theater
Gesprochen bei einer Kundgebung im Theater im Admiralspalast
Erstdruck: Bislang nicht nachweisbar.

Der Schutzverband
Rede, gehalten auf dem Bankett am 27. [recte: 23.!] März 1931
Erstdruck: ›Der Schriftsteller‹. Berlin. Jg. 19, Heft 5,

Mai 1931, S. 2–5, u. d. T.: *Rede, gehalten auf dem Bankett [des SDS] zur Feier seines 60. Geburtstages.*

Rede im PEN-Club

Erstdruck: Bislang nicht nachweisbar. [Rede auf dem 9. Kongreß des PEN-Clubs (22.–26. Juni 1931) im Haag und in Amsterdam.]

Morgen

Erstdruck: ›Die Literarische Welt‹. Berlin. Jg. 6, Nr. 51/52 vom 19. Dezember 1930, S. 3 f. [Antwort auf eine redaktionelle Umfrage: *Europäische Erneuerung.*] [Entspricht Teil I des Essays in diesem Band.] – ›Die Literarische Welt‹. Berlin. Jg. 6, Nr. 13 vom 28. März 1930, S. 1 f., u. d. T.: *An die deutschen Studenten.* [Antwort auf eine redaktionelle Umfrage: *Deutschland, wie sie sich es wünschen. Die deutschen Weltanschauungen von rechts bis links.*] [Entspricht Teil II des Essays in diesem Band.]

Der begnadete Dichter

Erstdruck: ›Der Bund‹. Bern. Jg. 83, Nr. 536 vom 15. November 1932, Abend-Ausgabe, S. [1, unterm Strich], u. d. T.: *Gerhart Hauptmann. Zu seinem 70. Geburtstag.*

Weiterer Druck: ›Blätter des Deutschen Theaters‹. Berlin. [Spielzeit:] 1931/32, Heft 8, S. 18–20 [= gez. S.] [= Sonderheft:] Für Gerhart Hauptmann. 1862–1932.

Berlin

Berliner Siedlungen

Erstdruck: ›Vossische Zeitung‹. Berlin. Jg. [226], Nr. 107 vom 5. Mai 1929, Sonntags-Ausgabe, 1. Beilage, S. 5 f., u. d. T.: *Moderne Siedlungen* und dem redaktionellen Obertitel *Gänge durch Berlin.*

Varieté im Norden

Erstdruck: ›Vossische Zeitung‹. Berlin. Jg. [226], Nr. 153 vom 31. März 1929, Sonntags-Ausgabe, 1. Beilage, S. 1f. [Unter dem redaktionellen Obertitel *Gänge in Berlin.*]

Weitere Drucke: *Hier schreibt Berlin. Eine Anthologie von heute.* Hg. von Herbert Günther. Berlin: Internationale Bibliothek [1929], S. 21–26. – [Auszug:] *II. Das Faktotum.* In: *Erich Carow. Karriere eines Berliner Volkskomikers.* (Hg. von Manfred Georg und Peter Schaeffers.) Berlin: Eden-Verlag (1930), S. 41f. [Entspricht dem Text des Essays in diesem Band ab »Das ›Amerikanische Varieté‹, das früher ...« bis Ende.]

Vgl. dazu den Artikel zum gleichen Thema: ›Die Literarische Welt‹. Berlin. Jg. 6, Nr. 1 vom 3. Januar 1930, S. 3, u. d. T.: *Lachbühne in Berlin N.* – Ebenfalls in: *Erich Carow. Karriere eines Berliner Volkskomikers.* (Hg. von Manfred Georg und Peter Schaeffers.) Berlin: Eden-Verlag (1930), S. 18–20, u. d. T.: *Die Frau Direktor.*

Feuerwerk und Schönheitskonkurrenz

Erstdruck: ›Vossische Zeitung‹. Berlin. Post-Ausgabe [Jg. 226], Nr. 173 vom 21. Juli 1929, 1. Beilage, S. 3f., u. d. T. *Feuerwerk-Schönheitskonkurrenz. Erlebnisse eines Juli-Abends.*

Berliner Vorort Heringsdorf

Erstdruck: ›Vossische Zeitung‹. Berlin. Jg. [226], Post-Ausgabe, Nr. 203 vom 25. August 1929, 1. Beilage, S. [1].

Proben I

Im großen Schauspielhaus

Erstdruck: Bislang nicht nachweisbar.

Proben II
Nachtprobe

Erstdruck: ›Die Bühne‹. Wien. Jg. 7, Nr. 269 vom 2. Januar 1930, S. 40f., u. d. T.: *Se. Majestät der Regisseur. Nachtprobe irgend eines Stückes.* [Um zwei Abschnitte gekürzt gegenüber dem Text des Essays in diesem Band.]

Weiterer Druck: ›Bohemia. Deutsche Zeitung‹. Prag. Jg. 103, Nr. 20 vom 23. Januar 1930, S. 3f., u. d. T.: *Nachtprobe in Berlin.* [Um zwei größere Abschnitte gegenüber dem Erstdruck des Essays gekürzt.]

Die Kriminalpolizei
Vortrag, gehalten vor dem Verband Preußischer Polizeibeamten

Vorabdruck [teilweise]: ›B.Z. am Mittag‹. Berlin. Jg. 55, Nr. 18 vom 22. Januar 1931, S. 7.

Erstdruck: ›Die Kriminalpolizei. 1. Tagung der Fachgruppe »Kriminalpolizei« im Verbande Preußischer Polizeibeamten E. V., Sitz Berlin, am 22. Januar 1931 in Berlin im Kaisersaal des »Rheingold«. Stenographischer Bericht‹. Berlin: Deutsche Polizeibuchhandlung und Verlag 1931, S. 26–32.

Paris

Ein altes Theater

Erstdruck: Bislang nicht nachweisbar.

Kostümiert und nackt

Erstdruck: ›Neue Leipziger Zeitung‹. Nr. 320 vom 16. November 1930, S. 2.

Madame Simone

Erstdruck: Bislang nicht nachweisbar.

Wir begegnen in Paris uns selbst
Erstdruck: Bislang nicht nachweisbar.

Revue
Erstdruck: ›Frankfurter Zeitung‹. Jg. 75, Nr. 104 vom 8. Februar 1931, 2. Morgenblatt, Beilage ›Für die Frau‹, Jg. 4, Nr. 2, Februar 1931, S. 2 f.

Kolonial-Ausstellung
Erstdruck: Bislang nicht nachweisbar.

Empfänge
Erstdruck: ›B. Z. am Mittag‹. Berlin. Jg. 55, Nr. 131 vom 9. Juni 1931, 1. Beiblatt, S. 3, u. d. T.: *Pariser Empfänge*. [Anläßlich einer Schriftstellertagung (Delegierte von Schriftstellerverbänden aus 26 Ländern) vom 26.–28. Mai 1931 in Paris.]

Schriftsteller-Internationale
Erstdruck: Bislang nicht nachweisbar. [Anläßlich einer Schriftstellertagung (Delegierte von Schriftstellerverbänden aus 26 Ländern) vom 26.–28. Mai 1931 in Paris.]

Der Wille

Wir wählen
Erstdruck: Bislang nicht nachweisbar.
Weitere Drucke: ›Vorwärts‹. Berlin. Jg. 49, Nr. 340 vom 21. Juli 1932, Abendausgabe, Beilage ›Der Abend‹, S. [5] [Mit der redaktionellen Vorbemerkung: »Nachdruck aus *Das öffentliche Leben*«.] – ›Dresdner Volkszeitung‹. Jg. 43, Nr. 171 vom 23. Juli 1932, S. 13; Beiblatt ›Leben – Wissen – Kunst‹, u. d. T.: *Blick hinter die Liste 2*.

Situation de l'Allemagne

Erstdruck: ›Europe‹. Paris. Band 24, Nr. 96 vom 15. Dezember 1930, S. 482–485. [Entspricht Teil I des Essays in diesem Band.]

›Les Nouvelles Littéraires‹. Paris. 1. November 1930, S. 1, u. d. T.: *L'Allemagne répond.* [Entspricht Teil II des Essays in diesem Band.] [Über die nationalsozialistische Bewegung und die deutsch-französischen Beziehungen mit einem redaktionellen Vorspann, der Heinrich Mann vorstellt und den Bezug (das vorausgegangene Wahlergebnis in Deutschland) und dazu bereits veröffentlichte Stellungnahmen von Alfred Kerr und Erich Maria Remarque nennt.]

›Monde‹. Paris. Jg. 4, Nr. 139 vom 31. Januar 1931, S. 8, u. d. T.: *L'heure critique de l'Allemagne. Un appel de Heinrich Mann.* [Entspricht Teil III des Essays in diesem Band.] [Mit redaktioneller Vorbemerkung.]

Weitere Drucke von Teil I des Essays: [Auszug:] ›Die Welt am Abend‹. Berlin. Jg. 9, Nr. 13 vom 16. Januar 1931, S. 1, u. d. T.: *Abrechnung mit den Betrügern.* – Dass. in: *Wie kämpfen wir gegen ein Drittes Reich? Einheitsfront gegen das Hakenkreuz. 78 Beiträge von Arbeitern, Angestellten, Schriftstellern, Künstlern und Politikern.* Berlin: Kosmos-Verlag 1931, S. 5 f.

La guerre prochaine

Erstdruck: Bislang nicht nachweisbar.

Erstdruck der Übersetzung *Der nächste Krieg*: ›Das Blaue Heft‹. Berlin, Wien. Jg. 12, Nr. 1 vom 1. August 1932, S. 3 mit der Bemerkung: »In franz. Sprache erschienen in *Das öffentliche Leben*, zum erstenmal ins Deutsche übertragen von Lily Goldschneider.«

Réponse à Maxime Gorki

Erstdruck: Bislang nicht nachweisbar.

Unser natürlicher Freund

Erstdruck: ›BVZ. Berliner Volks-Zeitung‹. Jg. 78, Nr. 607 vom 25. Dezember 1930, Morgenblatt, S. 1 f., Leitartikel, unter der redaktionellen Überschrift: *Friede durch Verständigung! Es geht darum: Freundschaft mit Frankreich oder Vernichtungskrieg.*

Erstdruck der Übersetzung ins Französische *L'Ami que nous devrions connaître*: ›La Dépêche‹. Toulouse. Jg. 61, Nr. 22975 vom 8. August 1931, S. 1. [Bislang nicht entscheidbar, ob Übersetzung oder Originaltext Heinrich Manns.]

Gespräch mit Briand

Erstdruck: ›Berliner Volks-Zeitung‹. Jg. 79, Nr. 360 vom 2. August 1931, Morgen-Ausgabe, 1. Beiblatt, S. 1 f. [Das Gespräch fand am 3. Juni 1931 statt.]

Anläßlich des Todes von Aristide Briand am 7. März 1932 erschien Heinrich Manns Artikel *Briand. Ce que garde ma mémoire* in: ›Europe‹. Paris. Band 29, Nr. 113 vom 15. Mai 1932, S. 34–39.

Rede im Admiralspalast
auf der deutsch-französischen Verständigungs-Kundgebung am 4. Oktober 1931

Erstdruck: Bislang nicht nachweisbar.

Das deutsche Rätsel
(Pierre Viénot: »Incertitudes allemandes«; Drieu la Rochelle: »L'Europe contre les Patries«)

Erstdruck: ›Die Literarische Welt‹. Berlin. Jg. 7, Nr. 31 vom 31. Juli 1931, S. 1 f. und S. 8.

Die deutsche Entscheidung

Erstdruck: ›Luxemburger Zeitung‹. Jg. 64, Nr. 347 vom 13. Dezember 1931, Morgen-Ausgabe, S. 1 f., Leitartikel.

Weitere Drucke: ›Das Tage-Buch‹. Berlin. Jg. 12, Heft 51 vom 19. Dezember 1931, S. 1964–1967. – ›Aufruf‹. Prag. Jg. 2, Nr. 3, Januar 1932, S. 11–14.

Gut geartete Menschen
Erstdruck: ›Das Tage-Buch‹. Berlin. Jg. 13, Heft 5, 30. Januar 1932, S. 172–176.
Weiterer Druck: *Der Jud ist schuld ...? Diskussionsbuch über die Judenfrage*. Basel / Berlin / Leipzig / Wien: Zinnen-Verlag (1932), S. 293–298.

Man fragte mich

An Knaben und Mädchen
Erstdruck: ›Berliner Tageblatt‹. Jg. 57, Nr. 608 vom 25. Dezember 1928, Morgen-Ausgabe, 4. Beiblatt, [S. 1], u. d. T.: *Gastspiel vor der Quarta. Heinrich Mann.*

Der blaue Engel wird mir vorgeführt
Erstdruck: ›Berliner Börsen-Courier‹. Jg. 62, Nr. 151 vom 30. März 1930, Morgenausgabe, 2. Beilage, S. 9. [Nach einer Voraufführung des Films für Heinrich Mann in Nizza. Mit redaktioneller Vorbemerkung.]
Weitere Drucke: ›Neue Leipziger Zeitung‹. Nr. 140 vom 20. Mai 1930, S. 6 – [Erheblich gekürzt:] ›Mein Film‹. Wien. Jg. 1930, Nr. 226, S. 1.

Mein Roman
Erstdruck: ›Vossische Zeitung‹. Berlin. Jg. [227], Nr. 486 vom 15. Oktober 1930, Unterhaltungs-Blatt Nr. 241. [Zu *Die große Sache.*]
Weiterer Druck: ›Dresdner Volkszeitung‹. Jg. 41, Nr. 252 vom 28. Oktober 1930, S. 9, Beiblatt: ›Leben – Wissen – Kunst‹., u. d. T.: *Mein neuer Roman*. [Zu *Die große Sache*.]

Der Schriftsteller, den der Ansager nannte
Gesprochen im Westdeutschen Rundfunk
Erstdruck: ›Berliner Tageblatt‹. Jg. 60, Nr. 146 vom 27. März 1931, Morgen-Ausgabe, S. 7. [Autobiographische Skizze, geschrieben aus Anlaß des 60. Geburtstages und gesprochen am 27. März 1931 im ›Westdeutschen Rundfunk‹, Köln.]

Stille

Reisen
Erstdruck: ›Atlantis‹. Berlin–Zürich. Jg. 2, Heft 5, Mai 1930, S. 257f.

Stilles Gestade
Erstdruck: ›Atlantis‹. Berlin–Zürich. Jg. 3, Heft 3, März 1931, S. 129–131.
Weiterer Druck: ›Leipziger Neue Zeitung‹. Nr. 150 vom 29. Mai 1932, S. 2.

Das öffentliche Leben erschien wahrscheinlich Anfang oder Mitte Mai 1932 im Paul Zsolnay Verlag, Berlin/Wien/Leipzig als Band [13] der *Gesammelten Werke*, da bereits Ende Mai 1932 die erste Rezension[2] dazu ermittelt werden kann [siehe ›Zeitgenössische Rezensionen‹, S. 442f.]. Weil sich keinerlei einschlägige Verlagskorrespondenz erhalten hat, sind die Auflagenhöhe wie auch Übersetzungen des Bandes bislang nicht bekannt.

2 Vgl. weiterführend zur Aufnahme des Bandes bei der zeitgenössischen Kritik: Peter-Paul Schneider: »*Was ich büße, ist mein Sinn für das öffentliche Leben*«. *Die Rezeption des Essayisten Heinrich Mann bis 1933*. In: ›Heinrich Mann-Jahrbuch‹. Lübeck. 7/1989: *Heinrich Mann, die Französische Revolution und Europa*, S. 253–271.

Der Abdruck der Essays in dieser Ausgabe erfolgt ausschließlich nach der jeweiligen Fassung in *Das öffentliche Leben*, lediglich Druckfehler sind stillschweigend gebessert.

Materialien

Heinrich Mann: *Ein Zeitalter wird besichtigt* (1946), ›Die deutsche Republik. Die Republik erhöhte das Lebensgefühl‹ [Auszug]: 1

Die Republik ist schließlich furchtbar entartet. In ihren besten Jahren 1925 bis 27, genoß sie dennoch kein Vertrauen.

Vierzehn Jahre sind vom Leben des einzelnen ein beträchtlicher Teil. Er nimmt die gewährten Wohltaten hin, zeitweilig vergißt er, daß nichts sie sichert. Ich schrieb meine Romane, sie behandelten Gegenstände von leidlicher Friedfertigkeit, nur der Boden schwankte: von Mal zu Mal spürten die dargestellten Personen, die als erste von meinen Handschriften Kenntnis nahmen. »Wenn Deutschland ist, wie Sie es schildern, verdient es die Nazis.« Das Wort ist wahr geworden. Ein anderes auch: »Wie lange soll das Romanschreiben noch dauern?« Sehr richtig, und wie lange die hohen Einnahmen, das behütete Arbeitszimmer mit den angesammelten Büchern und Möbeln, ererbten, alterworbenen? Wie lange bleiben die Erinnerungen eines Lebens noch verschont?

Der Haß, der mir fremd war, mich wußte er zu finden. Nachgerade war ich sichtbar genug. Ich trug nunmehr den Titel eines »Präsidenten der Dichter-Akademie«, wie man sagte, obwohl ich einfach Vorsitzender der Literarischen Sektion in der Akademie der Künste war. Das bedeutete, wenn man wollte, einen amtlichen Rang; ob ich mochte oder nicht, stellte es mich in die Öffentlichkeit, wo einer unaufhörlich photographiert wird.

Sitzung der Dichterakademie (1930)
(Stehend von links: Bernhard Kellermann, Alfred Döblin, Thomas Mann, Max Halbe. – Sitzend: Oskar Loerke, Walter von Molo, Ludwig Fulda, Heinrich Mann)

Meine Feinde konnten mich mit niemandem verwechseln. Auch Geschäfte mit mir zu machen ergaben sich ungeahnte Gelegenheiten, als die persönliche Namhaftigkeit verstärkt wurde durch staatliche Geltung. Ich hatte von jeher in Vortragsreisen gewilligt, sooft sie mir angeboten wurden. Jetzt beriefen mich nicht nur literarische Vereine, sondern Theater, politische Parteien, die Hamburger Demokraten, ihr großer Bürgermeister Petersen; und andererseits Warenhäuser. Ich hätte es nie geglaubt, aber sie wünschten mein Auftreten – den Rhein entlang von Stadt zu Stadt oder in Berlin.

Ich gedenke eines Nachmittags bei Karstadt am Hermannplatz. Belebteste Geschäftszeit des Tages, eine Fülle kleiner Hausfrauen machten ihre Einkäufe, aber der Durchgang von den Nahrungsmitteln zur Konfektion war ein Saal, wo nichts verkauft wurde. Ein Mann, der etwas vorlas, saß hinter dem Tisch, Bänke waren vorhanden, die Frauen mit ihren Lasten, die zufällig diesen Weg nahmen, ließen sich nieder. Sie atmeten ein wenig auf und gingen weiter, wenn sie nicht sitzen blieben und zuhörten, solange ihre häusliche Pflicht es erlaubte.

Sie äußerten sich über ihre Eindrücke nicht, möglichenfalls waren ihre Gedanken anderswo, oder der Sprecher vermittelte ihnen ganz ungewohnte, vielleicht angenehme. Aber sie waren kein Publikum wie das übliche, waren weder eingeladen noch befugt. Ein Warenhaus stellt manches aus, hier gab es seinen Kunden die Gelegenheit, einen Einblick in die Literatur zu nehmen. Die Frauen kamen und gingen. Meinen Namen haben sie kaum gekannt, von den gehörten Sätzen kann ein halber bei der und jener haftengeblieben sein. Dieses mein anonymes Auftreten in einer fließenden Menge, die meinetwegen keine Umstände machte, zählt zu meinen reinsten Erinnerungen an das öffentliche Leben der Republik.

Fünfundzwanzig Jahre früher bot ein Warenhaus als besondere Attraktion die »wundertätige Alraunwurzel« unter Glassturz. Man sollte sie nicht kaufen, nur staunen sollte man. In dem Jahrzehnt vor dem zweiten Krieg waren die Kaufhäuser (ich kann nicht wissen, ob auch in Deutschland) beständig durchtobt von dem Lärmen einer Radio-Jazzmusik. Verkäuferinnen, die noch nicht taub dagegen waren, müssen nervöse Zusammenbrüche erlitten haben. Während der deutschen Republik wurde es zeitgemäß und nützlich befunden, Autoren vortragen zu lassen für alle, die vorbeikamen und das Ohr hinhielten. Das bedeutet, daß die deutsche Republik besser gewesen ist als ihr Ruf, ihr Geist besser als die Tatsachen, die ihr ein Ende machten.

Heinrich Mann, *Ein Zeitalter wird besichtigt*. Mit einem Nachwort von Klaus Schröter und einem Materialienanhang, zusammengestellt von Peter-Paul Schneider, Frankfurt am Main 1988 (= Heinrich Mann, *Studienausgabe in Einzelbänden*, hg. von Peter-Paul Schneider, Fischer Taschenbuch, Band 5929), S. 345–347.

2 Siegfried Kracauer: *Der Dichter im Warenhaus* (1930):

In einem bekannten Warenhaus des Berliner Ostens finden zur Zeit um die Stunde, in der man den *five o'clock tea* einzunehmen pflegt, literarische und musikalische Veranstaltungen statt. Ich habe dieses Warenhaus schon öfters besucht, ohne je seiner Beziehung zur Kunst innegeworden zu sein. Es ist ein stolzes, drohendes Warenhaus, das sich wie eine Bastei inmitten der Proletariergegend erhebt und einen Dachgarten sein eigen nennt, auf dem man hoch über allem Menschlichen wohnt. Sein Inneres ist ganz nach modernen Grundsätzen eingerichtet. Die Aufzüge, deren Türen sich mit einem einzigen Hebeldruck öffnen und schließen lassen, fahren gleichsam von selber hinauf und herunter, die Rolltreppen rollen unablässig, auch wenn sie niemand betritt, die Verkaufsstände sind wie für die Ewigkeit aufgebaut, die Verkäuferinnen in ihrer braunen Tracht funktionieren wie feine Apparätchen, und durch die breiten Gänge wälzt sich, einem Blutkreislauf gleich, der Strom des Publikums in vorschriftsmäßiger Richtung. Im Augenblick fließt er allerdings der Arbeitslosigkeit wegen etwas dünn und füllt das Flußbett nicht aus.

Dieser wunderbare Mechanismus also hat sich zu Beginn der Wintersaison auf Kunst eingestellt. Bald werden die Bäume ihre letzten Blätter verlieren, und dann wird es im Inneren anfangen zu grünen und zu sprießen. Bücher werden gekauft werden und Klavierauszüge, und die ganze Bevölkerung mit Einschluß der Nationalsozialisten wird sich in die Stuben zurückziehen, wo es warm sein wird, vorausgesetzt, daß man die nötigen Kohlen bezahlen kann. Die Zeit für das Geistige und die Hausgenüsse ist wieder einmal gekommen.

Für einen Betrag, der gering zu nennen ist, weil er nicht nur die Anwartschaft auf einen Dichtervortrag, sondern auch auf ein Gedeck gewährt, erhält man Einlaß in einen der Speisesäle des Warenhauses. Der Speisesaal ist holzgetäfelt, nüchtern, wie die Zeit es verlangt, und kolossal wie ein richtiges Etablissement. Wäre er nicht voller Menschen, die den Dichter erwarten, so gliche er einem gewaltigen luftleeren Raum. Zum Glück enthält er mehrere Telephonzellen, in denen man sich mit der Außenwelt verbinden kann, und daß seine Glaswände den freien Durchblick auf die Verkaufsabteilungen erlauben, ist immerhin tröstlich. Es gibt eine Abgeschiedenheit, deren Hohlheit schlechterdings nicht zu ertragen ist.

Der Dichter besteigt das niedrige Podium. Der Dichter heißt *Heinrich Mann*. Es ist eine kuriose Begegnung, die sich hier zwischen ihm und der Warenhausmenge vollzieht. Verdrießlich nur, daß sich sofort ein photographischer Apparat wie ein Gewehrlauf gegen ihn richtet und neben dem Rednerpult ein beflissenes Mikrophon die ganze Rede verschluckt. Warum in aller Welt muß immer alles gleich in alle Welt? Die Veranstaltung an diesem Ort erreicht doch wirklich schon Menschen genug. Ihnen ist die Stunde zugedacht; von Angesicht zu Angesicht gesprochen, hat die Vorlesung einen Sinn. Der aber geht verloren, sobald die armen Worte auch noch in den Äther gejagt werden, um eine unbegrenzte, unbekannte Zuhörerschaft zu behelligen. Solche Wellenspiele sind eine nutzlose Spielerei.

Der Dichter liest, und es ist, als ob ein leichter Nebel die braunen Kellnerinnen umhülle, die behutsam servieren. Während die Tassen zum Mund geführt werden, rauscht und surrt der Vortrag wie ein Speisewagen. Das Publikum bemüht sich, die Schlagsahne lautlos zu löffeln. Abgesehen von einigen besser aufgemachten Fremden, die wie bezahlte Statisten wirken, und vereinzelten Angehörigen der literarischen Welt und Halbwelt, besteht es in der Hauptsache aus eingeborenen Mittelstandsfamilien. Diese Jünglinge, Mädchen und Eltern, die Angestellte oder Beamte sind, haben sich für den Samstagnachmittag nett zurechtgeputzt. Sie lauschen andächtig, sie freuen sich, daß sie wie in einem eleganten Hotel einer Conférence beiwohnen, daß die berühmten Dichter zu ihnen und sie zu den berühmten Dichtern kommen und daß sie alles verstehen, was dieser Heinrich Mann ihnen erzählt. Er liest aus seinem neuen Roman: eine Boxkampfszene, in der k. o. geschlagen wird, und eine aufregende Reise im Flugzeug. Dichter sind heute schick, sie gehen, nein, fliegen mit unserer Zeit. Hinter den Glaswänden ertönen Grammophone, rollen die Leute stumm und automatisch wie Schießbudenfiguren, die nicht getroffen werden, auf den Rolltreppen hinan. Aber das Publikum ist so verzaubert, daß die Grammophonschlager nicht hereindringen, die rollenden Figuren sich zu Schatten verflüchtigen und in den Telephonzellen die Drähte abgeschnitten zu sein scheinen.

Der Vortrag ist aus. Wir erfahren, daß der Dichter jedes gekaufte Exemplar seiner Romane auf Wunsch eigenhändig signieren wird, und entnehmen daraus, daß der rauschende, surrende Speisewagen an seinem endgültigen Bestimmungsort eingetroffen ist. Das Dichten hat aufgehört, das Geschäftsleben nimmt seinen Lauf. Die Glaswände weichen auseinander. In der Uhrwarenabteilung ticken die Uhren, in der Spielwarenabteilung rasseln die Autos. Immerfort rollen die Treppen, gleiten die Aufzüge hinauf und herab. Sie werden bis zum jüngsten Tage rollen und gleiten. Draußen ist der Abend angebrochen, und Straßen, in denen viel Elend wohnt, laufen aufs Warenhaus zu.

In: ›Frankfurter Zeitung‹. Jg. 75, Nr. 707 vom 22. September 1930, Abendblatt, S. 1–2, unterm Strich.

Heinrich Mann an Thomas Mann, 3
Bad Gastein, 15. Juni 1931 [Auszug]:

Lieber Tommy,
ich wünschte, dass wir in diesem Sommer einige Tage zusammensein könnten. [...]

Ich selbst möchte den August an der Ostsee sein. Auch auf Deiner Rückreise könnten wir uns treffen. Wenn alles fehlschlägt, sind wir hoffentlich im Oktober in Berlin etwas ausführlicher. Ich nehme an, dass Du hinkommst. Es wird sich wohl auch darum handeln bei der Vollsitzung der Sektion, ob sie der Internationalen Föderation der Schriftsteller-Berufsorganisationen beitreten kann. Ich bin im Zweifel, so interessant die Gründung der Föderation in Paris auch war. Die Franzosen hatten die Sache mit einer klugen Begeisterung in die Hand genommen. Ihr genauer Gegensatz sind die heutigen Italiener. Sie konnten keinen Augenblick sachlich sein, wenn sie länger als 2 Minuten sprachen, wurde es eine Propaganda-Rede für ihren grossen Despoten. Einer von ihnen versuchte jedesmal zu klatschen, musste es aber lassen, weil niemand mitging. – Ich hatte übrigens ein Gespräch mit Briand.

Herzlichst H.

In: Thomas Mann / Heinrich Mann: *Briefwechsel 1900–1949*. Herausgegeben von Hans Wysling. 3., erweiterte Ausgabe. Frankfurt am Main: Fischer Taschenbuch Verlag 1995 (= Fischer Taschenbuch, Bd. 12297), S. 195 f.
[Im folgenden zitiert: *TM / HM*.]
Zu der »Gründung der Föderation« siehe die Texte *Empfänge, Schriftsteller-Internationale* [S. 225–232]. – Das Gespräch mit Aristide Briand, dem französischen Außenminister und Initiator des Locarno-Paktes (1. Dezember 1925; für Deutschland unterschrieb der damalige Reichsaußenminister Gustav Stresemann), fand am 3. Juni 1931 in Briands Arbeitszimmer im Pariser Außenministerium am Quai d'Orsay statt [vgl. *Gespräch mit Briand*, S. 260–265].

4 Heinrich Mann an Erich Ebermayer, Heringsdorf, 18. August 1931:

18. Aug. 1931
z. Zt. Heringsdorf
Strandpromenade 20

Sehr geehrter Herr Doctor Ebermayer,
wenn Jannings eine Rolle durchsetzen will, kann er es. Er hat sie sogar bei der Ufa durchgesetzt; die Ufa wäre für mich sonst nie zu haben gewesen. Um seines Interesses sicher zu sein, ist es nötig, dass Sie die Rolle während ihres Entstehens mit ihm durchsprechen. Er darf nicht vor fer-

tige Thatsachen gestellt werden. Andererseits wäre es nicht richtig, sich einfach nach seinen bisherigen Neigungen zu richten. Dies ist in dem Film geschehen und hat dem Film nicht, aber auch Jannings nicht genützt. Unrat als Clown und sterbend auf dem Katheder war falsch, so wirksam Jannings den Tod gespielt hat. Wenn ich nicht irre, hat er selbst den Eindruck gehabt, dass er jetzt genug Tod gespielt habe. Der Komödienschluss des Romans ist zweifellos der richtige, und Jannings hat Humor genug, um ihn zu spielen. Wenn Sie sich bei der Rolle nicht auf die Erscheinungen des männlichen Klimakteriums beschränken, wie der Film es gethan hat, sondern den Intellektuellen und Menschenverächter mit hineinnehmen, werden Sie zu ähnlichen Ergebnissen kommen wie der Roman. Ich weiss nicht, ob die letzte Verkörperung des Helden grade ein Spielbank-Unternehmer sein wird. Sie würden dafür wohl einen Apparat brauchen, den die Bühnen nicht immer stellen können. Immerhin liesse sich das Personal des Unrat'schen Salons zusammenziehen. Ich habe nur den Wunsch (da Sie mich danach fragen), dass die Rollen, besonders aber die Hauptrolle, den vollen Inhalt bekommen, wie im Buch. Hierbei leitet mich nicht die Rücksicht auf das Buch, sondern die auf das Stück. Schon der Film hat verloren durch sein innerlich unbegründetes Abweichen. Dem Stück könnte es noch gefährlicher werden.

Es ist durchaus möglich, dass Sie sich zuletzt mit Jannings nicht einigen, oder dass ihm Zweifel kommen. Dann läge das Stück vielleicht in der Richtung eines anderen Darstellers, ich denke an Pallenberg. Der Charakter Unrats brauchte nur unverändert zu bleiben. Ich sage nicht, dass nicht auch Jannings oder andererseits Bassermann und Klöpfer ihn dann spielen könnten. Nur schlage ich dringend vor, in jedem Fall den Weg über einen der ganz sicheren Schauspieler zu gehen. Die Aufführung und Besetzung vom alleinigen Belieben der Direktionen abhängig zu machen, wäre unerträglich. Im Hinblick hierauf wäre es nicht angezeigt, das Stück bedingungslos einem Bühnenvertrieb zu übergeben; wir müssten die Vergebung der Berliner Aufführung in der Hand behalten. Verspricht Jannings Ihnen brieflich, die Rolle zu spielen, dann können wir bei dem Ullstein'schen Bühnenverlag, den ich wegen der Propaganda für günstig halte, wahrscheinlich einen Vorschuss erlangen – sonst kaum. Auch eine Uraufführung ausserhalb Berlins hätte nur dann Bedeutung, wenn die gangbarsten Darsteller, Jannings oder Pallenberg, sie zu ihrer Sache machen. Die bringen das Stück dann auch nach Berlin (wie Pallenberg den Topaze). Von Provinzschauspielern uraufgeführt, ist ein Stück für Berlin erledigt, wenigstens ist dies die Regel. Ich glaube, dass Sie mir in allen diesen Überlegungen zustimmen, und erwähne sie nur zur Erinnerung.

Mit Wünschen und Grüssen bin ich, Ihnen ergeben,

Heinrich Mann

Original: HMA[1] SB 60/3.

1 HMA = Heinrich-Mann-Archiv der Stiftung Archiv der Akademie der Künste zu Berlin. Zu den Nummern nach dieser Sigle vgl.: *Vorläufiges Findbuch der Werkmanuskripte von Heinrich Mann.* Bearbeitet von Rosemarie Eggert. Berlin (Ost) 1963 (= Deutsche Akademie der Künste zu Berlin, Schriftenreihe der Literatur-Archive, Heft 11) (hektograph. Typoskript).

Nimmer sich beugen,
Kräftig sich zeigen,
Rufet die Arme
Der Götter herbei.

Takt und eine Notverordnung verbieten, des breitern darzulegen, warum der Generalfeldmarschall, welcher »die deutschen Waffen siegreich in ferne Länder trug« (mit den Worten des Sahm-Ausschusses: einen Tag vor Eröffnung der Abrüstungskonferenz), unsereinem nicht geeignet scheint, die Nation zu führen. Was vor sieben Jahren galt, gilt weiter; interessierte Leser mögens in Heft XXI / 19 der ›*Weltbühne*‹ nachlesen. Sie werden bei der Gelegenheit feststellen können, daß alle Prophezeiungen, die ich damals wagte, die bösen wie die guten, exakt eingetroffen sind (daß ich nur in einem Punkte blamiert bin: seliges Vertrauen zu Joseph Wirth); und sie werden im Zuge jener Betrachtungen auch den Satz finden:

> Was heute vor sich geht, das setzt nicht Wilhelm dem Zweiten noch Wilhelm dem Dritten, aber Allem die Krone auf, was an »republikanischer« Schlappschwänzigkeit seit 1918 geleistet wurde.

Dieser Satz, glaube ich, trifft die gegenwärtige Situation erst recht. Während die Republikaner von 1925 dem Marschall immerhin einen untauglichen Kandidaten entgegenstellten (das Männchen W. Marx), stellen ihm die von 1932 überhaupt keinen entgegen – eine wahre Orgie der Selbstentmannung! Die Unterlassung geschieht aus Furcht, durch eine Gegenkandidatur dem Ultrarechten zum Siege zu verhelfen, dem Erkorenen der Hitlerpartei, womöglich Adolf selber. Ganz ähnlich wie vor sieben Jahren – wo man, vor dem zweiten Wahlgang, Otto Braun zurückzog, aus Furcht, durch dessen Kandidierung gegen W. Marx dem Marschall zu Sieg zu verhelfen. Er siegte dennoch! Damals die Angst vor dem großen Schnurrbart, diesmal vor dem kleinen. Die Mittelchen helfen nicht. Feiger Gedanken bängliches Schwanken, weibisches Zagen, ängstliches Klagen wendet kein Elend, macht dich nicht frei.

Daß man mit Rücksicht auf das Ausland am Marschall des Weltkriegs festhalten müsse (sonst hielten die Gläubiger nicht stille), ist ein Argument, dem man schmeichelt, nennt man es lendenlahm. Es ist lendenlos; Widerlegung erübrigt sich. Gewiß, der amtierende Reichspräsident stellt den Inbegriff der Solidität dar; unzweifelhaft, Herr v. Hindenburg ist, was man von seinen Ruhmrednern nicht durchweg behaupten kann: ein Charakter; aber Charakter genügt nicht.

Charakter würde genügen, wenn die deutsche Verfassung dem Präsidenten der Republik so geringe Rechte gäbe wie die französische Verfassung; oder wie die parlamentarischen Monarchien Großbritanniens, Hollands, Belgiens, Skandinaviens ihren Monarchen; oder wie Mussolini dem Re; tatsächlich kommt die Macht des deutschen Reichspräsidenten beinahe der des Präsidenten der Vereinigten Staaten gleich, welcher, kraft der amerikanischen Konstitution, nicht viel weniger vermag als ein orientalischer Despot alten Stils. Die deutsche Reichsverfassung, bekanntlich, enthält einen Knopf, auf den der Präsident drücken darf – und sie ist außer Kraft gesetzt; dieser Knopf heißt Artikel 48. Eine, sozusagen, technisch amüsantere Demokratie war noch nicht da; wo in aller Welt und Zeit trifft man noch eine mit derart tadellos funktionierender Selbstaufhebevorrichtung? Aber eben diese Vorrichtung macht den Reichspräsidenten zu einem Machtfaktor ersten Ranges. Er besorgt viel mehr als bloß Repräsentation, er ist keine »dekorative Angelegenheit«, er ist nicht, wie der König von England, nur die Achse, um die das Gewölbe des staatlichen Lebens sich dreht; er ist bewegender Bestandteil dieses staatlichen Lebens, einer seiner stärksten Motoren, er ist ein politisches Ens realissimum. Aus diesem Grunde bleibt zu sagen: Charakter genügt hier nicht.

Eberts und Hindenburgs Einfluß auf die deutsche Geschichte der letzten dreizehn Jahre lächelnd zu bagatellisieren, ist das Geschäft überlegen tuender Trottel.

Das Geschäft überlegen tuender Trottel, links, ist es auch, den Arbeitern einzureden, sie seien an Präsidentenwahlen uninteressiert; Energien daran zu wenden, sei »parlamentarischer Kretinismus«. Gewiß, Stimmzettel in eine Urne werfen, hilft dem Proleten nicht vorwärts, bringt nicht die Revolution. Sehr wahr! Indes der wirkliche Kretinismus besteht in dem Verkennen der Tatsache, daß zwar ein guter Präsident den Sozialismus nicht einführen, aber ein schlechter die Propaganda für den Sozialismus höchst merkbar hemmen kann, zum Beispiel durch zweckdienliche Notverordnungen. Der wirkliche Kretinismus besteht in der Gesperrtheit für die Einsicht, wie kräftig ein zuinnerst dem Großgrundbesitz verbundener Präsident die elementaren, die vitalen Interessen des Arbeiters und des Arbeitslosen zu schädigen vermag. Der wirkliche Kretinismus besteht in dem Mangel einer Phantasie, die sich klarmachen würde, daß, etwa um 1937, ein neunzigjähriges Reichsoberhaupt, und mag es noch so rüstig sein, Spielball in den Händen seiner Kamarilla wäre, welche dann am Ende den Krieg, sei es den gegen Frankreich-Polen, sei es den gegen die Sowjets, für opportun hält. Auch Kaiser Franz Joseph war ein Charakter.

Es gibt keine politische Perspektive, unter der die Menschen der arbeitenden Klassen in Deutschland nicht das allerstärkste Interesse an der bevorstehenden Präsidentenwahl hätten.

Ist dies klar, dann ist auch klar, daß die Linke die Pflicht gegen sich selbst hat, Einsicht zu üben und, ihrer zum Trotz, hinreichende Disziplin aufzubringen, um, anders als 1925, zur Präsentierung eines gemeinsamen Kandidaten zu gelangen.

Stehen die Fraktionen des sozialistisch gewillten Proletariats sich auch diesmal wieder feindlich gegenüber, so unterliegt keinem Zweifel, daß entweder der konservative oder der knallreaktionäre, der Kandidat der braunen Schlagetote, siegt. Je unwahrscheinlicher es bleibt, daß Hitler und der Brüningblock sich auf einen Kandidaten einigen werden, desto größer die Chancen eines gemeinsamen Kandidaten der Linken. Die Stimmenzahlen der letzten Reichstagswahl zugrunde gelegt: 21 bis 22 Millionen Stimmen der Rechten und der Mitte würden sich auf zwei Kandidaten verteilen, während 13 bis 14 Millionen Stimmen von Linksrepublikanern, von Sozialisten und von Kommunisten aller Richtungen einheitlich abgegeben würden. Bei dieser Verteilung der Kräfte lohnt sich wahrhaftig ein Kampf – zu schweigen von dem ungeheuren moralischen Erfolg, von der grandiosen Aufrichtung aller proletarischen Herzen, die solch eine zum ersten Mal gelungene einheitliche Kampagne bedeuten würde. Welch Beispiel! Welch legendärer Anfang! Die Impotenz einer bis ans Idiotische verkalkten Bonzenbureaukratie wäre der Arbeiterbewegung mit einen Schnitt fortoperiert.

Können denn nun die Gruppen der Linken, also vor allem Sozialdemokraten und Kommunisten, sich auf einen Kandidaten einigen? Ich weiß: Sie wollen nicht, das heißt: die Bonzeien, die Bureaus wollen nicht; sie wollen nicht, obwohl objektiv ein gemeinsames Interesse, zumindest ein gemeinsames Abwehrinteresse, vorliegt. Wenn sie wollten, könnten sie.

Natürlich ist keinem Sozialdemokraten ein abgestempelter Kommunist zuzumuten, natürlich keinem Kommunisten ein abgestempelter Sozialdemokrat. Gibt es unabgestempelte Mitglieder dieser Parteien, die obendrein Qualität haben oder wenigstens Ansehen genießen? Ich weiß es nicht und glaub es nicht. Gibt es in den kleinen Zwischengruppen Hervorragende, die den Andern zumutbar, Zumutbare, die prominent genug sind? In der SAP gäbe es Ledebour; der Name klingt immer noch. Es fragt sich nur, ob der Zweiundachtzigjährige den Strapazen gewachsen wäre; und es fragt sich noch mehr. Die übrigen Köpfe dieser neuen Partei, auch die der Kommunistischen Opposition, werden auf beiden Seiten zu sehr als Typen zwischen den Stühlen empfunden, sind bei Sozialdemokraten und Kommunisten gleichermaßen zu unbeliebt, als daß sie ernsthaft in Frage kämen. Einem Manne wie Willi Eichler, dem Führer des ISK, würde ich mit Freuden meine Stimme geben; denn dieser Sozialist kämpft auf granitnem geistigen Grunde klar, rein und kraftvoll für die Sache des Proletariats; für die Sache der Kultur; nur ist, leider, sein Name einstweilen noch nicht Gemeingut; alle Voraussetzungen wären hier erfüllt – außer den psychologischen. An Persönlichkeiten wie Albert Einstein, Ernst Toller oder den stärksten Wirtschaftsdenker des zeitgenössischen deutschen Sozialismus: Alfons Goldschmidt, sämtlich Linke zwischen den Lagern, darf der Gedanke sich nicht mal heranträumen ... von wegen der Rasse. Ein repräsentativer, in die Parteikämpfe nicht allzu verstrickter Gewerkschafter, wie die Internationale ihn in dem Holländer Edo Fimmen besitzt, fehlt in Deutschland.

Aber Deutschland hat Heinrich Mann.

Ich weiß, was ich sage, wenn ich diesen Namen nenne; und daß bei unsern Abderiten ein Gelächter ausbricht, wenn jemand wagt, für ein hohes nationales Amt einen Großherrn des Geistes vorzuschlagen. Sie unterscheiden nicht zwischen Dichtern in Wolken und jenen schaffenden Geistern, die von Anfang an unter die Pflicht getreten sind, dem Gesamtbestand des sozialen Seins und der Forderung, die ihm entsprüht, in ihrem Werke Gestalt zu geben. Heinrich Mann weiß vom Wesen der Politik und von der Aufgabe eines republikanischen Staatsmanns und sogar von den ökonomischen Hintergründen und vom Sozialismus mehr, als jeder verstockte, in Quisquilien verhockte und verbockte Parteisekretär. Heinrich Mann hat den Überblick, den großen Aspekt der Dinge; er hat ein Herz, und das wohnt im Hirn. Nicht die formensichere Ausübung seiner Chefschaft in der Dichterakademie – aber daß er schon 1910 den »abtrünnigen Literaten« vorhielt: »Sie haben ... ihre schöne Leidenschaft nie in die Kämpfe dort unten eingemischt« und: »Ein Intellektueller, der sich an die Herrenkaste heranmacht, begeht Verrat am Geist. Denn der Geist ist nichts Erhaltendes«, das beweist seine Eignung. Er würde einem »Volk von Herren« präsidieren (sein Wort!), nicht von Untertanen.

Es kommt hier auf alles andre eher an als darauf, ob die publizierten Meinungen dessen, der, aus Enthusiasmus für den geschichtlichen Strom zwischen Voltaire und Zola, den Geist zur Tat rief und der *Die Diktatur der Vernunft* verkündete, dem Einen von uns zu demokratisch, den Andern zu diktaturistisch sind; worauf es ankommt, ist: daß hier eine große geistige Persönlichkeit von ausgesprochen politischem Naturell, klar-links, dennoch über den Parteien, das Vertrauen der proletarischen Massen verdient, in deren Breite sein Werk schon zu dringen begonnen hat.

Man frage einen Bürger der Tschechoslowakei, ob ihm das Faktum Grund zum Lachen gebe, daß ein Professor der Philosophie an der Spitze seines Staates steht. Und in Deutschland soll ein Schriftsteller als Oberhaupt unmöglich sein? Ein Schriftsteller in Deutschland prinzipiell weniger tauglich zum Führer als ein Sattler, als ein General?

Für Ernst Thälmann wird jene Minderheit stimmen, die dem Zentralkomitee der Kommunistischen Partei gehorsam folgt; selbst durch die Wüsteneien der Dummheit. Gewonnen ist damit nichts; Schwarzweißrot geht als Sieger durchs Ziel. Für Heinrich Mann, falls sich die Parteibureaus einigen, würde die Gesamtlinke stimmen, alle Fraktionen des Marxismus samt der radikal-freiheitlichen Schicht des Bürgertums. Selbst die Niederlage wäre hier fast ein Sieg; aber der Sieg wäre so gut wie verbürgt. Und er würde wahrhaftig in Paris einen guten Eindruck machen und keinen schlechten in Moskau. Zum ersten Male in Deutschland ein Repräsentant des »andern« Deutschlands an der Spitze, ein Exponent der schöpferischen deutschen übernationalen Kultur, im Goethe-Jahr ein Goethe-Deutscher (und nicht mal ein bloß kontemplativer!); die Wirkungen würden bis in den Geldmarkt, bis in den Arbeitsmarkt spürbar sein.

Phantasiere ich? Zweifel an der Vernunft der Andern kann mich nicht hindern, meine zu betätigen. Ich schäme mich nicht, auszusprechen, was not tut und sich bei gutem Willen verwirklichen ließe, wenn ich auch weiß, daß die Philister nicht danach handeln werden. Ich kenne meine roten und rosaroten Pappenheimer; was hier vorgeschlagen wird, bekommt ein Etikett: »bürgerliche Ideologie« oder »Literatenhochmut« oder »Verstiegenheit eines politischen Ästheten«; die Sache verstößt nämlich gegen ihren Komment, und der ist bewährt. Er führte sie bekanntlich von Erfolg zu Erfolg ... für die arbeitenden Klassen; und nun soll das Gebirge ihrer Erfolge sich aufgipfeln: sie werden, ob direkt ob mittelbar, lieber dem Gendarmeriekommissar von Hildburghausen den Sieg bescheren als Heinrich Mann.

In: ›Die Weltbühne‹. Berlin-Charlottenburg. Jg. 28 [der ›Schaubühne‹], Nr. 6 vom 9. Februar 1932, S. 194–198.

6 Johannes R. Becher: Vom *Untertan* zum Untertan. Offener Brief an Heinrich Mann (1932):

I. »Ich geh zu Hindenburg« oder Der gepolsterte Sessel der gegebenen Tatsachen
In der Erklärung der ›B.Z. am Mittag‹ haben Sie sich, Herr Heinrich Mann, für die Wiederwahl Hindenburgs eingesetzt. Sie haben sich damit anerkennenswerterweise *offen* zum Geist von 1914 und zu dem Geist von Tannenberg bekannt und nachträglich das schändliche Kriegsmanifest der 93 deutschen Intellektuellen unterschrieben. Das Bekenntnis zum Generalfeldmarschall, dessen wahrer Orden die Kreuze auf den Gräbern Millionen Gefallener sind, und der sich soweit »demokratisch« gewandelt hat, daß er nicht einmal Herrn v. Ossietzky begnadigen konnte – ist nicht ein Bekenntnis zum Kampf gegen den Faschismus, sondern das Bekenntnis zum Stahlhelm: mit oder ohne Hakenkreuz, tut nichts zur Sache. Aber dieses Bekenntnis, Herr Heinrich Mann, ist nicht etwas Einzelnes und Zufälliges, sondern kommt aus vollem Herzen und ist ein Ganzes.

Zugleich äußern Sie sich über Kommunismus in Rußland und in Deutschland und machen die bemerkenswerten Ausführungen, daß man in Rußland Kommunist sein könne, in Deutschland nicht. Halt! Hier erscheint der »Untertan« schon in seiner ganzen Größe. Das Wort und der Begriff »Kampf« ist ihm so sehr abhanden gekommen, der »Untertan« ist so blindwütig begeistert für das Bestehen und das Gesicherte, er sitzt so fest auf dem gepolsterten Sessel der gegebenen Tatsachen, daß er es überhaupt nicht mehr zu denken wagt, daß z. B. in Rußland die Diktatur des Proletariats bestimmt nicht fix und fertig vom Himmel gerutscht ist, sondern durch die Revolution, nicht durch »Mitarbeit« geschaffen wurde. Wäre der »Untertan« in der Lage, die »Mitarbeit« des russischen

Arbeiters am Kommunismus näher kennen zu lernen, er würde sich mit Entsetzen von dieser »Mitarbeit« abwenden, denn diese »Mitarbeit« ist – revolutionärer Klassenkampf.

Wir deutschen Kommunisten führen *denselben* Kampf wie unsere russischen Genossen vor dem Jahre 1917. Diese setzen *denselben* Kampf mit anderen Mitteln fort. Es geht bekanntlich um Kapitalismus oder Sozialismus. Aber der »Untertan« stellt sich schützend vor den deutschen Kapitalismus, auch in seiner faschistischen Form. Was bedeutet in diesem Zusammenhang die Anerkennung des russischen Kommunismus? Wenn diese Anerkennung nicht jener von sozialdemokratischer Seite her längst geübte Trick ist, daß der Sozialismus für Rußland richtig, für Westeuropa aber unpassend ist – so bedeutet der Satz des »Untertan« die feige Unterordnung unter alles Bestehende, gleichgültig ob es Sozialismus oder Faschismus ist. Es ist der trefflich präzisierte Standpunkt des »Untertan« als des Rahmabschöpfers und Schmarotzers, der im Schatten der Geschichte mit einer Rente lebt. Tritt jetzt der »Untertan« mit erhobenem Zeigefinger als »Professor Unrat« auf uns zu und zitiert den für alle Reaktionäre seit jeher scheinbar bequemen Satz Hegels: »Alles Vernünftige ist wirklich und alles Wirkliche ist vernünftig« – so können wir ihm Engels antworten lassen: »Und so wird im Lauf der Geschichte alles frühere Wirkliche unwirklich, verliert seine Notwendigkeit, sein Existenzrecht, seine Vernunft. An die Stelle des absterbenden Wirklichen tritt eine neue lebensfähige Wirklichkeit – friedlich, wenn das Alte verständig genug ist, mit Tode abzugehen, *gewaltsam, wenn es sich gegen diese Notwendigkeit sperrt.*«

II. »Melde gehorsamst: Akademie pariert, Herr Polizeihund!«

Das ›Berliner Tageblatt‹ (Nr. 162) berichtet über eine Festsitzung der preußischen Akademie, Sektion für Dichtkunst, auf der Sie, Herr Heinrich Mann, eine Rede gehalten haben sollen folgenden Inhalts: »Die Akademie mache keinen Unterschied zwischen Richtungen und Geistesarten, sie wolle nicht die eine Gesinnung auszeichnen und die andere bestrafen, wie das an anderer Seite des öffentlichen Lebens der Fall sei.«

Wenn Sie, Herr Heinrich Mann, solche oder ähnliche Worte gesagt haben, so müssen Sie wissen, daß diese Ihre Worte nicht die Wahrheit, sondern das genaue Gegenteil der Wahrheit sind. Die preußische Akademie, Sektion für Dichtkunst, deren Präsident Sie sind, hat *eine* Gesinnung und ausschließlich diese eine stramme Gesinnung wird in die Akademie gewählt und in ihr geduldet: es ist die Gesinnung der Apologetik, des Verklärens des Bestehenden, dessen Rechtfertigung um jeden Preis, der Unterwürfigkeit unter das, was ist. Ihre Mitglieder tragen, trotz aller Unterschiede im Einzelnen, eine einheitlich uniformierte Gesinnung, sie betätigen sich gesinnungstüchtig als Maskenfabrikanten, Geheimniskrämer – als Untertan und, soweit Dichter Erzieher sind, als Erzieher von Untertanen. Diese liefern den poetischen Lack, wo immer eine Stelle in der bestehenden Ordnung rissig ist, mehr oder minder schillernd, je nachdem: in ausgesuchten oder in gemeinen Farben – ich will nicht bestreiten, sie geben sich ehrliche Mühe und bedienen damit das Klasseninteresse der heute bestehenden Ordnung noch immer nicht schlecht. Sie erweisen sich der Auszeichnung eines Akademikers wert. Aber da die Akademie erst aufgetreten ist, nachdem die große bürgerliche Dichtung längst ihr Ende erreicht hat, so ist die Akademie zugleich Grabstätte dieser Dichtung.

Die Preußische Regierung hält sich auf der einen Seite

eine Dichterakademie: gezähmte und freiwillig sich selbst zähmende Dichter, die schon durch den bloßen Hinweis auf die Existenz solch einer Akademie alle die bändigen sollen, die der Ansicht sind, daß die kapitalistische Produktionsweise gewissen geistigen Produktionszweigen wie der Kunst und Poesie feindlich ist. Auf der anderen Seite hält sich dieselbe Preußische Regierung Polizeihunde, deren Verwendung im Bürgerkrieg gegen aufsässige Arbeiter bekannt ist. Dieser Herr Polizeihund ist heute in Preußen ein besser gestellter und mit weit mehr Liebe und Sorgfalt gepflegter Staatsbürger als Hunderttausende Erwerbsloser. Dichterakademie und Polizei sind aber nur zwei Seiten ein und derselben Sache, wobei sich der Polizeihund als der stärkere Teil erweist und das übergreifende Moment ist.

»Melde gehorsamst: Akademie pariert, Herr Polizeihund!«

III. Sie brüllen Hurra auch durch Schweigen – Schweigen Sie, so laut Sie können!

Das Wort Tolstois: »Ich kann nicht schweigen, denn ich will nicht mitschuldig werden!« steht über dem Werk jedes wirklich freiheitlichen Dichters. Sie haben, Herr Heinrich Mann, einen nicht unbedeutenden Teil Ihres Werks Emile Zola gewidmet, der nicht geschwiegen hat und der darum nicht mitschuldig geworden ist. Sie selbst aber haben das Schweigen, wie kaum ein zweiter in Deutschland, inzwischen gründlich gelernt.

Was haben Sie über die ungeheure gesellschaftliche Umwälzung, in der wir leben, gesagt? Was können Sie darüber aussagen? Ihre ganze Produktion war Kampf, solange es galt, die veralteten kapitalistischen Formen des wilhelminischen Deutschlands mit modern kapitalistischen Formen auszutauschen (auch dieser Kampf war kurzsichtig und unzulänglich und nur vom Standpunkt eines bürgerlich Radikalen aus geführt) – aber dieser Kampf hat aufgehört, sobald Sein oder Nichtsein des bürgerlichen Systems und die Befreiung der Arbeiterklasse auf der Tagesordnung stand. Die Verwandlung des modern demokratischen Kapitalismus in die Form des Faschismus haben Sie bereits widerspruchslos hingenommen. Mit der Verkündung der »Überparteilichkeit« der Akademie begehen Sie als Dichter und Denker Selbstmord. »Auf die politische Apragmosyne (Stimmenthaltung) zur Zeit, wenn Unruhen im Staate ausbrächen, hatte der athenische Gesetzgeber den Tod gesetzt. Die philosophische Apragmosyne, für sich nicht Partei zu ergreifen, sondern im Voraus entschlossen zu sein, sich dem, was vom Schicksal mit dem Siege und der Allgemeinheit gekrönt würde, zu unterwerfen, ist für sich selbst mit dem Tode spekulativer Vernunft behaftet.« (Hegel: »Verhältnis des Skeptizismus zur Philosophie«.) Aber die Verkündung der »Überparteilichkeit« bedeutet nicht nur Ihren Tod als Denker und Dichter, sondern Sie agitieren damit zugleich für die faschistische »Volksgemeinschaft«. Daß Sie den Faschismus in anderen Formen herbeiwünschen als Hitler ist unerheblich. Millionen überzeugter Faschisten, die dem Wesen nach eine faschistische Gesellschaftsordnung wollen, sind in Methodenfragen mit Hitler ebenfalls nicht einverstanden.

Darum schweigen Sie und müssen Sie schweigen zu der Zensur in ihren mannigfaltigsten Formen, zur Filmzensur, zur Rundfunkzensur, zu Bücher- und Aufführungsverboten, darum schweigen Sie, wenn ein revolutionärer Schriftsteller verhaftet und zu Festung oder Gefängnis verurteilt wird. Sie, Herr Heinrich Mann, werden nicht verboten, da es im Wesen des Untertans liegt, daß er sein eigener Zensor ist. Sie schweigen zu den Vorgängen in Ihrer Berufsorganisation, des ›Schutzverbands Deutscher Schriftsteller‹ – schweigen Sie? Nein, da schwiegen Sie ausnahmsweise nicht. Sie haben schweigend einen Brief an den Hauptvorstand weitergeleitet, den Ihnen vertrauensvoll ein Mitglied der Opposition schrieb und damit dessen Ausschluß begünstigt. Sie schweigen zu Kriegsrüstungen, Hinrichtungen, Greueltaten und Verbrechen, die gegenwärtig die Welt erschüttern. Sie schweigen zu all diesen Ereignissen so beharrlich, daß Ihr Schweigen für alle, die ein Gefühl für solche lautlosen Dinge haben, außerordentlich vernehmbar wird und einen schreienden Sinn bekommt. Schweigen Sie! Schweigen Sie weiter! Ihr Schweigen ist laut und deutlich! Schweigen Sie auch, wenn ein neuer Krieg beginnt: Sie brüllen Hurra auch durch Schweigen! Schweigen Sie, so laut Sie können! Wir werden Ihr Schweigen bestimmt nicht überhören. Wir werden Ihr Schweigen so laut und deutlich machen, daß alle, die noch an Sie als einen freiheitlichen Menschen und als an einen fortschrittlichen ›linken‹ Dichter glauben, Sie als das sehen lernen, was Sie geworden sind: als einen verstockten Festhalter, Anpasser und Anklammerer, der sich zwar freiheitlich schminkt, wenn es die Gelegenheit erfordert, dem aber die Freiheit nur noch als Phrase auf der Oberfläche anklebt. Gerade denen, denen Sie ein Stück Wegs gezeigt haben, muß heute gezeigt werden, daß der Weg, den Sie gehen, sich im Abgrund dahinzieht. Es darf nicht sein, daß junge begeisterungsfähige Menschen, die etwas wollen und die bereit sind, das Bestehende nicht unbesehen anzunehmen, von einem Polizeihund an der Leine sich in den Abgrund führen lassen.

Pressebälle und Empfänge sind wichtige Dinge, und wir verstehen, Sie arbeiten nicht gerne mit aufgekrempelten Ärmeln. Aber gerade Sie sind an dem Beginn der Barbarei in Deutschland und an dem Entstehen eines neuen Weltkriegs tausendmal schuldiger und mitschuldiger als einer, dessen Leben und Werk einmal kein Versprechen war, der nicht Forderungen stellte und an den aus diesem Grund auch keine Forderungen zu stellen sind und der nicht

Werke geschrieben hat wie *Geist und Tat* und *Emile Zola*. Eine schädliche Illusion geht mit Ihnen zugrunde. Sie blieben auf halbem Wege stehen. Sie mußten als bürgerlicher Schriftsteller auf halbem Wege stehenbleiben, denn die Wahrheit, die nicht ein Ausschnitt ist oder ein Teilchen, sondern ein Ganzes, gefährdet heute den Bestand Ihrer Klasse – hier galt es sich zu entscheiden: Sie haben das Vergehende gewählt. Aber die Lüge und die Tendenz haben die unangenehme Eigenschaft, auch den künstlerischen Charakter eines Werks zu verderben und damit ist das Urteil über Ihr gegenwärtiges und über Ihr kommendes Schaffen gesprochen. Sie sind auf halbem Wege stehen geblieben, aber die Zeit ging weiter und die revolutionäre Bewegung wuchs – und so wurde Ihr halbes Stehenbleiben ein ganzer Rückschritt.

Wir werden Ihr Schweigen nicht brechen. Aber Sie sollen wissen, daß, wenn Sie wieder eine Rede über die Gesinnungsfreiheit Ihrer Akademie halten, Ihnen ein lautes Gelächter antwortet – wenn Sie es auch im Augenblick nicht hören, so ist es doch ebenso laut wie Ihr Schweigen, von dem Sie vielleicht bisher annehmen konnten, daß es ungehört blieb.

So vollendet sich Ihre Metamorphose: der Dichter Heinrich Mann, der im *Untertan* ein besonders bösartiges Gewächs seiner Klasse gestaltet hat, wird ein Opfer dieses Geschöpfs und seiner Klasse und kehrt zu seiner Gestalt zurück. Er steht dieser Gestalt des »Untertan« heute nicht mehr als Dichter gegenüber. Der Dichter hat kein über seiner Gestalt stehendes und von ihr abgesondertes Gewissen mehr. Riefe er sie an: sie antwortete ihm nicht. Er muß sich selbst antworten. Er ist eins mit ihr. Aber diese Gestalt verlangt mehr von ihm. Er muß das ganze Leben um sie her mit Untertänigkeit bereichern und verdichten. Die Gestalt des »Untertan« läßt ihn nicht, bevor sich der Dichter nicht nur zu ihrem Ebenbild, sondern ganz zu ihrem gewünschten Vorbild gewandelt hat. Der »Untertan« verlangt von seinem Untertan, daß er ihm eine neue erträgliche Form seiner Untertänigkeit schaffe.

In: ›Die Linkskurve‹. Berlin. Jg. 4, Nr. 4, April 1932, S. 1–5.

Heinrich Mann an Thomas Mann, 7
Berlin, 31. Mai 1932 [Auszug]:

Lieber Tommy,
ich bin tief gerührt durch die Freude, die Du an meinem Buch hast. So lohnt es sich denn.

Auch Deiner Meinung bin ich, dass die offene Barbarei sich in diesem Lande nicht wird durchsetzen können. Ihre halben Erfolge und die nie abgestellte Drohung erschweren unsere Thätigkeit schon genug und nöthigen uns viel Kraft daranzusetzen, nur um das Schlimmste aufzuhalten. Dabei weiss man, was wirklich zu geschehen hätte! Brüning, persönlich nur stark als Höchstprodukt religiöser Erziehung, repräsentirte doch etwas Grosses und Merkwürdiges bei seinem letzten Auftreten, vor der ausländischen Presse. Auf der anderen Seite des Vorsitzenden sprach der Nuntius vom »internationalen Wohlwollen«, auf dieser Seite Brüning einzig von seiner Sorge um die Erwerbslosen. Jetzt fällt er grade deshalb, und die Interessenten treten an mit festem Schritt.

In: TM/HM, S. 196. – Thomas Manns Brief, in dem er seine »Freude« an Heinrich Manns Essaysammlung *Das öffentliche Leben* ausdrückte, ist nicht erhalten.

Dringender Appell! Plakat (Juli 1932): 8
[siehe Abb., S. 414]

Dringender Appell!

Die Vernichtung aller persönlichen und politischen Freiheit

in Deutschland steht unmittelbar bevor, wenn es nicht in letzter Minute gelingt, unbeschadet von Prinzipiengegensätzen alle Kräfte zusammenzufassen, die in der Ablehnung des Faschismus einig sind. Die nächste Gelegenheit dazu ist der 31. Juli. Es gilt, diese Gelegenheit zu nutzen und endlich einen Schritt zu tun zum

Aufbau einer einheitlichen Arbeiterfront,

die nicht nur für die parlamentarische, sondern auch für die weitere Abwehr notwendig sein wird. Wir richten an jeden, der diese Überzeugung mit uns teilt, den dringenden Appell, zu helfen, daß

ein Zusammengehen der SPD und KPD für diesen Wahlkampf

zustande kommt, am besten in der Form gemeinsamer Kandidatenlisten, mindestens jedoch in der Form von Listenverbindung. Insbesondere in den großen Arbeiterorganisationen, nicht nur in den Parteien, kommt es darauf an, hierzu allen erdenklichen Einfluß aufzubieten. Sorgen wir dafür, daß nicht Trägheit der Natur und Feigheit des Herzens uns in die Barbarei versinken lassen!

Chi-yin Chen / Willi Eichler / Albert Einstein / Karl Emonts / Anton Erkelenz / Hellmuth Falkenfeld / Kurt Großmann / E. J. Gumbel / Walter Hammer / Theodor Hartwig / Vitus Heller / Kurt Hiller / Maria Hodann Hanns-Erich Kaminski / Erich Kästner / Karl Kollwitz / Käthe Kollwitz Arthur Kronfeld / E. Lanti / Otto Lehmann-Rußbüldt / Heinrich Mann Pietro Nenni / Paul Oestreich / Franz Oppenheimer / Theodor Plivier Freiherr von Schoenaich / August Siemsen / Minna Specht / Helene Stöcker / Ernst Toller / Graf Emil Wedel / Erich Zeigner / Arnold Zweig

Dringender Appell!
Plakat (Juli 1932)

Sie haben, Herr Heinrich Mann, auf dem ›Internationalen Kongreß gegen den imperialistischen Krieg‹ eine Erklärung verlesen lassen, die jetzt auch unter der Überschrift *Der Schriftsteller und der Krieg* in einer ›Berliner Zeitung‹ abgedruckt worden ist. Dieses Schriftstück fordert den schärfsten öffentlichen Widerspruch heraus.

Der Krieg, so führen Sie an, bedrohe abermals die Welt – »und dies nach allem, was *wir* versucht haben, um ihn zu verhindern!« Wer sind diese »Wir«? Das sind, sagen Sie, die Schriftsteller, – aber nicht alle, sondern nur diejenigen, *»die mit Recht dafür angesehen werden«*. Denen sei diesmal kein Vorwurf zu machen; sie hätten »seit der vorigen Katastrophe wirklich das ihre getan«. Es gibt, so sagen Sie weiter, »kein wertvolles und erst recht kein erfolgreiches Kriegsbuch in Europa, das den Krieg *beschönigt*. Ich *weiß nicht*, ob auch die *Kriegspartei* irgendeines Landes ihre Schriftsteller hat, – aber dann sind es Schriftsteller eben nur für ihre Partei, und die andern sind es für die Welt.«

Diese Sätze muß das deutsche Schrifttum als dreiste Anmaßung bezeichnen. Wir kennen diese Weise, wir kennen den Text. Es ist an die erstaunliche Tatsache zu erinnern, daß nicht erst im Deutschland des 9. November, sondern auch schon im Deutschland der letzten Jahrzehnte vor dem Krieg es den in deutscher Sprache schreibenden, aber undeutsch und widerdeutsch empfindenden und gestaltenden Schriftstellern gelungen war, eine geschlossene Front gegen das nationale deutsche Schrifttum zu bilden. Von der Bühne wurden wir völlig verdrängt. An den Reichsgrenzen wurde eine Sperre errichtet, welche nicht einmal unsern Namen, viel weniger unsere Werke ins Ausland dringen ließ. Den Verfassern deutscher Literaturgeschichten der Gegenwart wurde die Überzeugung eingeredet, unsere Werke gehörten in ihre Bücher nicht hinein. Seltsamerweise gehörte also schon im wilhelminischen Deutschland für den Schriftsteller viel mehr Mut dazu, sich zu einer vaterländischen und soldatischen Auffassung zu bekennen, als ein Zerrbild des »Untertanen« zu stricheln. Durch die Verhöhnung staats- und königstreuer Gesinnung machte man sich zwar in den »offiziellen« Kreisen unbeliebt, dafür aber war man des Beifalls jener glänzend organisierten Cliquen sicher, welche es verstanden hatten, die Leitung des Literatur- und Kunstbetriebes und die Geschäftsführung der Ruhmesfabrik in ihre Hand zu bekommen. Dem Autor, der sich für Kaiser und Kaisertum, für Heer und Volkstum einsetzte, winkte im günstigsten Falle der Rote Adlerorden vierter Klasse.

Für den antimonarchischen, pazifistischen, international eingestellten Schriftsteller arbeitete der gesamte glänzend aufgezogene Propagandaapparat der Linkspresse, um seine Werke rissen sich die kapital- und werbekräftigsten Verlage, ihm standen die deutschen Bühnen offen, ihm lächelte das Wohlwollen derselben Kritik, welche den vaterländischen Schriftsteller in Fetzen zerriß oder als Dilettanten und Kitschier abstempelte, oder wie den gläubigen und kraftvollen Ernst v. Wildenbruch, als nicht ernsthaft zu nehmenden »Trompeter« zu Tode lächelte – jedenfalls des Anspruchs auf Künstler- und Dichtertum verlustig erklärte. Und Michel schlief mal wieder oder ließ sich beschwatzen und duldete, daß die aus seinem Blut und Geiste schaffenden Schriftsteller als leise verblödete Nichtskönner behandelt und an die Wand gedrückt wurden – während die bewußte Unterwühlung aller Grundlagen unseres deutschen Eigenwesens als befreiende Tat, als Dienst am Menschentum der Zukunft verherrlicht wurde.

Daß diese Zustände sich nach dem 9. November bis zum geistigen Boykott gegen das gesamte nationale Schrifttum verschärft haben, dürfte grade Ihnen kaum entgangen sein. Niemand weiß besser als der Präsident der Preußischen Dichterakademie, daß im Nachkriegsdeutschland der Paßvermerk »Nationalist und Militarist« genügte, um einem deutschen Schriftsteller alle Durchlässe zu öffentlicher Beachtung zu sperren.

Das deutsche Volk war womöglich noch stolz auf die Sorte von »deutschen« Schriftstellern, welche sich »Europäer« nannten, weil es allerdings eine blutige Selbstverspottung gewesen wäre, wenn sie gewagt hätten, sich »Deutsche« zu nennen.

Das aber, Herr Heinrich Mann, scheint Ihnen bisher entgangen zu sein: daß Michel erwacht ist und sich anschickt, in seinem Hause Großreinemachen zu veranstalten. Auch das scheint Ihnen entgangen zu sein, daß in Deutschland eine stattliche Reihe von ebenso wertvollen wie erfolgreichen Kriegsbüchern entstanden ist, welche den Krieg nicht »entlarven und entblößen«, sondern, wie Sie es zu nennen wagen, »beschönigen«. Nun, »beschönigt« haben die Beumelburg, Euringer, Thor Goote, Jünger, Schauwecker, Wehner den Krieg wahrhaftig nicht – so wenig wie die noch mitten im Krieg entstandenen Schilderungen, wie Paul Oskar Höckers *An der Spitze meiner Kompagnie* oder mein *Vormarsch*. Alle diese Bücher sind schon als Dokumente von Mitkämpfern weit davon entfernt, den Krieg zu »beschönigen«. Denn *wir* kennen ihn, *wir* haben ihm Aug' in Auge gegenübergestanden und wissen aus eigener Erfahrung, wie namenlos entsetzlich und ekelhaft er ist – was Sie, Herr Heinrich Mann, der Sie vier Jahre jünger sind als ich, sich erspart haben. Aber wir wissen auch noch etwas anderes, was Sie aus dem gleichen Grunde nicht wissen können: daß erst im Kriege der Mensch und der Mann sein wahres Gesicht zeigt. Daß im Gegenüber mit dem brüllenden Tode die letzten Masken fallen, und daß wir, welche Sie wagen, die »Betrogenen und Geopferten« zu nennen, einander erkannt haben als die stolzen und aufrechten Bejaher des Schicksals. Es ist nicht wahr, was Sie behaupten, die Barbusse und Remarque hätten »im Namen Aller und ganz und gar aus der Masse heraus« gesprochen. Die Millionen der heute noch überlebenden deutschen Kriegsteilnehmer, die beispielsweise im ›Kyffhäuserbund‹, im ›Stahlhelm‹ und in Hitlers Gefolgschaft zusammengeschlossen sind, verbitten sich auf das entschiedenste Ihre Behauptung, die Schriftsteller, welche den Krieg »entlarvt«, seine »verachtungswürdigen Gründe aufgedeckt« haben, hätten *in ihrem Namen* gesprochen. Wir alle sind weit entfernt, ich wiederhole es, den Krieg zu »beschönigen«. Dazu kennen wir ihn zu genau. Aber wer es künftig wagt, unsere heiligsten und gewaltigsten Erinnerungen, den stolzen und unerschütterlichen Glauben des »Militaristen« und des »Nationalisten« zu bespötteln und zu beschimpfen, der bekommt es mit uns zu tun.

Heute sind wir Gläubigen des Heroismus, wir Vorkämpfer des Vaterlandsgedankens nicht mehr ein verlorener Haufe inmitten einer »Geistigkeit«, die unsere Ideale in den Schmutz treten. Um uns schart sich ein erwachtes Volk. Es begreift, daß die Umwelt uns nicht leben lassen wird, wenn wir uns nicht mit letztem Beharrungstrotz zur Selbstbehauptung zusammenschließen – als Nation, als Volk in Waffen. Neben uns wächst eine Jugend heran, die auf uns hört, auf uns und nicht auf euch »Europäer«, die ihr unsere freudige und mannenstolze Unterordnung, unsere eiserne Zucht und Selbstzucht als Untertanengesinnung verhöhnt.

Aber, Herr Heinrich Mann: eure Zeit ist jetzt vorbei. Völkerversöhnung ist ein Ziel, das auch uns innig am Herzen liegt – uns, die wir den Völkerhaß auf unserer Klinge und in unsern Knochen gespürt, mit unserm Schweiß und Blut ausgebadet haben. Aber diese Versöhnung wird um so eher Wirklichkeit werden, je früher der Deutsche sich auf seinen nationalen Stolz besinnt. Der muß es ihm verbieten, sich bei den andern als »Europäer« anzubiedern, solange sie uns als die Fronvögte von Versailles gegenübertreten, uns nach ungezählten Milliarden erpreßter Reparationen und geraubten Nationalgutes unter schamlosem Pochen auf ihre Waffenmacht noch einen letzten Tribut abzwacken und von uns die Erfüllung derselben Verträge fordern, über die sie sich hohnlachend hinwegsetzen. *Solange Europa uns Deutsche so behandelt, so lange, Herr Heinrich Mann, ist es für den Deutschen eine Schande, sich einen Europäer zu nennen, europäisch zu denken und zu reden.*

Der deutsche Schriftsteller verbittet sich Ihre Vertretung. Gehen Sie nach Europa, wenn Sie wissen sollten, wo es liegt, aber wagen Sie es nicht länger, sich auf internationalen Kongressen als Träger deutscher Geistigkeit zu brüsten, von der Sie keine Ahnung haben. Schreiben Sie unsretwegen für »die Welt«, aber bilden Sie sich nicht länger ein, für Deutschland zu schreiben.

In: ›Deutsche Allgemeine Zeitung‹. Berliner Ausgabe. Jg. 71, Nr. 453 vom 27. September 1932, Dienstag Morgen [S. 3].

Wilhelm Westecker: *Wo stehen die geistigen Fronten?* 10
(1933):

Heinrich Mann hat nicht das geringste Gefühl für Geschichts- und Wesensgegebenheiten. Er will den undeutschen, romanischen Nationalismus in Deutschland zur Herrschaft bringen und weiß offenbar nicht, daß Deutschland schon seit zwei Jahrhunderten gegen die für sein Wesen tödliche Aufklärung, gegen die Herrschaft der Vernunft und des Nationalismus ringt. Er will den Irrationalismus, der nicht, wie Heinrich Mann meint, eine internationale Seuche, sondern eine deutsche Eigenschaft und ein deutscher Stolz ist, bis 1940 ausrotten. Hat das »irrational bestimmte Jahrhundert« der Gotik übrigens auch »nichts gezeitigt außer Zerstörung, Verelendung, Haß und einem großen Nichts an Kultur«? Dieses Denken ist so »großartig«, daß es als den Gegensatz des Denkens – Nichtdenken annimmt. Das Nichtdenken aber ist gar nichts. Die Negation ist doch noch keine philosophische Kategorie. Dieses Denken ist so lebensnah, daß es als Ziel des Gedankens die Sicherung des Lebens annimmt. Als ob es der Natur und der Geschichte je auf die Sicherung des Lebens und daß »unter weniger Schmerzen gelebt werde«, ankomme. Dieser antiheroische Eudämonismus ist gerade uns Deutschen völlig fremd. Selten hat ein so flaches Geschichts- und Kulturgefühl sich so aufgeplustert. Selten ist ein Haß gegen Deutschland und eine Liebe für Frankreich so blind gewesen. Heinrich Mann gibt sich nicht die geringste Mühe, den Kern des Wollens der nationalen Bewegung zu erkennen. Er beurteilt sie lediglich nach ihren Überspitzungen. Für ihn ist ein für allemal ausgemacht, daß Deutschlands Sinnen der Krieg ist, nichts wie Krieg. Er will nicht sehen, daß Frankreich Deutschland dreimal nicht nur besetzt, sondern versklavt bzw. sogar einmal ohne Krieg zerstört hat: 1689, 1806 und 1918, daß Deutschland Frankreich nach siegreichen Kriegen stets nur ein, zwei Jahre besetzt hat, daß die deutschen Friedensschlüsse von Paris und Frankfurt den ehemaligen Gegner großmütig zu versöhnen trachteten, daß aber die französischen von Tilsit und von Versailles danach trachteten, den Gegner ganz zu vernichten, und zwar am liebsten durch sich selbst (Rheinbund 1806 oder Separatismus 1918). Die Methoden sind immer die gleichen; denn sie kommen aus dem Charakter des Landes und Volkes, und wer angesichts solcher Dinge noch daran glaubt, daß die Tatsachen übernational sind, wie Heinrich Mann das tut, der ist ein hoffnungsloser Tor oder aber ein sich in das

Schafsfell scheinbar fortschrittlicher Ideen kleidender wölfischer Feind des eigenen Volkes. Aber wir haben ja nicht nur diese offenen Tendenzen der französischen Politik erlebt, sondern sogar so zynische Bestätigungen wie das berüchtigte Wort von Clemenceau, daß es 20 Millionen Deutsche zuviel gebe. Die deutschen Literaten haben offenbar auch ganz vergessen, daß der von ihnen so vergötterte Friedensbringer Briand 1921, während Lloyd George uns noch eine Frist von acht Tagen geben wollte, sofort zu militärischen Sanktionen aufforderte. In solchen Momenten halten sich die Literaten immer die Ohren zu. 132 Milliarden forderte man damals in London. Mit militärischen Sanktionen wollte der friedliche Briand sie erpressen. So sieht die Moral des Friedens von Frankreichs Gnaden aus! Trotzdem wagt Werner Picht in seinem scheinnationalen Buch *Jenseits von Pazifismus und Nationalismus* zu schreiben, daß Briand die Verkörperung der Tendenzen der ersten Schritte zur Verwirklichung des Tausendjährigen Reiches des Friedens sei und darum der Weltgeschichte angehöre.

Das alles brauchen deutsche Literaten nicht zu sehen. Heinrich Mann weiß auch nicht, wie Bismarck es nach 1866 anstellte, um das geschlagene Österreich zum Bundesgenossen zu bekommen. Er glaubt aus seiner sturen und flachen Abstraktheit heraus, der 1000jährige deutsch-französische Gegensatz, von dessen aber wiederum mehr literarisch empfundenen Notwendigkeit um der Erhaltung der europäischen Kulturspannung willen sogar Leute wie Friedrich Sieburg von der ›Frankfurter Zeitung‹ überzeugt sind, könne in dem Augenblick ausgelöscht werden, in dem Deutschland von Frankreich eine der schlimmsten Demütigungen der Weltgeschichte erfuhr, in dem das sicherheitshysterische Frankreich nicht nur seine Truppen an der deutschen Grenze vermehrt (aus lauter Brüderlichkeit wahrscheinlich), sondern seinen Festungsgürtel, der in der Geschichte der Befestigungen beispiellos ist, immer noch mehr verstärkt, wohl weil »die anderen seither doch wohl einiges abließen von ihrem Nationalismus«, wie Heinrich Mann wähnt. Ein deutscher Dichter, der freilich auch dazu rät, um des ewigen Friedens willen die französische Hegemonie anzuerkennen, sieht die französischen Gefühle für Deutschland allerdings ganz anders: »Sie werden eher bis ins letzte Ardennendorf verniggern als daß sie sich mit den Deutschen in eine Welt brüderlich teilen.« (Jakob Schaffner in *Die Predigt der Marienburg*.)

Wie schief, weil aus einem deutschfeindlichen Ressentiment und einer wirklichkeitsfremden Abstraktheit und literarischen Ideologie, Heinrich Mann die geistige und politische Situation der Gegenwart sieht, erhellt daraus, daß er (wider besseres Wissen oder Wollen? – beides ist für einen Mann mit solchem Stimmaufwand gleich verwerflich) erklärt, »Elsässer sind freie französische Bürger, Tiroler werden verfolgt«. Die Tiroler werden gewiß nicht stärker verfolgt als die Elsässer. Oder weiß Heinrich Mann nicht (trotzdem doch sicher kein Tag vergeht, daß er nach Frankreich blickt), daß Frankreich den Elsässern die Autonomie verweigert, daß es schon viele Autonomisten ins Gefängnis geworfen hat, kurz, daß es den deutschen Charakter des Elsaß vergewaltigt, knebelt, unterdrückt? Das geben sogar René Schickele und Ernst Glaeser zu, denen ja Heinrich Mann sonst nicht so fernsteht. Das zentralistische Frankreich ist eines der undemokratischsten Länder der Welt, kein Land ist weniger auf dem Eigenleben seiner Landschaften und Stände aufgebaut als Frankreich. Kein Land ist stärker in Gefahr, mehr und mehr zu verniggern. Mit einem solchen Land, das uns seit einem Jahrtausend zugrundezurichten versucht, das uns in seinem Wesen mehr entgegengesetzt ist als ein Land in Europa, das auf einer ganz anderen seelischen Altersstufe steht, sollen wir uns vereinigen? Nein, nimmermehr! Eher ginge das schon mit dem anverwandten England. Aber auch da wäre es unmöglich. Warum sollen denn überhaupt Lebensformen von solcher Eigenart wie die europäischen Völker ineinander aufgehen, solange sie noch lebensfähig sind. Heinrich Mann ist doch auch nicht in den Stil und in die Produktion nicht einmal seines Bruders, geschweige denn seines Feindes Wilhelm II. oder seines Antipoden Hermann Stehr aufgegangen, trotzdem ihn viele schon lange als Schriftsteller für nicht recht lebensfähig hielten.

Aber hier zeigt es sich deutlich, Heinrich Mann hat nicht nur kein Geschichtsgefühl – den Weg des deutschen Volkes kennt er überhaupt nicht –, *er weiß auch gar nicht, was heute vor sich geht*, daß alle Völker aus ihrem Aufbruch in die Weltwirtschaft und in die Weltzivilisation auf sich zurückgeworfen worden sind. Das 19. Jahrhundert war eine Zeit ungeheurer Völkerwanderungen und Völkervermischungen und -ausdehnungen. Heute ist jedes Volk gezwungen, auf seinen seelischen Grund zurückzugehen. Die Zeit der Expansionen, Durchdringungen und Angleichungen an den Stand der Weltzivilisation ist vorbei. Es beginnt ein Zeitalter der individuellen, d. h. volkheitlichen Ausprägung im Seelischen und Staatlichen. Das beginnt sogar das neue Rußland schon zu ahnen, auch England und Amerika. Das einzige Land, das diese Tendenz übersehen und mit den Mitteln der imperialistischen Zivilisationsausbreitung seine Machtstellung ausbauen zu können glaubt, ist ausgerechnet Frankreich, jenes Frankreich, das von Shylocks und Advokaten beherrscht wird, die wir Deutschen sowieso nicht leiden können.

Es handelt sich bei allem Geschehen der Geschichte eben nicht um Literatur, nicht um Vernunft, nicht um sogenannte übernationale Tatsachen, nicht um den berühmten schlechthinnigen Geist, sondern um Politik, und Politik ist der Kampf um die Macht. Es fragt sich freilich, was man mit dieser Macht anfängt. Rom hat damit kolonisiert, das Deutsche Reich des Mittelalters hat damit kolonisiert und England hat damit kolonisiert, d. h., sie haben nicht nur Macht dazugewinnen, sondern ihre Kulturideen verbreiten wollen. Das Frankreich der Revolution wollte auch seine Idee in alle Welt tragen, und erst der Dämon dieser Revolution: Napoleon jagte nur nach der Macht, wobei noch zu fragen bleibt, ob nicht der französische Charakter, wenn er aus seiner umhegten Sicherheit in den grenzenlosen Raum der Geschichte tritt, dieser Dämonie gesetzmäßig verfällt. Denn auch das Frankreich von 1918 hatte keinen anderen Willen als Macht. Und es versuchte den Gegner, den es allein nie bezwungen hätte, nun aus dem satanischen Sadismus des innerlich Unterlegenen zu quälen und zu vernichten, wo es nur konnte. Denn die Dinge liegen gerade entgegengesetzt, wie Heinrich Mann annimmt. Das *Minderwertigkeitsgefühl liegt bei Frankreich*, nicht bei Deutschland. Nur aus diesem Minderwertigkeitsgefühl ist der hysterische Ruf nach Sicherheit zu erklären. Wer die stärkste Armee der Welt, den stärksten Befestigungsring in Händen hat und wie verzweifelt nach Sicherheit brüllt, ist entweder ein Heuchler und nicht ein Mann, der die Hand ehrlich entgegenstreckt, oder ein um seine Sicherheit allzu besorgter ängstlicher Bürger.

Und hier rühren wir an den Kern auch von Heinrich Manns Sympathien für Frankreich. *Er fühlt sich diesen sicherheitsbedürftigen Bürgern innerlich verwandt.* Er fürchtet das Wagnis und die Gefahren des Irrationalismus. Auch Fechter weist in seiner *Dichtung der Deutschen* darauf hin, daß Heinrich Mann »im Kern seines Wesens noch bürgerlicher ist als Thomas«. Aus dieser inneren Übereinstimmung rührt sein Haß gegen das, was er das Bürgerliche nennt, was aber nur gewisse bedeutungslose Verfallserscheinungen sind, aus dieser inneren Verwandtschaft stammen seine Satiren. Wie auch George Grosz, wie die gerade jetzt erscheinenden Briefe aus Amerika beweisen, eine verdächtige Schwäche für die mondäne Halbwelt hat, die er als den Verfall der bürgerlichen Welt darzustellen liebt. Heinrich Mann wie George Grosz entlarven sich gerade durch ihren penetranten Haß. Sie suchen durch ihn ihren wahren Kern abzureagieren und zu verhüllen.

Heinrich Mann macht obendrein aus seiner Not eine Tugend, denn er ist durch Geburt ein innerlich heimatloser Mensch und sucht die Not dieser Heimatlosigkeit durch eine abstrakte Idee zu heilen. Aber *es wird ihm nie gelingen, aus dieser seiner individuellen Not eine gesamtdeutsche Tugend zu machen*. Das neue Deutschland, von dessen Werden er nichts ahnt – denn er weiß offenbar nichts von seinem Ringen um eine neue Religiosität, er kennt die Dinge nicht, die in der Theologie, in der Philosophie, in der Dichtung und in der Kunst vor sich gehen –, will politisch Gleichberechtigung, will nicht mit Deutsch-Österreich der Sklave des hysterischen Frankreich und seiner ihm kulturell unterlegenen Trabanten im Osten und Südosten sein und es hofft weltanschaulich die Welt von den Fesseln der Säkularisierung, der Mechanisierung und der Nationalisierung des Lebens befreien zu können. Dazu marschieren die Bataillone seiner waffenlosen Jugend auf. Wer Minderwertigkeitsgefühle hat, verlangt nicht Gleichberechtigung, die gerade einem Demokraten doch das erste zu erstrebende Ziel sein sollte, sondern Sicherheit, er marschiert nicht ohne Waffen, sondern er bietet dem Sieger ein Bündnis an, d. h. er liefert sich dem Sieger aus. Ich habe nicht gehört, daß einer der frankreichliebenden und sich Demokraten nennenden Literaten je gegen den *französischen* Rüstungswahn, gegen den Befestigungsrummel an der festungslosen deutschen Grenze protestiert hätte, ja es hat nicht einer gefordert, daß Frankreich zur Bezeugung seines guten Willens seinen Grenzstreifen der deutschen 50-km-Zone entsprechend zunächst einmal entmilitarisieren sollte. Ja, es stört offenbar das demokratische Gewissen nicht einmal, daß Frankreich sich als moderner Sklavenhalter ganze farbige Armeen hält. Oder ist das in allen deutschen Angelegenheiten so empfindliche Gemüt von Heinrich Mann für diese moderne Sklaverei ganz großen Stils völlig unempfindlich? Macht er das Bündnis als Apostel der Humanität wenigstens von der vorherigen Abschaffung dieser humanitätswidrigen Sklaverei abhängig? Auch von einem Protest Heinrich Manns gegen die »demokratische« Methode der Unterhaltung von Strafkolonien haben wir nichts gehört.

Aber er spricht in Vorträgen, die er *Nach der Wahrheit leben* nennt, von »der Sünde gegen die Vernunft« (das deutsche Volkstum macht mit Recht darauf aufmerksam, daß er nicht von der Sünde gegen Gott spricht, denn sein Gott sei der »Genius des Menschengeschlechts«). Ist das Diktat von Versailles keine Sünde gegen die Vernunft? Ist das Verhalten Frankreichs in jedem Jahr seit Versailles nicht auch eine Sünde gegen die Vernunft? Aber Heinrich Mann sieht in seinem Haß gegen den deutschen Nationalismus, der in seiner ganzen Breite und Tiefe nichts anderes als die deutsche Erneuerung will, der eine vielleicht für Jahrhunderte entscheidende geistige Wandlung vorbereitet, die in ihrer Bedeutung zwar die Reformation kaum erreichen, aber alles, was seitdem geschah, sicher übertreffen wird. Ein Mann, der *ein so erbitterter Feind dieser deutschen Wandlung und Erneuerung* ist, hat natürlich in dieser entscheidenden Stunde nicht das Recht, an der Spitze einer preußischen Dichterakademie zu stehen.

Es gehört zu den Lebensfragen des kommenden Deutschland, wer der Präsident und der Geist der deutschen Dichterakademie ist. Wenn die gegenwärtige Regierung diese und andere Fragen der Kunstverwaltung vernachlässigen zu können glaubt, wird ihr das nationale geistige Deutschland und die junge Generation klar machen müssen, daß wir in einer totalen Mobilmachung der Nation stehen, daß die Zeit, in der man bei Allerwelts-Operetten-Wohlfahrtsaufführungen das Reich repräsentieren zu müssen und sich im übrigen um das Schicksal der deutschen Dichtung und vor allem der deutschen Schauspielkunst nicht kümmern zu brauchen glaubt, vorüber ist. *Das kommende Deutschland will wieder die Ganzheit seiner Kultur.* Es will, daß auch die Tage der Dichtung und der Kunst zu den großen Tagen der Nation zu rechnen sind. Es mag sich jeder Kanzler bei Operetten und Rennen so viel ausspannen, wie er will, aber wenn der *Prinz von Homburg* gegeben wird oder *Die endlose Straße*, dann muß eine nationale Regierung dabei sein. Selbstverständlich auch beim *Faust.* Denn hier sind die Wurzeln ihrer Kraft und hier ist der festliche Glanz ihrer Aufgabe und die geistige Bestätigung ihrer Aufgabe. (Nach der Niederschrift dieser Zeilen hat der Reichskanzler General Schleicher, wie gemeldet wurde, einer Aufführung des *Prinzen von Homburg* beigewohnt. Es scheint also, als ob sich gerade durch einen Soldaten auch hier eine Wandlung ankündige. Denn die zivilen Reichskanzler hielten sich in den Fragen der Kultur meist auffallend zurück. Allerdings ist Herr von Papen hier auf einigen Gebieten erfreulicherweise auch schon den neuen Weg des neuen Deutschland in die Ganzheit der deutschen Kultur gegangen.)

In: ›Berliner Börsen-Zeitung‹. Jg. 78, Nr. 25 vom Sonntag, 15. Januar 1933, Morgenausgabe, S. 1 f., unterm Strich.

11 (Dr. S.:) *Ein Abgesang: Auch ein Heinrich, vor dem uns graute ... Leben und Taten des Dichterakademie-Präsidenten Mann* (1933):

Was die literarische Physiognomie des mit Recht so »zurückgetreten wordenen« Dichterakademiepräsidenten *Heinrich Mann* anbelangt, so zitieren wir zunächst einmal *Adolf Bartels' Geschichte der Deutschen Literatur*, Band II: »Heinrich begann im Jahre 1897 mit Novellen und war dann schon ganz er selbst in dem ›Roman unter feinen Leuten‹ *Im Schlaraffenland* (1900), der in das Leben der Berliner Börsen- und Journalisten-, also *wesentlich jüdischer Kreise* einführt und in der Regel als groteske Karikatur bezeichnet wird. Schon in diesem Roman wird der ausgeprägte *Erotismus* Heinrich Manns, also die Neigung, das ganze Leben auf ›Liebe‹ zu stellen, deutlich – vielleicht das Hauptwerk des deutschen Erotismus gibt er dann in seinem Roman *Die Göttinnen oder die drei Romane der Herzogin von Assy* (1902/3), die die angeblich Wikingerblut in sich tragende Heldin als Diana, Minerva und Venus erlebt. Mit der *Jagd nach Liebe*, einem Münchner Roman (1903/4), kommt Mann wieder zu dem wüsten Stil des *Schlaraffenlandes* zurück. Es folgten dann die Schulgeschichte *Professor Unrat* (1905), das in Italien spielende *Zwischen den Rassen* (1907) und *Die kleine Stadt* (1909), und darauf gab Mann den sogenannten Arbeiterroman *Die Armen* (1917), der ein außerordentlich grelles und auch *aufreizendes* Bild des Lebens in einem isolierten Industrieorte bietet – ›der Expressionismus macht sich's bequem‹, schrieb ich irgendwo über ihn, ›er nimmt vom Naturalismus, was er brauchen kann, erkennt aber *keine Verantwortlichkeit* an‹. Ich muß gestehen, daß ich Mann *nie habe ernst nehmen können*, bis dann seine letzten Werke, *Der Untertan* (1918), der angeblich das Zeitalter

Wilhelms II. darstellt, aber weiter nichts als *eine freche Karikatur* deutschen Lebens ist, *In einer Familie* (1924), und *Der Kopf* (1925), meinen Zorn wachriefen. Nun steht mir Mann neben Heine als Verfasser von *Deutschland, ein Wintermärchen*. Mann hat auch Novellen und einige Dramen veröffentlicht.«

Diese äußerst treffende und dabei sehr zurückhaltende Charakteristik des literarischen Schaffens von Heinrich Mann dürfte jeden aufmerksamen Leser über den Expräsidenten der Dichterakademie schon hinreichend unterrichtet haben. Ein Autor also, dessen Phantasie sich (jedenfalls auch aus *blut*mäßigen Gründen, weil die Mutter der Manns *Portugiesin* war) wesentlich in erotischen Themen erschöpfte, der es sich leistete, mitten im Weltkrieg »aufreizende Bilder« zu entwerfen und, was völkische Verantwortungslosigkeit anbetrifft, mit einem Chaim Bückeburg alias Heinrich Heine konkurrieren konnte – ein Autor solchen Schlages war nach Ansicht der Novembergewaltigen dazu berufen, die deutsche Geistigkeit zu repräsentieren!!! Dabei muß noch betont werden, daß Adolf Bartels, welchem seine Gegner mit eiserner Stirn blinden Haß gegen alle ihm unsympathischen Erscheinungen zu unterstellen belieben, in hier vielleicht allzu wissenschaftlicher Gewissenhaftigkeit noch verhältnismäßig *wohlwollend* geurteilt hat. Im Gegensatz nämlich zu dem angeblich parteiischen Bartels hat sich der selbstverständlich an »Objektivität« nicht zu überbietende *Thomas Mann* unvergleichlich schärfer über die literarische Produktion seines leiblichen Bruders geäußert, indem er dessen Werke als *»Romane von aphrodisischer Pennälerphantasie, Kataloge des Lasters, in denen keine Nummer vergessen war«* bezeichnete. Und Albert *Soergel*, ein Literarhistoriker, dessen »Objektivität« bekanntlich schon an Urteilslosigkeit grenzt, hat geäußert, in Heinrich Manns *Jagd nach Liebe* erschiene

die Welt
in
ein einziges Bordell

verwandelt«. Unumstößlich steht jedenfalls fest, daß die immer *bedenkliche*, meist sogar *wüste* Lebensdarstellung Heinrich Manns vom Standpunkt des deutschen Volkstums aus von Anfang an scharf abgelehnt werden mußte. Auch das gestalterische Können dieses »Dichters« ist immer gering gewesen, wenn auch ein gewisses Geschick und später eine gerissene Routine *nur* ästhetisch Urteilenden die Erkenntnis dieser Tatsache erschwert haben mögen. Klarsichtigen indessen öffnete schon die *Unrat*-Dichtung die Augen, dieses breitgewalzte jeden (deutschen!) Humors entratende, haßstrotzende Zerrbild, das weiter nichts als einen abreagierten Komplex darstellt. So wenig wir die Berechtigung von Satire und Groteske bestreiten wollen, wenn sie allein von *Böswilligkeit* getragen scheint, lehnen wir *reinblütig* Deutschen sie als unserem völkischen Wesen widersprechend ab! Die gleiche Einstellung führte Adolf Bartels dazu, Heinrich Mann zuletzt lediglich als *nationalen Schädling* einzuschätzen.

Ein Selbstporträt
Nach dem Vorausgegangenen mutet es einigermaßen grotesk an, wenn man erfährt, daß Heinrich Mann für die »*Wahrheit*« zu kämpfen vorgibt. Diese »Wahrheit« ist, wie seinerzeit die ›*Neue Literatur*‹ sehr richtig bemerkte, eine merkwürdige Sache, denn, wie schrieb Heinrich Mann in seinem »Selbstporträt« (Nr. 146 des ›*Berliner Tageblatts*‹ vom 27. 3. 31)? Man höre und lese mit Genuß:

»Der Mensch hat ein Recht *auf Lüge*, oder wenigstens auf Beschönigung, sie ist sein Trost in dem schweren Dasein. Niemand begreift besser als der Schriftsteller (H. M.), daß wir nicht einmal einen Tag von der Wahrheit allein leben könnten. Er meint nur, daß ein Mensch, der wenige Stunden des Tages am Schreibtisch verbringt, es während dieser paar Stunden versuchen könnte, bei der Wahrheit zu bleiben. Da ist es durchaus nicht nötig, denen zu schmeicheln, die ihn lesen werden. Man muß nicht offenkundig verfehlte Richtungen mitmachen und darf sich nicht verbeugen vor ehemaligen Wahrheiten, die jetzt nichts mehr sind als ein Mittel, die Leute zu betrügen ... Was ist nun hinsichtlich des Lebens das Wahre? Offenbar ist es gleichbedeutend mit dem Lebenfördernden – mit dem, *was hier und jetzt ein erträglicheres Dasein schafft* ... So kam es, daß dieser Schriftsteller immer bestritten wurde. Er hatte es nicht gerade leicht. Nach seiner Auffassung erhöht sich die Verantwortung mit dem Verstand und ein geistiger Mensch hat *noch weniger* als sonst jemand das Recht, unanständig zu handeln. Andererseits muß er wissen, wie weit er in der vorhandenen Welt mit seiner *verhältnismäßigen* Sauberkeit kommt.«

Nun, Heinrich ist mit seiner »verhältnismäßigen Sauberkeit« im unsauberen Nachkriegsdeutschland ja weit genug gekommen und hat sich bis dato »ein hier und jetzt erträgliches Dasein« immerhin zu sichern gewußt! Daß dies nicht zuletzt seine aus den zitierten Sätzen erhellende *traditionsfeindliche* und *kraß materialistische* Anschauung ermöglichte, bedarf kaum noch besonderer Hervorhebung. Zu boshaft wäre es aber wohl, wollte man den Begriff der »verhältnismäßigen Sauberkeit« auf sein Werk *Liliane und Paul* anwenden, in welchem der Vater des »Helden«, weil er den Liebesgenuß des jungen Paares andauernd stört, verprügelt, hinausgeworfen und schließlich lebendig verbrannt wird ...

»Heldentum«, wie Mann es versteht ...

Im übrigen ist die *politische* Betätigung Heinrich Manns seiner dichterischen in jeder Beziehung ebenbürtig. Er stand während des Weltkriegs den ›*Weißen Blättern*‹ nahe, welche René Schickele in der Schweiz herausgab, »um einer europäischen Gemeinschaft vorzuarbeiten«, mit solchem Erfolg, daß von der deutschen Zensur die meisten Hefte dieser Zeitschrift verboten werden mußten. Schikkele nannte sich und seinen Kreis selbst einen *»Maulwurfhaufen* in der bengalischen Beleuchtung des *falschen* Heldentums« (dessen *wir* uns nämlich an der Front befleißigten!!). Nach diesem Auftakt kann es kaum mehr in Erstaunen setzen, daß Heinrich Mann infolge richtiger Fortführung seiner damaligen Einstellung ein Jahrzehnt später *Kriegsdienstverweigerungs-Bestrebungen* lebhaft begrüßte. November 1927 äußerte er:

»Es ist eine historische Tatsache, daß fast jede Republik sich nach einer gewissen Zeit nach links hin entwickelt. Diese Entwicklung zeigt sich bei uns an gewissen Symptomen. *Wir werden sie tatkräftig ausnützen müssen.* Ich erinnere mich da z. B. daran, daß der Westdeutsche Rundfunk es heute wagen darf, *das Problem der Kriegsdienstverweigerung vor Hunderttausenden von Hörern ernsthaft zu diskutieren.* Ich möchte diesen Akt von Zivilcourage besonders erwähnen, vor ein paar Jahren wäre das noch unmöglich gewesen.«

Und nach ein paar Jahren ist, Gott sei Dank, der Zeitpunkt gekommen, von dem ab derartige Skandale, welche Heinrichs Herz so erfreuten, für immer unterbunden sein werden!

Der Barde des 9. November

Niemand hat selbstverständlich den Verrat der Novemberparteien so stürmisch begrüßt wie Heinrich! Schon im Dezember 1918 sprach er im ›*Politischen Rat geistiger Arbeiter*‹ über *Sinn und Idee der Revolution*; Januar 1919 verfaßte er auf Veranlassung des Reichsamtes für wirtschaftliche Demobilmachung den Werberuf *Wir wollen arbeiten* – und dieses Versprechen hat er in der Tat gehalten! Er hat jene Literatur der Ernst Glaeser und Genossen heraufbeschworen, mit der gründlich aufzuräumen erst jetzt die Stunde gekommen ist! Für die *Gedenkrede auf Kurt Eisner* war er als passionierter *Philosemit* selbstverständlich auch wie geschaffen. Auf Herrn Preuß stimmte er ebenfalls Hymnen an. Kurzum ein Novemberling vom Scheitel bis zur Sohle, ein Paneuropäer *par excellence*.

Hand in Hand mit dieser widervölkischen Einstellung ging eine Glorifizierung unseres erbittertsten Feindes Frankreich.

Vorkriegsfrankreich, das ist das Land, in dem sittlicher Ernst herrscht, Vorkriegsdeutschland, das ist die Hölle, wo Prahlerei, Anmaßung, Lüge, Selbstbetrug, Raffgier und Ungerechtigkeit an der Tagesordnung sind. »Ententegläubig«, so führt Albert Soergel aus, »beurteilt Mann das Frankreich der Dreyfuszeit nach den *wenigen, die wider* den Strom, beurteilt er das Deutschland der Kaiserzeit nach den *vielen*, die im Strome schwammen, *deutet er den Geist von 1914 in Eroberergeist um;* ententegläubig hält er den Gedanken von Jacques Rivière, die Ruhrbesetzung sei ›eine etwas grobe, aber ganz deutliche Einladung an Deutschland, mit Frankreich zusammenzuarbeiten‹ für ›überraschend und doch vielleicht nicht paradox‹ …«

Bestimmt paradox aber war es, daß der Mann dieser Meinungen an die Spitze einer *preußischen* Dichter-Akademie gestellt wurde!

Ein Schriftsteller, welcher es fertig brachte, der *französischen* Jugend ihre *friedliche* Gesinnung ausdrücklich zu bescheinigen, womit der *deutschen* Jugend indirekt wohl *kriegerische* Gesinnung unterstellt werden sollte?!

Allen diesen novemberlichen Großtaten setzten dann die wiederholten Reisen nach Paris die Krone auf, gelegentlich deren jene ungeheuerliche Äußerung Manns fiel, seiner Ansicht nach sei die Not und Verelendung des deut-

schen Volkes nicht auf die wahnwitzigen Reparationszahlungen zurückzuführen ...

Wer über eine so schöne Seele verfügt, drückt alle Welt, mit *Ausnahme* nur des *nationalen* Deutschlands, an sein liebendes Herz. Galt es, einen Aufruf der Roten Hilfe zu unterzeichnen, so verschloß sich Heinrich diesem *Dienst am kommunistischen Untermenschen* selbstverständlich nicht. Wurde ein *jüdischer Landesverräter* wie Hatvàni wegen Beschimpfung Ungarns zu sieben Jahren Zuchthaus verurteilt, so erhob er gemeinsam *mit den Juden Einstein, Theodor Wolff, Ludwig Fulda, Arthur Schnitzler, Hoffmannsthal* [sic!], *Stephan* [sic!] *Zweig, Felix Salten, Franz Werfel und Max Reinhardt* sofort im ›*Berliner Tageblatt*‹, in der ›*Vossischen Zeitung*‹, in der ›*Frankfurter*‹ ein markerschütterndes Wutgeheul!

Schutz den Landesverrätern!!
Wurde ein Komitee gebildet, um den *Mordbrenner Hölz* aus dem Zuchthaus zu befreien, so figurierte Heinrich selbstverständlich neben Einstein, Georg Bernhard, Dr. Feilchenfeld, Dr. Goldschmitt, Dr. Lion Feuchtwanger, Dr. Sally Friedländer, Dr. Gumbel, Dr. Kerr, Dr. Laster, Emil Ludwig Cohn, Paul Schlesinger, Dr. Wolfenstein, Arnold Zweig, Toller und Tucholski [sic!] im Vorstand.

Ganz vorzüglich paßte sich auch seine im ›*Berliner Tageblatt*‹ kundgegebene Äußerung, nunmehr (nach der Revolution!) hätten die Wagnerischen *Heldengestalten »von der Bühne abzutanzen«*, seinen vorangegangenen paneuropäisch-pazifistisch-philosemitischen Elaboraten an!

Nachdem wir mit der vorangegangenen Aufzählung die Namen seiner Freunde kennengelernt haben, überrascht es nicht mehr, daß Heinrich auch ein *nicht zu überbietender Philosemitismus* nachgerühmt werden darf. In der zionistisch eingestellten ›*Wahrheit*‹ in Prag (Nr. 24, 1925) schrieb er die klassischen Sätze:

»Der Rassenantisemitismus hat Herkunft und Mechanismus der neueren Gesellschaft nicht begriffen. *Wozu mit ihm verhandeln?* Der Nationalismus ist samt seiner antisemitischen Ergänzung geistig längst erledigt. Es wird langweilig, sich mit ihm abzugeben. Er wirkt nur in den Tatsachen plump körperlich noch nach und wird dank dem Beharrungsvermögen, das gerade seine Anhänger kennzeichnet, selbst in einer künftigen bis zur Unkenntlichkeit veränderten Welt ohne jeden Zusammenhang mit ihr noch spuken.«

Oh, wenn du geschwiegen hättest, weisester aller Propheten! Wie anders haben sich die Dinge entwickelt, und zwar *gerade* deshalb, weil der Rassenantisemitismus die Herkunft und den Mechanismus der neueren Gesellschaft, d. h. der Sally [sic!] Fischer, Paul Cassirer, Mosse, Ullstein, der großen Banken und Börsen *nur zu gut begriffen hat!* Heute heißt es: Der Demokratismus samt seiner philosemitischen Ergänzung ist geistig längst erledigt, es wird langweilig, sich mit ihm abzugeben! *Weswegen nicht genehme Dichterpräsidenten nunmehr auch »plump körperlich« an die Luft befördert werden.* Sorgen braucht sich der gute Heinrich deswegen ja nicht zu machen, kann er doch auch weiterhin noch *Vorträge in Synagogen* halten, womit er ja unlängst begonnen hat. Vielleicht setzt sich auch *Leonhard Tietz* für ihn ein, worauf man nach folgender schöner Zeitungsanzeige schließen könnte:

> »Der Dichter Heinrich Mann spricht am Montag, den 20. Oktober 1930, im Konzertsaal des ›Pfalzbaues‹ Ludwigshafen a. Rh., über Literatur im Jahre 1929/30. Freien Eintritt gegen einen Gutschein von 1 M. Diese Gutscheine werden bis zum 15. November 1930 beim Einkauf von Waren zum vollen Wert in Zahlung genommen, Verkauf der Gutscheine an unserer Kasse 2, Kleiderstoff-Abteilung, Erdgeschoß, Leonhard Tietz, Abt.-Chef.«

Wie sinnig symbolisierte hier der jüdische Verehrer Heinrich Manns die enge Verwandtschaft von Literatur und Maßkonfektion.

Das tollste Stück aber dürfte gewesen sein, daß sich Mann auch für die Errichtung eines Heine-Denkmals in Düsseldorf begeistert einsetzte. Für den unheilvollsten Gesellen, »der im 19. Jahrhundert nicht bloß durch die deutsche Literatur, sondern auch durch das deutsche Leben hindurchgegangen ist«, durchaus als Seelenverwüster und -vergifter, als Vater der Dekadenz auf literarischem, politischem und sozialem Gebiet, *für einen Denunzianten und Revolverjournalisten*, wie den Juden Heine wollte er also Ruhmeshallen errichten! Den besten Vorschlag hat hier immer noch Liszt gemacht, der, wenn es denn sein müsse, ein Denkmal aus Kot empfahl …

Der Dank der Novemberparteien

Wie sehr dieser Mann *dem politischen System des vergangenen Jahrzehnts anzurechnen* ist, geht aus dem »festlichen Empfang« hervor, den die Akademie der Künste zum 60. Geburtstag dieses »Dichters« veranstaltete, bei welcher Gelegenheit der damalige preußische Kultusminister *Grimme* u. a. folgende »Kernsätze« zum besten gab:

»Als ich mir überlegte, was ich *vom Staat* her Heinrich Mann zum 60. Geburtstag würde sagen können, da hat der Zufall mir das Wort von Heinrich Mann in Erinnerung gerufen, daß aus dem Menschen, im ganzen genommen, noch einmal etwas werden kann.« *Im ganzen genommen, gewiß; es gibt aber auch Ausnahmen, wie der Fall Heinrich Mann zeigt …* Doch weiter: »Kühner als alle Altersgenossen unter den Dichtern sind Sie, Heinrich Mann, mitgegangen, *hinein in eine neue Zeit*, und waren schon *vorher* deshalb für sie …«

Der regierende Marxismus bestätigte also einem von uns

wohl schon hinreichend gekennzeichneten Novemberliteraten, daß er als Wegbereiter und Verkünder ihrer Absichten zu gelten habe. Nach unseren Ausführungen dürfte sich jeder Kommentar erübrigen.

Und ein Mann mit solch einem Sündenregister erdreistete sich in diesen Tagen, Protestversammlungen wegen angeblich »bedrohter Geistesfreiheit« einzuberufen! Gerade er ist der letzte, der sich in solchen lächerlichen Attituden gefallen dürfte; denn anders als das deutschere Deutschland, welches keineswegs die Geistesfreiheit knebeln will, *es sei denn, daß es sich um Freiheit für jenen gott- und volksfeindlichen Geist handelte, der da stets verneint, hatte der wackere Heinrich noch vor 2 Jahren nicht mehr und nicht weniger vor, als das deutsche Geistesleben unter seine unmaßgebliche Zensur zu stellen.*

Schrieb er doch in der ›*Vossischen Zeitung*‹: »Unsere Entschlußkraft könnte eines Tages so weit gehen, daß wir die *Schulbücher* von allem *reinigen*, was der Jugend schadet: *Veraltete Geschichtsauffassungen, Irrtümer über andere Völker und über die Erlebnisse des unseren.*« Was das bedeutet hätte, ist bei Manns Denkweise klar genug!

Gott sei Dank hat die erwähnte, damals doch wohl schon vor ihrer eigenen Courage zitternde Entschlußkraft, wie nicht anders zu erwarten, versagt. Die Entschlußkraft eines neuen Deutschlands aber hat für etwas anderes gesorgt, was schon längst hatte geschehen müssen: Für die Ausschaltung von Literaten wie Heinrich Mann aus dem offiziellen Geistesleben!

In: ›Völkischer Beobachter‹. Ausgabe A: Norddeutsche Ausgabe, Berlin. Jg. 46, Nr. 50/51 vom Sonntag/Montag, 19./20. Februar 1933, Zweites Beiblatt.

Nationalsozialistische Hetzkarikatur
[›Die Brennessel‹. München. Jg. 3, Folge 1
vom 4. Januar 1933, Titelblatt]

Heinrich Mann: *Ein Zeitalter wird besichtigt* (1946), ›Die deutsche Republik. Der Weg aus dem Land‹ [Auszug]: 12

Was mich betrifft, ließ ich mich ungern warnen, als mir doch sichtlich keine Wahl blieb. Das Land mußte ich jedenfalls verlassen, zum wenigsten seine gewohnte Oberfläche: eine Grube unterhalb war jedem bereitet, oder eigenhändig hob er sie aus. Kein Zweifel, ich war verhaßt, populär machte mich gerade der Haß. Viel Nachfrage fand ein Hampelmann: mein Kopf und die Beine einer Schauspielerin. Ein Filmstoff von mir hatte alle drei, das Talent der Frau und ihre zwei reizenden Gliedmaßen, berühmt gemacht. Wenn alles, was ich gewesen war, von einer Menge so freigebig anerkannt worden wäre wie damals meine Verhaßtheit.

Aber der Haß ist eine Tatsache durch sich selbst: eine Volksmenge braucht nicht zu wissen, warum sie haßt. Übrigens haßt sie mit Gleichgültigkeit. Ich mochte die genossene Aufmerksamkeit nicht überschätzen. Auch darum hielt ich aus, in Erwartung eines letzten, unmißverständlichen Zeichens. Es erfolgte nach Wunsch. In einem befreundeten Haus, herrliche Musik wurde gemacht, das Buffet war auf der Höhe gesicherter Zustände – dabei warteten draußen schon die Möbelpacker –, trat auf mich zu der französische Botschafter Monsieur François-Poncet. Er sprach nur diesen Satz: »Wenn Sie über den Pariser Platz kommen, mein Haus steht Ihnen offen.«

Ich dankte und behielt für mich, was ich in diesem Augenblick beschloß.

[...]

Auch nahm ich mir die Zeit, meine Arbeiten zu ordnen im Hinblick auf ihre Fortsetzung anderswo. Das Reisegeld war auf der Bank noch erhältlich. Ich sei unter den ersten, hatte man mir gesagt, denen der Paß abgenommen werden sollte. Wahr oder nicht, das Wahrscheinliche ist nicht immer wahr – Boileau könnte seinen Satz auch umkehren. Die tatkräftigsten Willensmenschen werden ihre zahlreichen Sorgen nicht alle gleichzeitig in die Hand nehmen. Das Haus, in dem ich mir unklugerweise eine Wohnung neu eingerichtet hatte, wurde ständig bewacht, gut damit.

Als ich am übernächsten Tage, dem 21. Februar, wirklich abreiste, hätten Gepäck, Wagen und andere Anzeichen des versuchten Entkommens mich ohne weiteres ausgeliefert. Indessen trug ich nichts als einen Regenschirm – meinen letzten; Mr. Chamberlain zu Ehren habe ich mir ihn abgewöhnt. Zu Fuß ging ich nach der Haltestelle der braven, anonymen Straßenbahn. Keine unanständige Eile, den Zug nach Frankfurt zu besteigen! Es ist nur Frankfurt, meine Fahrkarte reicht nicht weiter, wer hat etwas dagegen. Mit meiner liebevollen Frau wandele ich auf und nieder, so viele Minuten noch fehlen. Dank ihrer Geschicklichkeit liegt der Rest meiner Habe glücklich im Netz. Sie möchte sprechen, schluchzt, unterdrückt die Schwäche. Vornehmlich wünscht sie uns ein schnelles Wiedersehen. Wann? Morgen? Vielleicht kehre ich erst übermorgen zurück. So sieht, will es scheinen, der Rubikon aus. Hinter dem verhängnisvollen Fluß, den ich wähle, liegt das Exil.

Heinrich Mann, *Ein Zeitalter wird besichtigt.* Mit einem Nachwort von Klaus Schröter und einem Materialienanhang, zusammengestellt von Peter-Paul Schneider, Frankfurt am Main 1988 (= Heinrich Mann, *Studienausgabe in Einzelbänden*, hg. von Peter-Paul Schneider, Fischer Taschenbuch, Band 5929), S. 374f., 376f. [zu »Hampelmann« siehe Abb., S. 438]

Heinrich Mann im Gespräch mit Max Liebermann
bei der Goethe-Feier
der Preußischen Akademie der Künste (1932)

13 Heinrich Mann an Karl Lemke, Santa Monica, 10. Dezember 1948 [Auszug]:

Was ich büße, ist mein Sinn für das öffentliche Leben, die Voraussetzung jedes einzelnen. Damit befremdete man, als ich anfing, in Deutschland; trotz Fontane, der da war. Ihn kannte ich, zugleich mit den Franzosen, seinen Zeitgenossen. Die sozialen Romane der Russen sind das andere Beispiel des gleichen Glücksfalles. Eine ganze Epoche muß auf den Roman hinweisen, muß selbst für ihn gebaut sein. Die äußeren Bedingungen der Welt, die ein Autor erfährt, sind unerläßlich wie seine eigenen Qualitäten: ein halbes Wunder, wenn alles zusammentrifft und arbeitet, bis große Romane wirklich geboren sind.

In: Heinrich Mann: *Briefe an Karl Lemke und Klaus Pinkus.* Hamburg o. J. (1964), S. 90.

Zeitgenössische Rezensionen
(Auswahlbibliographie)

Poritzky, I. E.: *Das öffentliche Leben*. Ein neues Buch von Heinrich Mann.
In: ›Berliner Tageblatt‹. Jg. 61, Nr. 253 vom 30. Mai 1932, Abend-Ausgabe, S. 2.

Kracauer, Siegfried: Der Schriftsteller Heinrich Mann.
In: ›Frankfurter Zeitung‹. Jg. 76, Nr. 491 vom 3. Juli 1932, Zweites Morgenblatt, ›Literaturblatt‹, Nr. 27, S. 5.

Victor, Walther: Heinrich Mann: *Das öffentliche Leben*.
In: ›8 Uhr-Abendblatt‹. Berlin. 13. Juli 1932. – Nachgedruckt in: ders.: *Köpfe und Herzen. Begegnungen mit Zeit und Zeitgenossen*. Weimar 1949, S. 210 f.

Mayer, J. P.: Heinrich Mann: Das öffentliche Leben.
In: ›Vorwärts. Berliner Volksblatt‹. Berlin. Jg. 49, Nr. 336 vom 19. Juli 1932, Abendausgabe, Beilage ›Das neue Buch‹, o. S.

L. W. [d. i. Weltmann, Lutz]: Der Dichter und das öffentliche Leben.
In: ›Die Literatur. Monatsschrift für Literaturfreunde‹. Jg. 34 [des ›Literarischen Echos‹], Heft 10, Juli 1932, S. 543 f.

Jellinek, Fritz: Das wirklichste Deutschland.
In: ›Das Tage-Buch‹. München. Jg. 13, Nr. 33 vom 13. August 1932, S. 1266–1268.

mü.: Das öffentliche Leben. Heinrich Manns neue Essays.
In: ›Vossische Zeitung‹. Berlin. Nr. 413 vom 28. August 1932, Morgen-Ausgabe, ›Literarische Umschau‹, Nr. 35 [= S. 19].

Bogner, Hans: Zwischen Demokratie und Autorität.
In: ›Die Neue Literatur‹. Leipzig. Jg. 33, Heft 10, Oktober 1932, S. 450–459; zu *Das öffentliche Leben*, S. 451 f.
Hiller, Kurt: Meisteressays.
In: ›Die Weltbühne‹. Berlin-Charlottenburg. Jg. 28 [der ›Schaubühne‹], Nr. 44 vom 1. November 1932, S. 666–668.
aka.: Heinrich Mann: *Das öffentliche Leben.*
In: ›Deutsche Zeitung Bohemia‹. Prag. Jg. 106, Nr. 67 vom 19. März 1933, ›Literaturblatt‹, S. 15.
C. S.: Heinrich Mann: Das öffentliche Leben.
In: ›Revue germanique‹. Paris. Jg. 25, Nr. 1, Janvier-Mars 1934, S. 84.

Zum Abdruck des Essays *Die Wege des Geschlechts* unter dem Titel *Käufliche Dämonie* in dem Sammelband *Wiedergeburt der Liebe* (1931) [vgl. S. 377]:

Kayser, Rudolf: Wiedergeburt der Liebe.
In: ›Die Neue Rundschau‹. Berlin. Jg. 43 [der ›Freien Bühne‹], Bd. 2, Heft 7, Juli 1932, S. 141, ›Anmerkungen‹.

Zeittafel

1870/1871 Deutsch-Französischer Krieg. Gründung des Deutschen Reiches unter preußischer Vorherrschaft (18. 1. 1871). Bismarck Reichskanzler

1871 Luiz Heinrich Mann am 27. März als erster Sohn von Thomas Johann Heinrich Mann und seiner Ehefrau Julia, geb. da Silva-Bruhns, in Lübeck geboren

1875 Geburt des Bruders Thomas

1877 Wahl des Vaters zum Senator von Lübeck

1878–1890 Sozialistengesetz

1884 Reise nach St. Petersburg

Seit 1885 Erste erzählerische, seit 1887 erste poetische Versuche

1889 Abgang vom Gymnasium aus Unterprima. Buchhandelslehrling in Dresden. Heinrich Manns erste Veröffentlichung einer Erzählung in den ›Lübeckischen Nachrichten‹

1890 Entlassung Bismarcks

1891–1892 Volontär im S. Fischer Verlag, Berlin. Studien an der Friedrich-Wilhelms-Universität

1891 Tod des Vaters (geb. 1840). Liquidierung der Firma Johann Siegmund Mann. Erste Rezensionen in ›Die Gesellschaft‹

1892 Sanatoriumsaufenthalt nach Lungenblutung in Berlin; danach Kuraufenthalte in Wiesbaden, im Schwarzwald und in Lausanne. Rezensionen in ›Die Gegenwart‹

1893	Übersiedlung der Familie nach München Reisen nach Paris, Italien
1894	*In einer Familie*, Roman
1895–1896	Herausgeber der Monatsschrift ›Das Zwanzigste Jahrhundert. Blätter für deutsche Art und Wohlfahrt‹
1895–1898	Aufenthalt in Rom und Palestrina, zeitweilig zusammen mit dem Bruder Thomas *Im Schlaraffenland* begonnen Erste Notizen zu den *Göttinnen*
1897	*Das Wunderbare und andere Novellen*
1898	*Ein Verbrechen und andere Geschichten*
1899–1914	Ohne festen Wohnsitz. Aufenthalte in München, Berlin, meistens in Italien, oft in Riva am Gardasee im Sanatorium von Dr. von Hartungen
1900	*Im Schlaraffenland. Ein Roman unter feinen Leuten*
1903	*Die Göttinnen oder Die drei Romane der Herzogin von Assy* *Die Jagd nach Liebe*, Roman
1905	*Flöten und Dolche*, Novellen *Professor Unrat oder Das Ende eines Tyrannen*, Roman *Eine Freundschaft: Gustave Flaubert und George Sand*, Essay Übersetzung von Choderlos de Laclos' *Gefährliche Freundschaften* Bekanntschaft mit Inés (Nena) Schmied
1906	Erste Notizen zum *Untertan* Drei Novellenbände: *Schauspielerin, Stürmische Morgen, Mnais und Ginevra*
1907	*Zwischen den Rassen*, Roman
1908	*Gretchen*, Novelle aus dem Stoffkreis des *Untertans. Die Bösen*, Novellen

1909	*Die kleine Stadt*, Roman
1910–1913	Jährliche Uraufführungen der Schauspiele Heinrich Manns in Berlin
1910	*Französischer Geist* (später *Voltaire – Goethe); Geist und Tat*, kulturpolitische Essays
	Das Herz, Novellen
	Freitod der Schwester Carla (geb. 1881)
	Variété, Einakter
1911	*Die Rückkehr vom Hades*, Novellen
	Schauspielerin, Drama
1912	Bekanntschaft mit der Prager Schauspielerin Maria (Mimi) Kanová während der Proben zu *Die große Liebe* im Deutschen Theater, Berlin
	Beginn der Niederschrift von *Der Untertan*
1913	*Madame Legros*, Drama
1914	*Der Untertan* als Fortsetzungsroman in ›Zeit im Bild‹
	13. August: Abbruch des Vorabdrucks nach Beginn des Ersten Weltkrieges. Weiterer Abdruck der russischen Übersetzung bis Oktober in Petersburg (›Sowremennij Mir‹)
	12. August: Heirat mit Maria (Mimi) Kanová. Wohnsitz in München
1915	Russische Buchausgabe des *Untertan*
	Konflikt mit dem Bruder. Abbruch der Beziehungen nach dem Erscheinen von Thomas Manns *Gedanken im Kriege*
	Zola, Essay; in ›Die Weißen Blätter‹, hg. von René Schickele
1916	*Der Untertan*, Privatdruck in etwas mehr als 10 Exemplaren
	Geburt der Tochter Henriette Maria Leonie

1917 *Die Armen*, Roman
Brabach, Drama
Madame Legros an den Münchener Kammerspielen und am Lessing-Theater in Berlin uraufgeführt
Grabrede auf Frank Wedekind
Versuch einer Versöhnung mit Thomas Mann

1918 Ende des Ersten Weltkrieges. Abdankung Wilhelms II. Novemberrevolution in Deutschland
Mitarbeit Heinrich Manns im ›Politischen Rat geistiger Arbeiter‹ in München
Der Untertan, Roman
Beginn der Arbeit am Roman *Der Kopf*

1919 Ermordung Karl Liebknechts und Rosa Luxemburgs. Friedrich Ebert Reichspräsident. Beginn der Weimarer Republik (Weimarer Reichsverfassung)
Macht und Mensch, Essays (Gewidmet *Der deutschen Republik*)
Gedenkrede für Kurt Eisner, den ermordeten Ministerpräsidenten der bayerischen Räterepublik

1920 *Der Weg zur Macht* im Residenz-Theater München uraufgeführt. In den folgenden Jahren wachsende publizistische Tätigkeit
Die Ehrgeizige, Novelle

1921 *Die Tote und andere Novellen*

1922 Aussöhnung mit Thomas Mann
Bekanntschaft mit dem französischen Germanisten Félix Bertaux
Rapallo-Vertrag zwischen Deutschland und der UdSSR

1923 Ruhrbesetzung, Generalstreik. Putschver-

1923 such der Nationalsozialisten in München. Hitler in Festungshaft. Inflation und erster Nachkriegsbesuch Heinrich Manns in Frankreich (Teilnahme an den Entretiens de Pontigny)
Rede bei der Verfassungsfeier in der Staatsoper Dresden
11. März: Tod der Mutter Julia (geb. 1851). *Diktatur der Vernunft*, Reden und Aufsätze

1924 Reise in die Tschechoslowakei, Begegnung mit Tomáš G. Masaryk auf Schloß Lana bei Prag
Abrechnungen, Novellen
Der Jüngling, Novellen
Das gastliche Haus, Komödie

1925–1932 *Gesammelte Werke in 13 Bänden* im Paul Zsolnay Verlag, Wien

1925 Zweite Frankreichreise nach dem Krieg, erste Impulse für den *Henri Quatre* in den Pyrenäen und in Pau
Der Kopf, Roman
Kobes, Novelle
Tod Friedrich Eberts. Hindenburg zum Reichspräsidenten gewählt.
Zusammenfassung der Romane *Der Untertan, Die Armen, Der Kopf* zur *Kaiserreich-Trilogie*, der *Romane der deutschen Gesellschaft im Zeitalter Wilhelms II.*

1926 Wahl zum Mitglied der Preußischen Akademie der Künste zu Berlin, Sektion Dichtkunst am 27. Oktober
Liliane und Paul, Novelle

1927 Verstärktes Wirken für eine Verständigung zwischen Deutschland und Frankreich

1927	Rede im Trocadéro, Paris, zum 125. Geburtstag von Victor Hugo
	Begegnungen Gustav Stresemanns mit Aristide Briand
	Freitod der Schwester Julia (geb. 1877)
	Mutter Marie, Roman
1928	Trennung von Maria Mann, Übersiedlung nach Berlin
	Vorsitzender des Volksverbandes für Filmkunst
	Eugénie oder Die Bürgerzeit, Roman
1929	Bekanntschaft mit Nelly Kröger, seiner späteren zweiten Frau
	Sie sind jung, Novellen
	Sieben Jahre. Chronik der Gedanken und Vorgänge (1921–1928), Essays
	Weltwirtschaftskrise
1930	Scheidung von Maria Mann
	›Der blaue Engel‹, Verfilmung des Romans *Professor Unrat*
	Die große Sache, Roman
1931	Wahl zum Präsidenten der Sektion Dichtkunst bei der Preußischen Akademie der Künste. Feier in Berlin zu Heinrich Manns 60. Geburtstag mit Reden von Gottfried Benn, Lion Feuchtwanger, Adolf Grimme, Max Liebermann und Thomas Mann. Teilnahme an einem internationalen Schriftstellerkongreß in Paris. Gespräch mit Aristide Briand. Rede im Admiralspalast zur deutsch-französischen Verständigung
	Geist und Tat. Franzosen 1780–1930, Essays
1932	Wiederwahl Hindenburgs zum Reichspräsidenten

1932	*Ein ernstes Leben*, Roman *Das öffentliche Leben*, Essays *Das Bekenntnis zum Übernationalen*, Essay Beginn der Arbeit am *Henri Quatre*
1932/1933	Unterzeichnung von Aufrufen zur Aktionseinheit von KPD und SPD gegen die Nationalsozialisten, gemeinsam mit Käthe Kollwitz und Albert Einstein
1933	30. Januar: Hitler Reichskanzler 15. Februar: Ausschluß mit Käthe Kollwitz aus der Akademie der Künste 21. Februar: Flucht nach Frankreich über Frankfurt am Main, Kehl am Rhein und Straßburg 25. August: Aberkennung der deutschen Staatsbürgerschaft *Der Haß. Deutsche Zeitgeschichte*, Essays
1933–1940	Wohnsitz in Sanary-sur-Mer, dann in Nizza. Reisen nach Prag, Genf und Zürich. Politische Artikel in der ›Dépêche de Toulouse‹ Vorsitzender des Vorbereitenden Ausschusses der deutschen Volksfront, Ehrenpräsident des SDS. Antifaschistische Flug- und Tarnschriften
1934	10. Mai: Heinrich Mann Präsident der Deutschen Freiheitsbibliothek *Der Sinn dieser Emigration*, Essays
1935	Juni: Rede auf dem Internationalen Schriftstellerkongreß zur Verteidigung der Kultur in Paris *Die Jugend des Königs Henri Quatre*, Roman
1936	Heinrich Mann wird tschechoslowakischer Staatsbürger

1936	Beginn des spanischen Bürgerkriegs *Es kommt der Tag. Deutsches Lesebuch*, Essays
1937	10./11. April: Volksfrontkonferenz in Paris, Eröffnungsansprache Heinrich Manns
1938	Münchner Abkommen *Die Vollendung des Königs Henri Quatre*, Roman
1939	*Mut*, Essays; *Nietzsche* (Kommentar zu einer Auswahl) 9. September: Heirat mit Nelly (Emmy) Kröger in Nizza Hitler-Stalin-Pakt. Ausbruch des Zweiten Weltkriegs Verschleppung Maria Manns ins KZ Theresienstadt
1940	Kapitulation Frankreichs vor den Hitler-Truppen Flucht über Spanien und Portugal in die USA. Aufenthalte in New York, Princeton, Hollywood, Wohnsitz in Los Angeles und Santa Monica bis zum Tod
1941	Beginn der Arbeit am Roman *Empfang bei der Welt*
1943	Ehrenpräsident des Lateinamerikanischen Komitees der Freien Deutschen *Lidice*, Roman
1944	17. Dezember: Freitod Nelly Manns (geb. 1898)
1945	Bedingungslose Kapitulation Deutschlands *Ein Zeitalter wird besichtigt*, Autobiographie Klaus Mann bringt die gesundheitlich schwer geschädigte Maria Mann aus dem KZ Theresienstadt nach Prag zurück

1947	Ehrendoktor der Humboldt-Universität Berlin
	Tod Maria Manns in Prag (geb. 1886)
1949	Nationalpreis I. Klasse für Kunst und Literatur der DDR
	Tod des Bruders Viktor (geb. 1890)
	Der Atem, Roman
1950	Berufung Heinrich Manns zum ersten Präsidenten der neugegründeten Akademie der Künste zu Berlin/DDR. Vorbereitung zur Rückkehr mit dem polnischen Dampfer ›Batory‹
	12. März: Tod Heinrich Manns in Santa Monica bei Los Angeles
1951	DEFA-Verfilmung von *Der Untertan*
1955	Thomas Mann stirbt am 12. August
1956	*Empfang bei der Welt*, Roman
1958/1960	*Die traurige Geschichte von Friedrich dem Großen*, szenisches Romanfragment
1961	Überführung der Urne Heinrich Manns von Kalifornien nach Prag
	25. März: Überführung der Urne nach Berlin und Beisetzung auf dem Dorotheenstädtischen Friedhof in Anwesenheit von Leonie Mann

Herausgeber und Verlag danken dem Heinrich-Mann-Archiv der Stiftung Archiv der Akademie der Künste zu Berlin und dem Deutschen Literaturarchiv, Marbach am Neckar, für vielfältig gewährte Unterstützung durch Auskünfte und Bereitstellung von Abbildungsvorlagen.

Heinrich Mann

Studienausgabe in Einzelbänden

Herausgegeben von Peter-Paul Schneider

Der Atem
Roman
Band 5937

Die Armen
Roman
Band 12432

Empfang bei der Welt
Roman
Band 5930

Ein ernstes Leben
Roman
Band 5932

Es kommt der Tag
Essays
Band 10922

Flöten und Dolche
Novellen
Band 5931

Geist und Tat
Franzosen 1780-1930
Essays
Band 12860

Der Haß
Deutsche Zeitgeschichte
Band 5924

Die Göttinnen
Die drei Romane der Herzogin von Assy
I. Band: Diana
Band 5925
II. Band: Minerva
Band 5926
III. Band: Venus
Band 5927

Im Schlaraffenland
Ein Roman unter feinen Leuten
Band 5928

Die Jagd nach Liebe
Roman
Band 5923

Die Jugend des Königs Henri Quatre
Roman
Band 10118
Die Vollendung des Königs Henri Quatre
Roman
Band 10119

Die kleine Stadt
Roman
Band 5921

Macht und Mensch
Essays
Band 5933

Mut
Essays
Band 5938

Professor Unrat oder Das Ende eines Tyrannen
Roman. Band 5934

Sieben Jahre
Chronik der Gedanken und Vorgänge
Essays. Band 11657

Stürmische Morgen
Novellen
Band 5936

Der Untertan
Roman
Band 10168

Ein Zeitalter wird besichtigt
Band 5929

Zwischen den Rassen
Roman
Band 5922

Fischer Taschenbuch Verlag

fi 234 / 5

Thomas Mann / Heinrich Mann

***Briefwechsel** 1900 - 1949*

Herausgegeben von Hans Wysling

Band 12297

Der Dialog der beiden großen Brüder war oft Disput. Unterschiede des Temperaments und der Moralität führten zu einer »repräsentativen Gegensätzlichkeit«, die sich zunächst in der Kunstauffassung, dann vor allem in den politischen Anschauungen der beiden offenbarte. Im Ersten Weltkrieg kam es zum Bruch, als sich Heinrich in seinem ›Zola‹-Essay gegen den Bruder wandte und dieser sich in den ›Betrachtungen eines Unpolitischen‹ zur Wehr setzte.
Bei einer schweren Erkrankung Heinrichs 1922 bahnte sich die Versöhnung an, die zu mehr als einem »modus vivendi« kaum führen konnte. Als Thomas 1946 schwer erkrankte, bekannte ihm Heinrich, er empfände es als müßig, weiterzuleben ohne ihn. Diese sehr menschlichen Dokumente sind zugleich literarische Zeugnisse: sie enthalten Kommentare und Selbstinterpretationen zu fast allen großen Werken.

Fischer Taschenbuch Verlag

fi 1322 / 7

Hans Wysling und Yvonne Schmidlin (Hg.)

Thomas Mann
Ein Leben in Bildern

Band 13885

Wir kennen Thomas Mann, sein Werk, seine Familie, sein Umfeld und seine Figuren nur aus seinen Büchern, nicht aber in Bildern. Viele seiner Leser haben den Wunsch, auch seine Schrift, seinen Schreibtisch, die Städte und Häuser, in denen er lebte und arbeitete, kennen zu lernen.
Die Herausgeber Hans Wysling und Yvonne Schmidlin halten aus den verschiedenen Lebensepochen Thomas Manns nicht nur Bekanntes fest, sondern auch bisher unbekanntes Material: Porträts, Familienbilder, Figuren und Orte, die im Werk eine Rolle spielen: Hans Hansen (*Tonio Kröger*), Tadzio (*Der Tod in Venedig*), Imma Spoelmann (*Königliche Hoheit*), Clawdia Chauchat (*Der Zauberberg*) oder Mme Houpflé (*Bekenntnisse des Hochstaplers Felix Krull*).
Die Bilder werden ergänzt durch Textdokumente, Briefe, Buchumschläge und begleitende Kommentare der Herausgeber und ergeben nicht nur ein Bilderbuch, sondern *Ein Leben in Bildern*.

Fischer Taschenbuch Verlag

fi 382 / 8

Zutrauliche Teilhabe

Thomas Mann über Goethe

Herausgegeben von Wolfgang Mertz

Band 13986

Als Thomas Mann mit dem Antrag konfrontiert wurde, für das Jubiläumsjahr 1932 gegen beachtliches Honorar ein Goethe-Buch »mit einer höchst populären Verbreitung« zu schreiben, bedeutete das für ihn eine große Versuchung. »Mir wird nichts übrig bleiben«, schrieb er, »als aus Erfahrung zu reden … eine mythische Identifikations-Hochstapelei.« Der Plan zerschlug sich.

Diese Sammlung wesentlicher Texte aus Essays und Reden, aus Briefen und Tagebüchern – vom Bericht des Zwanzigjährigen über eine ›Faust‹-Aufführung bis zum nachdenklichen Vergleich der aristokratischen Grundeinstellung von Mozart und Goethe in einem Familienbrief drei Tage vor seinem Tod – folgt Thomas Manns geheimem Wunsch nach einer umfassenden Darstellung. Seine *Erfahrungen* mit Goethe sind passioniert und scharfsichtig; sie bringen dem Leser *zwei* klassische deutsche Dichter nahe.

Fischer Taschenbuch Verlag

fi 1187 / 5

Im Schatten Wagners

Thomas Mann über Richard Wagner
Texte und Zeugnisse 1895-1955

Herausgegeben und eingeleitet von Hans Rudolf Vaget

Band 13835

Wie die hier versammelten Texte belegen, war Richard Wagner für Thomas Mann eigentlich immer präsent. Kein anderer Künstler, weder Goethe, noch Schiller oder Tolstoi, ja nicht einmal Nietzsche hatte für ihn eine solche Bedeutung. Die Beschäftigung mit Wagner, das Erlebnis seiner Musik, setzten bei Thomas Mann kreative Energien frei. Daß seine Beschäftigung mit Wagner hauptsächlich auf dem Umweg über die Wagner-Kritik Nietzsches geschah, steigerte ihre Intensität eher noch. Nietzsche machte Thomas Mann Lust, Wagner literarisch weiterzuverarbeiten, ihn gleichsam fortzuschreiben. So überwiegt am Ende, trotz aller kritischen Anmerkungen zu Person und zum Schaffen Wagners bei Thomas Mann die Dankbarkeit für eine für immer nachzitternde »geistige Beglückung«.

»Es gibt Fälle, bei denen man alles mögliche zugeben mag, und es bleibt immer etwas Überwältigendes zurück.«

Thomas Mann, ›Zu Wagners Verteidigung‹

Fischer Taschenbuch Verlag

fi 1637 / 4

Thomas Mann

Fragile Republik

Thomas Mann und Nachkriegsdeutschland

Herausgegeben von Stephan Stachorski

Band 14429

Thomas Mann lehnt es nach dem Ende des Zweiten Weltkrieges ab, nach Deutschland zurückzukehren. Er zieht es vor, sich von Amerika aus für den Aufbau eines geistig-moralisch erneuerten Staates einzusetzen. Doch der sich bald abzeichnende Kalte Krieg läßt Thomas Mann befürchten, daß Amerika auch ein vom Faschismus nie wirklich befreites Deutschland als Bündnispartner im Kampf gegen den Kommunismus akzeptieren könnte. Trotz vielfältiger Kritik besucht er anläßlich der Goethe- und Schiller-Gedenkfeiern 1949 und 1955 beide Teile Deutschlands, um seine Idee der Aussöhnung nachdrücklich zu bekunden.

Erstmals versammelt dieser Band die wichtigsten Texte Thomas Manns, die seine Auseinandersetzung mit Deutschland nach 1945 verdeutlichen. Nicht nur Reden und Aufsätze, sondern auch Tagebucheintragungen und zum Teil bisher unveröffentlichte Briefe werden berücksichtigt. Unterstützt von kurzen Erläuterungen bietet sich ein erstaunlich vielschichtiges Bild von Thomas Mann, das ihn als kritischen Begleiter Deutschlands zeigt.

Fischer Taschenbuch Verlag

fi 1602 / 3

Thomas Mann

Buddenbrooks
Verfall einer Familie
Roman. Band 9431

Königliche Hoheit
Roman. Band 9430

Der Zauberberg
Roman. Band 9433

Joseph und seine Brüder
Roman
I. ***Die Geschichten Jaakobs.*** Band 9435
II. ***Der junge Joseph.*** Band 9436
III. ***Joseph in Ägypten.*** Band 9437
IV. ***Joseph, der Ernährer.*** Band 9438

Lotte in Weimar
Roman. Band 9432

Doktor Faustus
Das Leben des deutschen Tonsetzers
Adrian Leverkühn, erzählt von einem Freunde
Roman. Band 9428

Der Erwählte
Roman. Band 9426

Bekenntnisse des Hochstaplers Felix Krull
Der Memoiren erster Teil. Band 9429

Joachim Fest

Die unwissenden Magier

Über Thomas und Heinrich Mann

Band 11259

Mit den Betrachtungen zweier Unpolitischer, unwissender Magier, setzt Joachim Fest sich in diesen beiden Essays auseinander. »Unwissend, weil schlecht informiert, weil wirklichkeitsfern, Magier, weil sich andere Wirklichkeiten erträumend oder Lieblingsträume mit Wirklichkeit gleichsetzend«, hat Golo das Politisieren seines Vaters Thomas und seines Onkels Heinrich genannt. Gegensätzlichkeit der Temperamente – aus Thomas' Sicht »ethischer Individualist« der eine, »Sozialist« der andere – und Rivalität im Repräsentationsbedürfnis bestimmen nach Fest die Ausgangspositionen ihrer »politisch gebundenen Dienstleistungen« (Th. Mann).

Thomas' ästhetisierender Kunstbegriff ließ ihn Heinrichs Romane kritisch, ja verächtlich beurteilen, Heinrich provozierte ihn daraufhin durch »parteiergreifenden Übertritt ins Politische« (Fest), indem er Volk, Fortschritt und Menschheitsglück zum Thema seines Schreibens machte. Thomas blieb als Erzähler von »Verfalls- und Verfeinerungsgeschichten« ein Betrachter, in dessen Werk das »gesamte politische Faszinationsvokabular der Zeit« (Fest) ohne Echo blieb. Erst Hitler hat es bewirkt, daß Thomas seine Haltung änderte, das Menschenrecht, unpolitisch zu sein, aufgab und in Sendungen der BBC von 1940-1945 »Deutsche Hörer« zum Widerstand aufrief.

Fischer Taschenbuch Verlag

fi 1547 / 6

Marianne Krüll

Im Netz der Zauberer

Eine andere Geschichte der Familie Mann

Band 11381

»Was für eine sonderbare Familie sind wir! Man wird später Bücher über uns - nicht nur über einzelne von uns - schreiben«, ahnte Klaus Mann bereits 1936. Jetzt, da neben den Werken auch Briefe und Tagebücher von Thomas, Heinrich, Erika und Klaus Mann vorliegen, dazu die Erinnerungen anderer Familienmitglieder, ist dieses »Später« erreicht, um ihre erlebten und Literatur gewordenen Geschichten im Vergleich mit- und zueinander kritisch zu beleuchten.

Die Soziologin und Familienforscherin Marianne Krüll folgte in ihrer, auf langjährigen intensiven Forschungen basierenden Biographie der Familie Mann den Fäden des Netzes, in dem sie alle verstrickt waren. Ihr Ausgangspunkt ist der Selbstmord von Klaus Mann, den sie vor dem Hintergrund des Generationen umspannenden Gewebes von Schuld, Verzweiflung, Hoffnungslosigkeit und Tod betrachtet. Sie legt dar, wie Erfolg und Scheitern, Selbstverwirklichung und Selbstvernichtung auf unterschiedlichste Weise von den Mitgliedern dieser Familie gelebt wurden.

Fischer Taschenbuch Verlag

fi 1314 / 7

Heinrich Mann

In einer Familie

Roman

Mit einem Nachwort von Klaus Schröter

320 Seiten. Leinen

Der junge Erich Wellkamp lernt in den Ferien Major von Grubeck und seine Tochter Anna kennen. Erich weiß es sofort: Anna bietet ihm die Sicherheit, auf die er gewartet hat. An Anna kann er sich anlehnen und vom Leben ausruhen. Also hält er um ihre Hand an. Doch es kommt anders als erwartet: Die beiden frisch Vermählten ziehen zu ihrem Vater in die Wohnung, wo Erich seine Schwiegermutter trifft – Dora, die zweite, sehr viel jüngere Frau des Majors. Diese lockt ihn mit ihrer kalten Schulter, später mit ihrer Einsamkeit. Schließlich nutzt sie einen gemeinsamen Opernbesuch, um ihn zu verführen. Aus der einen Nacht wird eine verhängnisvolle Affäre, die alle Beteiligten die Grenzen der Vernunft mißachten läßt.

S. Fischer

fi 1149 / 7